# CUENTOS DE LA EDAD MEDIA

# ODRES NUEVOS

*CLÁSICOS MEDIEVALES EN CASTELLANO ACTUAL*

*La presente colección consta de los siguientes volúmenes*

ODRES NUEVOS

*aspira a hacer accesibles al gran público, por
vez primera, los monumentos de la
primitiva literatura española*

# CUENTOS DE LA EDAD MEDIA

Introducción, notas y selección de

MARÍA JESÚS LACARRA
Profesora titular de la Universidad de Zaragoza

*Él vierta añejo vino en odres nuevos*
M. Menéndez y Pelayo

EDITORIAL CASTALIA

«ODRES NUEVOS»

Copyright © Editorial Castalia, S.A., 1989
Zurbano, 39 - 28010 Madrid - Tel. 91 319 58 57  Fax 91 310 24 42
Página web: http:/www.castalia.es

Cubierta de Víctor Sanz

Impreso en España - Printed in Spain

I.S.B.N.: 84-7039-473-8
Depósito Legal: M. 28.812-1998

# SUMARIO

# ESTUDIO PRELIMINAR

# EL CUENTO EN LA EDAD MEDIA

El rey Ruberto, fijo del rey Carlos de Çeçilia e Pulla e Iherusalem [fue nombrado por todo el mundo] por muy exçelente e glorioso prínçipe, el qual de su niñez fue tan rústico e rudo de ingenio, que con toda dilligencia e industria de sus maestros a grandes penas pudo aprender gramática; e como ya todos dél desesperasen quanto a las sçiençias, por industria e arte de un su ayo que le fizo leer las fablas de Isopete, tanto amor tomó con las sçiençias, que en breve tiempo non solo las menores sçiençias aprendió, mas aun penetró e alcançó los secretos de la filosofía maravillosamente; e así decorado e ordenado e guarnido por la alteza de las sçiençias, tan noble e famoso rey se fizo, que después de Salomón non ovo rey más sabio... [1].

Entre los procedimientos recomendados por las retóricas para iniciar un discurso estaban el *exemplum* o la *sententia*. A elegir el primero no sólo me ha llevado una cierta afinidad con el tema de este libro, sino el tratarse, a mi juicio, de una anécdota muy representativa. El poder casi mágico atribuido aquí a la obra de Esopo, capaz de hacer pasar al rey Roberto de la rusticidad a la sabiduría, no se limita a esas fábulas. Elevando, como todo predicador medieval haría, la anécdota a categoría, en la cita puede verse perfectamente reflejada la creencia medieval en la fuerza didáctica del ejemplo. La explicación última hay que buscarla en la base del pensamiento primitivo, más habituado a razonar por métodos analógicos e inductivos que por

---

[1] Fernán Pérez de Guzmán, *Generaciones y semblanzas,* ed. J. Domínguez Bordona, Madrid, Espasa-Calpe, 1965, p. 203.

predicador - preacher.

caminos deductivos. Lo mismo puede aplicarse al mundo oriental, de donde procederán, como veremos, muchos de los temas
y formas narrativas.

La importancia concedida al cuento en la Edad Media, que
puede sorprender al lector actual, sólo se entiende si partimos
de su carácter didáctico. Aunque previamente hay que hacer
una advertencia aparentemente obvia. Los cuentos recogidos en
esta selección, y de los que voy a trazar ahora un panorama,
son aquellos que nos han sido conservados desde la época medieval porque fueron puestos por escrito. Mediante distintos re-
sortes nos transmiten una enseñanza, unas pautas de comportamiento, como de hecho, en mayor o menor medida, lo hace toda
la literatura de su tiempo. Ignoramos otros relatos folclóricos,
quizás maravillosos o no, puesto que con ellos pasaría como con
la lírica tradicional o los primeros romances. Esto no quiere
decir que los cuentos tradicionales de la Edad Media nos sean
desconocidos totalmente, sino que, al ser puestos por escrito
para su empleo con fines didácticos, han sufrido un proceso
de *selección* y de *adaptación*, en el que quizá los más maravillosos, cómicos, etc., han sido desechados. Posiblemente han per-
durado los más fáciles de asimilar y difundir, por presentar unos
modelos de conducta, y al ser fijados a través de la escritura,
han perdido algunos de sus rasgos más específicamente orales.
Son los que circularán del púlpito a la corte y a la escuela o
viceversa, sin conocer fronteras territoriales ni lingüísticas. Precisamente la brevedad y la mayor importancia concedida a la
historia en sí, frente al modo de contarla, favorecerán su tras-
vase a distintas tierras. Y en estos viajes, la Península se con-
vertirá en un lugar de encuentro de distintas tradiciones narrativas.

## I.   LA TRADICIÓN ORIENTAL

Las circunstancias históricas de la España medieval, con la
presencia durante ocho siglos de población islámica sumada
a las comunidades judía y cristiana, fueron especialmente favo-

*la cuna - origin*

rables para el intercambio cultural. Cuentos de variada procedencia oriental circularían oralmente entre los cristianos, pasando a engrosar nuestro folclore, como lo prueba la reaparición esporádica en los más diversos autores. Pero la cuna de estos relatos es mucho más lejana.

El Imperio Islámico, al igual que hizo, por ejemplo, con los textos filosóficos, sería simplemente su transmisor hacia Occidente, aunque la procedencia fuera más remota en el tiempo y en el espacio. Los críticos del siglo pasado, en busca de una común cultura indoeuropea, estudiaron los cuentos indios, considerándolos directos antepasados de gran parte de nuestras narraciones. El origen, a su juicio, estaría en el uso que hacían los predicadores budistas de parábolas, llamadas jatakas o historias de las reencarnaciones de Buda. Alguna de estas afirmaciones, expuestas con cierto dogmatismo, han sido con el tiempo matizadas[2]. El conocimiento de vestigios de otras culturas, como es el caso de las fábulas de origen mesopotámico o egipcio, muestra sorprendentes paralelismos con los cuentos hindúes. Sin embargo, la escasez de textos de estas regiones, que obliga a servirse muchas veces de restos arqueológicos, explica el escaso conocimiento de ese caudal narrativo. Hoy no se trata tanto de buscar la cuna de los cuentos, sino de reconocer el fenómeno de la poligénesis, es decir, la aparición en lugares distintos de relatos similares, sin conexión directa entre sí. Las fábulas, como las danzas de animales, se encuentran por todos los rincones de la tierra y derivan, en última instancia, de la consideración de dioses que tienen los animales en tantas religiones; no es extraño, pues, encontrar a veces insólitas correspondencias, sin necesidad de buscar siempre una obligada dependencia.

---

[2] La obra clave para la tesis indianista fue el amplio estudio preliminar de Th. Benfey a su traducción del *Panschatantra. Fünf Bücher indischer Fabeln, Märchen und Erzählungen. Aus dem Sanskrit übersetzt mit Einleitung und Anmerkungen versehen*, Leipzig, 1859, 2 vols. (reimpreso por Georg Olms Verlag, 1966); las primeras objeciones importantes a sus teorías fueron expuestas por J. Bédier en *Les fabliaux. Etudes de littérature populaire et d'histoire littéraire du moyen âge*, París, Honoré Champion, 1893 (con numerosas reimpresiones).

Sin embargo, la teoría del origen indio estaba sólidamente apoyada por el hecho de que, desde fechas muy tempranas, los cuentos hindúes circularan por escrito. Su utilización religiosa, como después sucederá entre los cristianos, obligó pronto a su fijación, formando colecciones que gozaron de una gran popularidad y prestigio. De la India viajaron a Persia, Siria..., y, finalmente, entraron en el mundo árabe, lo que les abrió, gracias a intermediarios hebreos, las puertas del Occidente europeo. Precisamente un judío converso, natural de Huesca, Pedro Alfonso, dio el primer paso al recoger en latín, en su *Disciplina clericalis,* numerosos cuentos de origen oriental.

## 1. La «*Disciplina clericalis*»

Pedro Alfonso, astrónomo, matemático, cosmógrafo..., y una de las figuras más interesantes del llamado renacimiento del siglo XII, es autor también de una obrita, donde combina hábilmente cuentos y sentencias. La *Disciplina clericalis* es un testimonio perfecto de la encrucijada cultural en la que nace. Sus fuentes van desde Esopo (V), y las famosas colecciones orientales, *Barlaam* (XXII), *Calila* (XXIV) y *Sendebar* (XI, XIII), a la tradición folclórica hebrea (XVII), junto con proverbios de ascendencia bíblica. Todo ello es un indicio del patrimonio narrativo de un hebreo culto en la España del XII, es decir, antes de que las colecciones citadas fueran traducidas al castellano. Su labor, como es habitual en la época, no es la de un creador sino la del compilador, como puede deducirse de estas palabras del prólogo:

> compuse mi librito parte de proverbios de los filósofos y sus enseñanzas, parte de proverbios y consejos árabes, y de fábulas y de versos y parte sirviéndome de las comparaciones con aves y animales [3].

[3] Pedro Alfonso, *Disciplina clericalis,* introducción y notas de María Jesús Lacarra y traducción de Esperanza Ducay, Zaragoza, Guara Editorial, 1980, p. 43.

*desprenderse – to get rid (of)*

El objetivo perseguido y los medios para alcanzarlo son explicados con los viejos tópicos de la literatura didáctica, que aún seguirán resonando en los siglos venideros en las literaturas romances. La ruda naturaleza humana necesita ser instruida con procedimientos agradables que le ayuden en el aprendizaje, y la mezcla de proverbios, fábulas, versos y comparaciones, con sus distintos niveles de abstracción, facilita una progresiva asimilación de la enseñanza.

La intención viene ya claramente expresa desde el título, pues la palabra *disciplina* se utiliza en los libros sapienciales con el sentido de «advertencia, corrección, instrucción» [4], y por *clericalis* hay que pensar más en los doctos que en los hombres de Iglesia. Se trata, pues, de un libro educativo, del que puede desprenderse una enseñanza religiosa, pero sin ser ésta su objetivo prioritario. A ello viene a sumarse la organización del material en torno a una estructura dialogada. La conversación entre un padre y un hijo o el maestro y su discípulo sirve para insertar sentencias o cuentos y para reproducir, dentro de la obra, el mismo proceso de aprendizaje que recorre el lector guiado por Pedro Alfonso.

El variado conjunto abarca 34 cuentos que, gracias a estar escritos en latín, alcanzaron una difusión inusitada y fueron la primera puerta de la narrativa oriental hacia Occidente. Pese a que algunos temas no parezcan muy adecuados para los púlpitos, con las constantes intrigas de las esposas para engañar a sus maridos, los ejemplarios les darán rápida acogida; sólo gracias al uso del *exemplum* en la predicación podríamos explicarnos los más de sesenta manuscritos repartidos por todas las bibliotecas europeas.

## 2. «Calila e Dimna» y «Sendebar»

Habrá que esperar todavía a mediados del siglo XIII para encontrar en castellano cuentos de procedencia oriental. Su apa-

---

[4] Para los distintos sentidos de la palabra, véase el importante estudio de H. de Lubac, *Exégèse médiévale. Les quatre sens de l'écriture*. Première partie, I, París, Aubier-Editions Montaigne, 1959, pp. 43-56.

*procedencia – proceed.*

rición es el resultado de un largo y fructífero proceso de captación de la cultura islámica iniciado por los cristianos ya desde el siglo x. [Primero en monasterios como Ripoll o Sahagún, y finalmente en Toledo se van realizando traducciones al latín de textos en árabe.] La escuela toledana iniciará un curioso y moderno sistema de trabajo en equipo, en el que un judío se encargaba de realizar una versión oral en castellano que un cristiano vertía al latín. Esta traducción romance pasará pronto de ser una etapa intermedia, simple auxiliar dado el estado todavía rudimentario de la lengua, a fijarse por escrito y, con el impulso alfonsí, a ser la única válida.

Los cristianos no sólo se interesan por las obras filosóficas o científicas que circulan entre los árabes, sino también por una serie de textos didácticos, colecciones de cuentos y de sentencias. La fusión de formas no tan dispares como pudiera parecer se dio tanto en el mundo clásico —con las colecciones esópicas—, como en el mundo oriental, con géneros como el *adab* entre los árabes o el *sifre musar* entre los hebreos. Los textos traducidos responden a una misma finalidad: formar al hombre sabio. Sus contenidos de ética profana —lejos de la simple diversión infantil— explican el interés por esa literatura de toda una época que marchaba, bajo el ejemplo de Alfonso X, en busca del saber. A su vez, la amplitud de los consejos morales explica que no ofrezcan ningún obstáculo para ser asimilados en un contexto cristiano.

Dos son las colecciones de cuentos que llegan a la Península a través del mundo árabe: el *Calila e Dimna* y el *Sendebar* (conocida la traducción como *Libro de los engaños de las mugeres*) [15]. A ellas habría que sumar algunos relatos insertos en las citadas recopilaciones de sentencias como el *Libro de los buenos proverbios,* la *Poridat de las poridades* o los *Bocados de oro.* [Tanto el *Calila* como el *Sendebar* tienen un origen más remoto, pero fueron los árabes, como en tantos otros casos, sus transmisores

[5] Para estas dos colecciones remito al lector a mi *Cuentística medieval en España: los orígenes,* Zaragoza, Departamento de Literatura, 1979.

hacia Occidente. En el siglo VIII, con el comienzo del califato abbasí, se dio un gran impulso cultural, convirtiéndose la capital, Bagdad, en un importante centro de traducciones de donde irradiaban para todo el imperio. Textos en pahlevi (persa literario), siriaco o griego, que a su vez podían proceder del sánscrito, son traducidos al árabe, alcanzando así una amplísima difusión. Este es el camino seguido por el *Calila*.

Su origen se remonta a alguna de las colecciones formadas en los primeros años de nuestra era con materiales procedentes de los usados por los monjes budistas en su predicación. Entre las más antiguas muestras de este arquetipo se encuentra el *Panchatantra,* compuesto de cinco libros destinados a transmitir unas reglas de conducta a los reyes y príncipes por medio de fábulas de animales. La obra circuló entre los persas hasta que uno de ellos, Ibn al-Muqaffa', convertido luego al islamismo, realizó hacia el siglo VIII la versión árabe que iba a tener después una influencia tan destacada en el desarrollo de la narrativa occidental. En cada una de estas etapas, el texto iba conociendo sucesivas ampliaciones y adaptaciones hasta llegar a los tres preliminares y quince capítulos de la versión alfonsí.

Las similitudes con el *Calila* han hecho presuponer para el *Sendebar* un recorrido muy similar, aunque de los tres primeros jalones (sánscrito, persa y árabe) no se conserva ningún fragmento. Pese a las dificultades que entraña el tema, no deben olvidarse las objeciones de B. E. Perry [6], para quien el origen del *Sendebar* está en Persia hacia el siglo VI y de ahí emigraría hacia la India, influyendo entonces sobre las últimas versiones del *Panchatantra.* Este cambio de dirección explicaría no sólo las coincidencias indudables entre ambas colecciones, sino también las considerables divergencias de organización y transfondo ideológico.

A la Península llegaron las dos a través de los árabes y fueron vertidas al castellano en fechas y circunstancias próxi-

---

[6] B. E. Perry, «The Origin of the Book of Sindibad», *Fabula, 3* (1959-60), 1-94.

mas, aunque no del todo aclaradas. Para el *Calila,* pese a los contradictorios datos que proporciona el colofón de su manuscrito más antiguo, se viene aceptando que fue Alfonso X, todavía infante, quien encargó en 1251 su traducción. Posiblemente dos años después, en 1253, el hermano del rey, don Fadrique, patrocinaría la del *Sendebar.* Quizá los distintos medios al alcance de cada uno de sus promotores, entre otras circunstancias, nos expliquen la notable superioridad de la versión alfonsí, frente a la pobreza expresiva del *Libro de los engaños.* Pero la importancia del *Calila* no se reduce sólo a la calidad de la traducción.

La legendaria historia de su transmisión, tal como se narra en los distintos prólogos que fueron incorporándose al libro, le confiere un carácter casi mítico. Según narra uno de los preliminares [7], el rey de los indios, Dabshelim, comenzó a entregarse a todo tipo de excesos, y un filósofo de su corte, Bidpai, fue condenado a muerte por reprocharle su conducta, pena luego conmutada por la de prisión. Una noche de insomnio, el rey consultó al sabio encarcelado y, satisfecho con las respuestas que dio a sus interrogantes, decidió nombrarle visir; a partir de ese día, Dabshelim se convirtió en un buen gobernante, y el filósofo compuso numerosos libros, pensando en los más indoctos y en la educación de los príncipes. En una solemne asamblea se dio lectura pública a uno de ellos, el *Calila,* lo que contribuyó a aumentar la fama de su autor. Bidpai pidió al monarca que siguiera fielmente las máximas de esta obra y que la guardara bajo siete llaves para evitar que algún día se apoderaran de ella los persas. Esto no pudo impedirse, y Cosroes, rey de los persas, obtuvo una copia gracias a la expedición realizada por su médico y filósofo Berzebuey. Este viajó hasta la India atraído por las noticias de unas hierbas de la inmortalidad que

---

[7] Este prólogo no se halla incorporado en la versión alfonsí, pero puede leerse en castellano en la traducción de Ahmed Abboud, *Calila y Dimna. Fábulas, leyendas, refranes, máximas y consejos orientales,* Buenos Aires, Editorial Arábigo-Argentina «El Nilo», 1948.

resultaron ser, en lenguaje metafórico, los sabios consejos encerrados en el libro.

Pese a lo novelesco de estos prólogos, de los que ahorro múltiples variantes, en ellos pueden reconocerse claves para la mejor comprensión de la obra. En primer lugar, la vinculación con los espejos de príncipes, visible ya en el *Panchatantra,* explica el predominio de una temática profana, basada en la prudencia, dirigida tanto a favorecer una conducta individual mesurada como a evitar unos juicios apresurados del prójimo. Su llegada al Occidente europeo en el siglo XIII coincidirá con el auge de la literatura didáctica, dedicada especialmente a la educación de reyes y príncipes. La confluencia en esta gran corriente, junto con su empleo posterior en la predicación, son las dos razones principales que explican la rápida absorción del *Calila* en el contexto medieval.

A su vez, el recuerdo de Dabshelim y de Bidpai se descubre en la pareja formada por un rey y su filósofo, con cuyo diálogo se abren —y a veces se cierran— cada uno de los quince capítulos (prescindiendo de los tres preliminares) de la versión castellana:

> Dixo el rey al filósofo: «Ya entendí este exenplo. Dame agora exenplo del omne que se engaña en el enemigo que le muestra lealtad et amor».
> Dixo el filósofo al rey: «El omne que es engañado por su enemigo, maguer que le muestre grand omildat et grand amor et grand lealtad, si se segura en él, contesçerle a lo que contesçió a los búos et a los cuervos».
> Dixo el rey: «¿E cómmo fue eso?» [8].

Pese a su inferior categoría social, el filósofo adoctrina al rey, primero con un planteamiento teórico y después con la ejemplificación narrativa. El antecedente de la *Disciplina clericalis* y el influjo sobre Don Juan Manuel son evidentes, aunque la inserción de cuentos en el *Calila* superará con creces este

---

[8] *Calila e Dimna,* edición de Juan Manuel Cacho Blecua y María Jesús Lacarra, Madrid, Clásicos Castalia, 1984, p. 224.

sencillo esquema dialogado. Cada capítulo (a excepción del IV, interpolado por el traductor árabe) constituye una historia independiente que encierra en sí, por el procedimiento del marco narrativo («novela-marco»), distintos cuentos más breves, los cuales a su vez pueden contener otros, pero sin llegar nunca a la complicación de las *Mil y una noches*. Especialmente en los cuatro primeros capítulos, más próximos a los originales sánscritos, el sistema comporta una gran habilidad organizativa.

Los cuentos surgen del diálogo entre los personajes principales, quienes recurren a ellos para persuadir al contrario, reforzando así más sus argumentos, aunque la efectividad sobre la trama de la acción principal suele ser nula. En el primer capítulo, que da título a la colección, tres de los cuatro protagonistas, los dos chacales, Calila y Dimna, más Sençeba, el buey, salpican sus largos discursos con cuentos, sentencias o comparaciones. Dimna trata de ganarse la confianza del rey, el león, y logra, movido por la rivalidad, enemistarlo con su mejor amigo, el buey, hasta conseguir que el león lo mate. Su compañero, Calila, pretende evitar inútilmente estos hechos, mientras el buey intenta justificar la extraña conducta de su amigo, el león. La escasa incidencia de los ejemplos sobre los receptores recuerda más a los debates medievales que al tradicional sistema de marco narrativo que encontramos en el *Sendebar*.

El esquema se complica si, como sucede en ciertas ocasiones, un personaje de la historia insertada pasa a contar otro cuento, el cual a su vez contiene otro, por el procedimiento llamado de la «caja china» o de «las muñecas rusas». La perfección del sistema implica que la última inserción incida directamente sobre todas las restantes, lo que no siempre se consigue. Por ejemplo, Dimna cuenta la historia del litigio entre «El cuervo y la culebra». Dentro de este relato, el cuervo consulta a su amigo, el lobo cerval, el cual le aconseja evitar la astucia para que no le suceda como a la garza, con lo que da paso a la siguiente narración. Sin embargo, al reanudarse el cuento principal, el cuervo triunfa con sus engaños. En este caso, el desatender un consejo ha dado resultados positivos.

Más curioso es el recurso elegido por Calila para enlazar cuatro cuentos («El religioso robado», «La zorra aplastada por dos cabrones monteses», «La alcahueta y el amante» y «El carpintero, el barbero y sus mujeres») que recuerda al usado mucho después por la novela picaresca. Un personaje, en este caso un religioso, se convierte en simple espectador que nos va relatando sucesos próximos a él, pero en los que no tiene participación directa. Es un testigo mudo y silencioso de unas anécdotas bastante similares entre sí, en cuanto a su estructura más profunda. Al finalizar estos cuentos ensartados el religioso habrá aprendido cuáles fueron sus errores pasados[9].

Las diferencias entre los marcos narrativos, constituidos por cada uno de los capítulos del *Calila,* y las distintas unidades insertadas no son sólo de extensión sino también estilísticas. En las historias principales es visible una tendencia amplificatoria, especialmente en los largos parlamentos de los personajes. Son escasas las acotaciones descriptivas, los detalles costumbristas, que nos permitieran dibujar con mayor nitidez el contexto histórico o social donde se desarrolla la acción, debido quizá a la necesidad de ir limando todos aquellos elementos que pudieran obstaculizar su transmisión. La finalidad didáctica obliga a los personajes a detenerse en largas intervenciones, cuyo hilo discursivo va sorteando series de comparaciones, sentencias y cuentos insertados. En estos últimos por el contrario, la acción avanza con una mayor rapidez, ya que ahora el objetivo último no es convencer al receptor con la palabra, sino con la ejemplaridad de los hechos. La variedad de procedimientos estilísticos y narrativos parece pensada no sólo para embellecer el relato, sino fundamentalmente para ayudar a que el mensaje arraigue y fructifique en el lector o, dentro del relato, en el interlocutor. En los sermones será el predicador quien con la exposición oral vivifique las esquemáticas anécdotas de

---

[9] Los cuatro pueden leerse dentro de esta misma antología. A partir de ahora remitiré a los relatos aquí modernizados, indicando el número de colección (en romanos) y el del cuento (en arábigos).

los ejemplarios; aquí reposa en la palabra escrita la transmisión del saber. La diferencia, en términos de creación literaria, es claramente favorable a la colección oriental.

El *Sendebar* destaca por una organización perfecta dentro de su sencillez, aunque el estilo, quizá por una transmisión más defectuosa, se aleja considerablemente del *Calila*. Formalmente se trata de un marco narrativo, es decir, de una trama principal que engloba a su vez un conjunto de cuentos insertados. Pero, a diferencia del *Calila,* la relación entre los dos niveles es estrecha. El libro se inicia con la historia de un rey, que está preocupado por la carencia de un heredero. Gracias a la oración, consigue con una de sus noventa mujeres el hijo esperado y convoca a sus astrólogos para escuchar la predicción del horóscopo. Estos, junto a anuncios de prosperidad, advierten una gran desgracia que le sucederá al joven cuando tenga veinte años. Por un momento se distiende la acción para narrar los avances del príncipe, hasta que al cumplir los quince años parece incapaz de asimilar más conocimientos. Reunidos los sabios de la corte para debatir el problema, será uno de ellos, Çendubete en la versión castellana, quien se ofrezca para enseñarle con rapidez. Juntos, maestro y discípulo, se encierran en un aislado palacio con paredes decoradas para avivar el ingenio y culminará su aprendizaje. Sin embargo, no tendrá de momento ocasión de demostrarlo, pues, consultados antes los astros, señalan un grave peligro para el joven en los próximos siete días, que tratará de conjurar cumpliendo un silencio total impuesto por Çendubete. Pero, como es habitual en los relatos folclóricos, el horóscopo debe cumplirse inexorablemente; el peligro anunciado vendrá en forma de proposición deshonesta realizada por una de las mujeres del rey, quien, al verse rechazada, lo acusa falsamente ante el monarca. Las circunstancias han obligado al infante a romper su mutismo para repudiar a la mala mujer, con lo que el destino ha resultado inexorable y el rey, llevado por la «ira regia», condena a su hijo a muerte.

*ensalzar - to praise*

A partir de este momento se desencadena la sucesión de cuentos insertados. La mujer trata, por medio de cinco cuentos, de confirmar su acusación; a su vez, siete privados contestan con historias para ensalzar la conducta mesurada y convencer al rey con planteamientos misóginos. Transcurridos los siete días de plazo, el infante asumirá su propia defensa con cinco relatos más que demuestran la madurez alcanzada en su encierro con el maestro. En total se insertan veintitrés cuentos (debieran ser veinticuatro, pero uno de ellos falta); todos son narrados por personajes de la historia principal (la mujer, los privados y el infante), cuya acción pretenden así modificar. Para la mujer contar es salvar la vida condenando a muerte a quien la rechazó; los privados cumplen su función de buenos consejeros, librando al infante de peligro. El rey, silencioso y atento, va modificando la sentencia, según lo que acaba de escuchar. Pese a la incidencia directa de los cuentos sobre el marco narrativo, la solución al conflicto planteado en éste no depende directamente de los personajes narradores; es el transcurrir de los siete días lo que permite alcanzar la solución, escuchando la exculpación del acusado.

El *Sendebar* presenta el modelo más difundido de marco narrativo: contar sirve para impedir el cumplimiento de una acción cualquiera; los relatos insertados suspenden la acción en la espera de algo que modifique sustancialmente los hechos. Sherazade logra así salvar la vida en las *Mil y una noches*; un papagayo, en el *Touti-nameh,* retiene de idéntico modo a una mujer cuando quiere engañar al marido. Cuando el procedimiento sea captado por el Occidente, el marco sufrirá un proceso de debilitamiento; el nivel anecdótico se va reduciendo al mínimo hasta llegar a una escasa intriga. Boccaccio y Chaucer son buen ejemplo de ello.

La síntesis del argumento general permite vislumbrar la estrecha conexión que guarda con el folclore: la falta de heredero, la plegaria por conseguirlo, el horóscopo, la acusación falsa, el castigo del antihéroe (en este caso, la mala mujer), la rehabilitación del infante..., son todo motivos que resuenan en los

*la culebra - snake.*

cuentos tradicionales de todo el mundo. A su vez, la trayectoria del héroe guiado por su maestro y condenado a silencio en el plazo simbólico de siete días rememora antiguos ritos iniciáticos.

Dentro de los relatos insertados hay una enorme variedad, con algunos de carácter maravilloso (poco frecuentes en la literatura medieval), otros próximos a los *fabliaux* y algunos tan famosos como la fábula del niño salvado por el perro del peligro de la culebra, que llegó hasta las pantallas de la mano de Walt Disney (V, 4). A diferencia de lo ocurrido con el *Calila*, es difícil encontrar dos versiones que reúnan los mismos cuentos; el caso extremo corresponde a la traducción latina de Juan de Alta Silva, que sólo conserva uno en común con el grupo oriental. El peso de la transmisión oral puede explicar estas variaciones, que el *Calila* no ha sufrido con tanta intensidad, quizá gracias a su consideración de texto sapiencial, próximo a los espejos de príncipes.

Aunque puedan rastrearse coincidencias temáticas importantes entre ambas obras, en el *Sendebar* son sensiblemente más escasas las reflexiones éticas. Por el contrario, destaca su tono misógino que lo acerca a algunas colecciones de sentencias, como los *Bocados de oro* o el *Libro de los buenos proverbios,* y la *Disciplina clericalis.* De los veintitrés cuentos insertados, siete presentan ejemplos de esposas infieles, dedicadas a engañar al marido, con o sin la colaboración de alguna vieja alcahueta. A ello habría que sumar el carácter misógino de la trama principal, ya que es una mujer la culpable de todo el enredo, dispuesta primero a matar al rey y después, al no contar con la complicidad del infante, a causar la muerte del joven. El ideal propuesto no se aleja de otros textos orientales: el monarca debe de ser sabio y mesurado, estar siempre rodeado de fieles consejeros y recelar de los engaños femeninos. Sin embargo, no se insiste en ello, sino que la lección se desprende de unas historias, donde la acción avanza con rapidez no exenta a veces de esquematismo. Pero la sencillez y su proximidad al folclore le confieren un encanto primitivo y algo exótico.

*los eslabones - black
scorpion, link of chain.*

## 3. «*Barlaam e Josafat*»

La tercera obra con cuentos intercalados que se difunde en la España del XIII reúne unas características que pueden calificarse de insólitas. Me refiero a la historia de *Barlaam e Josafat*. El libro, de amplísima circulación por todo el Occidente, fue considerado como relato hagiográfico y sus protagonistas se conmemoran todavía en la Iglesia Ortodoxa.

Al siglo XV remonta el primer testimonio conocido que subrayaba el paralelismo entre este relato y la leyenda de la conversión de Buda. Pero fueron los eruditos del siglo pasado quienes contribuyeron a desentrañar una trama de la que, perdidos bastantes textos, aún quedan algunos puntos oscuros. Hacia el año 1859 Edouard de Laboulaye y Felix Liebrecht llegaron por caminos distintos al mismo descubrimiento: la leyenda cristiana del príncipe Josafat y su maestro Barlaam era transformación de una historia del siglo VI antes de J.C. que contaba la conversión del príncipe indio Siddharta Gautama en un «buda» o iluminado. La filiación de los eslabones es asunto complejo, aunque parece aceptarse que, antes de revestirse de una forma cristiana, el texto indio tuvo una versión maniquea escrita en turco y fue traducido al árabe en Bagdad, por las mismas fechas en que lo eran el *Calila* y el *Sendebar*. El momento clave para la transformación de la leyenda correspondió, entre los siglos VIII y IX, a las versiones georgiana y griega, de donde a su vez pasaría al latín (siglo XI), abriéndose así las puertas del Occidente europeo. Luego, la inserción en el XIII en dos obras de amplísima popularidad, el *Speculum historiale* de Vicente de Beauvais y la *Legenda aurea* de Jacobo de Vorágine, le aseguraron su difusión[10]. Frente a lo sucedido con las otras dos

---

[10] Véase para estas noticias el estudio de Hiram Peri (Pflaum), *Der Religionsdisput der Barlaam-legende, ein Motiv Abendländischer Dichtung (Untersuchung, ungedruckte Texte, Bibliographie der Legende)*, Salamanca, Publicaciones de la Universidad, XIV, 3, 1959; y la introducción de Olga T. Impey y John E. Keller a la edición del *Barlaam e Josafat*, Madrid, Clásicos Hispánicos, CSIC, 1979.

someter— to submit

colecciones comentadas, las primeras traducciones del *Barlaam* conservadas en castellano no proceden de un original árabe sino del latín. De ahí la distancia notable que las separa no sólo en cuanto a huellas lingüísticas sino por el tono cristiano y ejemplar que revisten. Sin duda, fue la obra de Vicente de Beauvais el antecedente directo —al menos para uno de los manuscritos (el S)— de la traducción castellana [11].

La historia se inicia en la India con un rey que está preocupado por la falta de herederos. El nacimiento de un hijo varón viene a solucionar sus problemas hasta que el horóscopo revela que el recién nacido se hará cristiano. Su padre decide encerrarlo en un hermoso y apartado palacio, lejos de la vejez y la fealdad, en espera de alejarlo así de esa nueva religión, prohibida en todo el reino. Pero el príncipe, en una de sus escasas salidas, tendrá tres encuentros, con un enfermo, un leproso y un anciano, que le harán reflexionar sobre la fugacidad de los bienes terrenos. La llegada del ermitaño Barlaam, disfrazado de mercader, le permitirá ser instruido, por medio de cuentos y parábolas, en el cristianismo. Finalizada la conversión con el bautismo, se retoma la acción principal para narrar las desventuras que esperan al joven príncipe. Su padre, decidido a someter al infante, le enviará un falso ermitaño y astrólogo, y el hijo deberá participar en una disputa teológica y padecer tentaciones..., pero logrará salir victorioso de todas estas pruebas y terminará, tras convertir a sus oponentes, marchándose como penitente.

La historia guarda estrechos paralelismos en sus inicios con el *Sendebar,* al que también se acerca por el modelo de inserción elegido. En ambos casos se trata de un marco narrativo, pero ahora los cuentos y parábolas surgen del sermón de Barlaam como auténticos *exempla* para ilustrar el dogma ante Josafat. El maestro religioso no trata de modificar o detener la marcha

---

[11] Este manuscrito fue dado a conocer por F. Lauchert, «La estoria del rey Anemur e de Josaphat e de Barlaam», *Romanische Forschungen,* VII (1893), 278-364.

*la adecuación-?*

de la acción principal; no hay tampoco ningún plazo inexorable del que dependa la vida del príncipe. Es la voz del predicador quien necesita recurrir al lenguaje alegórico para enseñar una doctrina. Frente a la rapidez con la que los narradores extraían la lección moral en el *Calila* y en el *Sendebar,* el sabio Barlaam se detiene en explicar la adecuación entre la historia y el discurso religioso; los elementos de la anécdota son sometidos a un proceso exegético, mostrando sus correspondencias alegóricas[12]. Sólo el cuento de «El joven que prefería a los diablos» (III, 4), narrado por el astrólogo del rey, es decir, por un oponente a la conversión de Josafat, carece de esta segunda interpretación para quedarse en un primer nivel de lectura.

Las modificaciones sufridas por el sistema reflejan la influencia de los textos evangélicos y patrísticos a la vez que explican la popularidad de la obra entre los predicadores. A partir del siglo XIII no habrá ejemplario latino donde no se incluya alguno de sus conocidísimos cuentos como «La trompeta de la Muerte», III, 1, «Las dos arcas», III, 2, ó «El cazador y el ruiseñor», VII, 5. Con el *Barlaam* estamos ante la más temprana adaptación de la narrativa oriental al Occidente cristiano y el primer caso en que España es meramente receptora de una transmisión latina y no «eslabón entre la cristiandad y el Islam».

## II. La tradición occidental

### 1. *La retórica*

El uso de los ejemplos venía regulado ya en la antigüedad grecolatina, pues, al emplearse dentro del discurso oratorio, pasaban a ser incluidos en las retóricas. Aristóteles distingue dos medios de persuasión: el ejemplo (paradigma), de carácter inductivo, y el entimema, básicamente deductivo, que permite

---

[12] M. F. Bolton, «Parable, Allegory and Romance in the Legend of Barlaam and Josaphat», *Traditio,* XIV (1958), 359-366.

extraer de lo general una enseñanza singular. El primero es
considerado una lección del pasado con valor perenne, pero al
estar inserto dentro de los instrumentos de convicción, resulta
indigno, como sucederá también con retóricas muy posteriores,
de figurar como género narrativo independiente.

Los tratados latinos volverán a considerarlo como prueba
válida y eficaz. Según la *Rhetorica ad Herennium* (IV, 49, 62),
«el ejemplo es la expresión de algún hecho o dicho antiguo con
el nombre de un determinado autor» [13]. Cicerón, en *De inven-
tione* (I, 49) afirma que es «lo que confirma o afirma una
cosa por la autoridad o el caso de algún hombre o asunto» [14].
Y finalmente Quintiliano (*Institutiones oratoriae,* V, VI, 6-7) lo
definirá como «el recuerdo de un suceso o de un hecho útil
para demostrar lo que pretendes» [15].

Estas citas, extraídas de retóricas clásicas, nos ayudan a
concretar un poco la función asignada al *exemplum* en la antigüedad. Las referencias reiteradas a «dichos o hechos» del pasado protagonizados por algún personaje concreto lo alejan del
uso medieval. La credibilidad y la importancia misma del género reside en la atribución a alguien, a un héroe histórico,
cuya conducta se ofrece como paradigma. De ahí también la
conexión estrecha que mantiene con la educación de los jóvenes,
quienes van así memorizando fragmentos de un pasado más
glorioso; a su vez, ello contribuye a mantener la conciencia cí-
vica en el Imperio [16].

[13] «Exemplum est alicuius facti aut dicti praeteriti cum certi auctoris
nomine propositio.»
[14] «Quod rem auctoritate aut casu alicuius hominis aut negotii confir-
mat aut infirmat.»
[15] «Rei gestae aut ut gestae utilis ad persuadendum id, quod inten-
deris, commemoratio.»
[16] Un buen panorama puede hallarse en el artículo de S. Battaglia,
«L'esempio medievale. 1. L'esempio nella retorica antica», *Filología Romanza,* 6 (1959), 45-82. Para la función educativa de los ejemplos entre
los griegos, véanse los estudios de W. Jaeger, *Paideia: los ideales de la
cultura griega,* Méjico, FCE, 1971, p. 45, y H. I. Marrou, *Historia de la
educación en la antigüedad,* Buenos Aires, Eudeba, 1965, p. 15.

*compilation*

El título de la recopilación más famosa en la antigüedad, los *Facta et dicta memorabilia* de Valerio Máximo —escrita para uso de las escuelas de retórica—, ya resulta indicativo al respecto. Ello no impedirá, sin embargo, que se trate de una fuente inagotable para los escritores medievales, como bastaría con repasar sus menciones en el *Libro de los exenplos por a.b.c.* Las traducciones manuscritas e impresas, así como las abundantes citas a este autor, que se localizan desde don Álvaro de Luna hasta Juan de Valdés o Baltasar Gracián, son pruebas suficientes de su popularidad en la Península.

Las referencias de algunos tratados retóricos medievales permiten percibir algunos cambios. Para Jean de Garlande (comienzos del siglo XIII) «es un dicho o hecho de alguna persona auténtica digno de imitación» [17]. La finalidad, como se ve, sigue siendo la imitación, pero va perdiendo fuerza el sujeto de la acción. No está tan claro ahora que sea un héroe quien autentifique la anécdota, sino que ésta puede tener valor paradigmático en sí misma o, quizá, a través de su narrador. Las funciones del ejemplo, pese a lo poco explícito de las retóricas medievales conservadas, muestran la herencia clásica, adaptando para el discurso escrito lo que antes era propio de la oratoria principalmente jurídica. También es usado como argumentación entre las «pruebas» o como simple ornato. Por ejemplo, Geoffroi de Vinsauf recomienda en la *dispositio* elegir el orden artificial frente al natural, ya que es más elegante y puede enriquecerse con un proverbio o un ejemplo [18].

La conexión, sin embargo, entre el *exemplum* clásico y el medieval es estrecha. Las mismas anécdotas, sin su contexto histórico, se presentarán como modelos positivos o negativos para

[17] Ed. G. Mari, *Romanische Forschungen,* 13 (1902), 889. «Exemplum est dictum vel factum alicuius autentice persone dignum imitatione.»
[18] Geoffroi de Vinsauf, *Poetria Nova,* editada por E. Faral, en *Les Arts Poétiques du XII et du XIII siècle. Recherches et documents sur la technique littéraire du moyen âge,* París, Honoré Champion, 1971, pp. 194-262.

una ética cristiana. Pero, pese a los esfuerzos de E.R. Curtius
o de S. Battaglia es de lamentar, como hace R. Schenda [19], la
ausencia de algún estudio acerca de la innegable influencia de
las teorías antiguas sobre los ejemplarios medievales; y en el
caso de España, la edición de alguna de las numerosas versiones
castellanas de la obra de Valerio Máximo permitiría descubrir
temas que recorren después toda nuestra literatura.

## 2. La gramática

Si la retórica teoriza acerca de la función y empleo del
*exemplum,* la enseñanza de la gramática, otra de las artes del
*trivium,* es importante para explicar la difusión de ciertos relatos. I. Marrou nos explica los pasos que se daban en el mundo
clásico para la enseñanza de la gramática. Los trabajos prácticos
se iniciaban con unos ejercicios elementales de composición literaria, en los que el escolar se limitaba a reproducir por escrito
un corto apólogo que acababa de oír o de leer. De ahí se pasaba
a exigirle capacidad para relatar él mismo una breve historia
y, posteriormente, ejercitar su habilidad para amplificarla.

El estudio de la gramática en la escuela medieval estaba también centrado en los textos literarios latinos, forzosamente sencillos al principio, ya que se trataba de jóvenes cuya lengua
materna no era el latín. Las fábulas, tanto por su brevedad
como por su componente moral, se leerían en todas las escuelas. El alumno que quisiera llegar a dominar correctamente el
latín y la retórica debía practicar distintos procedimientos para
narrar (comenzar *ab ovo, in media re,* o *a fine),* alternando los
estilos (sublime, medio o ínfimo), amplificando o abreviando.
Todo ello según mandaban los distintos ejercicios llamados *prae-
xercitamina.* Se conservan algunas listas de lecturas que nos per-

[19] E. R. Curtius, *Literatura europea y edad media latina,* Méjico, FCE,
1976; S. Battaglia, art. cit., y R. Schenda, «Stand und Aufgabe der Exempla
Forschung», *Fabula,* 10 (1969), 69-85.

miten confirmar esta idea. Entre los veintiún autores citados
por Conrado de Hirsau (primera mitad del XII) no falta Esopo
(a quien llama Rómulo en la carta introductoria) ni Aviano.
Vuelve a incluirlos en su variada lista Eberardo el Alemán (siglo XIII), pero estableciendo una matizada diferencia:

> Instruye con apólogos Aviano, aparta de los vicios,
> pero su verso marcha con pie pobre.
> Esopo no sabe métrica; la fábula produce flores,
> la flor produce frutos, él sabe (607-610) [20].

En Esopo, frente a Aviano, la pobreza métrica se compensa
con aciertos de su moral. No debe extrañar la alusión al verso.
Para favorecer el didactismo, numerosas obras pedagógicas,
como los *Distica Catonis,* el *Phisiólogo* o las fábulas de Esopo,
Aviano y Fedro, se versifican, generalmente en sencillos dísticos.
Durante toda la Edad Media circulan colecciones de fábulas,
inspiradas indirectamente en las clásicas, como el *Romulos de*
*Walter el Inglés,* el *Novus Avianus* o el *Novus Esopus.* La popularidad de estas recopilaciones fue enorme, por lo que no es
de extrañar encontrar sus ecos en numerosos escritores en lenguas vulgares [21]. El variado uso que hace de ellas Juan Ruiz
en el *Libro de Buen Amor* debe mucho a estas prácticas esco-
lares, como ha señalado acertadamente A. Blecua [22]. Lo mismo
podría afirmarse de textos con amplia resonancia europea, como
el *Roman de la Rose* o la *Confessio Amantis* de J. Gower,
según refleja, en este último caso, la versión castellana. Con el
humanismo no se van a alterar estos ejercicios que continuarán

---

[20] Eberardo el Alemán, *Laborintus,* editado en la obra ya citada de
E. Faral, pp. 336-377. «Instruit apologis, trahit a vitiis Avianus, / Sed
carmen venit pauperiore colo. / Aesopus metrum non sopit; fabula flores /
Producit, fructum flos parit, ille sapit.»
[21] Véase la obra de J. de Ghellinck, *L'essor de la littérature latine au*
*XII siècle,* Bruselas, Desclée de Brouwer, 1954.
[22] Introducción a su edición del *Libro de Buen Amor,* Barcelona, Planeta, 1984.

casi inmutables hasta el siglo XVIII, contribuyendo así a uniformar la cultura occidental y su expresión literaria [23].

## 3. *La predicación religiosa*

El *exemplum* conoció una mutación importante cuando, al igual que otros recursos de la oratoria clásica, fue absorbido por la tradición cristiana. Pero las diferencias en cuanto a tema y función entre el predicador medieval y el orador, no deben hacernos olvidar que ambos usaban los mismos procedimientos retóricos. La finalidad es ahora ganar almas, pero directa o indirectamente se nota el peso de la retórica clásica.

¿Qué se entiende por *exemplum* religioso? Una de las referencias más repetidas hasta el siglo XIV se atribuye a San Isidoro: «Entre ejemplo y semejanza hay esta diferencia: que el ejemplo es una historia y la semejanza es aprobada por la cosa (lo que se describe)» [24]. La realidad no siempre resulta tan evidente ya que, como dirá Th. F. Crane, *exemplum* se usaba en la Edad Media con dos sentidos: como alusión a un personaje ejemplar o a un argumento narrativo. La primera acepción es posiblemente un reflejo del modelo antiguo ya mencionado, pero la que se va a imponer desde finales del siglo XII, y la usada hoy por la crítica, es la segunda [25].

J. Th. Welter explica que «por la palabra *exemplum* se entendía, en el sentido amplio del término, un relato o una historieta, una fábula o una parábola, una moralidad o una descripción que pudieran servir de prueba como apoyo a una ex-

[23] Como puede comprobarse en el extenso estudio de E. Cros, *Protée et le gueux. Recherches sur les origines et le nature du récit picaresque dans Guzmán de Alfarache*. París, Didier, 1967.

[24] «Inter exemplum et similitudinem hoc interest, quod exemplum historia est, similitudo re adprobatur.»

[25] Una revisión actualizada de todos los problemas que plantea el género puede encontrarse en la obra colectiva de C. Bremond. J. Le Goff y J. C. Schmitt, *L'Exemplum*, Lovaina, Typologie des sources du moyen âge occidental, fasc. 40, 1982.

posición doctrinal, religiosa o moral» [26]. La definición es quizá excesivamente general. Si tratamos de reducir a unos cuantos aspectos las distintas opiniones, llegaríamos a concluir que un *exemplum* se trata de: *a)* un relato breve; *b)* propuesto como paradigma para extraer de él unas reglas de conducta acordes con una moral cristiana; *c)* difundido principalmente a través del sermón, es decir, por cauces orales. Ello no implica que, dada la popularidad alcanzada por este recurso, vayan apareciendo recopilaciones para uso de predicadores y luego como lecturas edificantes. Las dificultades encontradas para definir el *exemplum* religioso tienen su origen en las hondas transformaciones que fue sufriendo el género con el paso del tiempo. Su pervivencia a lo largo de los siglos hace de él una forma cambiante, sujeta a las lógicas modificaciones de los nuevos contextos culturales en los que se inserta. En los primeros años del cristianismo es un recurso, como también lo serán las representaciones plásticas, para hacer accesible a un público ignorante los dogmas divinos. El relato, retomando también la tradición de las parábolas bíblicas, es de un gran esquematismo, limitándose a contraponer las fuerzas del bien y las del mal. Es el llamado *protoexemplum* que nace con las *Vidas de los Santos Padres* y los *Diálogos* de San Gregorio, y se revitaliza en el siglo XII con el sermón popular.

A partir del siglo XIII, el cambio que se produce en los *exempla* va ligado al nacimiento de la predicación moderna y al uso que hicieron de ellos las nuevas órdenes religiosas, en especial franciscanos y dominicos. El ejemplo alcanza su auténtica realización dentro del sermón. Es palabra para ser dicha, acompañada por el tono, la gesticulación y el contexto adecuados, lo que no conviene olvidar a la hora de leerlos, como el mismo Jacques de Vitry advierte. Su inserción rompe el ritmo del discurso homilético, hace pasar de las verdades generales y ahis-

---

[26] J. Th. Welter, *L'Exemplum dans la littérature religieuse et didactique du Moyen Age*. París y Toulouse, 1927 (reimpreso en Ginebra, Slatkine, 1973), p. 1.

tóricas a la anécdota singular, del presente al pasado. El cambio de enunciación, tono, lenguaje, etc., contribuye a captar la atención del público. Cualquier procedimiento es lícito para evitar el tedio de los oyentes. El *exemplum* será uno de los favoritos, aunque como recuerda Caplan, un abad interrumpió su charla para despertar al auditorio con un brusco giro temático: «Erase una vez un rey llamado Arturo...» [27].

El modelo de predicación basado en el comentario verso a verso del Evangelio comienza a ser considerado antiguo, y sólo adecuado para iletrados, cuando, hacia el siglo XIII, se va configurando la predicación moderna. Desde tiempos apostólicos hasta el XII se abarca un período del sermón con forma inorgánica. Una especie de breve exposición informal a partir del pasaje bíblico del día. Pero en el XIII, la aparición de nuevas órdenes religiosas, la difusión del misticismo, el desarrollo de la escolástica y, sobre todo, la aplicación de los decretos del IV Concilio de Letrán (1215), en los que se alentaba a elevar el nivel cultural de los eclesiásticos, fueron factores que alteraron el método homilético. Este cada vez se fue haciendo más sistemático y culto, pero sin perder nunca su dimensión popular.

El arquetipo es el sermón universitario que se organiza en torno a una cita, el *thema,* generalmente extraída de la Biblia, y considerada como la raíz del sermón. De ahí, a modo de ramas, como se representa en algunos tratados, partían las subdivisiones que se sometían a una glosa amplificada por medio de ejemplos o citas de autoridades [28]. Las escasas *artes praedicandi* conservadas procedentes de la Península no parecen conceder excesiva importancia a los *exempla,* aunque tampoco en manuales europeos se especifica con claridad su función. Hay

---

[27] H. Caplan, *Of Eloquence. Studies in Ancient and Mediaeval Rhetoric,* Ithaca y Londres, Cornell University Press, 1970, p. 45.
[28] Utiles y acertadas síntesis sobre el método homilético pueden encontrarse en las obras de C. Delcorno. *La predicazione nell' età comunale,* Firenze, Sansoni, 1974, y F. Rico, *Predicación y literatura en la España medieval,* Cádiz, UNED, 1977.

alusiones al uso de ejemplificaciones, como material explicativo, pero no tienen por qué referirse expresamente a los *exempla*. Para Fr. Alfonso d'Alprão, como para Fr. Eiximenis o Fr. Martín de Córdoba son un tipo de prueba más, útiles para relacionar las materias expuestas con otras similares y más accesibles o gratas para la gente sencilla [29]. Tanto Eiximenis como Alprão, al igual que San Vicente Ferrer o J. de Vitry siguen una tradición estricta, rechazando las fábulas o historietas burlescas, al igual que encontramos en los *Castigos e documentos:* «Palabra de fabriella non la deve meter en la pedricaçión, ca la pedricaçión ofiçio santo e verdadero es, e por eso el que pedrica non deve ý poner palabra mentirosa nin dubdosa» (página 111) [30].

También otro profano como Dante (*Paradiso*, XXIX, vv. 94 y ss.) lamentaba la costumbre de narrar fábulas desde el púlpito lo que hacía que las ovejuelas (es decir, el público) volvieran de pacer llenas de viento. Por el contrario, el agustino Fr. Martín de Córdoba, quizá dando muestras de su talante prerrenacentista, tiene un criterio más abierto, recomendando aprovecharse de las creencias de la antigüedad o de las tradiciones populares. Estas voces son avisos del cambio o desviación que está sufriendo el género desde el modelo primitivo, al hacerse cada vez más hincapié en lo narrativo, con aspectos humorísticos e incluso obscenos.

El creciente uso de los *exempla* en la predicación tiene su reflejo tanto en la ampliación considerable de sus fuentes como

---

[29] El escaso interés de los críticos en torno a las *artes praedicandi* hispánicas va cambiando en los últimos años con la aparición de los recientes estudios de A. G. Hauf, «El *Ars Praedicandi* de Fr. Alfonso d'Alprão. Aportación al estudio de la teoría de la predicación en la Península Ibérica», *AFH,* 72 (1979), 233-329; A. D. Deyermond, «The Sermon and Its Uses in Medieval Castilian Literature», *La Corónica,* VIII, 2 (1980), 127-145; Pedro M. Cátedra, *Dos estudios sobre el sermón en la España medieval,* Barcelona, UAB, 1981, y «La predicación castellana de San Vicente Ferrer», *Boletín de la Academia de Buenas Letras,* XXXIX (1983-1984), 235-309.

[30] *Castigos e documentos para bien vivir ordenados por el rey don Sancho IV,* ed. A. Rey, Bloomington, Indiana University, 1952, p. 111.

en la aparición de compilaciones. Los ejemplos procedentes de las *Vidas de los Santos Padres* o de los *Diálogos* de Gregorio el Grande comienzan a ser reemplazados por otros de procedencias muy diversas. Parábolas, milagros, cuentos orientales o folclóricos, leyendas, citas de bestiarios..., todo sirve para, con algunas modificaciones, engrosar los repertorios de los predicadores, aunque las divergencias se perciben en la estructura del relato. La unidad viene dada por la moral, pero cada vez se alejan más de la estricta edificación para acercarse al entretenimiento, iniciándose así, para F. Tubach, el declinar del género [31].

De los siglos XIII al XV contabiliza Th. Welter unas cuarenta y seis colecciones (ejemplarios) con numerosas coincidencias. Muchos de sus autores nos son desconocidos, ya que se amparan en la anonimia por no sentirse más que meros compiladores de ejemplos anteriores; sus predilecciones o sus voluntarios olvidos ayudan a veces a identificar por lo menos la orden religiosa a la que pertenecían, con frecuencia franciscanos o dominicos. La función de los ejemplarios era ayudar al predicador, quien encontraba aquí un amplio repertorio de anécdotas para ilustrar sus sermones; no debe olvidarse este dato, ya que es fácil, a la hora de leer los ejemplos, juzgarlos negativamente por su escaso desarrollo narrativo, pero el predicador adornaría verbalmente lo que leído resulta esquemático. Hoy nos llegan aislados, fuera del cauce homilético del que no eran más que una pieza dentro de una meticulosa organización. Dados los criterios básicamente funcionales perseguidos en estas recopilaciones, pronto se vio la necesidad de sistematizarlas para facilitar su rápido manejo y ayudar a sacar el máximo partido de los textos ahí recogidos. El primer criterio fue el lógico, usado preferentemente por cistercienses y dominicos, que consistía en agrupar los *exempla* en divisiones que iban desde la conversión, contrición, confesión, hasta la muerte y el juicio final.

[31] F. Tubach, «Exempla in the Decline», *Traditio,* XVIII (1962), 407-414.

A finales del siglo XIII se inicia entre los franciscanos ingleses un sistema alfabético que se generalizará rápidamente, dadas sus grandes ventajas[32]. Arnoldo de Lieja, en su *Alphabetum Narrationum,* lo perfecciona al remitir de unas rúbricas a otras, creando así reenvíos múltiples. Con el *Speculum Exemplorum* se logra la síntesis de ambos procedimientos, al usarse internamente el orden lógico, pero clasificar alfabéticamente el índice. La organización, contrastada con los modelos del marco narrativo de origen oriental, parece endeble y rudimentaria, pero es indudablemente la más efectiva para los fines que persigue.

## 4. *Los ejemplarios castellanos*

Son tres los conocidos, todos ellos de época comprendida entre finales del XIV y mediados del XV, pero estas fechas no deben hacernos olvidar que se trata del reflejo en lengua vulgar de una tradición latina muy anterior. Para su estudio habría que remontarse al siglo XIII, momento del auge de la predicación y la consiguiente aparición de este tipo de compilaciones.

## *Libro de los gatos*

En un mismo códice, algo defectuoso, se hallan copiados el *Libro de los gatos* y el *Libro de los exenplos por a.b.c.* de Clemente Sánchez de Vercial[33]. Algunos rasgos lingüísticos, como el uso de la forma *gelo,* la alternancia *so/soy,* etc., han llevado

---

[32] J. C. Schmitt, «Recueils franciscaines d'*exempla* et perfectionnement des techniques intellectueles du XIII au XIV siècle», *Bibliothèque de l'Ecole des Chartes,* 135 (1977), 5-21.

[33] Ambos han sido editados por J. E. Keller, dentro de los Clásicos Hispánicos del Consejo Superior de Investigaciones Científicas, en 1958 y 1961, respectivamente.

recientemente a B. Dabord[34] a fechar el *Libro de los gatos* entre 1350 y la primera mitad del siglo xv, con lo que sería el primero de los tres.

Se trata, como ha establecido la crítica desde el siglo pasado, de una versión en lengua vulgar de una obra latina ampliamente difundida, las *Fábulas* de Odo de Cheriton, conocido predicador inglés, nacido a finales del siglo xii (1180/90), y de origen normando. Quizá este último dato explique su estrecha conexión con Francia, que le llevó hacia 1200 a realizar estudios en la Universidad de París y donde se hicieron famosas sus predicaciones, hasta el punto de que él mismo pase a ser protagonista de algunos ejemplos (Vid. *Espéculo de los legos,* núm. 48). También algunas alusiones en sus sermones permiten suponer que viajó por España hacia 1224. Para Albert C. Friend[35] con posterioridad a este viaje redactaría sus fábulas, fuente del *Libro de los gatos,* lo que puede apoyarse con tres datos concretos: 1.º) la fábula VII («De ave sancti Martini») presenta al animal como «quedam avis dicitur sancti Martini in Hispania», referencia conservada en la versión romance donde ocupa el número II; 2.º) en la fábula LXVI, «De Pavone Deplumato», comenta el autor, en tono peyorativo, la conducta de un rey de Aragón, que dejó su herencia a la Iglesia, quedando desvalidos sus sucesores; en la alusión creo reconocer la imagen de Alfonso I el Batallador (1104-1134), cuyo testamento a favor de las Ordenes Militares causó tantos problemas[36]; 3.º) por último, en la fábula XLI, «De Upupa et

[34] B. Dabord, «*El Libro de los gatos:* sur la structure allégorique de l'exemple», *Cahiers de linguistique hispanique médiévale,* 6 (1981), 8-109; el mismo crítico ha publicado recientemente una edición del *Libro de los gatos* en los *Annexes des Cahiers de linguistique hispanique médiévale,* núm. 3, 1984.

[35] A. C. Friend, «Master Odo of Cheriton», *Speculum,* XXIII (1948), 641-658.

[36] Para el testamento de Alfonso el Batallador y sus consecuencias puede consultarse la obra de José María Lacarra, *Historia del reino de Navarra. Desde sus orígenes hasta su incorporación a Castilla,* Pamplona, Editorial Aranzadi, 1972, vol. I, pp. 328-330.

Philomene», aparece un fraile predicador en España que desaparece en la versión del «Enxiemplo de la abobilla con el ruiseñor» (XLII). Por el contrario, L. Hervieux [37] fechaba el texto entre 1219-1221, basándose en una velada cita al obispo de Meaux en la primera fábula.

Del texto latino a la versión romance no sólo hay un considerable lapso de tiempo, sino una serie de modificaciones. La primera, y también la única que hasta ahora ha preocupado a la crítica, se encuentra en el misterioso título, para el que no hay fáciles explicaciones en la fuente originaria. Tratando de sintetizar y ordenar las numerosas hipótesis expuestas, podríamos agruparlas en dos posturas divergentes: 1. Un amplio número de estudiosos parten de lo que ya Gayangos [38] advertía: la arbitrariedad del título *Libro de los gatos*. Nada hay en el texto que justifique la mención destacada a tales animales, ya que, si bien es cierto que los gatos protagonizan siete fábulas, otros animales, como por ejemplo los lobos aparecen en diez, el zorro en ocho, etc. Ello ha llevado a pensar que la palabra *gatos* fuera resultado de algún error paleográfico por *Magister Ottonis* o por *quentos* (Northup) [39]. J. E. Keller rebatió el posible error mediante una reproducción facsímil, donde se percibe la nítida distinción existente en el manuscrito entre la *g* y la *q;* lo cual tampoco impide suponer que la confusión se diera ya en el manuscrito originario, del que no conservamos más que una copia. Este camino, sin embargo, no ha sido abandonado, aunque se ha tratado de buscar alguna voz, relacionada a su vez con el contenido, y cuya transmisión defectuosa explicara el sorprendente título.

---

[37] L. Hervieux, *Les fabulistes latins depuis le siècle d'Auguste jusqu'à la fin du moyen âge,* t. IV. *Eudes de Cheriton et ses dérivés,* París, Librairie de Firmin-Didot, 1896 (reimpreso en Hildesheim, Georg Olms Verlag, 1970).

[38] P. de Gayangos, *Escritores en prosa anteriores al siglo XV,* BAE, LI, p. 445.

[39] G. T. Northup, «*El libro de los gatos,* a Text with Introduction and Notes», *Modern Philologie,* V (1908), p. 491.

Para L. Zelson [40] se trataría de una palabra aramea, *agadah*
(narración), muy común entre los hispanohebreos, lo que le
lleva a suponer incluso que el traductor castellano fuera un
converso. J. E. Keller [41], además de aventurar una posible relación con *catar,* recoge tres voces árabes que podrían explicar
la confusión: *khatta,* escrito, cuento; *gat'ah,* pieza, historia,
y *ghatta,* esconder. A esta lista, J. Burke [42], incorpora la voz
*qattu,* mentir, como posible antecedente de un *gato,* equivalente
a hipócrita, y distinto a su vez del animal. Con ello el título
vendría a significar *Libro de las falsedades o mentiras.* La más
reciente aportación en esta línea es la de J. M. Solá Solé [43].
Descarta toda explicación fundada en un término oriental mal
entendido, no sólo por tratarse de un ejemplario de tradición
latina, sino por el hecho extraño de que el arabismo se hubiera
introducido sin el artículo correspondiente, como es lo habitual.
Sigue, sin embargo, creyendo que los gatos del título son de-
formación de algún otro término y propone una lectura errónea
por *gatones,* adjetivo que hace derivar de Catón. Por influencia
de los famosos dísticos, el nombre vendría a ser sinónimo en
época medieval de «consejo», «castigo» o «exemplo».

2.    A esta postura se opone una tradición crítica que arran-
ca de M. Menéndez Pelayo, para quien «acaso el autor entendía
figuradamente por gatos a los que son blanco de su sátira» [44].
La idea fue retomada por M. R. Lida [45], quien apoyándose en
el ejemplo LXII de *El Conde Lucanor* («Et conseiovos yo
que siempre vos guardedes de los que vierdes que se fazen

    [40] L. G. Zelson, «The Title *Libro de los gatos*», *Romanic Review,* 21
(1930), 237-238.
    [41] J. E. Keller, «Gatos not Quentos», *Studies in Philology,* L (1953),
437-445.
    [42] J. F. Burke, «More on the Title *El Libro de los gatos*», *Romance
Notes,* IX (1967), 148-151.
    [43] J. M. Solá-Solé, «De nuevo sobre el *Libro de los gatos*», *Kentucky
Romance Quarterly,* XIX, 4 (1972), 471-483.
    [44] M. Menéndez Pelayo, *Orígenes de la novela,* Madrid, CSIC, 1962,
página 166.
    [45] M. R. Lida de Malkiel, «*Libro de los gatos* o *libro de los cuentos*»,
*Romance Philology,* V, 1 (1951), 46-49.

gatos religiosos, que los más dellos siempre andan con mal et con engaño») y en varios refranes, propuso su identificación con los hipócritas religiosos. Con posterioridad, G. Artola y W. Mettmann [46] han defendido esta hipótesis, aportando datos de la literatura oriental y de un *Planto de España* aljamiado, respectivamente. La identificación entre estos animales y la hipocresía religiosa se estableció con frecuencia en las fábulas indias y un ejemplo puede encontrarse dentro del *Calila* (VI, 3). Allí aparece un gato religioso que es llamado para actuar como juez en el pleito establecido entre la liebre y la jineta. Bajo esta falsa apariencia va ganándose su confianza, «fasta que saltó en ellos anbos e los mató». Es muy posible que esta sea la explicación para el enigmático título de un libro cuyo blanco principal son los grandes señores y los religiosos hipócritas que, aprovechando su apariencia y poder, incurren en innumerables abusos. Resulta, sin embargo, evidente que el autor inglés no partía de esta identificación; basta con leer la moraleja de la fábula LX: «Por el gato se entienden los simples e llos buenos que non saben usar sinon de verdad e de servir a Dios e façer obras para sobir al çiello».

Dejando a un lado el título, poco más se ha escrito acerca del *Libro de los gatos* y de su relación con las fábulas de Cheriton. La reducción en el número de fábulas (de 75 a 58 epígrafes) parece obedecer a defectos de transmisión, ya que, con algunas excepciones aisladas, las ausencias se concentran al inicio y al final. No conviene olvidar que el texto del *Libro de los gatos* se interrumpe en el «Exiemplo del lobo con la liebre», sin que nada anuncie la conclusión, y comienza sin el prólogo. Sólo una parte del ejemplo XXVIII y el XLIII no se hallan en la fuente latina.

En la organización de la colección no se descubre ningún criterio clasificatorio similar al usado en otros ejemplarios, lo

---

[46] G. Artola, «*El Libro de los gatos:* An Orientalist's View of the Title», *Romance Philology*, IX, 1 (1955), 17-19; W. Mettmann, «Zum Titel *El Libro de los gatos*», *Romanische Forschungen*, 73 (1961), 391-392.

que parece corroborar la idea de L. Hervieux de que el texto no fue originariamente escrito para auxiliar a los predicadores, sino que sería más bien una obra de crítica social, destinada a la lectura dentro del contexto del IV Concilio de Letrán. Ello no impidió que las fábulas se utilizaran en innumerables sermones y pasaran después a otros muchos ejemplarios. Sólo pueden descubrirse algunas tímidas alusiones internas que permiten aventurar una lectura continuada: en el ejemplo XXIX alude al XXIII, en el VIII al VII.

Bajo cada epígrafe se agrupa una parte anecdótica y la lección moral que de ella puede extraerse; en varios casos, una cita de una «autoridad» pone el broche final. Sólo en seis ocasiones (IX, XXII, XXIII, XXXVIII, LIII, LVI), el plano narrativo abarca más de una historia, sin que haya excesiva relación entre ellas, lo que hace un total de sesenta y cinco; el caso más interesante corresponde al ejemplo XXXIII con un atisbo de «caja china», ya que es un personaje del primer relato, el letrado, quien se convierte en narrador del segundo.

Las historias ofrecen un grado muy diferente de desarrollo: van desde el germen narrativo mínimo (XXXVI) hasta el cuento folclórico (XXIII), presentando, a veces, curiosos intentos de dramatización del bestiario (V, X, XII, XIII). En ellos se rompe aparentemente el mecanismo del *exemplum,* que consiste en extraer de una acción singular una aplicación universal. Las observaciones basadas en la conducta de los animales no tienen carácter individualizador; dicho de otra manera, el tiempo del ejemplo es pretérito y su expresión inicial lo sitúa en un momento concreto de la ambigüedad («Acaesció así que un día...»). Por el contrario, las características de los animales se narran en un presente durativo, propio de las afirmaciones comprobadas varias veces. Sin embargo, su utilización por parte de Odo de Cheriton no es nada extraña, ya que, a partir del siglo XIII, bestiarios, lapidarios, etc., pasarán a incorporarse a los ejemplarios. El proceso es similar al usado en el *Fisiólogo,* texto escrito en griego hacia el siglo II d.J.C., de donde parte la amplísima tradición medieval de bestiarios.

De una observación de carácter general puede extraerse una ley aún más general; así la Encarnación, principio de validez universal, se ilustra con la conducta del gusano «hydrus»:

> Hay un gujano que laman hydrus. Es de tal natura que se envuelve en el lodo, enterra en la boca del cocodrilo cuando duerme e liégale fasta el vientre, e muérdele en el corazón e ansí lo mata; por que debemos entender el fijo de Dios que tomó el lodo de nuestra carne por tal que más ligeramente se deslavase en la boca del diablo, ansí entró en él e mordiólo en el corazón e matólo.
>
> Este se entiende que después que Jhesu Christo tomó muerte e pasión por los pecadores salvar, estonce mandó al diablo que después que él murió, cualquier hombre se pudiese salvar si quisiere. Otrosí, por pecador que sea e por pecados que haya fechos, si se arrepentiere e se guardare adelante de facer mal e pidiere mercet a Nuestro Señor que lo perdone luego se podría salvar; e atanto que esto faga, luego se tirará el diablo dél (XIII).

El planteamiento, salvando la confusión de nombres, es idéntico al narrado en el *Fisiólogo,* lo que no impide seguir considerando el anterior como un *exemplum:*

> Hay un animal llamado equinemón, enemigo del dragón. Cuando ve un dragón, va contra él, cubriéndose de barro, tapando su nariz con la cola, ocultándose e hinchándose; de ese modo ataca al dragón hasta matarlo.
>
> Así también nuestro Salvador, adoptando la sustancia de un cuerpo terrenal, el cuerpo que recibió de María, se mantuvo firme hasta dar muerte al espiritual dragón, faraón que reside a orillas de los ríos de Egipto, es decir, el diablo [47].

El proceso se acerca a la llamada alegoría perfecta. Recordemos que los retóricos distinguían entre alegoría perfecta, aquella en la que no se descubre ninguna huella léxica, y la im-

---

[47] *El Fisiólogo. Bestiario Medieval.* Introducción y notas de N. Guglielmi, Buenos Aires, Eudeba, 1971, p. 76 y p. 176n; bajo el nombre de *enhydris* aparece en las *Etimologías* de San Isidoro, XII, 36, y como *hidra* en el *Bestiario de Amor* de Richard de Fournival, Madrid, Miraguano, 1980.

perfecta, en la que puede desvelarse directamente el significado.
Algunos ejemplos siguen estas pautas con bastante fidelidad,
como el «Enxiemplo del unicornio», donde nada permite al
lector conocer su verdadero sentido antes de adentrarse en la
exégesis. No siempre la trasposición es tan exacta. El paralelismo entre anécdota y lección falla en bastantes ocasiones (IV,
XI, XXXV, XXXVII...), siendo visible en estos casos un intento por extraer conclusiones forzadas, sin que la anécdota las
propicie.

En otros ejemplos, el moralista abandona la estructura ale-
górica pura y cerrada en busca de una mayor generalización,
lo que le lleva a crear una pluralidad de interpretaciones. De
este modo, al «ensancharse» la lección, muchos lectores u oyentes pueden verse afectados por sus palabras. El final del ejemplo XLV muestra esta tendencia polivalente: «Ansí es de muchos hombres en este mundo que muchas vegadas acaesce que
vienen los ladrones, o los merinos, o sus señores, o parientes,
o otros algunos que son más poderosos que non ellos, e gelo
comen o destruyen todo ...» La técnica es similar a la utilizada por el Arcipreste de Talavera en el *Corbacho*, agudamente
subrayada por D. Alonso [48], y en ambas obras por influencia
de las *artes predicandi*.

En la mayoría de los casos la pluralidad de la lección se
reduce a una bifurcación hacia dos blancos: los grandes señores de la Iglesia y los del mundo. La duplicidad de la aplicación moral es más aparente que real; la doble perspectiva permite, al quedar enfrentados ambos grupos sociales, reforzar su
equiparación. Los grandes señores, prelados, obispos..., se iden-
tifican con lobos y zorros, cuyo único afán es pecar, menos-
preciando a sus inferiores, a los que no queda en muchas ocasiones más recurso que robar (II). La crítica se recrea con los
miembros de la Iglesia, y especialmente contra benedictinos y

---

[48] D. Alonso, «El Arcipreste de Talavera, a medio camino entre moralista y novelista», en *De los siglos oscuros al de Oro,* Madrid, Gredos,
1958, pp. 125-136.

cistercienses (XXII, XXVIII, XXVI...); sorprende por ello que algunos estudiosos pensaran en Odo de Cheriton como miembro de la orden del Cister.

Se ha venido suponiendo que el texto del *Libro de los gatos* acentuaba los tonos críticos frente a la fuente latina, lo que también concuerda con los numerosos conflictos sociales generados en Castilla durante los primeros años del siglo XIV. Sin embargo, una lectura rápida de las *Fabulas* de Odo de Cheriton obliga a atenuar esta afirmación. Un cotejo con el manuscrito editado por L. Hervieux muestra que, hasta la fábula XXIII, el texto castellano destaca por sus moralizaciones más amplias; una vez cerrada la parte de sátira religiosa, el *Libro de los gatos* añade, tras un «otrosí», una aplicación igualmente negativa para los poderosos laicos. A partir de la fábula XXIV las correspondencias son cada vez más exactas, pero a ello viene a añadirse que, justo en ese mismo punto, la versión romance se aparta del orden seguido por la versión latina editada. Ello induce a pensar que quizá el autor del *Libro de los gatos* fuera un traductor bastante fiel, pero de otro de los numerosos manuscritos de las *Fabulas,* en el que las moralizaciones fueran más extensas. El tema merece, sin embargo, un estudio detallado. En la parte anecdótica, el traductor sigue el mismo hilo narrativo, enriqueciendo el sintético estilo de Odo de Cheriton con una mayor amplificación retórica; algunas reiteradas alusiones a personajes del *Roman de Renard* (Ysengrinus, en las fábulas XIX, XXXII; y Reinardus, XL) son sustituidas por los animales que encarnan lobo y zorro, respectivamente, quizá por temor a la incomprensión de sus lectores [49].

En ambos textos se percibe la misma fidelidad a la organización de la sociedad estamental, a la que ni las críticas de Odo de Cheriton ni las revueltas de la Castilla del XIV, llegan a

---

[49] Puede consultarse el artículo de P. J. Lavado Paradinas, «Acerca de algunos temas iconográficos medievales. El *Roman de Renard* y el *Libro de los gatos* en España», *Revista de Archivos, Bibliotecas y Museos,* LXXXII (1979), 551-567, aunque es un campo en el que aún queda mucho por investigar.

poner en tela de juicio. Cualquier intento, por leve que sea de ascensión social (I, XXXIX), es duramente castigado [50]. El conformismo que en el fondo predican estos ejemplos no está lejos del percibido en algunos relatos del *Calila*.

## Libro de los exenplos por a.b.c.

Dentro del mismo códice hay una versión incompleta del *Libro de los exenplos por a.b.c.*, considerado, hasta ahora, el único ejemplario original. La obra se tuvo por anónima del XIV hasta que, a finales del siglo pasado, A. Morel-Fatio [51] dio a conocer otro manuscrito, conservado en la Biblioteca Nacional de París, mucho más completo y en el que figuraba el nombre de su autor: Clemente Sánchez, archidiácono de Valderas (León). Estos datos permitieron identificarlo con el bachiller en leyes y canónigo, autor de un manual litúrgico muy popular hasta su prohibición por la Inquisición en 1559, el *Sacramental,* y de una *Breve copilación de las cosas necesarias a los sacerdotes.* Su fecha de fallecimiento se supone anterior a 1434 y A. Morel-Fatio aventuró que el ejemplario habría sido compuesto entre 1400-1421, basándose fundamentalmente en el prólogo, donde no menciona el *Sacramental* (1421-1423) y dedica su obra a un canónigo de Sigüenza, ciudad que abandonó en 1423. Los argumentos no son excesivamente consistentes, ya que nuevas investigaciones biográficas prueban que residió en León desde 1406 hasta 1434. Las actas capitulares, editadas por Eloy Díaz-Jiménez [52], lo presentan como hombre «noble, letrado, instruido

---

[50] M. Favata, «Static Society in Medieval Spanish Exempla», *Oelschläger Festschrift,* Estudios de Hispanófila, 36. Chapel Hill, 1976, pp. 185-189.
[51] A. Morel-Fatio, «*El libro de los ejemplos por a.b.c.* de Climente Sánchez», *Romania,* 7 (1878), 481-526.
[52] E. Díaz Jiménez, «Clemente Sánchez de Vercial», *Revista de Filología Española,* VII (1920), 358-368; «Documentos para la biografía de Clemente Sánchez de Vercial», *Boletín de la Biblioteca Menéndez Pelayo,* X (1928), 205-224.

y honradísimo», lo que ha permitido plantear la posible originalidad del ejemplario.

En él sigue, como su título claramente indica, un rigurosísimo orden alfabético, desde *Abbas* a *Ypocrita*. Entre estas dos
voces abarca 438 rúbricas que acogen, en su versión íntegra,
547 ejemplos [53]. En más de una ocasión (por ejemplo, el número 300), utiliza el sistema de reenvíos, generalizado a partir
del *Alphabetum narrationum* de Arnaldo de Lieja a principios
del XIV, con lo que se multiplica su utilidad. Pese a que ello
haga pensar primordialmente en un uso sermonario, la dedicatoria a su amigo Johan Alfonso de la Barbolla, canónigo de
Sigüenza, permite descubrir la voluntad de instruir a supuestos
lectores, ignorantes del latín, con una obra edificante:

> proponía de copilar un libro de exenplos por a.b.c. e después
> reduzirle en romançe, por que non solamente a ti, mas ahun a los
> que non saben latín fuese solaz (...). *Exempla enim ponimus,*
> *ectiam exemplis utimus in docendo et predicando ut facilius in*
> *telligatur quod dicitur* (p. 27).

En el siglo XV la predicación cobra nuevo auge en los países del Occidente cristiano, con figuras tan destacadas como
Vicente Ferrer, J. Savonarola o Bernardino de Siena. A pesar
de las voces contrarias de los humanistas, especialmente desde
la segunda mitad del XV, a las que seguirán las prohibiciones
conciliares, las compilaciones de *exempla* y su uso en los sermones no se ven interrumpidos. Sin embargo, éstas, a juicio
de Th. Welter, se van haciendo cada vez más repetitivas, incluyendo los mismos ejemplos del pasado, agrupados por similares procedimientos y siendo esporádicas ya las innovaciones [54].

---

[53] J. E. Keller, en su edición citada, cuenta 548, pero P. Groult, en
«Sánchez de Vercial y su *Libro de los exenplos por a.b.c.»*, *Cuadernos
del Sur,* 10 (1968-1969), 1-33, señaló acertadamente cómo el número 92 no
forma más que un solo cuento, aunque Sánchez de Vercial cite expresamente
dos fuentes.

[54] Th. Welter, ob. cit., p. 379; no todos los críticos están de acuerdo
en estas afirmaciones. Para F. Tubach, art. cit., el declive se inicia ya en el
siglo XIII, mientras que para C. Bremond, J. Le Goff y J. C. Schmitt,

Concretamente, el problema de la originalidad del *Libro de los exenplos* ha sido objeto de numerosas controversias. La opinión generalizada entre la crítica hispánica desde J. Amador de los Ríos, P. Gayangos a M. Menéndez Pelayo, fue suponer, basándose en la indicación del prólogo, que Clemente Sánchez había usado fuentes muy variadas para redactar su texto. La primera voz discrepante fue la de A. Morel-Fatio, y en parte confirmada por A. Krappe y G. Brault [55] en su búsqueda de fuentes, al negar tal originalidad y pensar en algún antecedente latino, como los numerosos *alphabeta*. Pero, al no haberse hallado todavía la supuesta fuente latina, algunos estudiosos, como J. Keller y H. Sturm [56], han vuelto a la primera hipótesis, dando así mayor importancia a la obra. Para este último, Sánchez de Vercial habría consultado todas las versiones clásicas citadas y estaría influido por el latinismo del período prerrenacentista. Su intención al componer el libro habría sido devolver las enseñanzas de los clásicos al púlpito.

Posiblemente, Sánchez de Vercial no estuviera siguiendo un único modelo, al menos desconocemos su existencia, aunque suponerle manejando directamente todas las fuentes que cita, dista bastante de los procedimientos habituales de trabajo del

---

ob. cit., p. 57, no se puede hablar de decadencia hasta finales del siglo XVIII; en apoyo de esta afirmación aducen la importancia de los *exempla* en la homilética contrarreformista y barroca; vd. también R. Ricard, «Aportaciones a la historia del *exemplum* en la literatura religiosa moderna», en *Estudios de literatura religiosa española*, Madrid, Gredos, 1964, pp. 200-226.

[55] A. H. Krappe, «Les sources du *Libro de exemplos*», *Bulletin Hispanique*, XXXIV (1937), 5-54, y «Sepherd and King in *Libro de exemplos*», *Hispanic Review*, XIV (1946), 59-64; G. Brault, «The Faithless Executor in *El Libro de Enxemplos*», *Hispanic Review*, 28 (1960), 40-43.

[56] J. E. Keller, «The Question of Primary Sources», *Classical, Mediaeval and Renaissance Studies in Honor of Berthold L. Ullmann*, II, Roma, Edizioni di Storia e Letteratura, 1964, pp. 285-292, y «The *Libro de los exenplos por a.b.c.*», *Hispania*, XL, 2 (1957), 179-186; H. Sturm, «*Libro de los exenplos por a.b.c.*», *Kentucky Romance Quarterly*, XVII (1970), 87-91; F. López Estrada, «Por los caminos medievales hacia la utopía: *Libro de los ejemplos*, número 6», *Aspetti e Problemi delle Letterature Iberiche. Studi offerti a Franco Meregalli*, Roma, Bulzoni Editore, 1981, páginas 209-217, concluye, a partir del ejemplo 6, que Sánchez de Vercial «se adscribe así a un Prehumanismo militante», p. 217.

escritor medieval. Por un lado, el desconocimiento de antecedentes castellanos (como *El Conde Lucanor,* el *Barlaam* romance, etc.) y la repetición dos veces de un mismo cuento aunque en distintas versiones (como los números 4 y 215) parecen apoyar la idea de un «ejemplario de ejemplarios». Entre éstos (como los de J. de Vitry, E. de Bourbon, A. de Lieja, etc.) ejerce un proceso selectivo que le lleva a la ignorancia casi completa de los frailes mendicantes; no aparecen los dominicos, mientras que los franciscanos ejemplifican tres relatos (133, 154, 165); quienes suelen brillar por su virtud son los monjes, en un conjunto de anécdotas retomadas de las *Vidas de los Santos Padres.*

Asimismo, los adagios latinos que preceden cada división, y a los que la crítica ha dedicado poca atención, podrían muy bien proceder de colecciones de sentencias latinas ordenadas alfabéticamente, tan populares en la Edad Media. Cada uno de estos proverbios va seguido de su traducción, que más o menos afortunadamente, trata de reproducir en forma de dístico. Conjuntamente el adagio latino, la versificación castellana y el ejemplo (o a veces los ejemplos) forman una indisoluble unidad. El procedimiento recuerda a la tradición homilética, a través de la cual pudo aprender Sánchez de Vercial a glosar y amplificar con *exempla* una cita de autoridad. Los cuentos, quizá pensados para una lectura directa sin el apoyo verbal de la predicación, están considerablemente más desarrollados que en otros muchos ejemplarios latinos.

## Espéculo de los legos

Quizá el más moderno de los tres ejemplarios sea el *Espéculo de los legos,* al menos eso se desprende de las palabras de J. M. Mohedano: «Nos inclinamos a establecer que la versión castellana del *Speculum laicorum* se hace durante el pontificado de Nicolás V, es decir, entre 1447 y 1455, fecha que cuadra perfectamente con las características estilísticas, ortográficas y

literarias de la versión» [57]. Pero de nuevo hay que dar marcha
atrás en el tiempo para rastrear su génesis. La fuente es otra
compilación latina, el *Speculum Laicorum,* cuyo moderno editor,
Th. Welter, ha tratado de situar, a través de datos internos,
en un momento histórico-cultural concreto.

Pese a que se trate de una obra anónima, supone que su
autor fue un franciscano inglés, orden en la que era habitual
el anonimato. En favor de esta tesis puede aducirse, por un
lado, el fondo doctrinal y moral próximo a los frailes menores y, concretamente, a San Francisco, protagonista de varias
historias. Las fuentes, entre ellas las citadas *Fabulas* de Odo
de Cheriton, y la localización de algunos *exempla* también lo
acercan al mundo anglosajón. Por último, la ordenación alfa-
bética de los capítulos es otro dato más que corrobora esta
hipótesis. El primer ejemplario conservado que usó este sistema organizativo, el *Liber exemplorum ad usum praedican-
dium* (1275), es obra de un franciscano inglés, y el que le sigue,
la *Tabula exemplorum secundum ordinem alphabeti* (1277) es
también de un fraile de la misma orden, por lo que no es de
sorprender la ubicación en ese contexto del *Speculum.* Una alusión al franciscano Juan Peckam, arzobispo de Canterbury entre
1279 y 1292 permite datarlo a finales del XIII. Todas estas
compilaciones son un reflejo del resurgir intelectual de Oxford
y Cambridge en el XIII, donde los franciscanos Grosseteste, York
y Bacon desempeñaron un importante papel.

La obra conoció un gran éxito, como se prueba no sólo
por el abundante número de manuscritos (uno de ellos en Toledo), sino por la reaparición de sus *exempla* en colecciones
posteriores. Una muestra más de esa popularidad es la fiel

---

[57] *El espéculo de los legos. Texto inédito del siglo XV,* ed. de J. M. Mohedano, Madrid, Instituto Miguel de Cervantes, 1951; sorprende que en
la p. xix de la introducción afirme su editor que «el texto original latino
del *Speculum laicorum* se ha perdido», cuando había sido dado a conocer por
J. Th. Welter, *Le Speculum Laicorum. Edition d'une collection d'exempla
composée en Angleterre à la fin du XIII siècle,* París, 1914, ampliamente
mencionado en la clásica obra del mismo estudioso francés, especialmente a
partir de la p. 291.

traducción castellana; el aparente aumento de cuatro capítulos (hasta 91) se explica por la subdivisión del extenso capítulo dedicado a «La Iglesia».

La tardía aparición de estos ejemplarios romances en la España del XV responde no sólo a su primordial función de auxilio de predicadores sino también, como ya hemos visto, de lectura edificante. La escasez de obras en castellano que cumplieran estos objetivos, llevaría a su utilización con este fin en las comunidades religiosas. En uno de los manuscritos del *Espéculo de los legos,* en nota al margen de los capítulos IV, «Del Adulterio», y LVII, «De cómmo deve el ome esquivar de morar con las mugeres», se indica: «Este capítulo non se lea a la mesa». La especial organización del libro, más completa que la de Sánchez de Vercial, favorecería esta práctica.

Bajo cada epígrafe se incluyen dos partes netamente diferenciadas: 1) Definición de la materia abarcada por el título; 2) Número variable de *exempla* que ilustran el tema, acompañados de citas de autoridades y de exégesis, si es necesaria (por ejemplo, en las fábulas). Para desarrollar la materia, el autor recurre a la técnica sermonaria culta, cuyo uso se había difundido ampliamente a partir de finales del XII. En ocasiones el *thema* es una cita de una autoridad religiosa (San Agustín en el capítulo XX), o profana (el Filósofo Segundo en el LVIII); otras veces la cita se sustituye por la explicación etimológica del término, para lo cual suele recurrir a San Isidoro (XXVI) o prescinde totalmente del enunciado del *thema,* ya que viene dado por el mismo epígrafe. Seguidamente comienza su explicación por el conocido procedimiento de la *subdivisión* (generalmente en tres o cuatro ramas) que pasa a amplificar con apoyo de nuevas citas de autoridades. Como modelo podemos escoger, abreviándolo, el comienzo del capítulo XII dedicado al bautismo en el que incorporo indicaciones mías entre paréntesis:

El bautismo es lavamiento de fuera del cuerpo en nombre de la Santa Trinidad so forma çierta de palabras en señal del lavamiento del peccado *(parte de San Mateo, 28, 19).* E dize San

Agustín: El bautismo es entennimiento en la agua santificada por la palabra de la vida *(thema con apoyo de Auctoritates)*. E las maneras del bautismo son tres, conviene saber, de agua e de graçia e de sangre *(Divisio)*. E tres cosas son las que faze el bautismo, ca alinpia el alma e abre el çielo e libra del infierno. De lo primero se dize en el sesto deçimo de Ezequiel (...). E de lo segundo dize en el terçero de San Lucas (...). E de lo terçero ay exemplo en el Exodo (...). Demanda destas cosas yuso en los exemplos *(la división en tres, conectada con un modelo trinitario, se ha ido amplificando con citas de autoridades)*.

Seguidamente vienen seis ejemplos (múltiplo en este caso del número elegido en la división), que ilustran las propiedades curativas y milagrosas del agua bautismal. Cada uno de ellos va precedido de la referencia libresca correspondiente («Leese en la vida de San Silvestre...»), que confiere autoridad al relato, y cerrado, en muchas ocasiones, por una moralización exegética, acompañada de una o varias citas. La parte narrativa, con mucha frecuencia, carece de un desarrollo dramatizado, limitándose a ser una rápida exposición de hechos. Todo ello no anula, como ya indicaba para el *Libro de los exenplos,* el interés de este tipo de recopilaciones, auténticos centones de anécdotas de donde beberá la literatura posterior, y material inagotable de datos históricos, folclóricos, legendarios, etc.

III. La confluencia de tradiciones

Dos son los momentos clave en la fusión de la corriente narrativa oriental con la occidental. El primero se produce entre los siglos XII y XIII cuando Europa va conociendo a través de versiones latinas los cuentos orientales y éstos se van integrando bien en los ejemplarios, bien en las obras enciclopédicas de amplia circulación. El segundo paso importante vendrá con la imprenta, que multiplicará y favorecerá la confluencia de tradiciones; se da entonces el caso de que regresen a la Península, en su vestidura occidental, obras conocidas ya en nuestro suelo desde hacía dos siglos.

Hasta mediados del siglo XII Occidente desconocía, con excepción de versiones orales, la narrativa didáctica de tan amplia difusión por Oriente, ya que entre ambos mundos se interponía una barrera lingüística. Algunos críticos han sobrevalorado el papel que pudieron desempeñar los cruzados o los mercaderes para transmitir relatos escuchados en Bizancio, pero resulta cada vez más evidente que la captación de los sistemas de inserción de las colecciones orientales requiere la fijación por escrito. Y era necesario que se tradujeran al latín —quizá con textos intermediarios en griego o, sobre todo, en hebreo— para encontrar el camino libre.

Sólo en el caso de Pedro Alfonso puede España reivindicar, sin ninguna duda, su contribución a la entrada de la narrativa oriental en Europa. A partir de 1250 se multiplican las recopilaciones de *exempla* y significativamente en este momento la *Disciplina clericalis* comienza a ser considerada como una más de éstas. El sentido original de la obra de Pedro Alfonso era esencialmente profano y sólo en tres ocasiones utilizaba el término *exemplum*. Sin embargo, el auge alcanzado por los ejemplarios borrará las diferencias y cuentos de la *Disciplina clericalis* pasarán al *Tractatus de diversiis materiis predicabilibus* de Etienne de Bourbon, a la *Tabula Exemplorum*, al *Speculum laicorum*..., siendo difícil encontrar una colección en la que no haya un cuento procedente de la obra del judío oscense. Puede sorprender esta popularidad y más pensando que algunos, como el de «La espada» (V. 2), «El lienzo» o «El vendimiador», tienen poco de moralizante y pronto circularon paralelamente catalogados como *fabliaux*. Pero contribuirían, por un lado, a divertir al auditorio y su valor edificante hay también que entenderlo como proposiciones de modelos rechazables. Los predicadores insistían en que «no hay ningún pecado en aprender del enemigo» [58]. Más extraño es descubrir que en España no se

---

[58] G. Owst, *Literature and Pulpit in Medieval England,* Cambridge, University Press, 1933, p. 304.

conserva ningún manuscrito del texto de Pedro Alfonso [59], ni
siquiera una traducción íntegra al castellano; los cuentos incluidos en el *Libro de los exenplos* por a.b.c., el *Espéculo de los
legos* o la *Vida de Isopete con sus fábulas ystoriadas,* vuelven
—al menos con toda seguridad en los dos últimos citados—
a la Península a través de versiones intermediarias escritas en
Inglaterra o Alemania.

Las traducciones de la época alfonsí del *Calila e Dimna* y del
*Sendebar,* tuvieron escasa repercusión fuera de nuestras fronteras. [La temprana aparición de una versión en lengua romance
frenó su difusión europea, y sólo en el caso del *Calila* sabemos
que una copia fue recibida por la reina Juana de Navarra y de
Champagne (1273-1305), esposa de Felipe IV, y mandada traducir al latín. Dificultades posteriores hicieron que esta salida
se viera pronto interrumpida.[El texto clave, sin embargo, fue
la traducción titulada *Directorium humanae vitae alias parabolae
antiquorum sapientum,* realizada hacia 1270 por un judío converso, Juan de Capua, el cual se sirvió de un original hebreo.
A partir de este momento, el *Calila* conocerá numerosas traducciones a distintas lenguas modernas.

En cuanto al *Sendebar* también habrá que esperar a las traducciones latinas que aseguren su difusión y de nuevo parece
que el texto hebreo —*Mishle Sendebar*— desempeñó un papel
importante. A través de la *Historia septem sapientum,* cuya primera versión tuvo que aparecer en el siglo XII aunque no se
conserve, fue extendiéndose a más de cuarenta versiones diferentes, clasificadas por la crítica en diversas familias, y conservadas en cerca de doscientos manuscritos. También se integrará
en los ejemplarios, especialmente en la *Scala Coeli de diversis
generibus exemplorum,* compuesta entre 1323 y 1330 por el
dominico Juan Gobio, donde, bajo la rúbrica *Femina,* se incluye
íntegro (rama S).

---

[59] A. Hilka y W. Söderhjelm, en su edición de la *Disciplina clericalis,*
Helsingfors, 1911, describen uno localizado en los Archivos de la Corona
de Aragón, que parece, por el título, retomado de un original extranjero.

*concebir - to conceive, imagine*

Esta versión fue traducida al castellano por Diego de Cañizares hacia el siglo xv, quien con el título de *Novella* parece adscribir su obra a las nuevas formas de ficción venidas de Italia [60]. Un cotejo entre este texto y el *Libro de los engaños* revela, junto a las numerosas variantes en la historia principal y en los cuentos insertados que se encuentran en todas las familias occidentales, una forma diferente de concebir los cuentos. Ahora los narradores, concluida su historia ante el rey, no se retiran sin antes realizar una trasposición de su relato, aplicándolo a la narración que le sirve de marco. El procedimiento recuerda las prácticas exegéticas y es fiel reflejo del usado en el *Barlaam*. Por ejemplo, el conocido cuento del niño y de la serpiente (V, 4 y XVII, 2), común también a la rama oriental, es explicado así, ante el monarca, por el primer sabio:

> Tú, Señor, eres así como infante criado de tres amas, conviene a saber: de misericordia y sapiençia y justiçia, y la sierpe que quiere tragar al infante, honrra y amparo de los romanos, es esta Emperatrix, que quiere poner mácula en tu corona; y el lebrel es el hijo del Emperador, que pelea con la sierpe porque no mate el pueblo romano. Y pues que así es, tú, Emperador, quieres matar el lebrel, conviene a saber al Infante, que es nuestra guarda, y defendimiento, y salut y amparo de ti y de todo tu imperio (páginas 77-78).

Con la aparición de la imprenta alcanzan una gran difusión las colecciones de cuentos pero, en el caso de las orientales, las versiones que ahora circulan por la Península proceden de la rama occidental. En 1493 se edita en Zaragoza en la imprenta de Pablo Hurus la primera traducción del *Directorium humanae vitae* de Juan de Capua, bajo el título de *Exemplario contra los engaños y peligros del mundo*. La palabra «exemplario» con la que se encabeza la obra ya indica cómo fue rápidamente absorbido en la tradición occidental. El texto sigue con fidelidad el original latino de Juan de Capua y, a éste y a la versión

---

[60] Las *Versiones castellanas del Sendebar* fueron editadas por A. González Palencia en Madrid-Granada, CSIC, 1946.

hebrea de Joël, hay que atribuir las numerosas modificaciones, la presencia de nombres propios, cambios en los animales protagonistas... La obra es un eslabón importante a la hora de estudiar la difusión de los cuentos por la Península. Dada la escasa circulación de la traducción alfonsí, hay que atribuir a esta versión la transmisión de cuentos del *Calila* a autores posteriores, como es el caso de Sebastián de Mey o Timoneda. Prueba de ello son las más de doce ediciones que fue conociendo desde el incunable ya citado hasta mediados del siglo XVI [61].

El *Sendebar* también tuvo numerosas reimpresiones. En 1550 aparecía en Burgos el *Libro de los Siete Sabios de Roma,* una de las numerosas traducciones a una lengua moderna que se remontan a un texto latino perdido (clasificado dentro de la rama H por Gaston Paris) [62]. Las modificaciones respecto a la rama oriental son múltiples y un análisis de las variantes permitiría estudiar los mecanismos de la transmisión literaria. Permanece intacto el sistema organizativo, pero la trama sufre un proceso de adecuación a los nuevos contextos culturales. La alusión a las noventa mujeres del rey va a desaparecer. La falsa acusación provendrá de la madrastra, con lo que además de confluir con un tipo bien conocido del folclore, se evita que sea la propia madre quien condene a su hijo a muerte. Hay un mayor deseo de concreción, visible en la localización en Roma del marco narrativo y en el uso de nombres propios no sólo para los sabios sino también para muchos personajes de los cuentos insertados. El Occidente captó el procedimiento formal ofrecido por el *Sendebar,* pero lo usará para la difusión de distintos materiales, en algunos casos próximos a los llamados «romances» en la crítica anglosajona. Así en el *Dolophatos* (versión en prosa latina realizada por Juan de Alta Silva a finales del

[61] Existe un facsímil de la edición de Zaragoza, Jorge Coci, 1531, realizado en 1934 por la Cámara Oficial del Libro de Madrid. Para los datos relativos a las distintas ediciones, vd. *Bibliography of Old Spanish Texts (BOST),* 3.ª edición, Madison, 1984.
[62] G. Paris, *Deux Rédactions du Roman des sept sages de Rome,* París, Société des Anciens Textes Français, 1876.

siglo XII) se introducirá la «Historia de los niños convertidos en cisnes», primer paso de la famosa leyenda de *El caballero del Cisne*. En las traducciones españolas de Cañizares y la anónima editada en Burgos, excepto cuatro cuentos coincidentes con la rama oriental, los demás responden a la tradición literaria y folclórica occidental, como sucede con «Amis et Amile» (XX, 4) o «La matrona de Efeso» (X, 1).

En 1573 Pedro Hurtado de la Vera tradujo del italiano la *Historia lastimera del príncipe Erasto,* que fue publicada en Amberes. El texto se remonta a otra familia del *Sendebar* (la llamada I, por su amplia difusión en Italia). En total son tres las versiones occidentales que circularon por España a las que habrá que sumar la primitiva traducción de la rama oriental para obtener un panorama completo. El más popular, sin duda, fue el *Libro de los siete sabios,* que contó con más de dieciocho reimpresiones, las últimas ya entrado el siglo XIX, en pliegos de cordel. Con el paso del tiempo el texto se va abreviando, por un lado para suprimir las reiteraciones folclóricas más del gusto del lector medieval, y por otro, para ajustarse a los márgenes impuestos por las nuevas formas de difusión, y también plebeyizando. Los reyes y emperadores van a ser sustituidos por labradores ricos o, a lo sumo, nobles. Las que fueron en tiempos obras promocionadas por la casa real son ahora lecturas populares para un público casi analfabeto [63].

Pero la imprenta no sólo acoge colecciones orientales. En 1488 se imprime en Tolosa una traducción castellana, a partir de la versión francesa de Julien Macho, de las fábulas de Esopo; al año siguiente aparece en Zaragoza, impresa por Juan Hurus, la *Vida de Isopet con sus fábulas historiadas* [64], siendo estos los

[63] A. J. Farrell, «A Late Spanish Survival of the Seven Sages: *Historia de los siete sabios de Roma.* Madrid, 1859», en *Studies on The Seven Sages of Rome and Other Essays in Medieval Literature. Dedicated to the Memory of Jean Misrahi,* Honolulu, Educational Research Associates, 1978, páginas 92-103; otros artículos del mismo volumen colectivo inciden en distintos aspectos interesantes de la colección.

[64] De esta edición se realizó un facsímil en Madrid, Publicaciones de la Real Academia Española, 1929, con estudio preliminar de E. Cotarelo.

abarcar —to contain, embrace.

primeros eslabones de una cadena de reediciones. También esta
obra fue objeto de numerosas adaptaciones y remodelaciones.
La versión más completa comenzó a circular por Occidente gracias a un monje griego, Máximo Planudes, quien vino a Italia
como embajador de Andrónico II ante la República de Venecia.
Este texto suponía una versión mucho más fidedigna que las
numerosas adaptaciones que habían circulado por las escuelas
medievales atribuidas a Rómulos.

En las cinco partes en las que se divide el incunable zaragozano hay reunidas, junto a la interesante «Vida de Esopo»,
fábulas y cuentos procedentes de Esopo, Aviano, Pedro Alfonso,
Poggio, etc. Así, pues, al *corpus* fabulístico de Esopo y Aviano
se ha sumado el polivalente Pedro Alfonso y las *facecias* compuestas por el italiano Poggio Branciolini hacia 1451. La definición del prólogo «fábulas son aquellas cosas que ni son fechas
ni pueden ser fechas porque serían fechas fuera de la naturaleza» (IIIr.), se queda corta para abarcar un contenido en el que
también abundan los cuentos y los *fabliaux*.

El antecedente más próximo es la versión realizada en Alemania por E. Steinhöwel, con posterioridad a 1474. La traducción fue realizada bajo el patrocinio del señor don Enrique
(1445-1522), hijo del infante del mismo nombre, y virrey de
Cataluña [65]. Cotarelo cree que serviría para su educación infantil,
retocándose luego para la publicación, pero la dependencia que
mantiene con la edición alemana no permite, dado el escaso margen de tiempo, confirmar esta hipótesis.

En el prólogo se indica la voluntad de su promotor de que
«sea distribuida a los vulgares e personas no tanto doctas e
letradas, como de muy piadoso padre a los fijos» Esta idea,
junto a la insistencia en que «la obra non sea reputada por
digna para que della pueda ser informada e instruida su escla-
rescida señoría» (IIr.) contrasta con la predilección mostrada

---

[65] A. Morel-Fatio, «L'Isopo castillan», *Romania,* 23 (1894), 561-575;
G. G. Laubscher, «Notes on the Spanish Ysopo of 1496», *Modern Language
Notes,* XXIV, 3 (1909), 70-71.

por otras personalidades por estas fábulas. La biblioteca de la reina Isabel la Católica contaba con cuatro ejemplares, dos de ellos manuscritos; otro figuraba en la biblioteca del rey Carlos III de Navarra, en la del Príncipe de Viana...

Con el final de la Edad Media no llega también el ocaso para las colecciones de cuentos, sino todo lo contrario. En Italia, el *Isopete* despierta, desde mediados del xv, el interés de los humanistas. Uno de ellos, Rinuccio Thesalo (llamado por error Remicius en el incunable zaragozano) inicia la traducción de parte de las fábulas del griego al latín, pero la versión más difundida es la del célebre Lorenzo Valla, utilizada después en las escuelas para aprender a traducir y a leer en latín. Por un lado, la imprenta relanza las obras orientales revestidas con nuevos aditamentos adquiridos en su deambular europeo. Por otro, el afán por lo clásico se muestra en el interés por la traducción de sus obras más populares a las lenguas modernas. Dos años después que el *Exemplario* la misma imprenta zaragozana de Pablo Hurus imprime la traducción realizada por Mossen Ugo de Urríes de los *Facta et Dicta Memorabilia* de Valerio Máximo, aunque, como en otras ocasiones, las prensas no hacen más que reflejar un éxito previo en la transmisión manuscrita, bien sea en latín, bien sea en romance. Por ejemplo, todo el libro II del *Libro de las claras e virtuosas mugere*s (1446) de Alvaro de Luna se inspira directamente en los *Facta et Dicta*. La revalorización de las lenguas vulgares y el incremento en el desarrollo educativo pueden también explicar las sucesivas reediciones de estas colecciones.

## IV. El eclecticismo hispano

### 1. *La literatura de «castigos»*.

La corriente, tanto oriental como occidental, de los manuales de educación de príncipes se plasma, a partir del siglo xiii, en un gran número de obras de este tipo en lenguas vulgares. A la

tradición occidental, de inspiración agustiniana, vino a sumarse
el amplio filón formado por el *Secretum secretorum* y sus deri-
vaciones. Estos tratados, a menudo, se presentaban como si hubieran sido compilados por los monarcas para la educación de
sus propios hijos, o por sus más directos consejeros; así con-
fluían en el autor la voz de la experiencia con la supuesta sabiduría regia. Sin embargo, dada la amplitud de los preceptos,
fueron considerados también útiles para todo tipo de lectores,
no sólo para los príncipes, lo que justifica la enorme difusión
alcanzada. En el siglo XIII se dan una serie de factores que
explican la proliferación de estos tratados, tanto en latín (como
los de Santo Tomás, Egidio Romano, etc.), como en lenguas
romances. En Europa el cambio en la organización definitiva del
gobierno monárquico, junto con el rigor expositivo de la escolástica, fomentan la literatura de «espejos»; en la Península, la
institución regia estaba firmemente consolidada gracias a la Re-
conquista, aunque con la subida al trono de Fernando III el
Santo, y la unión de nuevo en 1230 de Castilla y León, se dan
unas circunstancias políticas más propicias para la labor cultural.
La preocupación por la ética y política regias explican no sólo
las traducciones de obras árabes en torno al príncipe perfecto,
y la difusión de textos occidentales, sino, lo que es más interesante, la aparición de las primeras creaciones originales. El tono
eminentemente didáctico, inherente a estas obras doctrinales,
favorece la inserción de ejemplos.

## *Libro de los doce sabios*

Hacia 1237 se inicia posiblemente el que puede ser considerado como el primer tratado de educación de príncipes en castellano: el *Libro de los doce sabios,* pensado quizá para la formación del joven príncipe, después Alfonso X. La obra es un
perfecto ejemplo de simbiosis entre la tradición oriental y la
occidental, que su autor, probablemente un cristiano de la corte

de Fernando III, conocía bien. Junto a alguna otra alusión más
velada, en el capítulo X se incluye sin elaborar la fábula esópica
de «Júpiter y las ranas», que después desarrollará Juan Ruiz,
y en el epílogo, posiblemente realizado hacia 1255, según
J. Walsh [66], se retoma el tema de la tumba de oro de Alejandro
Magno, ya conocido en la Península por el ejemplo XXIII de
la *Disciplina clericalis.*

## Castigos e documentos del rey don Sancho

Mucho más interesantes, por lo que al material narrativo se
refiere, son los *Castigos e documentos del rey don Sancho,* com-
puestos entre 1292-1293. La obra se presenta, siguiendo la tradición, como escrita por el rey Sancho IV para la educación de
su hijo Fernando, luego Fernando IV el Emplazado. Es muy
posible que la autoría regia fuera sólo algo nominal y que tras
ella se esconda la pluma de algún consejero regio, quizá, como
apunta A. Rey [67], el propio Gil de Zamora, quien, como tutor
del joven rey, había redactado otro espejo de príncipes en latín:
*De preconiis Hispaniae.* También, aunque se refiere directamente
a su hijo, un amplio público quedaría abarcado en los consejos,
como se refleja en el prólogo: «Con ayuda de çientíficos sabios
ordene fazer este libro para mi fijo, e dende para todos aquellos
que dél algund bien quisieren tomar e aprender...» (p. 33).

Posiblemente, la mala imagen posterior de Sancho IV explique, aunque no justifique, la escasa atención dedicada al texto
por la crítica, aunque opiniones más recientes parecen iniciar una
revalorización. Así, para Germán Orduna, «en ningún momento
don Juan Manuel supera la abundancia, la complejidad y perfección técnicas que *Castigos e documentos* ofrecen en el uso

[66] *El Libro de los doze sabios o Tractado de la nobleza y lealtad,*
ed. J. K. Walsh, Madrid, BRAE, anejo XXIX, 1975.
[67] A. Rey, *Castigos e documentos,* ed. cit.; B. R. Weawer, «The Date
of *Castigos e documentos para bien vivir*», *Studies in Honour of Lloyd
A. Kasten,* Madison, 1975, pp. 289-300.

de la materia ejemplar»[68]. El libro sigue de nuevo la doble influencia: occidental (especialmente notable en las huellas del *Regimiento de príncipes* de Egidio Romano) y oriental (visible también en lo que a cuentos y sentencias se refiere).

Los ejemplos surgen del diálogo —o mejor dicho pseudodiálogo— mantenido entre Sancho IV y su hijo, aunque este último no pase de ser un receptor explícito y silencioso. En el esquema se reconoce la vieja ficción, ya popularizada por la *Disciplina clericalis,* de la pareja dialogante, en la que el padre o maestro, con la autoridad de la ciencia y de los años, enseñan al joven discípulo y para ello combinan la doctrina con la ejemplificación. El tono doctrinal del libro, pensado como arte de gobierno, hace que la relación teoría-práctica se incline a favor de la primera, repartiéndose las historias de forma irregular, sin que sea fácil descubrir un plan premeditado. La necesidad de ilustrar algún pasaje justifica la inserción de uno o varios ejemplos, pero, en este último caso, simplemente se encadenan con fórmulas como «así mesmo», «otrosí»...

Predominan los relatos hagiográficos (San Martín, San Nicolás, San Aduarte), bíblicos, clásicos o milagrosos. Sólo en un par de ocasiones se acerca a la tradición oriental, como en el capítulo XXVI al narrar «lo que contesçió a un omne con un león», en el cual tanto la ausencia de fuentes citadas, como los protagonistas anónimos, «un omne» y «un león», y el tema, la superioridad de los animales sobre los hombres, recuerda parecidas fábulas orientales. Lo mismo ocurre en el capítulo XXXV, en donde se incluye una versión del famoso cuento de «El medio amigo» (VII, 1), cuyo inicio: «Demandó un sabio a un su fijo...», recuerda la vinculación con la *Disciplina clericalis.*

Sin embargo, la gran mayoría de los relatos se cuentan como verdaderos, atestiguados bien por la mención expresa a fuentes escritas («Fallamos escripto...», «Recuenta Tullio...») o bien

---

[68] G. Orduna, «El exemplo en la obra literaria de Don Juan Manuel», en *Juan Manuel Studies,* ed. por I. Macpherson, Londres, Tamesis Books, 1977, p. 132.

por el prestigio de sus protagonistas (el duque Godofre, Santo Tomás...). Ello les hace perder algo el carácter ejemplar y repetible para ser, como en la tradición clásica, *estorias notables* en las que el joven infante debe *parar mientes*. Especial interés tiene en este sentido el milagro de Juan Corbalán (VI, 2), acaecido en tiempos del rey don Sancho y narrado directamente por su protagonista al autor. La técnica de incorporar en la ejemplificación asuntos tomados de la experiencia personal fue un procedimiento usado por los predicadores y, en la Península, entre otros, por Raimundo Lulio. Pero, dado el carácter sobrenatural del relato, cobra mayor importancia el testimonio real: «E nós, el rey don Sancho, escrivimos aquí este miraglo segund que Iohan Corvalán, a quien acaesçiera, nos lo contó por su boca» (p. 124). La frase, con todo el estilo de la prosa cancilleresca, recuerda a don Iohan haciendo escribir en un libro los buenos ejemplos de Patronio. La labor de recuperación de la obra de Sancho IV llevará, como anunció R. P. Kinkade, a considerarlo «puente literario entre Alfonso el Sabio y don Juan Manuel»[69].

## *Libro del caballero Zifar*

Suma de narración caballeresca, relato hagiográfico, novela bizantina, etc., el *Libro del cavallero Zifar* es una muestra sorprendente de la confluencia en la Península de diversas corrientes. Sin embargo, su vinculación con los espejos de príncipes, en especial en la parte II, explica la inserción de ejemplos, aunque éstos, cuyo número asciende a veintitrés, se reparten de forma irregular. En la primera parte (subdividida por Ch. Wagner en dos: «El caballero de Dios» y «El rey de Mentón»), centrada en la trayectoria heroica del protagonista hasta su culminación caballeresca, se incluyen seis cuentos; en la última, dedicada a la biografía de Roboán, paralela a la de su padre, tres. «Los castigos del rey de Mentón» son, como sucede con el homónimo de San-

cho IV, los que abarcan mayor número de cuentos, hasta un total
de catorce, dado el tono eminentemente didáctico de estas páginas, y su vinculación estrecha con obras orientales [70].

Para la inserción de ejemplos se utilizan dos procedimientos.
El más frecuente es el tradicional sistema del *diálogo*. El narrador por excelencia es el protagonista, tanto en su condición de
caballero Zifar (dos cuentos), como, sobre todo, cuando alcanza
el trono de Mentón y adoctrina a sus hijos (diez); el paralelismo
entre padre e hijo (y estructuralmente entre las partes I y III)
queda reforzado por contar cada uno de ellos historias. Sólo
otros dos personajes secundarios alcanzan, por una vez, la categoría de narradores: en la primera parte, el ermitaño que adoctrina al curioso personaje del ribaldo y en la última, la emperatriz Nobleza, quien de esta forma muestra su dominio sobre
Roboán. A diferencia, pues, de las colecciones orientales, donde
«cualquiera» tenía derecho a narrar, con lo que el intercambio de
cuentos se aproximaba al género de los debates medievales, aquí
la narración de un cuento parece una muestra de superioridad
moral, aunque no jerárquica. La tarea queda especialmente
reservada, con las excepciones ya mencionadas, a los dos héroes,
padre e hijo; con ello dan una muestra de su doble faceta de
hombres valientes y acertados en su consejo, suma de *fortitudo
et sapientia*.

Entre los receptores se encuentran los más jóvenes (los hijos
del rey de Mentón) o los menos sabios (la esposa de Zifar o el
campesino). Una prueba más de la madurez de Roboán en la III
parte se refleja en que cuenta con oyentes como el conde Turbia
y el emperador de Triguiada, a los que el joven héroe, sin haber
alcanzado aún el trono, se permite aconsejar.

En dos ocasiones (ambas en la parte II) se produce un curioso caso de *inserción directa,* sin narradores ni receptores ex-
presos. Es el propio autor quien, dentro de un discurso acerca

[70] *Libro del Caballero Zifar,* ed. J. González Muela, Madrid, Castalia,
1982; para las fuentes de los cuentos, véase el estudio de Ch. Ph. Wagner,
«The Sources of *El Caballero Zifar*», *Revue Hispanique,* X (1903), 5-104;
la numeración y titulación de los cuentos es mía.

de la conducta de los caballeros, introduce el cuento de «El lobo y el carnero»; igualmente más adelante inserta el ejemplo de «Las preguntas de un padre a su hija» (VII, 3). En ambos casos son dos modelos contrarios a lo sucedido en la acción principal. Los que roban a los enemigos el botín y no lo devuelven a sus primitivos dueños se comportan como el compadre que se comió el carnero, pero de forma contraria se habían conducido Garfín y Roboán, quienes devolvieron lo robado a sus dueños, «queriendo dar buen enxiemplo de sí». En el segundo caso, la conversación del padre y la hija dentro del cuento se opone a la situación, en la trama principal, del Caballero Atrevido, «que estava atendiendo la respuesta de la dueña, que non podía de ella aver repuesta» (p. 222).

Zifar, Roboán, el ermitaño y la emperatriz Nobleza son los únicos personajes de la trama principal con categoría para ser narradores, pero sus historias no son las únicas que cuentan, ya que dentro de ellas —en inconfundible huella oriental— se incluyen otras. Esto se produce con los cuentos 1 y 2 («El medio amigo» y «El amigo íntegro», VII, 1 y 2), 7 y 8 («El rey y el predicador», «El ruiseñor y el cazador», VII, 4 y 5), 12 y 13 («El rey Antegono y el juglar» y «La generosidad de Alejandro»), 17, 18 y 19 («Los tesoreros», «El lobo y las sanguijuelas» y «El Papa y los cardenales»), mostrando así las posibilidades variadas del procedimiento de la «caja china» (o muñecas rusas).

El primer caso se produce con los cuentos de «El medio amigo» y «El amigo íntegro», de los cuales el segundo es narrado por el padre que ya había aleccionado a su hijo en la historia anterior. En realidad no puede hablarse con propiedad de «caja china», ya que el cuento interpolado se ha desplazado del lugar habitual. La inserción no interrumpe la acción principal del marco (en este caso la prueba del medio amigo), sino que viene a continuación. El padre no trata de modificar la conducta del hijo, sino de aportar un nuevo argumento para su total convencimiento. La novedad estructural en este caso es mínima, ya que la vinculación con la *Disciplina clericalis* no deja lugar a dudas acerca del origen del recurso.

Más interesantes son los siguientes casos que se dan ya todos dentro de «Los castigos del rey de Mentón». Zifar narra a sus hijos el cuento de «El rey y el predicador» (VII, 4). Un rey «mancebo», que iba de caza, tiene dos encuentros. En primer lugar, un predicador y luego un médico le dan buenos consejos, pero el médico va aún más lejos contándole la famosa historia de «El ruiseñor y el cazador» (VII, 5) que se recogía ya en la *Disciplina clericalis* y en el *Barlaam*. Esta vez el esquema está mucho más próximo al modelo de cuentos enhebrados, ya utilizado en el *Calila e Dimna*. De nuevo, el viaje aparece como motivo estructurante de los dos episodios, en los que el rey se va a encontrar con un curador de almas (el predicador) y uno de cuerpos («el físico»), cada uno de los cuales pronunciará un breve discurso. El procedimiento se combina con la inserción, pues el médico, al concluir su intervención, añade la historia de «El ruiseñor y el cazador». Los tres consejos (discursos y narración) inciden sobre el protagonista, el joven rey, hasta hacerle modificar su conducta, ya que, concluida la historia, el rey «tomó su castigo» y «fue muy buen rey». La interrelación entre los distintos niveles se acentúa por la función que cumplen los personajes: por un lado, Zifar, el predicador, el médico y el ruiseñor desempeñan el mismo papel de buenos consejeros, pero obligados a dar «amargos castigos». Los hijos de Zifar, el joven rey y el cazador tienen que aprender sus lecciones, por duro que les resulte. La similitud entre estos dos últimos viene acentuada si recordamos que el joven rey iba de caza cuando tuvo sus encuentros, motivo folclórico que, en este caso, no conduce al amor ni a la muerte, sino a la sabiduría (es decir, a la vida, según la tradición oriental).

Por último, los cuentos 17, 18 y 19 ofrecen el mayor grado de complejidad por tratarse de tres historias insertadas. En el primero de ellos, que sirve de marco narrativo para los otros dos, se cuenta la historia de un rey moro que va despidiendo a sus tesoreros, porque cada uno le roba más que el anterior. Decide aconsejarse con el primero que se había encargado de sus riquezas y éste le explica la verdad por medio de dos cuentos concatenados: «El lobo y las sanguijuelas» y «El Papa y los cardenales». Estos dos relatos son independientes, ya que no se insertan uno dentro del otro. Ambos tienen en común el mismo narrador (el mayordomo) y el mismo receptor (el rey), y temáticamente se adecúan de modo perfecto al contexto, reproduciendo analógicamente la situación del marco. En el cuento 18, las sanguijuelas que chupan la sangre al lobo equivalen a los malos tesoreros que se aprovechan del rey; otro lobo (equivalente al mayordomo) advierte del peligro. En el segundo caso, cuento 19, son los cardenales quienes se aprovechan del Papa, pero un hombre bueno le aconseja bien. La situación aún se complica más cuando leemos las palabras de este último:

> Padre santo, conséjote que non quieras perder tu aver, ca quanto más dieres tanto perderás, ca el uso que avemos luengamente acostumbrado non lo podemos perder en poco tiempo, e dezirte he por qué: sepas que nós avemos la manera del gallo, que por mucho trigo que le pongan delante en que se farta, non dexa de escarvar maguer sea farto, segunt lo ovo acostumbrado (p. 319).

La tendencia a recurrir al lenguaje alegórico ha llevado a insertar de forma embrionaria un nuevo cuento, cercano a las observaciones de los bestiarios.

Un cotejo entre la inserción de cuentos en dos obras muy próximas, tanto en su fecha de redacción como en las influencias comunes, los *Castigos e documentos del rey don Sancho* y los «Castigos del rey de Mentón», permite descubrir las diferencias. El *Libro del cavallero Zifar,* tanto por sus fuentes, temática y habilidad en la inserción de cuentos se aproxima mucho más a la tradición oriental. El paradigma perfecto es más el rey sabio y mesurado que el príncipe cristiano. A diferencia de lo sucedido en los *Castigos e documentos,* el autor no siente necesidad de testificar con fuentes escritas o datos históricos la veracidad de lo narrado. Sólo en una ocasión («Las preguntas de un padre a su hija», VII, 3) se presenta el cuento como «un enxienplo de Sant Jerónimo». Más curioso es el cuento 20, loca-

lizado en el reino de Orbín. Al finalizar su relato, Zifar añade:
«E mios fijos, sabet que este enxienplo oí contar a vuestra
madre la reina, que lo aprendiera quando ý fuera» (p. 231), lo
cual nos remite a la parte I, cuando Grima, viajando en una
solitaria y misteriosa nave, fue a parar al reino de Orbín. De
esta forma la reina se convierte, indirectamente, en narradora
—o mejor dicho, transmisora— de una historia.

### Castigos e doctrinas de un sabio a sus fijas

Con el transcurso del tiempo el género va conociendo sucesivas modificaciones hasta llegar a compilarse en el siglo xv, con
formas análogas, tratraditos para la educación de las doncellas,
como los *Castigos e doctrinas de un sabio a sus fijas* [71], similares,
por ejemplo, a los *Chastoiement des dames* de Robert de Blois. El
contenido va adaptándose a los nuevos fines, lejos del entorno
regio, lo que no impide que siga acogiendo cuentos, o mejor
dicho «novellas», insertadas. Relatos procedentes de las versiones occidentales del *Sendebar* o la famosa historia de Griselda,
incluida en el *Decamerón,* sirven para ilustrar a las supuestas
lectoras.

### 2.  «El Conde Lucanor» o la recreación de los ejemplarios

Hace falta llegar a la primera mitad del siglo xiv para encontrar con la figura de Don Juan Manuel, y en concreto con
el *Libro de los enxiemplos del conde Lucanor et de Patronio*
(acabado en 1335), la cristalización perfecta de la suma de tradiciones didácticas y narrativas que venían difundiéndose desde
siglos anteriores. En el noble castellano confluyen tanto la narrativa oriental como la occidental, especialmente la recopilada en

---

[71] La única edición que conozco sigue siendo la incluida por H. Knust
en *Dos obras didácticas y dos leyendas,* Madrid, Sociedad de Bibliófilos
Españoles, 1878, pp. 249-295.

*huella - trace .*

los ejemplarios. Bien pudo, como se deduce del prólogo al *Libro de la caza,* conocer las colecciones orientales que habían sido traducidas en el siglo XIII:

> Et porque don Iohan, su sobrino, fijo del infante don Manuel, hermano del rey don Alfonso, se paga mucho de leer en los libros que falla que compuso el dicho rey, fizo escrivir algunas cosas que entendía que cumplía para él de los libros que falló que el dicho rey abía compuesto [72].

Sin embargo, las huellas del *Calila e Dimna* y del *Sendebar* son escasamente visibles; los ejemplos relacionados con esta primera obra (VII, XIX y XXII) no guardan tan estrecha vinculación con la traducción medieval, en especial los dos primeros, como para no pensar en versiones intermediarias, escritas u orales. Del *Libro de los engaños de las mujeres (Sendebar)* no retoma ningún cuento ni tampoco muestra influencia del marco narrativo. Mucho más clara, por lo que se refiere a las partes II, III y IV es la lectura de los catecismos hispanoarábigos, como los *Bocados de Oro.*

En cuanto a la tradición occidental, Don Juan Manuel recoge anécdoctas de diversos ejemplarios, que no se limita a copiar ni traducir, sino que recrea libremente; en concreto, la relación con la Orden de Predicadores, visible a lo largo de toda su producción, como ya puso de manifiesto María Rosa Lida [73], pudo permitirle el acceso a sus compilaciones; en colecciones como las de Etienne de Bourbon, Jean Hérolt o John Bromyard se encuentran paralelos para varios modelos de *El Conde Lucanor.* A la hora de buscar un sistema organizador, Don Juan Manuel no recurrió al marco narrativo, de procedencia oriental, ni a los modelos lógicos o alfabéticos de los ejemplarios religiosos. A lo largo de sus cinco partes, dos personajes ficticios, el conde Lucanor y su ayo Patronio, reaparecen dialogando; así posibilitan

---

[72] Don Juan Manuel, *Libro de la Caza,* en *Obras Completas,* I, edición por J. M. Blecua, Madrid, Gredos, 1981, p. 520.
[73] M. Rosa Lida de Malkiel, «Tres notas sobre Don Juan Manuel», *Romance Philology,* 4 (1950-1951), 155-194.

una tenue estructura que permite ir pasando de los ejemplos y los proverbios al tratado final. La funcionalidad del recurso es múltiple ya que, gracias a él, el autor puede justificarse ante sus lectores, adelantar sus propósitos y crear un juego dialéctico de efectos aparentemente insospechados.

El sistema contaba también con numerosos antecedentes. El *Calila,* el *Sendebar* y el *Barlaam* usaron este procedimiento, combinado con los más complejos sistemas de inserción antes analizados. Más cercano resulta el uso que hace Pedro Alfonso en su *Disciplina clericalis* o Sancho IV en la reelaboración del *Lucidario,* obra cuyo origen puede remontarse a fines del xi. En éste, como en otros casos, la literatura no hace más que reflejar lo que era el procedimiento más corriente de enseñanza en la escuela medieval: el debate. Don Juan Manuel, guiado siempre por una preocupación eminentemente didáctica, usará el diálogo para estructurar también el *Libro del cavallero e del escudero* y el *Libro de los estados.* En este último será explícito al justificar su empleo:

> Por que los omnes non pueden tan bien [entender] las cosas por otra manera commo por algunas semejanças, conpus este libro en manera de preguntas et repuestas que fazían entre sí un rey et un infante, su fijo, et un cavallero que crió al infante et un philósofo (p. 208).

En *El Conde Lucanor* los personajes dialogantes no participan en una historia principal, como sucedía en los antecedentes orientales, pero tampoco carecen totalmente de personalidad, como les ocurría al rey y al filósofo del marco general del *Calila* castellano. No tienen una narración que los apoye, con lo que quizá hubieran perdido efectividad didáctica, pero por medio del diálogo van creando su propia historia. El proceso de individualizados, en relación con modelos anteriores, se aprecia ya en el uso de nombres propios. No son un rey, un filósofo, un padre, un hijo, un maestro o un discípulo, sino el conde Lucanor y su ayo Patronio. El primero puede confesar que «non só yo ya muy mançebo, et sabedes que passé muchos trabaios fasta aquí: Et bien vos digo que querría de aquí adelante folgar et caçar, et escusar los trabaios et afanes» (XVI), y Patronio puede reclamar a su señor, cuando ya esté cansado de narrar al iniciar la IV parte, «que me deviedes ya dexar folgar». Asimismo las escasas referencias temporales y espaciales que enmarcan los diálogos resultan variadas, y hasta expresivas, si las contrastamos con los modelos anteriormente citados. Igualmente Don Juan Manuel parece rehuir los antecedentes orientales al hacerle al conde expresar en estilo indirecto sus deseos por conocer la narración anunciada por Patronio («Et el conde le preguntó cómmo fuera aquello»); la fórmula ritual, y hasta ahora invariable, era: «¿Cómo es esto?», en la que Juan Vernet creía reconocer una versión de la forma sánscrita *katham etet,* transmitida al mundo árabe [74].

Pero quizá la diferencia mayor resida en el tipo de problemas que plantea el conde. Frente a las preguntas generales e incluso abstractas del rey en el *Calila* o del discípulo en la *Disciplina clericalis,* las preocupaciones de Lucanor afectan a su familia, vecinos o, en muchas ocasiones, a él mismo. Otras veces es Patronio quien, viendo el estado de su señor, decide narrar sin ser preguntado, como sucede en el ejemplo XXXVI:

> Un día fablava el conde Lucanor con Patronio, estando muy sañudo por una cosa quel dixieron, que tenía él que era muy grand su desonra, et díxole qué quería fazer sobrello tan grand cosa et tan grand movimiento, que para siempre fincasse por fazaña. Et quando Patronio lo vio assí sañudo tan arrebatadamente, díxole... [75].

La enseñanza de Patronio suele repartirse en tres momentos: 1) antes de anunciar el ejemplo; 2) dentro de la narración en estilo directo, y 3) en la aplicación al caso planteado, que suele marcarse lingüísticamente con algún giro del tipo «Et vós,

[74] J. Vernet, «Las Mil y una noches y su influencia en la novelística medieval española», *Boletín de la Real Academia de Buenas Letras de Barcelona* (1959-1960), 5-25.
[75] Don Juan Manuel, *El Conde Lucanor,* ed. J. M. Blecua, Madrid, Castalia, 1969, p. 193.

señor conde Lucanor...». Pero, consciente de la dificultad de su tarea, no sólo muestra su preocupación al principio por no ser capaz de realizarla, con los tópicos retóricos propios del inicio de todo discurso, sino que al finalizar su intervención matiza la utilidad de sus palabras. Muchas veces la respuesta se bifurca; sólo si se dan externamente unas condiciones análogas a las planteadas en la historia, debe seguirse el modelo propuesto; en caso contrario, carecería de utilidad práctica. Claramente lo expresa al anunciar el ejemplo XXXV:

> Señor conde —dixo Patronio— si él fuere tal commo fue un fijo de un omne bueno que era moro, conseialde que case con ella, mas si non fuere tal, non gelo conseiedes (p. 187).

Concluida la narración, lo ilustra brevemente con el intento tardío por parte del suegro de asustar a su mujer dando muerte a un gallo; a las circunstancias diversas se suma la escasa pérdida que supone la muerte de un animal comestible, con lo que el gesto carece de efectividad.

El ejemplo ya no se presenta como un paradigma de validez universal, sino de aplicación restringida, en principio, a unos casos concretos. La relatividad del modelo está condicionada a las maneras y los estados de los hombres, pues «ningún omne no se semeja del todo en la voluntad ni en la entençión con otro», como dice Don Juan Manuel en el prólogo. El conde también es consciente de ello y pide consejos apropiados a su condición social:

> ruégovos que, *segund el estado que yo tengo,* que cuydedes et me conseiedes la manera mejor que entendiéredes... (p. 69).

La conciencia estamental del autor lo aleja en este caso considerablemente de los predicadores, para quienes sus *exempla* eran válidos para todo cristiano, sin tener en cuenta su situación en este mundo.

La interrelación entre el problema inicialmente planteado por el conde y la respuesta de su ayo justifica también en dos

*bifurcar - to branch off*

ocasiones la inserción de dos ejemplos dentro de un mismo marco; así sucede cuando Lucanor cuenta el caso de sus dos hermanos (XXVII; VII, 3) o de sus dos vecinos (XLIII, IX, 7) y Patronio se ve obligado a bifurcar la ejemplificación, argumentando que «esto que vos dezides non es una cosa, ante son dos, et muy revessadas la una de la otra» (p. 212). Pero se limita a contraponer dos historias, rehuyendo el modelo de la caja china.

La única ocasión en que parece acercarse a este procedimiento de inserción es en el ejemplo III («El salto del rey Richalte»), donde combina magistralmente dos motivos tradicionales. El primero presenta el tema, conocido ya por las *Vidas de los Santos Padres,* del santo que desea conocer con quién compartirá el Paraíso, y se molesta al saber que tendrá como compañero a un pecador, en este caso el rey Ricardo de Inglaterra. Ante la sorpresa del religioso, Dios le envía un ángel para explicarle los méritos del rey. La curiosidad del ermitaño («et preguntól cómmo podía esto seer») propicia la aparición de un cuento insertado, el relato del histórico salto cuyo narrador es el enviado divino.

Pero el didactismo de *El Conde Lucanor* no se cierra como ha demostrado A. Várvaro [76], con la realidad del conde y su correspondiente ilustración, sino que se abre, con ayuda del autor ficticio hacia todos los lectores. Pero, antes de llegar a este último paso, es necesario que el conde acepte o verifique el consejo («Et fízolo así, et fallóse ende bien»), con lo que va acercándose a la sabiduría de su consejero, pues como se lee, por ejemplo, en el *Zifar:* «El saber sin el obrar es commo el árbol syn fruto.»

A partir de este momento hace su aparición don Iohan, trasunto del autor, con dos misiones: primero fijar por escrito la ficticia comunicación oral:

[76] A. Varvaro, «La cornice del *Conde Lucanor*», en *Studi di letteratura spagnuola,* Roma, 1964, 187-195; sigue siendo el análisis más perspicaz, hasta ahora, del marco del *Conde Lucanor.*

Et porque entendió don Iohan que este enxienplo era muy bueno, fízolo escrivir en este libro.

Frente a algunas opiniones atribuidas a Sócrates o Platón en los catecismos orientales, según las cuales la escritura sólo servía para facilitar el olvido, suprimir la relación sabio-discípulo y propagar los conocimientos hasta quienes eran indignos de ellos, Don Juan Manuel, como será tópico en los textos medievales, le concede la virtud de conservar indefinidamente el saber, e incluso, de acrecentarlo, como dice en el *Libro del cavallero et del escudero:*

> Et otrosí tiene[n] (los sabios) que vna de las cosas que lo más acresçenta es meter en scripto las cosas que fallan, por que el saber et las buenas obras puedan seer más guardadas et más leuadas adelante (p. 41).

La escritura resulta también el camino para la fama, meta anhelada por el orgulloso noble, aunque pueda interrumpirse por culpa de los sucesivos copistas, deturpadores de sus textos.

Su segunda misión es la composición de unos *viessos,* en los que se recoja la intención del ejemplo. [Con ellos el mensaje didáctico de Patronio alcanza su máximo nivel de generalización y se refuerza la evidente relación con el contenido de las tres partes siguientes, dedicadas sólo a proverbios.] De la mezcla es consciente el autor, como aclara por boca de Patronio, al explicar la arquitectura del libro al iniciarse la IV parte:

> en los çinquenta enxiemplos primeros, en contando el enxienplo, fallaredes en muchos lugares algunos proverbios tan buenos et tan provechosos como en las otras partes deste libro en que son todos los proverbios (p. 279).

De este modo, Don Juan Manuel une dos tradiciones que, sin haberse separado nunca del todo, se habían difundido en diversas colecciones, con predominio de cuentos unas o de sentencias otras. La diferencia entre ambos géneros estriba ahora, especialmente, en el distinto tratamiento retórico. El procedimiento para llegar a los *viessos* y a los proverbios de las otras partes es el mismo, la *abbreviatio,* que se logra por medio de una serie de técnicas repetidas, con ligeras variantes, en los tratados de retórica: eliminación de formas redundantes, énfasis, alusión, elipsis verbal... Con todo ello consigue reducir la expresión hasta hacer el mensaje, a veces, sólo apto para los muy entendidos. Don Juan Manuel aludirá expresamente a este recurso estilístico, tanto al presentar sus *viessos* «en que se entiende *abreviadamente* todo el enxienplo» (p. 74), como al recordar Patronio la composición de la segunda parte: «porque entendí que lo queríades vós, començé a fablar en este libro más *avreviado* et más oscuro que en el otro» (p. 273).

Por el contrario, a la hora de escribir sus ejemplos ha usado todas las posibilidades estilísticas del mecanismo opuesto: la amplificación. La acción avanza lentamente, a través de succsivas gradaciones y repeticiones que, aun cuando recuerdan el ritmo habitual a las narraciones folclóricas, cobran ahora nuevos efectos. Así, en el ejemplo XI (VIII, 1), el deán irá ascendiendo de arzobispo a obispo, cardenal y Papa en sucesivos episodios, aparentemente idénticos, que contribuyen a colmar la paciencia de don Illán. Cada una de estas secuencias implica no sólo un ascenso social, sino una gradación temporal, al ir aumentando la duración en los cargos, y espacial hasta llegar al centro, Roma. De esta forma se plasma magistralmente el paso en el deán de la cortesía a la arrogancia e ingratitud y en Don Illán de la paciencia a la total desconfianza. La acumulación de motivos similares, lejos de fatigar al lector, va provocando un interés creciente que hace de este cuento una pequeña obra maestra. De forma similar, en el ejemplo XXXV (VIII, 5), las sucesivas órdenes del joven al perro, gato y caballo para que le sirvan agua crean, por medio de la repetición, el necesario clímax de terror que hace modificar el carácter de la esposa. La progresión no sólo en el valor y tamaño de los animales sacrificados, sino en la saña y furia con la que actúa el marido le hacen temer por su propia vida.

El estilo también discurre en meandros a través de digresiones, reduplicaciones, sinónimos, antítesis..., que sirven para en-

dulzar la amarga medicina de Patronio, haciéndola aceptable
para todos los lectores. Incluso los más legos «non podrán escusar que, en leyendo el libro, por las palabras falagueras et apues-
tas que en él fallaran, que non ayan a leer las cosas aprovechosas
que son ý mezcladas, et aunque ellos non lo dese[e]n, aprovecharse an dellas» (pp. 52-53). La retórica es para Don Juan
Manuel, como ha mostrado E. Caldera [77], algo más que ornato;
se identifica con el discurso narrativo y didáctico con el que
forma una sustancia indisoluble. El abismo que separa los esque-
máticos *exempla* latinos de los ejemplos de Patronio se basa
principalmente en el deleite y la recreación en la palabra escrita
de Don Juan Manuel, quien viene así a suplir el apoyo oral de
la predicación.

Voluntariamente se ha distanciado Don Juan Manuel de los
modelos de organización que le ofrecían las colecciones orientales y los ejemplarios para reconstruir, con procedimientos ins-
pirados en estos antecedentes, una perfecta estructura didáctica.
Pasando, en lo conceptual, de la menor a la mayor dificultad, de
lo particular a lo general, en lo didáctico, va consiguiendo los
propósitos adelantados en el prólogo. El método bien podría
completarse con la presencia de una ilustración al final de cada
«enxiemplo», si interpretamos, como sugiere J. M. Blecua, la
palabra «estoria» como pintura, dibujo. En una época con abundancia de iletrados el valor pedagógico de las imágenes está
fuera de dudas, como lo refleja el arte medieval.

### 3.  Las «fablillas» en el «Libro de Buen Amor»

A Juan Ruiz y a Don Juan Manuel se debe la aparición en
la Península, en el segundo cuarto de siglo XIV, del ejemplo
literario. Sin tratarse de una recopilación de cuentos, dentro del
*Libro de Buen Amor* se insertan treinta y cuatro, que han sido

[77] E. Caldera, «Retorica, narrativa e didattica nel *Conde Lucanor*», en
*Miscellanea di studi ispanici,* 14 (1966-1967), 5-120.

*un mero - pure.*

objeto de la atención de numerosos estudiosos, más preocupados muchas veces por averiguar las fuentes que pudo tener a su alcance el Arcipreste que por su arte narrativo. La mayor parte de estos cuentos proceden de versiones medievales de las fábulas de Esopo y Fedro, quizá a través de la reelaboración de Walter el Inglés; en algunas ocasiones pudo inspirarse en cuentos orientales, como «La fábula del asno sin corazón» (892-906), que aparecía en el *Calila* (VII, 1), aunque no tiene dependencia directa. La infidelidad a las fuentes conocidas obliga a contar con las tradiciones orales o a pensar en un Juan Ruiz que se guía por los recuerdos de fábulas que leyó o trabajó en sus clases de retórica y gramática.

Pero la recreación de detalles, las alusiones irónicas, los juegos de palabras..., distancian notablemente los cuentos de Juan Ruiz de sus análogos insertos en las colecciones de ejemplos o fábulas. A veces, bajo la intemporalidad del relato, se descubre un guiño irónico, una parodia de las disputas monacales o de las leyes jurídicas del momento. No es un mero «romanceador» de fuentes latinas, sino, como Don Juan Manuel, aunque con distintos procedimientos, un creador que, al igual que todo autor medieval, parte de una materia tradicional para reelaborarla a su gusto. Una rápida comparación con la fábula esópica de «El asno y el perro», incluida tanto en el *Libro del cavallero Zifar* (p. 131), como en el *Libro de Buen Amor* (1401-1411), permite confirmar la habilidad del Arcipreste frente a su autor anónimo, casi coetáneo, que escribía guiado también por una finalidad literaria.

El comienzo del cuento en el *Zifar* se limita a señalar cómo «un ome bueno avía un perrillo, que tenía en su cámara, de que se pagava mucho e tomava plazer con él». Por el contrario, Juan Ruiz recrea una imagen de felicidad doméstica y cortesana:

> 1401 Un perrillo blanchete con su señora jugava
> con su lengua e boca las manos le besava,
> ladrando e con la cola mucho la falagava:
> demostrava en todo grand amor que lo amava.

> Ante ella e sus conpañas en pino se tenía,
> tomavan con él todos solaz e plazentría,
> dávale cada uno de quanto que comía:
> veíalo el asno esto de cada día.

La envidia del asno queda mucho más justificada ante esta estampa, en la que el «omne bueno» y el «perrillo» se han convertido en una dama con su perrillo faldero, habitual juguete cortesano, como refleja la pintura de la época y recoge más adelante Santillana en el *Cantar* dedicado a sus tres hijas («Yo las vi, si Dios me vala, / posadas en sus tapetes, / en sus faldas los blanchetes, / que demuestran mayor gala»)[78]. La reiteración en la misma imagen («veíalo el asno esto de cada día») explica el resentimiento acumulado en el animal de carga, que motiva su acción posterior. Por el contrario, el relato en el *Zifar* se inicia presentando de forma independiente a los dos protagonistas; por un lado, el perrillo que disfruta con su amo, y, por el otro, el asno encargado de traer la leña y servirle. La confluencia de ambas situaciones se narra con la rapidez acostumbrada en los relatos primitivos:

> E un día estando el asno en su establo muy folgado, e avía días que non trabajava, vio a su señor que estava trebejando con aquel perrillo, poniéndole las manos en los pechos de su señor, e saltándole e corriendo delante de él; e pensó entre sí el asno e semejóle que pues él más servía a su señor que aquel perrillo, que non fazía ál sinon comer e folgar, que bien podría él ir a trebejar con él.

La reacción del asno en el *Libro de Buen Amor* no se produce tras varios días de descanso, sino que es fruto del cansancio y de la envidia, totalmente ausentes en el *Zifar*. Juan Ruiz establece un nítido contraste entre una escena de trabajo continuo y otra de placer y descanso en la que participa el asno sólo como espectador involuntario, pero cotidiano. La conducta de

---

[78] Marqués de Santillana, *Poesías Completas,* I, ed. M. A. Pérez Priego, Madrid, Alhambra, 1983, p. 87.

las dos bestias, aunque similar en ambos cuentos, tiene motivaciones distintas y resulta mucho más expresiva en el *Libro de Buen Amor* al poner los pensamientos del «burro nescio» en estilo directo:

> 1403c  Yo a la mi señora e a todas sus gentes
> más con provecho sirvo que mil tales blanchetes.
>
> Yo en mi espinazo les trayo mucha leña,
> trayoles la farina que comen, del aceña:
> pues también terné pino e falagaré la dueña
> como aquel blanchete que yaze so su peña.

El tono de reivindicación social, valga la expresión, en el *Libro de Buen Amor* es ajeno a los pensamientos del asno en el *Zifar,* para quien es simplemente algo lógico acercarse a su señor, como lo hace el perrillo. Para ambos animales el final de la aventura es semejante, aunque de nuevo resulte más plástica la alusión a que «ya los palos se fazían pedaços» de tanto pegar al burro necio que la escueta información del *Zifar:* «e diéronle palancadas al asno fasta que lo dexaron por muerto». Los distintos detalles que separan ambas versiones guardan también relación con la intencionalidad perseguida por los respectivos narradores. En el *Libro del cavallero Zifar* es el ermitaño quien compara a su receptor, el ribaldo, con el asno por intentar acercarse al caballero Zifar. El religioso le da una intención estamental a la fábula, al querer con ella convencer al campesino de que su origen no le permite aproximarse al caballero, ya que, sin pretenderlo, le resultará dañoso, como el asno al amo. Aun así, el ribaldo no prestará atención al consejo y la trama se encargará de quitarle la razón al narrador.

Por el contrario, en el *Libro de Buen Amor* es Trotaconventos quien pone en su boca la fábula y se autocompara con el animal menos favorecido, el burro. Quizá a ello se deba que en la versión del Arcipreste se presente con más simpatía este animal y llegue el lector a sentir cierta compasión por su suerte. Con esta similitud la astuta vieja sólo pretende motivar a su vez la benevolencia de la monja, doña Garoça, hacia su persona y pedir excusas por sus anteriores palabras. Es difícil saber si los cambios obedecen a una intención consciente por parte de Juan Ruiz o al manejo de otras fuentes, pero un rápido cotejo es suficiente para mostrar la habilidad narrativa del Arcipreste y su capacidad para reelaborar la materia en función de su inserción en la trama principal.

La subordinación de los cuentos a un propósito explica, como ha mostrado Ian Michael [79], las continuas alteraciones no sólo en los argumentos, sino, sobre todo, en la lección moral. Así sucede con el «Enxienplo de lo que conteçió a Don Pitas Payas, pintor de Bretaña» (IX, 4; 447-489), donde narra la historia de Don Pitas Payas, que se vio obligado a abandonar a su mujer, recién casado, pero antes le pintó un corderito junto al ombligo. Con las visitas del amante se desdibujó el animal y hubo que rehacerlo cuando, transcurridos dos años, llegaron notícias del regreso del marido. La poca habilidad pictórica del amigo convirtió el cordero en «un eguado carnero, complido de cabeça, con todo su apero» (480 ab). La enseñanza del «fabliau» deja de ser, como cabría esperar, una advertencia contra las esposas infieles y engañadoras, para convertirse en una admonición del narrador, don Amor, hacia los maridos que, como el del cuento, abandonan su hogar recién casados.

La distribución de los cuentos dentro de la trama principal se realiza de un modo irregular, acumulándose en algunos momentos, que podríamos reducir a tres, en función de los narradores:

1.  El propio Juan Ruiz recurre a ellos en tres ocasiones dentro de la comunicación verbal establecida con su público. Con el «Debate entre los griegos y los romanos» (IX, 1; 47-70) establece una clara comparación entre la interpretación —dentro de la historia— de un lenguaje cifrado y la necesidad —fuera

---

[79] Ian Michael, «The Function of the Popular Tale in the *Libro de Buen Amor*», en *Libro de Buen Amor' Studies,* ob cit., pp. 53-78.

de ella— de comprender su mensaje literario. El paralelismo de principio, tan evidente, se torna enigmático cuando el lector intenta buscar su modelo, bien en la conducta del griego (personaje presuntuoso, pero intérprete en clave teológica de las señas) o en la del romano (rústico e ignorante que no se despega del sentido literal). La victoria de este último en el debate parece contradecir los intentos del Arcipreste por ayudar a los lectores a desvelar los sentidos ocultos en su obra. El tono paródico del relato, analizado por A. D. Deyermond [80], contribuye a la ceremonia de confusión, posiblemente buscada por el propio autor.

Más claras resultan sus palabras en las otras dos oportunidades en las que recurre a los cuentos. La «Historia del rey Alcaraz» (123-165) refuerza la creencia en las predicciones astrológicas y, aunque Juan Ruiz no actúa guiado por ningún horóscopo, justifica así, con la influencia ejercida por el planeta Venus, su conducta. Por último, tras su tercer fracaso amoroso vuelve los ojos hacia sus frustradas relaciones con las mujeres y las compara con «El ladrón y el mastín» (166-180), semejanza no muy halagüeña para el protagonista, pues lleva implícito que él, como el ladrón, trata de «robar algo» de las dueñas, que ellas saben defender como mastines.

2. El mayor número de cuentos se intercala en el extenso debate entre Juan Ruiz y el personaje de don Amor, a lo largo de una noche que ocupa las estrofas 181 a la 576. El Arcipreste es el narrador de trece cuentos en los que acusa al Amor de enloquecer a los hombres y de hacerles caer en todos los pecados capitales. Por el contrario, las palabras de don Amor no parecen responder a la invectiva anterior, limitándose en dos cuentos a aconsejar a su discípulo que, para lograr el éxito que busca, evite la pereza y no abandone a la mujer joven.

3. Por último, pueden ser los mismos personajes quienes intercambien cuentos en sus discursos, como sucede en tres episodios amorosos. La primera dueña manifiesta ser «mucho letra-

[80] A. D. Deyermond, «Some Aspects of Parody in the *Libro de Buen Amor*», en *Libro de Buen Amor' Studies*, ob. cit., pp. 53-78.

una culebra - snake, coil.

da, sotil e entendida» (96) al rechazar los ofrecimientos de la mensajera con dos fábulas (77-104), en las que explica que ha escarmentado en cabeza ajena y sabe que los hombres cumplen mucho menos de lo que prometen. En este caso, la enviada de Juan Ruiz escucha en silencio, pero cuando aparezca la vieja Trotaconventos entrará en escena una hábil narradora. Se inicia en el episodio de doña Endrina (576-891) y demuestra ampliamente sus dotes con doña Garoça (1332-1507), en una auténtica disputa dialéctica, igualada incluso en el número de cuentos a cargo de cada una (cinco). La actitud de la vieja se centra en mostrar la máxima humildad, lo que le lleva a compararse con el galgo viejo, el asno torpe o el insignificante ratón, aunque hábilmente intercala la fábula de «El gallo y el zafiro», donde la piedra preciosa equivale al Arcipreste. Doña Garoça dará muestras de una mayor agresividad, y en la primera intervención parangonará a Trotaconventos con una culebra y en la última con un ladrón. La brusquedad de sus primeras palabras le obliga a moderar sus posteriores intervenciones e incluso a mostrar cierto dolor por ellas: «de lo que yo te dixe, luego me arrepentí» (1368).

La distribución de cuentos está guiada en bastantes ocasiones por principios retóricos. Juan Ruiz sigue los preceptos que aconsejaban ilustrar los prólogos con ejemplos o sentencias y emplea ambos recursos en la parte preliminar (hasta la estrofa 77). Luego es el debate, la *disputatio* escolástica, la ocasión más propicia para recurrir a ellos como apoyo a la argumentación. La confrontación más interesante es la mantenida entre doña Garoça y Trotaconventos, en la que las reacciones ante lo narrado se plasman en ciertas rectificaciones o cambios de ánimo en el oyente. Poco modifica, en cambio, su actitud don Amor, para quien los cuentos de Juan Ruiz resultan más bien un desahogo del «sañudo» protagonista que un auténtico debate, en el que falta la igualdad necesaria entre los contendientes.

La compleja función de los cuentos en el *Libro de Buen Amor,* mucho más amplia que en *El Conde Lucanor,* permite descubrir una gran variedad en las intenciones de sus narradores.

Contar puede servir para justificar su propia conducta y explicarla así ante los ojos sorprendidos de los lectores-oyentes o personajes (es el caso de las tres dueñas y, en ocasiones, del propio Juan Ruiz); el Arcipreste los usa como pruebas irrefutables en su acusación contra don Amor; o, en el caso de Trotaconventos, para hacer una presentación modesta de sí misma que le permita ganar la benevolencia de la dama hacia su señor. La función más habitual hasta ahora en la narrativa medieval, enseñar, se cumple en contadas ocasiones y con resultados sorprendentes e irónicos. La intención didáctica parece guiar a Juan Ruiz cuando nos narra el «Debate entre griegos y romanos» y a don Amor cuando altera la moral habitual de sus cuentos para dotarlos de una lección insólita.

## 4. *Los cuentos en el sermón profano*

Si con el *Conde Lucanor* encontrábamos la conversión literaria del *exemplum* religioso, la organización general del sermón también dejará sus huellas en las creaciones profanas. Estas son especialmente visibles a partir del siglo xv, aunque, por citar algunos casos anteriores, el prólogo en prosa del *Libro de Buen Amor* o la estructura del *Libro del cavallero Zifar* deben mucho a estas técnicas organizativas.

La obra de Alfonso Martínez de Toledo, conocida como *Arcipreste de Talavera* o *Corbacho,* está construida de un modo similar a una pieza oratoria, en especial toda la parte I, cuyo *thema* fuera la cita de San Mateo (22:37): «Cómo sólo el amor a Dios verdadero es devido, e a ninguno otro non», ya repetido en el prólogo [81]. Luego en cada capítulo glosa una idea, conectada con el *thema* general, que después va ejemplificando para cerrar, en muchos casos, con una frase proverbial o un

[81] *Arcipreste de Talavera o Corbacho,* ed. J. González Muela y M. Penna, Madrid, Castalia, 1970; para la conexión de este texto con el sermón véase el estudio de M. Gerli, *Alfonso Martínez de Toledo,* Boston, Twayne, 1976.

breve resumen a modo de conclusión. Para apoyar sus afirmaciones recurre a tres tipos de relatos, cuyos temas vienen muy determinados por el carácter de sermón profano de la obra. En unos casos, se centra en los hombres, víctimas de las mujeres, incluso los más sabios, y en otros, hace de las protagonistas mujeres avariciosas o testarudas hasta la muerte; sólo un miembro de la comunidad religiosa de los begardos, cuyo nombre tomaban de su fundador Lambert le Bègue (siglo XII), llega a igualarse con ellas por su común hipocresía y falsedad, y protagoniza una historia (XIV, 1). En todos los casos se trata de advertir al hombre contra los peligros de frecuentar ciertas compañías.

El tipo más numeroso corresponde a ejemplos de adulterios (II, 1; VII, x), siguiendo con ello el Arcipreste una corriente que habían popularizado, a través de los ejemplarios, algunos cuentos de la *Disciplina*. El autor reproduce los mismos temores ante la incomprensión de los lectores que exponían los predicadores a sus oyentes y los acalla afirmando que «más es avisar en mal, que corregir en byen» (p. 164). Los anónimos personajes, la rapidez y escaso desarrollo narrativo..., indican la intención exclusivamente didáctica y moral de su autor, que podía estar memorizando anécdotas muy similares escuchadas desde el púlpito. En estos casos parece haber una cierta complicidad entre el Arcipreste y el lector que le evita al primero detenerse en detalles, citas de fuentes o autoridades, para unos cuentecillos tan conocidos por ambas partes.

No sucede lo mismo con algunas anécdotas que narra autentificadas por su calidad de testigo presencial, (I, xxiv; media parte). Es posible que algunas fueran escuchadas en sus viajes por la Corona de Aragón, lo que no anula la fuerza narrativa del recurso. El Arcipreste parece, en estos casos, dudar de la credibilidad de sus palabras y ello le obliga a reforzar la narración con continuas alusiones en primera persona:

> Vi más en la dicha ciudad de Tortosa, por ojos, dos más muy fuertes de creer, pero ¡por Dios! yo las vi.

Estos casos, protagonizados por mujeres asesinas de sus más directos familiares, resultaban mucho menos frecuentes en los ejemplarios, cuyos tintes misóginos nunca alcanzan la proporción de este libro. Con el refuerzo de la primera persona, la atención del lector quedaba asegurada.

Por último, sólo en algunas ocasiones recurre a lo que podríamos denominar ejemplos históricos, calificables así por la categoría de sus protagonistas, pese a su carácter legendario. Al tratar de explicar cómo hasta los más sabios caen víctimas de los engaños femeninos, se ve obligado —para contribuir al didactismo— a citar los casos de personajes ilustres (Aristóteles, David, Salomón, Virgilio...), pues la efectividad del ejemplo, en esta ocasión, va directamente ligada a la fama de sus protagonistas (I, xvii). Ante la posible indiferencia del lector por historias ya pasadas —y muy conocidas— añade la de Mosén Bernard de Cabrera, quien, como nuevo Virgilio, muestra la atemporalidad del consejo. Con ello cierra, también, la trilogía temporal al haber referido ejemplos del Antiguo Testamento (Uría y Betsabé, Salomón), la Antigüedad (Virgilio, Aristóteles) y del mundo medieval. El mismo esquema seguirá Álvaro de Luna para ejemplificar lo contrario: las mujeres ilustres. Los fines perseguidos por el Arcipreste de Talavera explican unas técnicas narrativas que, a primera vista, parecen un retroceso con las magistrales creaciones de don Juan Manuel o de Juan Ruiz. [La total subordinación del ejemplo a la intención moral justifica el deseo de su autor por rehuir aquellos detalles que no contribuirían en nada a alterar la enseñanza y sí a distraer al lector.] Por ello aún contrasta más con el resto del libro el extenso debate alegórico entre Pobreza y Fortuna (cap. II de la Media parte), retomado de Boccaccio.

A la *amplificatio* juanmanuelina, el Arcipreste de Talavera opone la rapidez de la *abbreviatio:*

> La estoria de cómo fue, de cómo se sopo, cómo fue sentenciado, sería luengo de contar... (p. 93).

desbrozar - ?

Le interesa más mostrar la infinitud de casos similares, de los que la temporalidad humana le impide, como le sucedía a Berceo, referir siquiera una mínima parte. De ahí su reiterado uso del tópico: «contarte (he) un enxiemplo e mill te contaría». Al tener que limitarse a dar tan breves muestras, prefiere —aunque pueda parecer contradictorio— la repetición a la variedad. Así los cuatro ejemplos de esposas engañadas resultan simples variaciones de un mismo motivo: el marido cegado; lo mismo sucede en la acumulación de casos de mujeres que han sido víctimas de la testarudez. A la singularidad de cada cuento, opone la multiplicidad de las rápidas pinceladas de análogos temas; de esta forma quedan pocas dudas acerca de la veracidad de sus palabras. Aunque tampoco hay que descartar otras hipótesis. Quizá el Arcipreste tuviera presente —o «in mente»— algunos de los numerosos ejemplarios en los que los cuentos se agrupaban temáticamente y se limitara a dejarse guiar por el recuerdo.

Partiendo de la antigüedad clásica y del mundo oriental he intentado desbrozar los caminos por donde van llegando los cuentos a la Península. La convivencia de «cristianos, moros y judíos» en el mismo suelo explica una afluencia de temas y motivos cuentísticos, sin igual en ningún otro país de Occidente. Entre los siglos XII y XIII, a partir de la *Disciplina clericalis* de Pedro Alfonso y de las versiones del *Calila,* del *Sendebar* y del *Barlaam,* ya hay plena constancia del conocimiento entre los cristianos de las colecciones de cuentos de origen oriental. Cuando estos textos se viertan al latín engrosarán los ejemplarios, compilaciones de anécdotas variadas, usadas en la predicación religiosa. Algunas de estas recopilaciones se traducirán al castellano hacia los siglos XIV y XV, también para servir de lectura edificante (*Libro de los gatos, Espéculo de los legos,* etcétera). Es en este momento final de la Edad Media cuando curiosamente se produce el regreso a la Península en nuevas versiones occidentales de las antiguas colecciones orientales que tan temprano habíamos conocido. El tiempo transcurrido hace que estas nuevas versiones (la *Novella* de Diego de Cañizares, los *Siete Sabios,* el *Ejemplario contra los engaños y peligros del mundo)* ofrezcan interesantes novedades en relación con las primitivas traducciones castellanas. Entresacando sus temas tanto del caudal oriental como de los ejemplarios religiosos o de las fábulas clásicas —adaptadas en el mundo medieval— don Juan Manuel o Juan Ruiz escriben sus obras maestras. Los viejos cuentos también reviven en «odres nuevos».

* * *

Quedan por explicar los criterios que he seguido en la presente antología. He procurado seleccionar cuentos procedentes de obras poco conocidas, algunas de ellas inéditas, junto con aquellos que, por su amplia difusión, ya se han convertido en patrimonio común. Sólo en un par de ocasiones he repetido un mismo cuento en dos versiones distintas para que puedan apreciarse mejor las renovaciones de los viejos temas. La ordenación se hace con criterios cronológicos. Cada apartado va seguido de una breve nota en la que señalo algunos correlatos y en ciertos casos algunas referencias bibliográficas. El ampliar este punto me hubiera alejado mucho de los límites de la colección. Asimismo he tratado de localizarlos en los repertorios de motivos (S. Thompson), tipos (Aarne-Thompson), *exempla* (Tubach) y folclore hispano (Boggs), no siempre con éxito. Estas clasificaciones, aunque cuenten con sus detractores, siguen siendo los caminos más útiles para adscribir los cuentos estudiados a una más amplia tradición. A ello hay que sumar el cotejo con la inigualable colección de A. Espinosa que permite comprobar cómo muchos de los cuentos medievales, de origen exclusivamente literario, son hoy algo vivo en la tradición oral.

Por último, en la modernización he tratado de respetar las estructuras sintácticas y narrativas de la lengua medieval, en detrimento muchas veces de una mayor agilidad expresiva. Sólo en ocasiones me he visto obligada a aclarar en nota algunas dudas léxicas.

# ANTOLOGIA

# I.  LIBRO DE LOS BUENOS PROVERBIOS

### «LAS GRULLAS DE IBICUS»

*Capítulo de cómo mataron a Ancos y de cómo las grullas, que
puso como testigos, reclamaron su sangre*

Este es el suceso que sucedió a Ancos el profeta, el versificador.

Dijo Joanicio: —Encontré escrito en unos libros de los
griegos que hubo un rey en Grecia, llamado Comedes; y envió
sus cartas a Ancos el versificador para que viniese hacia él
con sus libros de sabiduría y de sus buenos ejemplos. Ancos
tomó todos sus bienes y sus libros, y se encaminaba hacia él;
y yendo de camino, le asaltaron unos ladrones y, deseando robarle lo que llevaba, quisiéronle matar. El les rogó y conjuró
por amor de Dios que le robasen lo que tenía, pero que no
le matasen. No lo quisieron hacer, sino que porfiaron en dejarlo totalmente muerto. Y él, mirando continuamente a derecha
y a izquierda por ver si venía alguno que le socorriese, no
vio venir a nadie, y miró hacia el cielo y vio venir unas grullas que volaban, y les gritó y dijo: —¡Oh, grullas que voláis,
ya no tengo ayuda ni socorro de nadie y os requiero como testigos y demandantes de mi sangre!

Los ladrones, que le oyeron decir estas palabras, se rieron

de él y dijeron: —A un hombre de tan poco juicio no es pecado matarlo.

Y lo mataron y repartieron sus bienes y sus ropas, y después se volvieron a su escondite, en el que estaban antes. Y después llegó la noticia a la ciudad de cómo le habían matado, y no sabían quién le mató; y se apesadumbraron mucho, y buscaron quién le pudiera haber dado muerte y no pudieron saber quién le mató.

Cuando hubo allí una gran fiesta que tenían los griegos, se reunió todo el pueblo de aquella ciudad, de donde era Ancos, en su iglesia para oír la predicación y los buenos ejemplos, y acudieron allí numerosas gentes de diversos lugares. Y aquel día era costumbre leer los libros de filosofía y de los buenos saberes, y aquel día estuvieron allí aquellos ladrones que habían matado a Ancos, mezclados con aquellas gentes. Y vieron grullas que volaban por el aire y se fijaron aquellos ladrones, y se rieron y se dijeron unos a otros: —¡Estos son los testigos y los demandantes de la sangre de Ancos el torpe!

Y los que estaban allí cerca de ellos lo oyeron y los cogieron, y dijeron al rey lo que les oyeron decir. Y les obligaron a que dijesen la verdad, y tuvieron que confesar cómo le habían matado, y les tomaron todo cuanto llevaban a cambio de los bienes que le habían robado. Y de esta manera fueron las grullas demandantes de la sangre de Ancos. Y si ellos hubieran comprendido, el Demandador Mayor [1] los veía, cuando cometían la maldad.

~~~~~~~~~~~~~~~~~~~~~~~~~~~~~~~~~~~~~~~~~~~~~~~~~~~~~~~~

Motivo, N 271.3 «Las grullas de Ibycus». Tipo, 960A.

La leyenda, aparentemente etiológica, explicativa, se atribuye al poeta griego Íbicos (s. VI a. J. C.), pero se formó tardíamente. A partir del siglo I a. J. C., ya se alude a ella en epigramas recogidos en la *Antología Palatina* y en las *Silvas* de Estacio. En su posterior popularización literaria, desempeñó un importante papel la célebre balada de Schiller. Sin el nombre del poeta griego y convertidas las grullas en grajos o go-

---

[1] Por el «Demandador Mayor» hay que entender una alusión a Dios.

tas de lluvia, pervive en numerosas versiones literarias (Eiximenis, *Contes*, 2; Francisco Santos: *Periquillo el de las gallinas;* A. Palacio Valdés: *Las burbujas;* P. Reguero: *Antología de cuentos sefardíes,* 40) y en la tradición oral de Europa y América. Se relaciona con otro cuento, «El sol lo aclara todo» (tipo 960), en el que el sol cumple la función delatora de las grullas. Pueden considerarse dos formas de un solo cuento folclórico.

## II. EL SECRETO DE LOS SECRETOS

«LA FUERZA DE LA NATURALEZA»

Ejemplo de esto es lo que sucedió a unos astrólogos que pasaron por una aldea y se alojaron en casa de un tejedor. Y acaeció que nació un niño aquella noche; y a partir del momento de su nacimiento, adivinaron que sería hombre sabio y de buen sentido, y que sería alguacil del rey. Cuando vieron esto, se maravillaron y no lo dijeron al padre. Y cuando creció el niño, quiso el padre mostrarle su oficio, pero su naturaleza rechazaba aquel oficio. Y el padre le pegó y le maltrajo, y nunca pudo con él para que aprendiera aquel oficio. Y puesto que vio el padre que no podía con él, lo dejó estar con su naturaleza. El mozo se puso a leer y a reunirse con sabios, y aprendió todas las ciencias y los libros de los sucesos del mundo y el ingenio de los reyes, hasta que le nombró el rey su alguacil mayor.

Y lo contrario de esto es lo que le sucedió a un hijo de un rey de la India, que adivinaron en su nacimiento que habría de ser herrero y no lo dijeron a su padre. Y cuando creció el infante, intentó el rey enseñarle las ciencias y las costumbres de los reyes, y nunca pudo lograr que aprendiese algo; y por fuerza hubo de ser herrero como adivinaron en su nacimiento. Y el rey cuando lo vio, se apesadumbró mucho y preguntó a sus sabios, y todos se pusieron de acuerdo en que le dejase estar con su naturaleza; y lo hizo así.

~~~~~~~~~~~~~~~~~~~~~~~~~~~~~~~~~~~~~~~~~~~~~~~~~~~

Motivos, M 302.4, «Horóscopo obtenido con las estrellas» y N 120, «Destino predeterminado».

~~~~~~~~~~~~~~~~~~~~~~~~~~~~~~~~~~~~~~~~~~~~~~~~~~~

*Buddha - teacher.*

# III. BARLAAM Y JOSAFAT

## 1. «LA TROMPETA DE LA MUERTE»

Hubo, un rey muy poderoso, y sucedió que, yendo un día en su carro muy honradamente como convenía a tan alto rey —y toda su gente que lo protegía iba junto a él—, se encontró con dos hombres muy pobremente, vestidos con vestiduras muy infames; y ambos estaban muy escuálidos y tenían las caras amarillas. Y el rey, que era muy sabio, conoció que por la vida tan áspera que llevaban en este mundo estaban tan magros y les iban así menguando las carnes. Y descendió el rey del carro y, tumbado en tierra, estuvo así delante de ellos y les rogó que rogasen por él a Dios. Después se levantó y les dio la paz de todo corazón. Y a los nobles que iban con el rey no les pareció bien, y decían que aquello no convenía que un rey lo hiciera; pero no se atrevieron a decírselo ni a reprocharle por ello, pero le dijeron a un hermano del rey que le dijera que con aquello había escarnecido la corona regia; y él díjole en seguida a su hermano, el rey, que no le convenía humillarse así.

Y él le respondió afablemente y le dijo: —No lo entendiste bien.

Y aquel rey tenía por costumbre que, cuando quería hacer justicia a alguno, mandaba la noche previa que tañeran ante su puerta una trompeta que estaba dispuesta para aquel menester; y los que la oían, en seguida la reconocían y comprendían que iba a morir aquel a cuya puerta se tañía. Y cuando llegó la noche, mandó traer el rey aquella trompeta y la mandó tañer en la puerta de su hermano; y cuando él oyó, estuvo muy espantado y desesperado por su vida, y preparó en seguida todas sus cosas. Y cuando amaneció, se vistió con vestiduras negras y se fue con su mujer y con sus hijos a la puerta del palacio del rey. Estuvo allí llorando con gran tristeza y cuando lo supo el rey, le mandó entrar.

Y cuando lo vio así triste y lloroso, díjole: —¡Loco sin seso! Y si tú temes al pregonero de tu hermano a quien nunca hiciste daño, ¿por qué me reprendes a mí por saludar humildemente a los pregoneros de mi Dios, que me indican con mayores voces mi muerte cada día y me muestran su llegada muy espantosa y he de dar cuenta de los males que hago cada día? Y tú no temas, pues esto hice para reprender tu necedad, que parece que temes más la justicia mundana, que poco dura y pronto pasa, que la de Dios, que dura para siempre. Y yo sé que esto no partió de tu cabeza. Pero reprenderé a los que te lo aconsejaron; y castigaré tu insensatez.

Y de esta manera envió el rey adoctrinado a su hermano.

## 2.  «LAS DOS ARCAS»

*De cómo el rey mandó hacer cuatro arcas de madera: en las más hermosas puso huesos podridos, en las más feas, piedras preciosas*

Después mandó el rey hacer cuatro arcas de madera y mandó que dos fuesen llenas de huesos de muertos que hedían; y los mandó cubrir de oro y de muchas piedras preciosas y de especias y de muy buenos olores. Y en las otras mandó meter dentro las coronas reales y otras piedras preciosas; y por

fuera las mandó cubrir con pez y con engrudo. Y después que
fue hecho todo esto, mandó llamar a los nobles que creía que
habían aconsejado a su hermano para que lo reprendiese por
el bien que había hecho; y cuando estuvieron en el palacio,
les preguntó el rey cuáles de aquellas arcas valían más. Ellos
respondieron que las doradas eran de más valor, pues sin duda
para guardar cosas nobles había sido hecha tal obra, y dentro
de las otras negras y pegadas debía yacer algo de poco valor.

Dijo el rey: —Este es vuestro juicio, pero bien sabía yo
vuestra sentencia, pues los ojos externos sólo ven las cosas
externas. No conviene obrar así, sino que conviene ver con
los ojos del alma las cosas escondidas y espirituales y ver los
engaños de las cosas encubiertas.

Entonces mandó el rey abrir las doradas por fuera y cubiertas de piedras preciosas; y cuando fueron abiertas, salió tan
gran hedor que no lo podían soportar, y vieron algo tan feo
que no lo podían aguantar.

Dijo el rey: —Esta se compara con los que están vestidos
con nobles vestiduras y por dentro están llenos de mal olor
y de suciedad y de pecados.

—Después de esto, el rey mandó abrir las otras dos arcas que
estaban cubiertas de pez y de engrudo; y cuando fueron abiertas y vieron las cosas nobles que dentro yacían, se alegraron
los corazones de los que las vieron.

Les dijo el rey: —Estas dos arcas son semejantes a aquellos
dos hombres, por los que me hicisteis reprender, que estaban
vestidos de paños viles, y vosotros lo tuvisteis como afrenta,
juzgando la vestidura que ellos llevaban puesta; y veíais las
cosas externas y no veíais más. Y yo, por su santidad, arro-
jéme ante sus caras y yo, mirando con los ojos de dentro la
santidad de sus almas, me tuve por bienaventurado y por ensal-
zado tan sólo porque me tocaron; pues eran de mayor mereci-
miento ante Dios que todas las cosas valiosas de este mundo, que
pronto han de fallecer.

Y así, amonestados y abatidos por sus pensamientos vanos,
echó el rey a sus nobles de palacio, y de allí en adelante ya

no se equivocaron ante el rey sino que pensaban las cosas antes de decirlas o de juzgarlas.

Y dijo Barlam al infante: —Y tú hiciste bien, pues según
aquel rico sabio rey y piadoso, me recibiste a mí por la buena
esperanza que tuviste; y no será en vano tu esperanza, según creo.


### 3.  «EL REY POR UN AÑO»


Dijo Barlam: —Según aprendí yo, érase una vez una gran
ciudad, y los hombres de aquella ciudad tenían la costumbre
de que cada año tomaban un hombre extranjero y lo elegían
rey de aquella ciudad, y le daban poder de hacer en aquel
año cuanto quisiere. Y aquellos hombres, que eran de otra
tierra, no sabían sus costumbres ni sus leyes. Y estaban muy
seguros en el poder y se daban a grandes placeres y sin ningún
miedo, y pensaban que siempre les había de durar aquello. Y
al cabo del año se levantaban contra él todos los de la ciudad
y lo deponían de rey, y le quitaban la corona y las vestiduras
regias y lo llevaban desnudo por toda la ciudad. Después, con
gran deshonra, lo enviaban al destierro a una isla muy lejana,
donde no podía tener nada para comer ni para vestirse; y allí
moría de hambre y de frío.
Y sucedió que aquellos hombres de aquella ciudad, entre
los que elegían por reyes o por señores, eligieron a uno que
era de buen seso y lo eligieron rey según su costumbre. Y
cuando se vio en tanta honra, repentinamente sin que él pensara en esto, no cambió su recto propósito ni su sentido, ni
quiso seguir las costumbres de los otros que habían sido desterrados a la isla en tanta pobreza, sino que intentó con su
entendimiento cuidar de sí mismo y de su reino. Y pensando

en esto, y rigiendo bien la ciudad, uno de los consejeros del
rey le contó la costumbre de aquella ciudad y cómo desterra-
ban a los reyes deshonradamente en aquella isla. Cuando oyó
esto, que había de ser desterrado y que tendría que dejar el
reino, abrió todos los tesoros del reino, pues tenía poder para
ello, puesto que era rey. Y tomó muchas riquezas, y mucho
oro y mucha plata y muchas piedras preciosas, y las encomendó a los servidores más leales que tenía; y los envió a la
isla donde había de ser desterrado. Y cumplido el año, lo tomaron los de la ciudad y obraron con él según la costumbre
que tenían con los otros, y le quitaron la corona y las otras
vestiduras y lo llevaron desnudo por toda la ciudad.

Después lo mandaron al destierro a la isla a donde habían
mandado a los otros que habían sido antes que él y en donde
morían de hambre y de frío. Y el hombre sabio había enviado
antes muchas riquezas, y cuando entró en la isla donde los
otros morían de hambre, tenía para hartarse, y estuvo con gran
placer y gran alegría; y no temía a ninguno de los falsos hombres de la ciudad que engañaban a los otros y se mostró muy
sabio y muy feliz.

Pues, infante —dijo Barlam—, por esta ciudad se entiende
este mundo vano engañoso; y los ciudadanos y poderosos son
los diablos que gobiernan las tinieblas de este mundo, que nos
halagan con sus deleites y sus engaños; y nos aconsejan que
amemos las cosas mortales y perecederas como si hubiesen de
durar para siempre y que perdamos, por estas cosas que pronto
pasan, las del otro mundo que siempre perduran; y no pensando
en este engaño tan grande, caemos pronto en peligro de muerte
y nos echan desnudos y deshonrados de esta ciudad, que es
este mundo, a la isla, que es el infierno, donde viviremos para
siempre con los desterrados y muertos para siempre. Pues aquel
sabio rey eres tú, el buen consejero soy yo, que te muestro
todas las cosas que aún son por venir.

#### 4. «EL JOVEN QUE PREFERÍA A LOS DIABLOS»

Había un rey —dijo Teodas— que no podía tener un hijo varón; y por ello estaba muy triste, y se sentía desgraciado y tenía muy gran tristeza. Y le sucedió así un día que tuvo un hijo y estuvo por ello muy contento. Pero le dijeron los astrólogos y los filósofos que si aquel niño veía el sol y el fuego antes de los diez años, perdería la vista y quedaría ciego, pues en su horóscopo lo adivinaban. [Cuando el rey oyó esto, mandó hacer una gran cueva en una peña e hizo meter allí a su hijo con sus amas para que no pudiese ver la claridad del sol hasta que hubiese cumplido los diez años.] Y cuando pasaron los diez años, sacaron al mozo de la cueva y no conocía nada de este mundo. Y mandó el rey que pasasen por delante de él todas las cosas que pudiese haber en el reino, y que se las enseñasen cada día y que le dijesen los nombres, e hiciéronlo así.

Y el infante estaba a una altura no muy grande y podía mirar muy bien todo lo que pasara por delante, y estaban con él hombres para contestarle y darle respuesta a todo lo que él preguntase. Y cuando pasaban las cosas ordenadamente, pronto el infante decía qué cosa era aquella. Decían: «Tal cosa: hombres, o mujeres, o caballos o vacas», y así con todas las otras cosas.

Y al pasar las mujeres y las mozas muy compuestas para el baile, el infante preguntó con mucha insistencia qué eran o cómo se llamaban. Y uno de los que estaban con él dijo así, riéndose como por burla: —Señor, se llaman diablos que engañan a los hombres. las mujeres?

Y al niño no se le olvidó aquel nombre, que sobre ello puso más interés, puesto que las deseaba más que nada. Y después que todas las cosas hubieron pasado, lo llevaron ante el rey, su padre; y el rey le preguntó que de todas aquellas cosas cuál le parecía mejor.

Respondió el infante: [—No hubo nada que mejor me pareciera, ni que tanto desease para mí como los diablos que engañan a los hombres, pues no vi nada más apuesto.]
Y el rey se quedó muy maravillado, pues no sabía aún por qué lo decía.

Y señor, ya sabes tú bien cómo el amor de la mujer trastorna al hombre, y no pienso que puedas doblegar a tu hijo de otra manera. *trastorna – toovertum. doblegar = to bend.*

1 y 2. Motivo, P 612, «La trompeta suena ante la casa del condenado a muerte». Tubach 967 y 4994.

Los dos cuentos se difundieron habitualmente unidos en los ejemplarios latinos (J. de Vitry, núm. 8, 42 y 47; *Gesta Romanorum,* 143; Klapper, 172; Odo de Cheriton, 75) y en las versiones hispánicas *(Libro de los exenplos,* 192 y 292; *Espéculo de los legos,* 192, 294 y 499; *Exemplos muy notables,* 4). Atribuido a Dionisio, rey de Sicilia, se incluyó en el *Ludus scacchorum moralizatus* de J. de Cessolis y aparece, por consiguiente, en su traducción, *Dechado de la vida humana* (1549), capítulo VII, realizada por el licenciado Reina.

3. Motivo, J 711.3, «Rey por un año». Tubach 2907.

Del *Barlaam* pasó a los ejemplarios latinos (J. de Vitry, 9; *Gesta Romanorum,* 244; J. Klapper, *Exempla aus Handschriften des Mittelalters,* Heidelberg, 1911, núm. 101...) y romances *(Libro de los exenplos,* 366, *Espéculo de los legos,* 243) e inspira el ejemplo XLIX de *El Conde Lucanor.*

4. Motivo, T 371, «El muchacho que nunca ha visto a una mujer: los diablos». Tipo, 1678. Tubach, 3963 y 5365.

De los ejemplarios latinos *(Alphabetum narrationum,* 170, J. de Vitry, 82) e hispánicos *(Libro de los exenplos,* 300) pasó a la literatura profana, en la que alcanzó una gran popularidad *(Novellino,* XIV; *Decamerón,* Introducción, IV; Feliciano de Silva, *Segunda Celestina,* XXXI; Gracián, *Agudeza y Arte de ingenio,* LVII, II).

# IV. CALILA Y DIMNA

*[anotación manuscrita: → 2 lobos]*

*[anotación manuscrita: – sobre el religioso]*

## 1. «EL RELIGIOSO ROBADO»

Dijo Calila: —Cuentan que un religioso obtuvo de un rey unos vestidos muy nobles, y los vio un ladrón y tuvo envidia, y preparó un engaño para robárselos. Y se acercó al religioso y le dijo: —Te quiero hacer compañía y aprender de ti.

Y el religioso se lo concedió, y vivió con él y le sirvió bien, tanto que se aseguró de él y confió en él, y puso sus bienes en sus manos. Y el ladrón buscó el momento en que el religioso estuviera lejos, y tomó los vestidos y se marchó con ellos. Y cuando el religioso echó de menos los vestidos, en seguida supo que aquél se los había robado, y se fue en su busca.

*[anotación manuscrita: —religioso le roba (la ropa) por un ladrón —went looking for him]*

## 2. «LA ZORRA APLASTADA POR DOS CABRONES MONTESES»

*[anotación manuscrita sobre "ZORRA": fox]*

Y yendo hacia la ciudad a la que llamaban Maxat, halló en el camino a dos cabrones monteses peleando y empujándose con los cuernos, y les salía mucha sangre. Y vino una zorra y comenzó a lamer aquella sangre, puesta entre ellos. Y estando

*[anotación manuscrita: to lick, lap]*
*[anotación manuscrita sobre "cabrones": he-goat]*

lamiendo la sangre, la cogieron ambos cabrones entre medio y
la mataron. Y esto, a la vista del religioso.

*2 goats kill a fox.*

### 3.   «LA ALCAHUETA Y EL AMANTE»

*alojar = to lodge.*

Después se fue hacia la ciudad para buscar al hombre, y
se alojó con una mala mujer alcahueta. Y la mujer tenía una
manceba que se había enamorado de un hombre y no quería
a ningún otro. Y con esto hacía daño a su propia ama, porque
perdía la ganancia que le daba, por aquel hombre. Y trató de
matarlo aquella noche que alojaba al religioso, y dio a beber
a la muchacha y al hombre tanto vino puro hasta que se em-
borracharon y se durmieron. Entonces tomó ella el veneno
que había puesto en una caña para echarlo al hombre por las
narices. Y puso la boca en la caña para soplar, y por hacer
esto estornudó antes de llegar a soplar. Y le cayó el veneno en
la garganta, y cayó muerta. Y todo esto, a la vista del religioso.

*She's in love w/ a young bachelor*

*kill hubby*

*he dies?*

### 4.   «EL CARPINTERO, EL BARBERO Y SUS MUJERES»

Después amaneció, y se fue el religioso a buscar al ladrón
a otro lugar, y lo alojó un buen hombre carpintero. Y dijo
a su mujer: —Honra a este buen hombre y cuídalo, que me
llamaron unos amigos míos para beber y no volveré hasta bien
tarde.

Y esta mujer tenía un amigo, y hacía de alcahueta entre ellos
una mujer de un vecino. Y le mandó que fuese a su amigo,
y que le hiciese saber que su marido había sido invitado y que
no volvería sino borracho y muy de noche. Y vino el amigo
y se sentó en la puerta, esperando órdenes. Y en esto regresó

el carpintero, el marido de ella, de aquel lugar adonde había ido, y vio al amigo de su mujer en la puerta, y antes lo había sospechado. Y se ensañó contra su mujer, y se dirigió hacia ella, y la golpeó mucho, y la ató a un pilar de la casa.

Después que él se durmió y durmieron todos, volvió a ella la mujer del barbero, y le dijo: —Mucho he permanecido en la puerta, ¿qué quieres?

Dijo la mujer del carpintero: —Tú ves como estoy, y si tú quieres, me harás un favor y me desatarás, y te ataré yo en mi lugar y me iré con él y volveré en seguida contigo.

Y lo hizo así la mujer del barbero, y la desató y se ató a sí misma en su lugar. Y despertó el carpintero [1], antes de que volviese su mujer, y la llamó y no le respondió por miedo a que conociese su voz. Después la llamó muchas veces, y no respondió; y se enfadó, y se levantó con un cuchillo en la mano, y le cortó las narices, y le dijo: —Toma tus narices y preséntaselas a tu amigo.

Y después que volvió la mujer del zapatero y vio a su compañera de tal forma, la desató y se ató en su lugar. Y tomó la mujer del barbero sus narices y se fue, viendo esto el religioso.

Y pensó la mujer del zapatero en aquello en que había caído y de lo que era sospechosa, y alzó la voz y dijo:

—¡Ay, Dios Señor!, ya ves mi flaqueza y mi poco poder, y cuánto mal me ha hecho mi marido injustamente, estando yo sin culpa. A ti te ruego y pido por favor que, si yo soy inocente y sin culpa de lo que me acusa mi marido, me devuelvas mis narices sanas, así como antes eran, y demuestra con ello tu milagro.

Después llamó a su marido y le dijo: —Levántate, falso traidor, y verás el milagro de Dios al devolverme mis narices sanas, como eran antes.

---

[1] No respeto el cambio de profesión del marido que pasa, como error común a los dos manuscritos castellanos, de carpintero a zapatero.

Y el marido dudó, y le dijo: —¿Qué es lo que dices, mala hechicera?

Y se levantó, y encendió fuego, y la fue a ver; y cuando le vio las narices sanas, le pidió perdón y se arrepintió, y le pidió excusas por su falta. Y después de que llegó la mujer del barbero a su casa, pensó algún engaño para salir de aquello en que había caído, cuando era casi de día, pensando y diciendo en su corazón: —¿Cómo me escusaré ante mi marido y mis familiares de mis narices cortadas?

Y en esto despertó el marido, y dijo a la mujer: —Dame toda mi herramienta, pues me quiero ir pronto a casa de un hombre noble.

Y ella no le dio más que la navaja. Y él le dijo: —Dame mi herramienta.

Y le dio de nuevo la navaja. Y él se enfadó y la arrojó tras ella a oscuras. Y ella se dejó caer en tierra, y dio grandes voces, y dijo: —¡Ay, mi nariz! ¡Mi nariz!

Vinieron sus parientes, y cogieron al marido, y lo llevaron al juez, y lo mandó apresar. Y al llevarlo a prisión, los encontró el religioso, y se acercó al juez, y dijo: —Esperad un poco por amor de Dios y os diré todo lo que me sucedió. Has de saber que el ladrón no me robó a mí los vestidos, ni a la zorra la mataron los cabrones, ni a la alcahueta la mató el veneno, ni a la mujer del barbero le cortó su marido la nariz, sino que nosotros mismos lo hicimos.

Le rogó el juez que explicase cómo había sido todo, y le dijo la historia hasta el final.


5.   «LOS RATONES QUE COMÍAN HIERRO»


Dijo Calila: —Dicen que en una tierra había un mercader pobre, y se quiso marchar; y tenía cien quintales de hierro, y se los encomendó a un hombre que conocía. Y se fue a bus-

car lo que necesitaba y, cuando volvió, lo reclamó. Y aquel hombre lo había vendido y había gastado el dinero, y le dijo:
—Lo tenía en un rincón de mi casa y se lo comieron los ratones.

Dijo el mercader: —Ya oí decir muchas veces que no hay nada que más roa el hierro que ellos, y yo no me preocuparía, pues te libraste bien de ellos.

Y el otro se alegró de lo que le oyó decir, y le dijo:
—Come y bebe hoy conmigo.

Y le prometió que volvería, y se marchó de allí y planeó cómo cogerle un niño pequeño que tenía; y lo llevó a su casa, y lo escondió. Después volvió a él, y el otro le preguntó:
—¿Viste a mi hijo?

Le dijo: —Cuando estuve cerca de allí, vi un azor que arrebató a un niño, quizá era tu hijo.

Y el otro dio grandes voces y se lamentó, y dijo:—¿Viste nunca algo igual? ¿Un azor arrebatar a un niño?

Dijo el mercader: —En la tierra donde los ratones comen cien quintales de hierro no es extraño que sus azores arrebaten a los niños.

Y entonces dijo el buen hombre: —Yo comí tu hierro, y veneno comí y metí en mi vientre.

Dijo el mercader: —Pues yo robé tu hijo.

Y le dijo el hombre: —Pues dame mi hijo y yo te daré lo que me dejaste en préstamo.

Y así fue hecho.

## 6. «LA RATA TRANSFORMADA EN NIÑA»

Dijo el búho: —Dicen que un buen hombre religioso, cuya voz escuchaba Dios, estaba un día a la orilla del río, y pasó por allí un milano, y llevaba una rata, y se le cayó delante de aquel religioso. Y se apiadó de ella, y la tomó y la envolvió en una hoja, y la quiso llevar a su casa; y se temió que le sería difícil criarla y pidió a Dios que la cambiase en niña. Y la hizo Dios niña hermosa y muy gentil; y la llevó a su casa, y la educó muy bien y no le contó nada de cómo había sucedido su historia. Y ella no dudaba de que era su hija. Y cuando llegó a edad de doce años, le dijo el religioso: —Hijita, tú ya tienes edad, y no puedes estar sin marido que te mantenga y se encargue de ti, y me libre de ti, para que vuelva a rezar como hacía antes sin ningún problema; escoge ahora qué marido quieres y te casaré con él.

Dijo ella: —Quiero un marido tal que por suerte no tenga igual en valentía, fuerza y poder.

Le dijo el religioso: —No conozco en el mundo nadie igual más que el sol, que es muy noble y muy poderoso; y le quiero rogar y pedir por favor que se case contigo.

Y lo hizo así, y se bañó e hizo su oración; y después oró y dijo: —Tú, sol, que fuiste creado para provecho y favor de todas las gentes, te ruego que te cases con mi hija, que me pidió que la casase con el más fuerte y con el más noble del mundo.

Le dijo el sol: —Ya oí lo que dijiste, buen hombre, y yo estoy obligado a no dejarte marchar sin respuesta a tu ruego por la honra y por el amor que tienes con Dios y por la superioridad que tienes entre los hombres, pero te mostraré al ángel que es más fuerte que yo.

Díjole el religioso: —¿Y cuál es?

Díjole: —Es el ángel que trae las nubes, que con su fuerza cubre mi fuerza y no me la deja extender sobre la tierra.

Se volvió el religioso al lugar donde están las nubes de la mar, y llamó a las nubes, igual que llamó al sol, y les dijo lo mismo que dijo al sol.

Y dijeron las nubes: —Ya oímos lo que dijiste y creemos que es así, que Dios nos dio más fuerza que a otras muchas cosas; pero te guiaremos a otra cosa que es más fuerte que nosotras.

Dijo el religioso: —¿Quién es?

Dijéronle: —Es el viento que nos lleva a donde quiere, y nosotras no podemos defendernos de él.

Y se fue al viento y lo llamó así como a los otros, y le dijo las mismas palabras. Le dijo el viento: —Así es como tú dices, pero te guiaré a otro que es más fuerte que yo y que traté de ser su igual y no pude serlo.

Le dijo el religioso: —¿Y quién es?

Díjole: —Es el monte que está cerca de ti.

Y se fue el religioso hacia el monte y le dijo como a los otros. Díjole el monte: —Tal soy yo como tú dices, pero te guiaré a otro que es más fuerte que yo, que con su gran fuerza no puedo mantener derecho con él y no me puedo defender, que me hace cuanto daño puede.

Díjole el religioso: —Y ¿quién es ése?

Díjole: —Es un ratón, que me hace cuanto daño quiere, que me horada por todas partes.

Y se fue el religioso al ratón y lo llamó así como a los otros. Y díjole el ratón: —Tal soy yo como tú dices en poder y en fuerza, pero ¿cómo se podría arreglar que casase con una mujer, siendo ratón y viviendo en una cueva y en un agujero?

Dijo el religioso a la muchacha: —¿Quieres ser mujer del ratón, que ya sabes cómo hablé con todas las otras cosas y no hallé nadie más fuerte que él, y todas me guiaron hasta él? ¿Quieres que ruegue a Dios que te vuelva rata y que te case con él? Y vivirás con él en su cueva, y yo te buscaré y te visitaré, y no te dejaré del todo. Díjole ella: —Padre yo no dudo de vuestro consejo; si lo tenéis por bueno, hacedlo.

Y rogó a Dios que la convirtiese en rata, y fue así, y se casó con el ratón, y se entró con él en la cueva, y se volvió a su raíz y a su naturaleza.

## 7. «EL ASNO SIN CORAZÓN Y SIN OREJAS»

Y dijo el mono: —Dicen que un león vivía en un lugar, y estaba allí un lobo que comía sus sobras. Y ensarneció el

león tanto, que se quedó muy flaco y muy triste, y no podía
cazar. Y dijo el lobo cerval: —Señor, tu estado ya ha cambiado
y no puedes cazar. Esto, ¿por qué es?

Dijo el león: —Por esta sarna que ves, y no hay otra medicina más que orejas y corazón de asno.

Dijo el lobo cerval: —Yo sé un lugar donde hay un asno
de un lavandero que trae sobre él los lienzos a un prado aquí
cerca de nosotros. Y cuando los descarga, los deja en el prado.
Y confío en Dios que te lo traeré, y tomarás sus orejas y su
corazón.

Dijo el león: —Hazlo si pudieres, pues eso es mi medicina
y mi salud.

Y se fue el lobo cerval, y se acercó al asno y le dijo: —¿Por
qué estás tan delgado y por qué tienes estas mataduras en el
lomo?

Dijo el asno: —Este falso lavandero me lo hace, que se
sirve de mí continuamente y me disminuye la cebada.

Dijo el lobo cerval: —Yo te enseñaré un lugar muy pla-
centero y muy alejado donde nunca estuvo el hombre; y hay
unas asnas, las más hermosas que nunca nadie vio, y necesitan
machos.

Dijo el asno: —Pues vayamos allá, que aunque no lo hiciera
más que por tu amistad, ya me bastaría para ir allá contigo.

Y se fueron ambos junto al león, y saltó el león sobre el
asno por detrás para cogerlo, y se le escapó el asno de las
manos y se fue, y se volvió a su lugar.

Dijo el lobo cerval al león: —Si dejaste el asno a sabiendas,
¿por qué me hiciste molestarme en ir a buscarlo? Y si fue
la debilidad lo que te lo hizo dejar y no lo pudiste agarrar,
esto todavía es peor.

Y supo el león que si decía que lo había dejado a sabiendas, sería considerado un necio, y si dijese que no lo había
podido agarrar, lo tendría por débil y por cansado.

Dijo el león: —Si tú me vuelves a traer al asno, te diré
lo que preguntas.

Dijo el lobo: —Pienso que el asno está escarmentado y no querrá volver otra vez; sin embargo, iré a él de nuevo, si lo pudiere engañar, para traerlo aquí.

Y se fue hacia el asno, y el asno, en cuanto lo vio, le dijo: —¿Cuál fue la traición que me quisiste hacer?

Dijo el lobo cerval: —Te quise hacer un bien y no estuviste dispuesto. Y lo que saltó sobre ti no era más que una de las asnas que te dije; y como vio un asno no supo de qué manera jugar contigo. Y si tú te hubieras estado quieto un poco, se te hubiera metido debajo.

Cuando el asno oyó nombrar a las asnas, le renació su deseo, y se fue con el lobo cerval al león, y saltó el león sobre él, y lo cogió y lo mató.

Después dijo el león al lobo cerval: —Yo me quiero bañar. Después comeré las orejas y el corazón y con lo demás haré sacrificio que así me lo mandaron los médicos. Pues, cuida tú al asno y después volveré a ti.

Y después de que se marchó el león, tomó el lobo cerval las orejas y el corazón del asno y lo comió en la confianza de que, cuando el león viese esto, no comería nada de lo que quedaba porque lo tendría por mal agüero. Y cuando volvió el león, le dijo: —¿Dónde está el corazón y las orejas del asno?

Dijo él: —¿No viste tú que el asno no tenía corazón ni orejas?

Dijo él: —Nunca vi mayor maravilla que ésta que tú dices.

Dijo el lobo cerval: —Señor, no te extrañes, mas piensa que si él tuviera corazón y orejas, no hubiera vuelto a ti por segunda vez, habiéndole hecho lo que le hiciste.

~~~~~~~~~~~~~~~~~~~~~~~~~~~~~~~~~~~~~~~~~~~~~~~~

1. Motivo, K 346 «Bienes confiados a un ladrón».

2. Motivo, J 624.1 «Dos carneros matan a una zorra mientras lamía la sangre derramada por ellos en combate».

3. Motivo, K 1613.1 «Intenta arrojar veneno hacia otro y se envenena a sí mismo».

4.  Motivo, K 1512 «La nariz cortada». Tipo, 1417.

Estos cuatro cuentos forman un curioso tipo de estructura encadenada, cuya unidad viene dada por la presencia de un mismo testigo (el religioso) y por las semejanzas temáticas y formales («Y esto a la vista del religioso»). La gran novedad del sistema reside en la incidencia de los cuentos sobre el religioso que va comprendiendo así cuál fue su error. De los cuatro relatos, procedentes del *Panchatantra* (I, 4), el más difundido fue el último con huellas en la literatura francesa (*Fabliau des Tresses*), italiana (*Decamerón,* VII, 8) y española (Timoneda, *El Patrañuelo,* X). El relato de «La zorra aplastada por dos cabrones monteses» figura en el *Llibre de les bèsties* de R. Llull (n.º 19).

J. Bédier, *Les Fabliaux. Etudes de littérature populaire et d'histoire du moyen âge,* París, Honoré Champion, 1969, cap. VI; M. J. Lacarra, «Algunos errores en la transmisión del *Calila* y del *Sendebar*», *Cuadernos de Investigación Filológica,* V (1979), 43-57.

5.  Motivos, J 1531.2 «Los ratones comedores de hierro» y K 1667 «Depositario infiel». Tipo, 1592.

Procedente del *Panchatantra* (I, 21), aparece incorporado en algunas ediciones del *Isopete* (Burgos, 1496) y en el *Fabulario* de Sebastián de Mey (n.º 8). Según María Rosa Lida, la expresión «donde los ratones roen el hierro» aparecía ya en los *Mimos* de Herodas (III, 76). (*El cuento popular y otros ensayos,* Buenos Aires, Losada, 1976).

6.  Motivos, D 315.2 «Transformación de un ratón en persona»; D 1117.1 «Transformación de un hombre en ratón»; L 392 «Ratón más fuerte que un muro, el viento o la montaña»; B 601.3 «Matrimonio con un ratón». Tipo, 2031 C.

Recuerda a la fábula de «La comadreja y Afrodita», aunque su origen directo está en el *Panchatantra* (III, 12). Incluida también por R. Llull en el *Llibre de les bèsties* (n.º 4).

7.  Motivo, K 402.3 «El asno sin orejas». Tipo, 52.

Esta fábula, como otras muchas, tuvo una doble difusión: una versión oriental, incluida en el *Panchatantra* (IV, 2), y otra clásica (Arquíloco, Aristóteles, Babrio, etc.), en la que suele sustituirse el asno por el ciervo. Alcanzó gran popularidad en la Edad Media gracias a los ejemplarios (*Gesta Romanorum,* 83) y a las versiones medievales de Esopo. Aparece en María de Francia, 70, el *Libro de Buen Amor,* 892-903, Fernando del Pulgar, *Letras,* etc., y aún se recoge en el folclore oral (Espinosa, III, pp. 277 y ss.).

F. Lecoy, *Recherches sur le «Libro de Buen Amor» de Juan Ruiz, archiprêtre de Hita,* 2.ª ed. con suplemento de A. D. Deyermond, Farnsborough, Gregg International, 1974; I. Michael, «The Function of the

Popular Tale in the *Libro de Buen Amor*», en *Libro de Buen Amor's Studies,* ed. por G. B. Gybbon-Monypenny, Londres, Tamesis, 1970, páginas 177-218; F. Rodríguez Adrados, *Historia de la fábula grecolatina. Introducción y de los orígenes a la edad helenística,* Madrid, Universidad Complutense, 1979.

# V. LIBRO DE LOS ENGAÑOS

*[handwritten: → 1001 nights ~save life of her son]*

## 1. «LA HUELLA DEL LEÓN»

*[handwritten: *el gran tema es los engaños de las mujeres]*

Oí decir que un rey amaba mucho a las mujeres y no tenía otra mala costumbre salvo ésta; y estaba un día el rey encima de un sobrado muy alto, y miró hacia abajo y vio una mujer muy hermosa, y le gustó mucho, y envió a requerirle su amor. Ella dijo que no lo podría hacer estando su marido en la ciudad. Y cuando el rey esto oyó, envió a su marido a la guerra. Y la mujer era muy casta y muy buena y muy sabia, y dijo: —Señor, tú eres mi señor y yo soy tu sierva, y lo que quieras tú lo quiero yo, pero me iré a los baños a arreglar.

Y cuando volvió, le dio un libro de su marido en el que se hablaba de leyes y de juicios de los reyes, de cómo castigaban a las mujeres que cometían adulterio, y dijo: —Señor, lee en este libro hasta que me arregle. *[handwritten: left cause he was scared.]*

Y el rey abrió el libro y encontró en el primer capítulo cómo debía prohibirse el adulterio, y se avergonzó mucho, y le pesó lo que quería hacer; y dejó el libro en el suelo y salió por la puerta de la habitación, y dejó los zapatos bajo el lecho en el que había estado sentado. Y en esto volvió el marido de la guerra, y cuando se instaló en su casa, sospechó que allí había dormido el rey con su mujer, y tuvo miedo y no se atrevió a decir nada por miedo al rey, y no se atrevió a entrar donde ella estaba. *[handwritten: the hubby's too scared to do anything.]*

Y duró esta situación mucho tiempo, y la mujer les contó a sus parientes que su marido la había abandonado y no sabía ella por qué razón; y ellos dijéronle al marido: —¿Por qué no te acercas a tu mujer?

Y él dijo: —Hallé los zapatos del rey en mi casa y tengo miedo; por eso no me atrevo a acercarme a ella.

Y ellos dijeron: —Vayamos al rey y le contaremos un ejemplo de lo sucedido con esta mujer, pero no se lo explicaremos; y si fuere sabio, en seguida lo entenderá.

Y entraron ante el rey y dijéronle: —Señor, teníamos una tierra y se la dimos a este buen hombre para que la cultivase y la labrase y aprovechase sus frutos, y lo hizo así durante mucho tiempo; y la dejó una larga temporada sin trabajar.

Y el rey dijo: —¿Tú qué dices a esto?

Y el buen hombre contestó: —Dicen verdad. Que me dieron una tierra así como ellos dicen, y cuando fui un día por el campo, encontré huellas del león y me dio miedo de que me comería, y por esto dejé la tierra sin cultivar.

Y dijo el rey: —Es verdad que entró el león en ella, pero no te hizo nada que no tuviera que hacer, ni te hizo daño; por lo tanto vuelve a tu tierra y cultívala.

Y el buen hombre volvió a su mujer y le preguntó qué había sido eso, y ella le contó todo y le contó la verdad de lo que había sucedido con él, y él la creyó por las indicaciones que le había dicho el rey, y después confiaba en ella más que antes.

## 2.  «LA ESPADA»

*Ejemplo de cómo se juntaron todos: el señor, el hombre, la mujer y el marido de la mujer*

Señor, me enseñaron los engaños de las mujeres. Se dice que había una mujer que tenía un amigo que era consejero del

rey, y tenía el mando sobre aquella ciudad. Y el amigo envió
a un criado suyo a casa de su amiga para que averiguase si estaba
allí su marido. Y entró aquel hombre, y le gustó ella, y él a ella
porque era hermoso. Y le pidió que yaciese con ella y él lo
hizo así; y como el señor vio que tardaba su criado, se fue
a casa de la amante y llamó.

Y dijo el muchacho: —¿Qué será de mí?

Y ella dijo: —Ve y escóndete en aquel rincón.

Y su señor entró, pero ella no le dejó acercarse hasta el
rincón donde estaba el muchacho; y en esto llegó el marido y
llamó a la puerta.

Y dijo al amigo: —Toma en la mano tu espada, y ponte en
la puerta de la casa, y amenázame y vete por tu camino sin
hablar con nadie.

Y él lo hizo así y abrió la puerta al marido. Y cuando su
marido vio al otro con la espada sacada y en la mano, habló
y le dijo: —¿Qué es esto?

Y él no respondió nada y se fue por su camino. Y el marido
entró a la casa a donde estaba su mujer y dijo: —¡Ay, maldita
de ti! ¿Qué le pasó a este hombre contigo que te sale insultando
y amenazando?

Y ella dijo: —Vino ese hombre huyendo con miedo del otro,
y halló la puerta abierta; y entró su señor tras él para darle
muerte, y él gritaba que le ayudase; y cuando él se acercó a mí,
me interpuse, y lo aparté para que no lo matase; y por esto
sale de aquí insultando y amenazándome. Pero, ¡no quiera Dios
que me importe su amenaza!

El marido dijo: —¿Dónde está este muchacho?

—En aquel rincón está.

El marido salió a la puerta a ver si estaba su señor o si se
había marchado; y cuando vio que no estaba allí, llamó al muchacho y le dijo: —Sal acá, que tu señor ya se ha marchado.

Y el marido se volvió hacia ella muy contento, y le dijo:
—Te comportaste como buena mujer y actuaste bien y te lo
agradezco mucho.

—Y señor, no te di este ejemplo salvo para que no mates a tu hijo por palabras de una mujer, pues las mujeres tienen en sí muchos engaños.

Y mandó el rey que no matasen a su hijo.

Sty (on eyelid)

3.  «LA PERRILLA LLOROSA»

*Ejemplo del hombre y de la mujer y de la vieja y de la perrilla*

Señor, oí decir que un hombre y su mujer se hicieron trato y compromiso de mantenerse fidelidad; y el marido puso un plazo en el que volvería y no volvió; y entonces salió ella al camino, y estando así vino un hombre por allí y la vio; y le gustó y le pidió su amor; y ella le dijo que por nada del mundo se lo daría. Entonces se fue a una vieja que vivía cerca, y le contó todo lo que le había sucedido con aquella mujer, y le pidió que le ayudara a conseguirla y que él le daría cuanto quisiera. Y la vieja dijo que le parecía bien y que le ayudaría a conseguirla. Y la vieja se fue a su casa, y tomó miel y masa y pimienta, y lo amasó todo e hizo con esto panes. Entonces se fue hacia casa de aquella mujer, y llamó a una perrilla que tenía y le echó aquel pan de modo que no lo viera la mujer. Y después de que la perrilla lo hubo comido, empezó a ir tras la vieja, pidiéndole más y con los ojos llorosos por la pimienta que había en el pan.

She was turned into a dog.

Y cuando la mujer la vio así, se maravilló y le dijo a la vieja: —Amiga, ¿viste llorar así a otras perras como a ésta?

Dijo la vieja: —Lo hace con razón, pues esta perra fue mujer y muy hermosa y vivía aquí, cerca de mí; y se enamoró un hombre de ella y a ella no le gustó él. Y entonces aquel hombre que la amaba la maldijo y se convirtió inmediatamente en perra; y ahora cuando me ve, se acuerda y se pone a llorar.

Entonces dijo la mujer: —¡Ay, desgraciada! ¿Qué haré?

Que el otro día me vio un hombre en el camino, y me requirió de amores y yo no quise; y ahora tengo miedo de volverme perra si me maldijo; y ahora ve y ruégale en mi nombre que le daré cuanto quisiere.

Entonces dijo la vieja: —Yo te lo traeré.

Y entonces se levantó la vieja y se fue a buscar al hombre, y se levantó la mujer y se arregló; y ella se fue a casa de la vieja para ver si había encontrado a aquel hombre que fue a buscar.

Y la vieja dijo: —No lo pude hallar.

Y entonces dijo la mujer: —Pues, ¿qué haré?

Entonces fue la vieja, y se encontró con el hombre y le dijo: —Ven aquí que la mujer hará todo, todo cuanto yo quisiere.

Y el hombre era su marido, que regresaba ahora de su viaje, y la vieja no lo conocía.

Y la vieja dijo: —¿Qué me darás si te diere buena posada y una mujer hermosa y bien de comer y de beber, si tú lo quieres?

Y él dijo: —¡Por Dios, si me gustaría!

Y ella se fue delante y él detrás, y vio que lo llevaba a su casa, y sospechó que lo llevaba a su casa y con su misma mujer, y sospechó que lo hacía así siempre que él salía de casa.

Y la mala mujer entró en su casa y dijo: —Entrad.

Después que el hombre entró, dijo: —Sentaos aquí.

Y le miró la cara y, cuando vio que era su marido, no supo qué hacer sino mesarse los cabellos y dijo: —¡Ay, don putero malo! ¿Esto es lo que tú y yo acordamos en el trato y compromiso que nos hicimos? Ahora veo que sigues a las malas mujeres y a las alcahuetas.

Y él dijo: —¡Ay de ti! ¿Qué buscabas conmigo?

Y dijo su mujer: —Me dijeron que venías; y me arreglé, y dije a esta vieja que saliera a buscarte para que probase si seguías a las malas mujeres, y veo que pronto seguiste a la alcahueta. ¡Nunca jamás volvamos a estar juntos, ni te acerques a mí!

Y dijo él: —Así me dé Dios su gracia y yo haya la tuya como que yo no pensé que me llevaba a otra casa salvo a la

tuya y mía; si no, no hubiera ido con ella, y aun me apenó
mucho cuando me metió en tu casa, porque pensé que lo mismo
harías con otros.

Y cuando hubo dicho esto, se arañó el rostro y se lo estropeó
todo con las manos, y dijo: —¡Bien sabía que esto era lo que
pensabas de mí!

Y se enfadó con él, y cuando él vio que estaba furiosa,
comenzó a decirle halagos y a rogarle que lo perdonase; y ella
no le quiso perdonar hasta que le diese algo importante; y él
le mandó en arras una aldea que tenía.

*village*

Y señor, no te di este ejemplo salvo para que no mates a
tu hijo por aquel engaño de las mujeres que no tiene nunca fin.

*→ girl doesn't love guy - turns her into dog? -*
*loves him - marries him - sees what a jerk*
*he is?*

### 4. «LLEWELLYN Y SU PERRO»

*Ejemplo del quinto privado y del perro y de la culebra y del niño*

Y vino el quinto privado ante el rey, y dijo: —Alabado sea
Dios. Tú eres sabio y discreto, y sabes que nada debe hacerse
apresuradamente antes de averiguar la verdad y, si se hace así,
será una locura, y cuando lo quisieres enmendar, ya no se podrá;
y sucederá así como pasó una vez al dueño de un perro.

Y dijo el rey: —¿Cómo fue eso?

Y él dijo: —Señor, oí decir que había un hombre que era
criado de un rey; y aquel hombre tenía un perro de caza muy
bueno y muy amaestrado, y nunca le mandaba hacer nada que no
lo hiciera; y sucedió un día que su mujer se fue a ver a unos
parientes, y se fueron con ella todos sus criados.

Y le dijo al marido: —Quédate con tu hijo que está durmiendo en la cama, que yo no me detendré allá, pues estaré
aquí enseguida.

El hombre se sentó junto a su hijo; estando allí, llegó un hombre de la casa del rey, el cual le mandaba llamar de prisa; y el buen hombre le dijo al perro: —Guarda bien a este niño, y no te alejes de él hasta que yo vuelva.

Y el hombre cerró su puerta y se fue con el rey; y estando el perro junto al niño, vino a él una culebra muy grande y lo quiso matar por el olor de la leche materna; y cuando el perro la vio, saltó sobre ella y la despedazó por completo; y el hombre volvió pronto por amor a su hijo que había dejado solo y, cuando abrió la puerta, salió a su encuentro el perro para presumir ante su señor por lo que había hecho, y traía el morro y el pecho sangrientos; y cuando lo vio así, se creyó que había matado a su hijo, y echó mano a su espada, y le dio un gran golpe al perro y lo mató; y se acercó a la cama, y halló a su hijo durmiendo y la culebra despedazada a sus pies; y cuando vio esto, se golpeó el rostro arañándoselo y no pudo hacer otra cosa; y se tuvo por desgraciado por haberse equivocado.

Y señor, no te suceda así con tus cosas, pues después no te podrás arrepentir. No mates a tu hijo, que los engaños de las mujeres no tienen fin.


## 5.  «EL MERCADER DE SÁNDALO»

*Ejemplo del mercader de sándalo y del otro mercader*

Y dijo el rey: —¿Cómo fue eso?

—Señor, cuentan la historia del viejo. Oí contar una vez que había un mercader muy rico que comerciaba con sándalo; y preguntó en aquella tierra dónde era más caro el sándalo; y se fue para allá y cargó sus animales con sándalo para aquella tierra; y pasó cerca de una ciudad muy buena, y dijo entre sí: 'No entraré en esta ciudad hasta que amanezca'.

Y estando en aquel lugar, pasó una joven que traía su ganado de pacer; y cuando ella vio la recua, preguntó que qué traía o de dónde era; y fue la joven a su señor y le dijo que había mercaderes en la puerta de la ciudad que traían mucho sándalo; y cogió aquel hombre y lo que tenía lo echó al fuego; y el mercader notó que había humo de sándalo, y tuvo gran temor.

Y dijo: —Mirad vuestras cargas para que no llegue el fuego hasta ellas, pues yo huelo humo de sándalo.

Y ellos miraron las cargas y no encontraron nada; y se levantó el mercader y se fue hasta los pastores para ver si se habían levantado.

Y el que quemaba el sándalo vino hasta el mercader y le dijo: —¿Quién sois, a dónde vais y qué mercancía traéis?

Y dijo él: —Somos mercaderes que traemos sándalo.

Y dijo el hombre: —¡Ay, buen hombre! En esta tierra no quemamos más que sándalo.

Dijo el mercader: —¿Cómo puede ser? Que yo pregunté y me dijeron que no había tierra más cara que ésta ni en la que costase más el sándalo.

Dijo el hombre: —Quien te lo dijo te quiso engañar.

Y comenzó el mercader a quejarse y a maldecirse, e hizo un gran duelo.

Y dijo el hombre: —¡Por buena fe, tengo gran pena por ti!

Pero dijo: —Ya que así es, te lo compraré y te daré lo que quieras. Y levántate y concédemelo.

Y se lo concedió el mercader; y tomó el hombre el sándalo y lo llevó a su casa; y cuando amaneció, entró el mercader en la ciudad y se albergó en casa de una mujer vieja, y le preguntó cuánto valía el sándalo en la ciudad.

Dijo ella: —Vale a peso de oro.

Y el mercader se arrepintió mucho cuando lo oyó.

Y dijo la vieja: —Hombre bueno, los de esta ciudad son engañadores y tramposos, y nunca viene un extranjero que no se burlen de él; y cuidaos mucho de ellos.

Y se fue el mercader hacia el mercado, y se encontró a unos que jugaban a los dados y se quedó allí, y los miró.

Y dijo uno: —¿Sabes jugar a este juego?

Dijo él: —Sí sé.

Dijo: —Pues siéntate. Pero —dijo— cuida que sea con tal condición que al que gane esté obligado el otro a hacer lo que quiera y mande.

Dijo él: —Sí, lo acepto.

Después se sentó él, y perdió el mercader.

Y dijo el que ganó: —Tú has de hacer lo que yo te mande.

Dijo él: —Concedo que es verdad.

Dijo: —Pues te mando que bebas toda el agua de la mar y no dejes en ella ni una gota.

Y dijo el mercader: —Acepto.

Dijo él: —Dame fiadores de que lo vas a hacer.

Y se fue el mercader por la calle y se encontró con un hombre que no tenía más que un ojo, y agarró al mercader y le dijo: —Tú me robaste mi ojo. Ven aquí conmigo ante el juez.

Y dijo su hospedera, la vieja: —Yo soy su fiadora y os lo traeré mañana.

Y lo llevó a su posada y le dijo la vieja: —¿No te dije y te mostré que los hombres de esta ciudad eran malos y de malas costumbres? Pero puesto que no me quisiste hacer caso en lo primero que te prohibí, no seas ahora torpe en lo que te voy a decir.

Y dijo el mercader: —¡Por buena fe, que nunca desobedeceré lo que me mandes o aconsejes!

Dijo la vieja: —Has de saber que ellos tienen por maestro a un viejo ciego que es muy sabio; y se reúnen todos con él cada noche, y cada uno dice cuánto ha hecho por el día. Pero si tú pudieras entrar donde están ellos y sentarte entre ellos, dirán cada uno de ellos lo que te hicieron y tú oirás lo que les aconseja el viejo por lo que te hicieron, pues no es posible que no se lo cuenten al viejo.

Y así se fue el hombre para allá, y se metió entre ellos y se quedó, y oyó cuanto le decían al viejo.

Y el primero que había comprado el sándalo al mercader dijo cómo lo había comprado y que le daría cuanto él quisiera.

Y dijo el viejo: —Mal hiciste como hombre torpe. ¿Qué te parecería si él te pidiera pulgas, la mitad hembras y la mitad machos, y unas ciegas y otras cojas, y otras verdes y otras cárdenas, y otras rojas y blancas y que no hubiera más que una sana? ¿Crees que podrías conseguir esto?

Dijo el hombre: —No se acordará él de eso, que no pedirá más que dinero.

Y se levantó aquel que había jugado a los dados con el mercader, y le dijo así: —Yo jugué con ese mercader, y le dije que si ganaba a los dados, haría lo que yo le mandara; y le mandé que se bebiese toda el agua de la mar.

Y dijo el viejo: —Tan mal has hecho como el otro. ¿Qué te parecería si el otro te dice: «—Yo hice el trato de beber toda el agua de la mar, pero impide tú que entre allí ni río ni fuente que desemboque en la mar. Entonces la beberé.» ¡Mira a ver si podrías tú hacer esto!

Se levantó el del ojo, y dijo: —Yo me encontré con ese mismo mercader y vi que tenía los ojos como yo, y le dije: —«Tú me robaste un ojo. No te alejes de mí hasta que me des mi ojo o lo que vale.»

Y dijo el viejo: —No actuaste como maestro ni supiste lo que te hacías. ¿Qué te parecería si él te dijera: —«Sácate el tuyo que te quedó y yo sacaré el mío y veremos si se parecen y pesémoslos; y si fueren iguales, tuyo es y si no, no»? Y si tú haces esto te quedarás ciego y al otro le quedará un ojo, y tú, sin ninguno, tendrías mayor pérdida que él.

Y cuando el mercader oyó esto, le gustó mucho y lo aprendió todo, y se fue para la posada y le dijo (a la vieja) todo lo que le había sucedido, y se consideró bien aconsejado por ella; y descansó esa noche en su casa.

Y cuando amaneció, vio al que le había comprado el sándalo y dijo: —Dame mi sándalo o dame lo que te apostaste conmigo.

Y dijo: —Escoge lo que quieras.

Y dijo el mercader: —Dame una fanega llena de pulgas, la

mitad hembras y la mitad machos, y la mitad rojas y la mitad verdes, y la mitad cárdenas y la mitad amarillas y la mitad blancas.

Y dijo el hombre: —Te daré dinero.

Dijo el mercader: —No quiero nada más que las pulgas.

Y emplazó el mercader al hombre y se fueron ante el juez; y mandó el juez que le diese las pulgas; y dijo el hombre que tomase su sándalo, y así recobró el mercader su sándalo por consejo del viejo.

Y vino el otro que había jugado a los dados y dijo: —Cumple el trato que hiciste conmigo de que te beberías toda el agua de la mar.

Y dijo él: —Me parece bien, con la condición de que impidas que vayan a la mar las fuentes y los ríos.

Y dijo: —Vayamos ante el juez.

Y dijo el juez: —¿Es esto así?

Y dijeron ellos que sí.

Y dijo: —Pues impide tú que entre más agua y dice que la beberá.

Dijo él: —No puede ser.

Y el juez mandó dejar libre al mercader.

Y luego vino el del ojo y dijo: —Dame mi ojo.

Y dijo él: —Me parece bien. Saca tú el tuyo y sacaré yo el mío, y veamos si se parecen y pesémoslos, y si fueren iguales, tuyo es; y si no es tuyo, págame lo que manda el derecho.

Y dijo el juez: —¿Qué dices tú?

Dijo: —¿Cómo voy a sacarme mi ojo?, que luego no tendré ninguno.

Y dijo el juez: —Pues lo que te pide es justo.

Y dijo el hombre que no se lo quería sacar y dejó al mercader libre. Y así le sucedió al mercader con los hombres de aquel lugar.

Y dijo el infante: —Señor, no te di este ejemplo más que para que sepas los engaños del mundo.

1. Motivos, J 816.4, «Una mujer consigue con habilidad que el rey deponga su actitud amorosa; T 320.4, «Una mujer evita la lujuria del rey, avergonzándole» y K 978 «La carta de Uriah».

El cuento figura en las numerosas versiones del *Sendebar* y tiene correlatos árabes, tanto literarios como folclóricos. También se ha relacionado con el cuento L de *El Conde Lucanor*.

H. Runte et al., *The Seven Sages of Rome and the Book of Sindibad. An Analytical Bibliography*, Nueva York y Londres, Garland, 1984; A. González Palencia, «La huella del león», *RFE*, 13 (1926), 377-378; R. Moglia, «Algo más sobre la huella del león», *RFE*, 13 (1926), 377-378; S. Prato, «L'Orma del Leone», *Romania*, 12 (1883), 535-565 y 14, 132-135; T. A. Perry, «La huella del león» in Spain and in the Early Sindibad Tales: Structure and Meaning», en *Medieval, Renaissance and Folklore Studies in Honor of John Esten Keller*, Newark, Delaware, Juan de la Cuesta, 1980, pp. 39-52; D. Devoto, *Introducción al estudio de Don Juan Manuel y en particular de El Conde Lucanor*, Madrid, Castalia, 1972; M. Hernández Esteban, «Seducción por obtener/adulterio por evitar en Sendebar I, Lucanor L, y Decamerón 1:5», *Prohemio*, 6, 1 (1975), 45-66.

2. Motivos, J 2301, «Maridos fáciles de engañar»; K 1517.1, «Amantes como perseguidor y fugitivo»; K 1218.1, «Los pretendientes atrapados»; K 1510, «La adúltera engaña al marido». Tipo, 1730. Tubach, 4693. La amplísima difusión de este texto obedece a su inserción dentro de la *Disciplina clericalis* (XI), del ciclo del *Sendebar* y de las *Mil y una noches*. Además de ser recogido en numerosos ejemplarios, en Francia se conoció como el «Lai de l'Épervier» y Boccaccio se sirvió de él en el *Decamerón* (VII, 6); aparece en el *Isopete* (CXIX).

G. Paris, «Le Lai de l'Épervier», *Romania*, VII (1878), 1-21; H. Schwarzbaum, «International Folklore Motifs in Petrus Alphonsi's *Disciplina clericalis*», *Sefarad*, XXII (1962), 17-59; J. Bédier, *Les Fabliaux*, páginas 228 y ss.

3. Motivos, K 1350 «Mujer persuadida por el engaño»; K 1351 «La perrilla llorosa»; K 1813 «El marido disfrazado visita a su mujer»; T 452 «Alcahuetas». Tipo, 1515. Tubach, 661.

A través del ciclo del *Sendebar* y de la *Disciplina clericalis* (XIII) se difundió por los ejemplarios latinos (*Gesta Romanorum*, 28; *Alphabetum narrationum*; J. de Vitry, 250) y en las literaturas romances (*Fabliau Dame Siriz*; *Libro de los exenplos*, 234; *Isopete*, fab. XI).

4. Motivo, B 331.2 «Llewellyn y su perro». Tubach, 1695.

El cuento tiene una larga tradición literaria tanto en colecciones europeas de la Edad Media (E. de Bourbon, 370; *Gesta Romanorum,* 26; *Calila e Dimna,* VIII, 1) como en las de Oriente *(Panchatantra,* V, 2; ciclo del *Sendebar).* Asimismo ha tenido una vida activa en el folclore oral, en especial de la India, donde aún sigue recogiéndose como suceso verídico.

A. H. Krappe, «Studies on the Seven Sages of Rome», *Archivum Romanicum,* XI (1927), 163-167; H. Runte, *Bibliography...,* p. 187; B. Emeneau, «The Faithful Dog as Security for a Debt. A Companion to the Brahman and the Mongoose Story-Typ», *Journal of American Oriental Society,* LXI (1941), 1-17 y LXII (1942), 339-341; V. Elwin, «Note on the Faithful Dog as Security for a Debt», *Journal of American Oriental Society,* LXII (1942), 339.

5. Motivos, H 1010 «Tareas imposibles»; H 919.4 «Tarea imposible asignada como prueba»; H 1129.10.1 «Tarea imposible: reunir gran cantidad de pulgas de diversos colores»; N 455.2.1 «El secreto de los ladrones descubierto por casualidad y luego usado contra ellos»; N. 411.5 «Un mercader de sándalo vende su producto a alto precio en tierra escasa de sándalo».

El cuento no alcanzó gran difusión fuera del ciclo del *Sendebar.* La tarea imposible de beberse todas las aguas del mar aparece en *La Vida de Esopo* (f.º XIV) y en los *Bocados de Oro.*

# VI. CASTIGOS Y DOCUMENTOS DEL REY DON SANCHO

## 1. «LA MONJA ABOFETEADA POR UN CRUCIFIJO»

Hay un monasterio de monjas, llamado Fontevrault, y este monasterio es de los reyes de Inglaterra, pues ellos lo hicieron, y es de monjas de hábitos negros de San Benito y hay gran cantidad de ellas. Y sucedió que entre todas las monjas del monasterio había allí una que era mujer de buen linaje y muy joven y muy hermosa. Y tenía por costumbre que cada vez que pasaba ante la imagen de Santa María hincaba los hinojos ante ella, y la saludaba con aquellas palabras con las que le saludó el ángel, diciendo: —«Ave María». Y era ella muy buena cristiana y seguía muy bien la Orden, de modo que estaban todas muy contentas con ella. Y sucedió así —por culpa del diablo que suele urdir estas cosas— que un caballero de aquella tierra, el cual era muy joven y muy apuesto y bueno en las armas y de gran linaje, se enamoró de aquella monja, y ardía de tanto amor, que se moría por ella, y hubo de buscar forma de mostrarle lo que la amaba, y se hizo pasar por pariente suyo y fue a hablar con ella. Y las otras monjas que los vieron hablar, creyeron que hablaban como parientes y de ningún mal. ¿Qué más te diré? El le tuvo que contar la intención con la que iba. Y el diablo, que puso tan mal pensamiento en el caballero, hizo que ella consintiese en ello. Y acordaron cómo se iría ella con él del monasterio y prepararon la manera de hacerlo. Y la razón y la

forma preparada por ellos era así: que a la media noche vendría
el caballero a los muros que cercaban el monasterio, y que ella
saldría y se irían los dos juntos. Y cuando vino la noche y se
fueron las monjas a decir sus completas a la iglesia, tornóse aquella monja que estaba allí preparada para cumplir el consejo que
le había dado el diablo, y a escondidas de las otras fue a abrir
una puertecilla que había allí por donde saldría de la iglesia, para
no ir con las otras a echarse a dormir. Y cuando aquella desgraciada monja vio que las otras ya estaban recogidas para dormir
y que había llegado la hora que había acordado con el caballero
que había de venir por ella, salió de aquel lugar en el que estaba
escondida, y fue hacia el altar mayor; y cayó de hinojos y dijo
su oración, «Ave María», así como acostumbraba hacer; después
se fue por el medio del coro hacia la puertecilla por donde
había de salir. Y el crucifijo de Nuestro Señor que estaba en
alto sobre el coro y la imagen de Santa María que estaba cerca
del crucifijo, cuando la vio irse, comenzó a dar grandes gritos
y a decir: —¿A dónde vas, desgraciada mujer, y me dejas a mí
y a mi hijo por el diablo y desprecias la oración que solías hacerme?

A estos gritos que daba la imagen de Santa María, bajó el
crucifijo de la Cruz a tierra y comenzó a correr por medio de la
Iglesia detrás de la monja, llevando los clavos, con los que estaba
clavado a la Cruz en los pies y en las manos. Y antes de que
la monja llegase a salir por la puertecilla, alzó el crucifijo la mano
derecha y le golpeó con el clavo en la mejilla, de modo que toda
la cabeza del clavo se metió por una mejilla y salió por la otra.
Y por esta herida que el crucifijo le causó, la monja cayó en
tierra como muerta, y así estuvo hasta el día siguiente por la
mañana, sin volver en sí. Y de este modo se evitó la mala obra
que quería hacer y que no se hizo. Y el crucifijo, desde que este
golpe hubo dado, se volvió a la Cruz como estaba antes, salvo
el brazo derecho con el que causó la herida, que siempre lo
tuvo en la posición que tenía cuando dio el golpe, y aún lo tiene
así por testimonio de lo que hizo. Y el clavo con el que hizo
la herida quedó en las mejillas de la monja. Y al día siguiente

por la mañana, estando las monjas en los maitines, se fijaron
en el crucifijo y vieron cómo estaba el brazo, y creyeron que
se había roto o que algún loco lo había hecho por hacer daño.
Y buscando en la iglesia si había por ahí alguien que hubiera
hecho tal cosa, encontraron a la monja tendida como muerta en
tierra con el clavo del crucifijo atravesado en las mejillas. Y cuando la abadesa y las monjas lo vieron, se extrañaron mucho de
cómo aquella dueña que creían tan buena estaba así. Y estaban
espantadas por el clavo del crucifijo, que lo reconocían y veían
que lo tenía así, y no podían averiguar qué había sucedido o
por qué se había hecho. Y estando en esta gran duda, oyeron
una potente voz que les dijo: —Tomad vuestra monja y cogedla
con las manos del suelo donde yace, pues así sufrió el escar-
miento del crucifijo por el gran pesar que quería hacerle a Jesucristo y a su madre Santa María.

Y después que las monjas la levantaron del suelo, le sacaron
el clavo que tenía metido en la mejilla y ella volvió en sí como
antes. La desgraciada pecadora, llorando mucho y arrepintiéndose
de sus pecados, les contó cómo había sucedido todo su mal y
por qué llegó a ser golpeada por Dios. Y cuando lo hubo contado se fueron todas con ella hasta el altar diciendo, «miserere
mei Deus», y pidiendo merced a Nuestro Señor y a Santa María
para que la perdonase. Y de allí en adelante fue muy buena mujer
y muy santa, y terminó sus días en el monasterio al servicio
de Dios.

¿Qué más te contaré? El caballero que se la iba a llevar
del monasterio vino a la hora acordada con la monja al lugar
aquel que ella le había dicho, armado sobre un caballo y con él
cuatro parientes suyos muy bien armados. Y traía un palafrén
muy bien ensillado para que la llevase. Y estando allí esperando
toda la noche a que saliera, no quiso Dios que ella lo hiciera,
como ya oísteis. Y cuando el caballero vio que clareaba el día
y que lo verían los hombres y sería descubierto, se fue por su
camino, lamentándose en su corazón y creyendo que la monja
se había burlado de él. Y así como el diablo lo preparó para que
se pusieran de acuerdo el caballero y la monja para hacer una

mala acción, Nuestro Señor Jesucristo, que siempre fue y es contrario del diablo y de sus obras, desvió y deshizo todo lo que el diablo había hecho, pues la monja alejó su corazón de él por consejo de Dios y el caballero alejó su corazón de su amor, creyéndose escarnecido por lo que había sucedido. Y este milagro se divulgó por toda la tierra y cuando él lo supo, no lo podía creer. Y por tal de estar más seguro, fue él mismo al monasterio para saber el hecho, y cuando supo la verdad de lo que sucediera, se sintió muy pecador y se arrepintió mucho de todos los pecados que había hecho; y dejó el mundo y se metió monje y sirvió muy bien a Dios, y terminó muy bien sus días.

Ahora, hijo mío, ¿qué más te puedo en este discurso decir ni aconsejar de lo que este milagro te aconseja?, pero recuerda que, cuando el crucifijo y la imagen de Santa María, que son imágenes de madera hechas por la mano del hombre y mudas que no hablan, tanto se dolieron de tal hecho como éste, que antes se ha contado, por el dolor que tuvieron Dios y Santa María por ello, cuánto mayor y más grande sería el dolor que Dios y Santa María tendrían por ello. Y por esto no quieras tomar de Dios lo que es suyo y no es tuyo.

## 2.   «EL MILAGRO DE JUAN CORBALÁN»

Y muchos milagros como éste te podría contar, pero sería muy largo, pero hablaré de uno que sucedió hace muy poco tiempo, en nuestro tiempo, reinando nos, el rey don Sancho que hicimos este libro, durante la guerra entre el reino de Aragón y el de Navarra, la cual era entre los reyes, sus señores, don Felipe, rey de Francia y de Navarra, y don Alfonso, rey de Aragón, hijo del rey don Pedro. Sucedió en ese tiempo que un rico hombre de Navarra, llamado Juan Corbalán de Leret, consiguió a una monja de un monasterio de la orden del Cister, llamado Marcilla. Y después de esto le sucedió que, en aquella guerra mencionada, tuvo un día que combatir con don Pedro Coronel, ricohombre de Aragón, y con gente del reino de Aragón. Y siendo el citado Juan Corbalán afortunado contra ellos y llevándolos vencidos, halló delante suyo, en la cerviz del caballo, a aquella monja con la que él había hecho tanto pesar a Dios; y tiró muy fuerte de él para derribarle del caballo y lo tuvo en tal situación, que no sabía qué hacer ni hacia dónde ir, y se sentía muy desgraciado a punto de caer del caballo. Y sus vasallos, cuando lo vieron estar en tal peligro, acudieron a socorrerle. Y cuando don Pedro Coronel y los aragoneses los vieron regresar así, creyeron que iban vencidos, y volvieron las riendas de los caballos hacia ellos, y fueron a golpearles muy fuertemente de forma que los vencieron. Y huyendo, vencidos Juan Corbalán y los suyos, este Juan Corbalán intentó escapar y volvió a ponérsele delante esta misma monja otra vez, y agarróle con mucha fuerza las riendas, de modo que no le dejaba irse. Y Juan Corbalán le dijo: —Vos, doña Fulana, ¿por qué me hacéis esto?

Y ella le dijo: —Tomad esto a cambio del mal que conmigo hicisteis.

Y las riendas del caballo no le escaparon nunca a la monja de las manos hasta que don Pedro Coronel y los otros que detrás venían llegaron y lo cogieron.


Y nos, el rey don Sancho, escribimos aquí este milagro tal y como Juan Corbalán, a quien sucediera, nos lo contó por su boca. Y él estuvo preso hasta que fue rescatado por mucho dinero. Y cuando salió de la prisión, nunca nadie en el mundo le vio de aquí en adelante entrar en ningún monasterio de señoras ni de monjas ni de otra orden. Y cada vez que veía religiosas temblaba como si tuviese fiebre. Y esto le duró toda su vida hasta la muerte.

1. Motivo, V 122.1 «Una imagen de Cristo desciende de la Cruz y golpea a la monja cuando quiere abandonar el convento».

El cuento permite observar las borrosas fronteras que separan el *exemplum* del milagro. Este mismo relato es recogido por Alfonso X en las *Cantigas de Santa María* (n.º 59).

R. Marsan, *Itinéraire espagnol du conte médiéval (VIII-XV siècles)*, París, Klincksieck, 1974, 269.


2. Motivo, Q 244.3 «Un caballero que sedujo a una monja, capturado cuando se le aparece milagrosamente y le toma las riendas del caballo».

Sancho IV inserta el relato dentro de un marco histórico preciso: el protagonista es Juan Corbalán de Lebret, la monja pertenecía al monasterio cisterciense de Mansilla, y el suceso se sitúa en tiempos de don Alfonso de Aragón durante la guerra contra Navarra. R. Marsan, *Itinéraire...*, p. 260.

# VII. LIBRO DEL CABALLERO ZIFAR

## 1. «EL MEDIO AMIGO»

Y ciertamente los hombres no se pueden conocer bien hasta que se prueban, pues así como por el fuego se prueba el oro, así por la prueba se conoce al amigo. Así sucedió en esta prueba de los amigos a un hijo de un hombre bueno en tierras de Sarapia, como ahora oiréis.

Y dice el cuento que este hombre bueno era muy rico, y tenía un hijo al que quería mucho y le daba cuanto quería para gastar. Y le amonestó para que, sobre todas las cosas y costumbres, aprendiese y se esforzase en ganar amigos, pues ésta era la mejor ganancia que podía hacer; pero que ganase amigos tales que fuesen enteros o, por lo menos, medios. Pues hay tres maneras de amigos: los amigos de interés, y éstos son los que no conservan a su amigo más que mientras pueden obtener provecho de él; los otros son medios, y éstos son los que por el amigo están dispuestos a ponerse en un peligro que no es seguro si sucederá o no; y los otros son los enteros, que ven la muerte de cerca o el gran peligro del amigo y se ponen delante para morir por él, para que su amigo no muera ni reciba daño.

Y el hijo le dijo que lo haría así, y que trataría de ganar cuantos amigos pudiese; y con lo que le daba su padre invitaba y gastaba y daba de lo suyo generosamente, de modo que no había nadie en la ciudad más acompañado que él. Y al cabo de diez años, le preguntó el padre cuántos amigos había ganado; y él le dijo que más de ciento.

Ciertamente —dijo el padre—, bien gastaste lo que te di, si así es, pues en todos los días de mi vida no pude ganar más que medio amigo, y si tú has ganado cien amigos, bienaventurado eres.

Bien creed, padre señor —dijo el hijo— que no hay uno que no se expusiera por mí a todos los peligros que me sucedieran.

Y el padre lo oyó, y calló y no le dijo más. Y después de esto le sucedió al hijo que peleó e intercambió palabras feas con un muchacho de la ciudad de mejor posición que él. Y aquél fue a buscar al hijo del buen hombre para hacerle daño. Al padre, cuando lo supo, le apenó mucho, y mandó al hijo que se fuese a una casa protegida que tenía fuera de la ciudad, y se estuviese quieto allá hasta que se olvidase esta pelea, y el hijo hízolo así; y después el padre obtuvo seguridades de la otra parte y lo apaciguó muy bien. Otro día hizo matar un cerdo, y rascólo, y cortóle la cabeza y las patas, y las guardó y metió el puerco en un saco, y lo ató muy bien y lo puso bajo el lecho, y encargó que viniese su hijo por la tarde. Y cuando vino la tarde, llegó el hijo y recibiólo el padre muy bien, y díjole cómo el otro le había dado seguridades, y cenaron. Y desde que el padre vio que la gente de la ciudad ya se había retirado, dijo así: —Hijo, aunque yo te dije que vinieras pronto, que te había dado seguridad del enemigo, te digo que no es así; pues por la mañana, cuando venía de misa, lo hallé aquí dentro en casa detrás de la puerta con la espada en la mano, creyendo que estabas en la ciudad, para matarte cuando quisieras entrar en casa; y para su desgracia lo maté yo, y le corté la cabeza y los pies y los brazos y las piernas, y lo eché en aquel pozo, y el cuerpo lo metí en un saco y lo tengo bajo mi lecho, y no me atrevo a enterrarlo por miedo a que lo descubran. Por ello me parecería bien que lo llevases a casa de algún amigo tuyo, si lo tienes, y que lo entierres en algún lugar encubierto.

Ciertamente, señor padre —dijo el hijo—, me agrada mucho y ahora verás qué amigos he ganado.

Y tomó el saco a cuestas y se fue para casa de un amigo suyo, en quien más confiaba. Y cuando llegó a él, se extrañó el otro porque venía tan tarde, y le preguntó qué era aquello que traía en aquel saco; y él se lo contó todo, y rogóle que quisiera que lo enterrasen en un corral que allí había. Y su amigo le respondió que, puesto que habían sido él y su padre quienes habían hecho la locura, se atuviesen a ella, y que saliera de casa, que no quería verse en peligro por ellos. Eso mismo le respondieron los demás amigos. Y volvió para casa de su padre con su saco, y le dijo cómo ninguno de sus amigos se había querido arriesgar por él en este peligro.

Hijo —dijo el hombre bueno—, mucho me maravillé cuando te oí decir que habías ganado cien amigos, y me parece que, entre los cien, no has encontrado ni medio. Pues vete para mi medio amigo y dile de mi parte esto que nos sucedió, y que le ruego que nos lo encubra.

Y el hijo se fue y llevó el saco, y llamó a la puerta del medio amigo de su padre, y fuéronselo a decir, y mandó que entrase. Y cuando le vio venir y lo encontró con su saco a cuestas, mandó a los otros que saliesen de la habitación y se quedaron solos. El hombre bueno le preguntó qué era lo que quería y qué traía en el saco, y él le contó lo que le había sucedido a su padre y a él, y le rogó de parte de su padre que se lo encubriese. Y él le respondió que aquello y más haría por su padre. Y tomó un azadón e hicieron ambos una fosa bajo el lecho, y metieron el saco con el cerdo y cubriéronlo muy bien de tierra. Y se fue en seguida el mozo para la casa de su padre y díjole cómo su medio amigo le había recibido muy bien, y que inmediatamente le había contado el suceso y él le había respondido que esto y más haría por su padre, y que había hecho una fosa bajo el lecho y que lo enterraron allí. Entonces dijo el padre a su hijo: —¿Qué te parece aquel medio amigo mío?

Ciertamente —dijo el hijo—, me parece que este medio amigo vale más que mis cien amigos.

Hijo —dijo el hombre bueno—, en los momentos de apuro se prueban los amigos. Y por tanto, no te debes fiar mucho de todo hombre que aparenta ser amigo hasta que lo pruebes en las cosas que necesites. Y pues tan bueno te pareció mi medio amigo, quiero que antes del alba vayas a él y le digas que haga pedazos de aquel que tiene enterrado, y prepare con ello cocido y asado, y mañana seremos sus huéspedes tú y yo.

¿Cómo señor padre —dijo el hijo—, comeremos al hombre?

Ciertamente —dijo el padre—, mejor es el enemigo muerto que vivo, y mejor es cocido y asado que crudo, y la mejor venganza que el hombre puede tener de él es ésta: comérselo todo, de modo que no quede de él ningún rastro, pues si queda algo del enemigo, queda la malquerencia.

Y al día siguiente por la mañana, el hijo del hombre bueno se fue para el medio amigo de su padre, y le dijo cómo su padre le enviaba a pedir que aquel cuerpo que estaba en el saco lo trocease y lo preparase todo, cocido y asado, pues su padre y él vendrían a comer con él. Y el hombre bueno, cuando lo oyó, echóse a reír y comprendió que su padre había querido probar a su hijo, y díjole que se lo agradecía y que viniesen temprano a comer, que lo encontrarían muy bien preparado, pues la carne del hombre era muy tierna y cocía muy pronto. Y el mozo se fue para su padre y le dio la respuesta de su medio amigo, y al padre le gustó mucho que respondiera tan bien. Y cuando vieron que era hora de comer, fuéronse padre e hijo a casa de aquel hombre bueno y hallaron la mesa puesta con mucho pan y mucho vino. Y los hombres buenos comenzaron a comer con ganas, como aquellos que sabían lo que tenían delante. Y el mozo se recelaba de comer, aunque le parecía bien. Y el padre, cuando vio que dudaba en comer, díjole que comiera sin preocupación, que igual era la carne de hombre como la de cerdo y el mismo sabor tenía. Y él comenzó a comer, y súpole bien y se dispuso a comer muy a gusto, más que los otros, y dijo así: —Señor padre, vos y vuestro amigo bien os habéis burlado de mí con las carnes del enemigo; y pues así saben, el otro enemigo que iba con éste cuando me afrentó no escapará, que lo mataré y lo comeré muy a gusto, pues nunca comí carne que mejor me supiese que ésta.

Y ellos meditaron sobre estas palabras, y pensaron que si este mozo persistiese en esta creencia, luego costaría quitársela, pues las cosas que el hombre imagina mientras es mozo, especialmente aquellas que le gustan, tarde o nunca se pueden olvidar. Y sobre todo, el padre, queriéndole borrar la idea, comenzóle a decir: —Hijo, porque tú me dijiste que habías ganado más de cien amigos, quise probar si era así. Y maté ayer este puerco que ahora comemos, y cortéle la cabeza y las patas, y metí el cuerpo en aquel saco que acá trajiste, y quise que probaras a tus amigos así como los probaste. Y no los hallaste así como te creías, aunque te encontraste con este medio amigo bueno y leal, así como debe ser, por lo que debes prestar atención en qué amigos debes confiar. Sería algo muy feo, muy cruel y contra natura que el hombre comiera carne de hombre, ni aun con hambre.

Señor padre —dijo el mozo—, agradezco mucho a Dios que tan pronto me hayas quitado esta idea que tenía, pues si por mis pecados al otro hubiera matado, y de él hubiese comido, y me hubiera sabido así como esta carne que comemos, no me hartaría de comer hombre. Y por esto que ahora me dijiste aborreceré más la carne humana.

Ciertamente —dijo el padre—, mucho me agrada, y quiero que sepas que el enemigo y los otros que con él estaban presentes te han perdonado, y yo les perdoné por ti; y de aquí en adelante guárdate de pelear y no te encolericen así los malos amigos, pues, cuando te viesen en la pelea, te abandonarían, así como viste en estos que probaste.

Señor padre —dijo el hijo—, ya he probado cuál es el amigo de interés, así como los que yo tenía, que nunca me protegieron salvo cuando compartí con ellos lo que tenía; y cuando me hacían falta, faltáronme; y he probado cuál es el medio amigo. Decid si podré probar y conocer cuál es el amigo íntegro.

## 2. «EL AMIGO ÍNTEGRO»

Guárdete Dios —dijo el padre—, pues muy dura prueba sería la confianza de los amigos de este tiempo pues esta prueba no se puede hacer salvo cuando el hombre está en peligro seguro de recibir la muerte o daño o gran deshonra, y pocos son los que aciertan con tales amigos que se pongan por su amigo en tan gran peligro de querer morir a sabiendas por el amigo; pero, hijo, oí decir que en tierras de Zurán se criaron dos mozos en una ciudad y queríanse mucho, de modo que lo que quería el uno eso quería el otro. Por ello dice el sabio que entre los amigos debe haber conformidad en el querer y en el no querer en las cosas buenas y honestas. Aunque uno de estos amigos quiso ir a buscar remedio y a probar las cosas del mundo, y anduvo por tierras extrañas hasta que llegó a una tierra donde se encontró bien, y fue allí muy rico y muy poderoso. Y el otro se quedó en la ciudad con su padre y con su madre, que eran ricos y poderosos. Y cuando tenían noticias el uno del otro o cuando sucedía que alguno iba a aquella parte, se alegraban mucho. Y sucedió que éste que permaneció en la ciudad, después de muertos su padre y su madre, llegó a tan extrema pobreza, que no sabía qué hacer y se fue para su amigo. Y cuando le vio el otro, tan pobre y tan deshecho venía, que le causó mucha pena, y le preguntó cómo venía así. Y él le dijo que con gran pobreza. ¡Por Dios, amigo! —dijo el otro—, mientras yo viva y tenga de qué vivir nunca serás pobre; pues ¡gracias a Dios!, yo tengo riquezas y soy poderoso en esta tierra; no te faltará nada de lo que necesites.

Y llevólo consigo, y túvolo con gran placer, y fue dueño de su casa y de lo que tenía durante mucho tiempo. Y lo perdió después todo por este amigo, así como ahora oiréis.

Y dice el cuento que este amigo suyo estaba casado en aquella tierra y se le había muerto la mujer y no le había dejado ningún hijo, y un buen hombre, vecino suyo, de gran posición y

muy rico, le envió una hijita pequeña que tenía en su casa para
que la criase en su casa y, cuando tuviera edad, se casase con
ella. Y yendo la moza por casa, se enamoró de ella el amigo
que había venido, aunque no le dijese ni le hablase nada a la
moza ni él ni otro por él, pues pensaba que no sería amigo
verdadero y leal, así como debía ser, si hiciese o propusiese tal
cosa. Y aunque intentaba olvidar esto, no podía; antes le aumentaba cada día más la ansiedad, de forma que comenzó a enfla-
quecer y a faltarle las fuerzas por los grandes amores que le
profesaba a esa moza. Y al amigo le apenaba mucho su debilidad,
y mandaba buscar médicos en donde sabía que los había buenos,
y les daba mucho dinero para que lo curasen. Y por mucha medicina que sabían, no podían saber por qué tenía esa enfermedad;
llegó así a tal debilidad, que hubo que pedir un clérigo para
que le confesase. Y fueron a buscar a un capellán, y se confesó
con él y le dijo el pecado que tenía por el que le venía esa enfermedad por la que pensaba morir. Y el capellán se fue al señor
de la casa y le dijo que quería hablar con él en confesión y que
le mantuviese el secreto. Y él le prometió que lo que dijera lo
guardaría muy bien.

Os digo —dijo el capellán— que vuestro amigo muere de
amores por esta criada vuestra con quien os habéis de casar,
pero me prohibió que lo dijese a alguien y que le dejase así
morir.

Y el señor de la casa, cuando lo oyó, hizo como que no le
importaba nada aquello; y después que se fue el capellán, fue
a su amigo y díjole que se consolase, que le daría todo el oro
y la plata que quisiese, y que por flaqueza no se quisiese así
dejar morir.

Ciertamente, amigo —dijo el otro—, por desgracia, no hay
oro ni plata que me pueda aprovechar; dejadme morir, pues
me tengo por hombre de mucha suerte puesto que muero en
vuestro poder.

Ciertamente, no morirás —dijo su amigo—, pues yo sé cuál
es vuestra enfermedad, y os curaré de ella, pues sé que vuestro
mal es por el amor que le profesáis a esa moza que tengo yo

aquí para casarme con ella; y pues ya tiene edad, y el destino quiere que la tengáis, la quiero casar con vos y os daré grandes bienes; y llevadla a vuestra tierra y me dispondré a lo que Dios quiera con sus parientes.

Y cuando esto oyó el amigo, perdió el habla y el oído y la vista, por el gran pesar que hubo porque su amigo había averiguado su pensamiento, de modo que creyó su amigo que estaba muerto. Y salió llorando y dando gritos, y dijo a su gente: —Id hacia esta habitación donde está mi amigo, pues, por mi desgracia, está muerto y yo no le puedo socorrer.

La gente se fue hacia la habitación y lo hallaron medio muerto; y estando llorando a su alrededor, oyó llorar a la moza, que estaba entre los otros, y abrió los ojos. Y después se callaron todos, y se dirigieron a buscar a su señor, al que hallaron llorando con gran pena; y le dijeron cómo su amigo había abierto los ojos, y se fue inmediatamente allá, y mandó que la moza y su ama se preocupasen por él y no otras personas. Así, al cabo de poco tiempo se curó, aunque cuando venía su amigo, no levantaba los ojos por la gran vergüenza que le tenía. Y luego el amigo llamó a la moza que había criado y le dijo cómo su amigo la quería mucho y ella, con poco entendimiento, le respondió que ella también a él, pero no se atrevía a decirlo, pero que ciertamente le quería mucho.

Pues si así es —dijo él—, quiero que te cases con él, pues es de mejor posición que yo, aunque somos de la misma tierra; y os daré grandes bienes para que os los llevéis, con los que seáis afortunados.

Como queráis —dijo ella.

Y al día siguiente por la mañana temprano mandó llamar al capellán con el que se había confesado su amigo; los casó, y les dio grandes bienes, y los envió luego a su tierra.

Y cuando los parientes de la moza lo supieron, se sintieron deshonrados. Y le mandaron desafiar, y le persiguieron durante mucho tiempo, de modo que, aunque era rico y poderoso, con las grandes guerras que le hacían cada día, llegó a una pobreza tal, que no podía mantenerse a sí mismo. Y meditó qué haría, y no halló otra solución que marcharse con aquel amigo al que había socorrido. Y se fue para allá con el poco dinero que le había quedado, aunque le duró muy poco, porque el camino era muy largo; y se quedó sin montura y muy pobre.

Y le sucedió que llegó de noche a casa de un buen hombre de una ciudad a la que llamaban «Dios-lo-una», cerca de aquel lugar donde estuvo a punto de sacrificar Abrahán a su hijo, y le pidió que le diese de comer algo por favor; y le dijeron al señor cómo aquel hombre bueno pedía comida, y el señor de la casa era muy tacaño y dijo que lo fuese a comprar; y le dijeron que el hombre bueno decía que no tenía con qué; y lo poco que le dio se lo dio mal y tarde, de modo que le hubiera gustado no pasar la vergüenza que tuvo que pasar por ello; y se quedó muy dolido y muy triste, de modo que no hubo nadie en la casa que no se compadeciera de él.

Y por ello dice la Escritura que hay tres tipos de hombres que hay que compadecer; y son éstos: el pobre que tiene que pedir al rico tacaño, y el sabio que se ha de guiar por el necio y el cuerdo que ha de vivir en tierra sin justicia. Pues éstos están tristes y afligidos, porque no se cumple con ellos como se debe y según lo que Dios dispuso en ellos.

Y cuando llegó a aquella ciudad donde estaba su amigo, era allí ya de noche y estaban cerradas las puertas, así que no pudo entrar. Y como venía cansado y doliente por el hambre, se metió en una ermita que halló allí cerca de la ciudad sin puertas, y se echó tras el altar y se durmió hasta la mañana siguiente, como hombre preocupado y cansado. Y en esa noche dos hombres de la ciudad habían tenido unas palabras, e insultáronse, y se metieron otros entre medio y los separaron. Uno de ellos pensó esa noche ir a matar al otro por la mañana, pues sabía que cada día iba a maitines; y lo fue a esperar detrás de la puerta y, al salir el otro de su casa, cogió la espada y le dio golpes en la cabeza y lo mató, y luego se fue a su casa, pues no le vio nadie matarlo. Y por la mañana encontraron al hombre muerto en su puerta. El escándalo fue muy grande en la ciudad, de modo que la justicia con mucha gente andaba buscando al asesino. Y fueron a las puertas de la ciudad y estaban todas cerradas, salvo aquella que estaba en el camino de la ermita donde descansaba aquel desgraciado y doliente, ya que habían sido abiertas antes del alba con mucha prisa por unos mensajeros que enviaba el concejo al emperador. Y creyeron que el asesino había salido por esa puerta, y estuvieron buscándolo, pero no hallaron rastro de él. Y estando a punto de volverse, entraron en aquella ermita y encontraron a aquel desgraciado durmiendo, con su espada en el cinturón, y comenzaron a gritar y a decir: —¡He aquí al traidor que mató al hombre bueno!

Y cogiéronlo y lleváronlo ante los jueces. Y los jueces le preguntaron si había matado a aquel buen hombre y él, desesperado, pero deseando más la muerte que sufrir aquella vida que vivía, dijo que sí; y le preguntaron que por qué razón. Dijo que porque tenías ganas de matar. Y sobre esto los jueces tomaron su decisión y decidieron matarle, pues lo había confesado.

Y estando ellos en esto, el amigo a quien había casado con su pupila, que estaba entre los otros, lo reconoció; y pensó entre sí que, puesto que aquel amigo suyo lo había salvado de la muerte y le había hecho tantos favores como él sabía, quería morir él antes que su amigo, y dijo a los jueces: —Señores, este hombre al que mandáis matar no es culpable de la muerte de aquel buen hombre, pues yo lo maté.

Y le mandaron prender, y como ambos habían confesado que le habían dado muerte, los mandaron matar a los dos. Y el que había matado al buen hombre estaba en su puerta junto a los otros mirando lo que decían y hacían éstos; y cuando vio que mandaban matar a aquellos dos por lo que él había hecho, no teniendo los otros ninguna culpa de su muerte, pensó entre sí y dijo así: —¡Maldito mentiroso!, ¿con qué ojos me presentaré ante mi Señor al día del Juicio y cómo le podré mirar? Ciertamente no sin vergüenza ni gran temor, y al final recibirá mi alma la pena en el infierno por estas almas que dejo morir, y sin tener culpa de la muerte de aquel buen

hombre que yo maté por mi gran locura. Y por ello pienso que
mejor sería confesar mi pecado, y arrepentirme, y exponer mi
cuerpo a la muerte por culpa de lo que hice y no dejar matar
a estos hombres.

Y luego se fue para los jueces y dijo: —Señores, estos hombres que mandáis matar no tienen la culpa de la muerte de aquel
buen hombre, pues yo soy el que lo maté para mi desgracia;
y para que creáis que fue así, preguntad a estos hombres buenos y ellos os dirán cómo anoche intercambiamos insultos él
y yo, y ellos nos separaron; pero el diablo, que intenta siempre hacer el mal, me impulsó a que aquella noche le fuera
a matar, y lo hice así. Y enviad a mi casa y hallarán que, del
golpe que le di, se rompió un trozo de mi espada, y no sé
si se quedó en la cabeza del muerto.

Y los jueces enviaron luego a su casa, y hallaron el pedazo de la espada del golpe. Y sobre esto discutieron mucho y
pensaron que todas estas cosas que así habían sucedido para
determinar la verdad del hecho fueron milagro divino, y decidieron que se guardase a estos presos hasta que viniera el emperador, que había de estar allí en quince días; e hiciéronlo
así. Y cuando el emperador llegó, le contaron todo este hecho,
y él mandó que le trajeran al primer preso, y cuando llegó
ante él, le dijo: —Dime, desgraciado, ¿qué te llevó a confesar
la muerte de aquel buen hombre si no eras culpable?

—Señor —dijo el preso—, yo os lo diré; yo soy natural
de aquí y me fui a buscar medios a otras tierras, y fui rico
y poderoso; y después llegué a tal pobreza, que no me podía
socorrer, e iba a buscar a este amigo mío que confesó la muerte
del buen hombre después de que yo la confesara para que me
mantuviese con su limosna. Y cuando llegué a esta ciudad, encontré las puertas cerradas, y me eché a dormir detrás del
altar de una ermita que hay fuera de la ciudad, y al dormirme,
oí por la mañana mucho ruido y que decían: —Este es el traidor que mató al buen hombre. Y yo como estaba desesperado
y me pesaba ya vivir en este mundo, pues deseaba ya más la
muerte que la vida, dije que yo lo había matado.

Y el emperador mandó que se llevasen a aquél y que le trajeran al segundo. Y cuando llegó ante él, le dijo el emperador: —Di hombre sin entendimiento, ¿cuál fue la razón por la que confesaste la muerte de aquel buen hombre, pues no tuviste nada que ver con ella?

Señor —dijo él—, yo os lo diré: este preso que ahora se retiró de vuestra presencia es mi amigo y nos criamos juntos.

Y le contó todo lo que había sucedido con él, y cómo lo había librado de la muerte, y el favor que le había hecho cuando le entregó a su pupila por mujer. Y señor, ahora viendo que lo querían matar, quise yo morir antes y arriesgarme a la muerte que no que le tocara a él.

Y el emperador mandó que retiraran a éste y que trajeran al otro, y díjole: —Dime infeliz y desgraciado, si los otros te excusaban, ¿por qué te exponías a la muerte pudiéndola evitar?

Señor —dijo el preso—, no se libra bien ni es de buen entendimiento ni de buen sentido el que deja perder lo más por lo menos; pues en querer yo evitar el martirio de la carne por miedo de la muerte y dejar perder el alma, sería reconocido por el Diablo y no por Dios.

Y le contó toda su historia y lo que pensó para que no perdiesen estos hombres que no eran culpables, y para que no perdiese él su alma.

El emperador cuando le oyó, le gustó mucho y mandó que no matasen a ninguno de ellos, aunque merecía este último la muerte. Pero puesto que Dios quiso realizar un milagro al hacer que en este asunto se supiera la verdad, y el asesino lo confesó pudiéndolo evitar, el emperador le perdonó y mandó que recompensara a sus parientes, y él hízolo como ellos quisieron. Y estos tres hombres fueron muy ricos y muy buenos y muy poderosos bajo el mandato del emperador, y los amaban todos y los valoraban por el bien que habían hecho, y fueron muy buenos amigos.

Hijo mío —dijo el padre—, ahora puedes entender cuál es la prueba del amigo íntegro y cuánto bien hizo el que mató al buen hombre que lo confesó para no cargar con las almas de los otros sobre la suya. Entiende que hay tres maneras de amigos: una es el que quiere ser amigo del cuerpo y la otra es el que quiere ser amigo del alma, y la otra es el que quiere ser amigo del cuerpo y del alma, así como este último preso, que fue amigo de su alma y de su cuerpo, dando buen ejemplo y no queriendo que su alma se perdiera por librar al cuerpo del martirio.

### 3.  «LAS PREGUNTAS DE UN PADRE A SU HIJA»

Sobre amores como estos que son sin Dios, puso un ejemplo San Jerónimo, sobre unas preguntas que hacía un buen hombre a su hija, en el que se puede entender si es verdadero el amor de la mujer o no.

Y dice así, que un buen hombre tenía una hija muy hermosa y muy leída y de buen conversar y de buen tratar, y le gustaba mucho hablar y escuchar, y por todas estas razones era muy visitada y era conocida de muchas mujeres, cuando iban a las ermitas en romería, por las muchas gracias que sabía decir. Y por eso quiso el buen hombre conocer si los amores que su hija mostraba a todos eran auténticos, y le dijo: —Hija mía, eres muy amada y muy visitada y muy experta en muchas cosas, fácil de palabra y graciosa, ¿querrías que hiciéramos vos y yo un juego de preguntas y respuestas para entretenernos?

Respondió la hija: —Padre y señor mío, todo aquello que os agrada, me agrada a mí, y Dios sabe qué gran deseo tenía de estar con vos algún rato de solaz para que comprobarais si tenía algo de entendimiento.

Hija mía —dijo el padre—, ¿me diréis la verdad a las preguntas que os haga?

Ciertamente que sí —dijo la hija—, según mi entendimiento, y no os ocultaré nada, pese a que algunas de mis palabras vayan contra mí.

Ahora —dijo el padre— empecemos, preguntando yo y respondiendo vos.

Comenzad ya —dijo la hija—, que yo estoy preparada para responderos.

—Hija mía afortunada, respóndeme a esta primera pregunta: la mujer que muchos ama ¿a cuál de los amantes ama?

Ciertamente, señor padre —dijo la hija—, no los puede a todos amar a la vez, sino que ahora a uno y luego a otro; pues cuantas veces ama a muchos, tantos más amantes demanda; pues la codicia no se harta y quiere siempre cosas nuevas, y deseando así ligeramente las pierde y las olvida. Y así cuantos más ama, tantos más quiso amar, despreciando a los anteriores, salvo al último; y teniendo siempre la idea de dejarlo y olvidarlo en cuanto llega otro nuevo.

—Hija mía, de buen entendimiento, la mujer que muchos ama ¿a quién ama?

—Señor padre, a aquel cuya imagen personalmente mira.

—Hija mía, ¿cuánto dura el amor de una mujer como ésta?

—Señor padre, lo mismo que dura la conversación entre los dos de pregunta y respuesta, y lo mismo que dura el mirarse el uno al otro, y no más. Y, señor padre, ningún amor hay en el amor de tal mujer como ésta que a veces, estando con un amante, tiene el corazón en el otro que ve pasar; y así, mostrando que ama a cada uno no ama a nadie; pero su amor no dura en uno ni en otro, sino lo que dura el mirar y el hablar de sus corazones; cuando estas cosas mueren, también muere el amor entre ellos, sin acordarse de él. Y se prueba esto de este modo: que así como el espejo refleja formas distintas de los hombres que se ponen delante y cuando se alejan, no retiene ninguna forma en sí, tal es la mujer que a muchos ama. Y por lo tanto, señor padre, no se debe acercar el hombre al amor de aquella que fue amiga próxima de muchos, pues nunca le guardará fidelidad ni verdad, aunque lo jure sobre los santos Evangelios, pues el corazón no puede soportar que sea sólo de uno. Pues tales como éstas no están cerca de Dios, aunque finjan ser sus siervas yendo en romerías, pues más van allí para que las vean, que no por devoción que tengan.

Hija mía —dijo el padre— ¿hay en algún lugar estudio o maestro para aprender estas cosas?

Ciertamente que sí —dijo la hija.

¿Y dónde? —dijo el padre.

En los monasterios mal guardados —dijo la hija—, pues a las de estas artes les gusta salir, y ver y dejarse ver; y si algunos las vienen a visitar o a ver, se tiene por más torpe a la que más tarde en alejarse con ellos para hablar y entrar en conversación, y aunque no pueden allá apartarse, encubrirán sus palabras jugueteando, así que el entendido comprenderá lo que allí se esconde. Y esto lo aprenden de niñas, teniendo libertad para hacer o decir lo que quieran; y no pueden perder la costumbre, como la olla que nunca o tarde puede perder el sabor, que lo retoma por mucho que la laven. Ciertamente a éstas que saben escribir y leer no les hacen falta intermediarios que les procuren visitantes, pues lo que sus voluntades codician lo obran sus manos, aunque no se disgustan con aquellos que les ofrecen cosas nuevas. Y ciertamente, señor padre, algunas van a los monasterios mal guardados que, debiéndolas guardar y enseñar, las ponen en mayor escándalo y bullicio.

Hija mía —dijo el padre—, ¿me dijisteis la verdad a todo lo que os pregunté?

Ciertamente que sí —dijo la hija—, y no os acorté nada de lo que os tuviera que decir, aunque algunas de mis palabras me hacían daño en el corazón, pues me atañían y me dolía por ello.

Hija mía —dijo el padre—, mucho os lo agradezco. Y de ahora en adelante termine nuestro juego, pues bastante se ha dicho de una y otra parte; y Dios os deje bien hacer.

Y así fueron el padre y la hija muy felices y contentos.

## 4. «EL REY Y EL PREDICADOR»

*De cómo dijo el médico al caballero que prestase atención porque
más amargas eran las penas del infierno que las medicinas que
él daba*

Dice el cuento que este rey iba de caza y halló en el camino un predicador que predicaba al pueblo; y le dijo: —Predicador, yo voy de caza con mucha prisa y no puedo quedarme a tu predicación, que alargas mucho; pero si la quisieres abreviar, me quedaría a escucharla.

Dijo el predicador: —Los hechos de Dios son tantos y tan variados, que no se pueden decir en pocas palabras, principalmente a aquellos que se preocupan más por las vanidades de este mundo que por las enseñanzas y las palabras de Dios; y vos, marchaos en buena hora, dejad oír la predicación a aquellos que la quieren oír y les agrada conocer la merced que Dios les hizo al darles entendimiento para oírla y aprenderla; pero acordaos que por un solo pecado fue Adán expulsado del Paraíso, y no sé si querrá acoger en él a quien fuera cargado con muchos.

Y el rey se fue, y anduvo pensando en lo que dijo el predicador, y se volvió. Y al entrar por la ciudad, vio a un médico que tenía delante de sí muchos orinales y le dijo: —Médico, tú que crees curar a todos los enfermos de quien son estos orinales, ¿sabrías medicinas para sanar y curar los pecados?

Y el médico se pensó que era algún caballero y díjole: —Tú, caballero, ¿podrías soportar el amargor de la medicina?

Sí —dijo el rey.

Pues escribe —dijo el médico— esta receta de la preparación que has de tomar primero para cambiar los humores de tus pecados; y después de que hubieras bebido el jarabe, te daré la medicina para librarte de los pecados. Toma las

raíces del temor de Dios y la sustancia de sus mandamientos y
la corteza de la buena voluntad de quererlos seguir, y los mi-
rabolanos [1] de la caridad y la simiente de templanza; y la
simiente de la constancia que quiere decir firmeza, y la simiente de la vergüenza; y ponlo a cocer todo en una caldera de
fe y de verdad, y ponle fuego de justicia y sórbelo con viento
de sabiduría, y que cueza hasta que alcance el hervor de la
contrición, y quítale la espuma con la cuchara de la paciencia.
Y quitarás en las espumas los posos de la vanagloria y los posos
de la lujuria y los posos de la ira y los posos de la avaricia y
los posos de la gula y los posos de la avaricia. Y ponlo a en-
friar al aire de vencer tu voluntad en los vicios del mundo,
y bébelo durante nueve días en vaso de bien obrar; y madu-
rarán los humores endurecidos de tus pecados de los que no
te arrepentiste ni hiciste enmienda a Dios y son ya muy endurecidos y te quieren apartar de pies y de manos con una
gota halagüeña, comiendo y bebiendo y envolviéndote en los
vicios de este mundo para perder el alma, sobre la cual tienes
razón y entendimiento y todos los cinco sentidos del cuerpo.
Y después de que tomes este jarabe preparativo, tomarás una
onza del ruibarbo fino del amor de Dios pesado con balanzas
de tener en Él esperanza que te perdonará con piedad tus pecados. Y bébelo con el suero de buena voluntad para no volver a ellos; y así te curarás y estarás sano en el cuerpo y en
el alma.

Ciertamente, médico —dijo el rey—, muy amarga es tu
medicina y no podría soportar su amargor, pues de señor que
soy quieres hacerme siervo, y de regalado, miserable, y de rico,
pobre.

¿Cómo? —dijo el médico— ¿por querer temer a Dios y
cumplir sus mandamientos crees que sufrirás? Ciertamente, no
lo piensas bien, pues Dios al que teme y cumple sus manda-

---

[1] Según el *Diccionario de Autoridades,* se trata de un árbol de la
India cuyos frutos negros, rojos o amarillos, y parecidos a una ciruela,
se usan en medicina.

mientos lo saca de la pena y del servicio del diablo y lo hace libre, y al humilde y paciente lo saca de la pena y de la preocupación y lo ensalza, y al generoso y medido con sus bienes le acrecienta sus riquezas. Caballero —dijo el médico—, piensa que más amargas son las penas del infierno que esta medicina y piensa si las podrás soportar; pero la buena fortuna pocos son los que la saben bien soportar y la mala sí, pues la soportan de mala gana, aunque no quieran. Pero puesto que no quieres tomar buen consejo, temo que tomarás mal consejo, de lo cual te encontrarás mal. Y te sucederá como le sucedió a un cazador que cogía aves con sus redes.

—¿Y cómo fue eso?

## 5.    «EL RUISEÑOR Y EL CAZADOR»

*De cómo iba un cazador por el campo preparando sus redes y llamando a las aves con dulces cantos para coger a la calandria*

Dice el cuento que un cazador fue a cazar con sus redes, y cogió una calandria nada más, y se volvió a su casa y echó mano de un cuchillo para degollarla y comérsela. Y la calandria le dijo: — ¡Ay, amigo, qué gran error haces en matarme! ¿Y no ves que no te puedes hartar conmigo, pues soy muy poca comida para un cuerpo tan grande como el tuyo? Y por ello pienso que harías mejor en soltarme y dejarme vivir, y yo te daría tres buenos consejos con los que te podrías aprovechar, si quisieras usar bien de ellos.

Ciertamente —dijo el cazador—, me agrada mucho, y si me das un consejo, yo te dejaré y te daré la libertad.

Pues te doy el primer consejo —dijo la calandria—: que no creas de nadie aquello que veas y entiendas que no puede ser. El segundo, que no te preocupes por lo que hayas perdido, si piensas que no lo puedes recobrar. El tercero, que no intentes nada que pienses que no puedes terminar. Y te doy estos tres consejos, parecidos el uno al otro, aunque me pediste uno.

Ciertamente —dijo el cazador—, buenos consejos me has dado.

Y soltó a la calandria y la dejó libre. Y la calandria fue volando por la casa del cazador hasta que vio que iba a cazar con sus redes, y se fue volando directamente hacia allá por el aire, pensando si se acordaría de los consejos que le había dado y si los usaría. Y yendo el cazador por el campo armando sus redes, llamando a las aves con sus dulces cantos, dijo la calandria que iba por el aire: —¡Oh, mezquino, cómo te engañé!

—¿Y quién eres tú?

—Yo soy la calandria a la que soltaste hoy por los consejos que te di.

No me engañé, según creo —dijo el cazador—, pues me diste buenos consejos.

Es verdad —dijo la calandria—, si bien los hubieras aprendido.

Pero —dijo el cazador a la calandria— dime en qué me engañaste.

Yo te lo diré —dijo la calandria—. Si tú supieras la piedra preciosa que tengo en el vientre, que es tan grande como un huevo de avestruz, estoy segura de que no me hubieras soltado, pues serías rico para siempre jamás si me hubieras cogido, y yo habría perdido la fuerza y la virtud que tengo para hablar, y tú adquirirías mayor fuerza para conseguir lo que quisieras.

El cazador cuando la oyó, se quedó muy triste y muy preocupado, creyendo que así era como la calandria decía, e iba en pos de ella para engañarla otra vez con sus dulces cantos. Y la calandria, como estaba escarmentada, se cuidaba de él y no quería bajar del aire; y le dijo: —¡Oh, loco, qué mal aprendiste los consejos que te di!

Ciertamente —dijo el cazador—, bien me acuerdo de ellos.

Puede ser —dijo la calandria—, pero no los aprendiste bien; y si los aprendiste, no sabes seguirlos.

¿Cómo que no? —dijo el cazador.

Tú sabes —dijo la calandria— que dije en el primer consejo que no creyeras de nadie lo que vieras y comprendieras que no podía ser.

Es verdad —dijo el cazador.

—Pues, ¿cómo crees tú que en cuerpo tan pequeño como el mío puede caber una piedra tan grande como el huevo de avestruz? Bien debías entender que esto no es creíble. En el segundo consejo te dije que no te esforzaras por la cosa perdida, si entendieses que no la podías recuperar.

Es verdad —dijo el cazador.

Pues, ¿por qué tratas —dijo la calandria— de volver a cogerme otra vez en tus lazos con tus dulces cantos? ¿Y no sabes que de los escarmentados se hacen los avisados? Ciertamente bien debías entender que, puesto que una vez escapé de tus manos, me guardaría bien de ponerme en tu poder; y sería justo que me matases, como quisiste hacer la otra vez, si de ti no me guardase. Y en el tercer consejo te dije que no intentases nada que pensaras que no podías conseguir.

Verdad es —dijo el cazador.

Pues tú ves —dijo la calandria— que yo voy volando por donde quiero por el aire, y que tú no puedes subir hasta mí ni tienes poder para hacerlo, pues no lo tienes por naturaleza, y no debías intentar perseguirme, pues no puedes volar así como yo.

Ciertamente —dijo el cazador—, no descansaré hasta que te coja por engaño o a la fuerza.

Dices cosas soberbias —dijo la calandria—, y cuídate, pues Dios de lo alto hace caer a los soberbios.

Y el cazador pensando en cómo podría volar para coger a la calandria, tomó sus redes y se fue hacia la ciudad. Y encontró a un engañador que estaba engañando ante mucha gente, y díjole: —Tú, engañador, que enseñas una cosa por otra y haces creer a los hombres lo que no es, ¿podrías hacer que pareciese ave y pudiese volar?

Sí podría —dijo el engañador—. Toma las plumas de las aves y pégatelas con cera, y cubre de plumas todo el cuerpo y las piernas hasta en las uñas; y sube a una torre alta y salta desde la torre y ayúdate con las plumas cuanto puedas.

Y el cazador lo hizo así. Y cuando saltó de la torre creyendo volar, ni pudo ni supo, pues no era su naturaleza, y cayó al suelo, y se golpeó y murió. Y esto fue muy justo, pues no quiso creer el buen consejo que le daban; él creyó el mal consejo que no podía ser por su naturaleza.

Y el rey, cuando esto oyó, pensó que el médico le daba buen consejo y aceptó su enseñanza, y usó el jarabe y la medicina, pese a que le parecía que era amarga y que no la podría soportar. Y dejó las otras vanidades del mundo y fue muy buen rey y de buenas costumbres, y amado de Dios y de los hombres, de manera que, por el amargor de esta medicina que le dio el médico, usándola y actuando por ella, evitó el amargor de las penas infernales.

### 6.  «EL AGUA, EL VIENTO Y LA VERDAD»

Oí decir que el agua y el viento y la verdad hicieron una hermandad; y la verdad y el agua preguntaron al viento y dijéronle así: —Amigo, tú eres muy sutil y vas muy rápidamente a todas las partes del mundo, y por lo tanto nos conviene saber dónde te hallaremos cuando te necesitemos.

—Me encontraréis en las cañadas que están entre las sierras, y si no me encontráis, id a un árbol al que llaman álamo temblón; allí me encontraréis, pues nunca me voy de allí.

Y la verdad y el viento preguntaron al agua que dónde la hallarían cuando la necesitaran.

—Me encontraréis en las fuentes, y si no, buscadme en los juncos verdes, ¡mirad allí, pues ahí me encontraréis con seguridad!

Y el agua y el viento preguntaron a la verdad y dijeron:
—Amiga, cuando te necesitemos, ¿dónde te encontraremos?

Y la verdad les respondió y dijo así: —Amigos, mientras me tengáis entre manos guardadme bien para que no me escape, pues si de vuestras manos salgo una vez, nunca jamás me podréis encontrar; pues soy de tal naturaleza, que aborrezco a quien una vez me abandona, pues pienso que el que una vez me desprecia no es digno de tenerme.

~~~~~~~~~~~~~~~~~~~~~~~~~~~~~~~~~~~~~~~~~~~~~~~~~~~~~~~~~~~~~~

1. Motivos, H 1558.2 «Prueba de amistad: el medio amigo»; J 401 «Escasez de auténticos amigos». Tipo, 893. Tubach, 2216.
Estos dos cuentos alcanzaron una gran popularidad en la Edad Media. A través de la *Disciplina clericalis* (I), el cuento de «El medio amigo» pasó a los ejemplarios latinos (*Alphabetum narrationum*, 59; *Gesta Romanorum*, 129; Odo de Cheriton, 12) y a las versiones en romance (*Libro de los exenplos*, 18; *Espéculo de los legos*, 49; *Exemplos muy notables*, 3; *Dechado de la vida humana*, cap. III). Recreaciones del mismo cuento se incluyen en *El Conde Lucanor*, XLVIII, *Isopete*, col. I, *Castigos e documentos*, XXXV, Cristóbal de Tamariz, *Novelas en verso*... Se recoge actualmente en el folclore oral hispano (Espinosa, II, pp. 287 y ss.) y en la tradición sefardí (Pascual Reguero, *Antología de cuentos sefardíes*, 39).

2. Motivos, H 1558.2 «Prueba de la amistad: sustituto como asesino»; P 315 «Un amigo se ofrece a morir por otro»; P 325 «Un hombre cede su prometida a un amigo». Tubach, 2215.
En la gran mayoría de las colecciones este cuento, al igual que sucedía en la *Disciplina clericalis* (II), suele ir seguido del anterior al que complementa. Cuando este último se encuentra solo, caso de la historia de Tito y Gisippo en el *Decamerón* (X, 8), se aleja bastante de los modelos latinos.
Los numerosos estudios bibliográficos existentes se ocupan de ambos relatos: H. Schwarzbaum, «International Folklore Motifs...», *Sefarad*, XXI (1961), 283-294; D. Devoto, *Introducción al estudio de Don Juan Ma-*

*nuel...*; Ch. PH. Wagner, «The Sources of *El Cavallero Cifar*», *Revue Hispanique* (1903), 5-104; J. B. Avalle-Arce, «El cuento de los dos amigos», en *Nuevos deslindes cervantinos,* Barcelona, Ariel, 1975, pp. 153-211; S. Battaglia, «Dall esempio alla novella», *Filologia Romanza,* VII (1960), 21-84.

3. Motivos, J 2370.1 «Joven responde a preguntas difíciles».

Recuerda a la literatura de preguntas y respuestas muy difundida en el mundo oriental (como la *Doncella Teodor,* el *Filósofo Segundo...*) y destaca por contraste con la habitual misoginia de muchos cuentos medievales.

Ch. Ph. Wagner, «The Sources...», p. 84.

4. «El rey y el predicador», relato que encierra como un marco al del «Ruiseñor y el cazador», parece de tradición exclusivamente literaria. Se encuentra en los *Bocados de oro* (II) y en las *Flores de filosofía* (II, iii).

5. Motivos, K 604 «Los tres consejos del pájaro»; J 21.12 «No te preocupes por lo pasado»; 21.13 «No creas lo imposible»; J. 21.14 «No intentes lo inalcanzable»; K 1041.1 «Intento de vuelo con plumas de ave». Tipo, 150.

De origen oriental pasó, a través de la *Disciplina clericalis* (XXII) y del *Barlaam,* a los ejemplarios latinos *(Gesta Romanorum,* 167; J. de Vitry, 28) e hispánicos *(Libro de los exenplos,* 124 y 300; *Isopete,* VI). Las numerosas versiones conservadas se clasifican en dos familias distintas. La versión del *Zifar* se acerca más a las del *Barlaam,* pero el sorprendente final, con rasgos del mito de Ícaro, parece original.

Ch. Ph. Wagner, «Les Sources...», p. 76; H. Schwarzbaum, «International...», *Sefarad,* XXII (1962), p. 50.

6. Motivo, H 659.19 «¿Qué es lo más difícil de hallar y de perder? La verdad».

Se encuentra en el *Llibre de las Maravillas* de R. Llull (VIII, 37) y en las *Noches* de Straparola (XI, 3). Vd. Amado Alonso, «Maestría antigua en la prosa», *Sur,* XIV, 133 (1945), 40-43.

# VIII. EL CONDE LUCANOR

## 1. «EL DEÁN DE SANTIAGO Y DON ILLÁN»

*Ejemplo XI. De lo que sucedió a un deán de Santiago con don Illán, el gran maestro de Toledo*

Otro día hablaba el conde Lucanor con Patronio y le contaba sus asuntos de este modo: —Patronio, me vino un hombre a pedir que le ayudase en un hecho en el que necesitaba mi ayuda, y me prometió que haría por mí todo lo que redundase en mi provecho y honra. Y yo le empecé a ayudar cuanto pude en aquel hecho. Y antes de que se acabara el asunto, pensando que ya se había solucionado, ocurrió algo en lo que podía ayudarme, y yo le pedí que lo hiciera y se excusó. Y después sucedió otra cosa en la que podía ayudarme, y se excusó como en la otra; y así me hizo en todo lo que le pedí que hiciese por mí. Y aquel asunto por el que me pidió ayuda aún no se ha solucionado, ni se solucionará si yo no quiero. Y por la confianza que tengo en vos y en vuestro entendimiento, os ruego que me aconsejéis qué haga en esto.

Señor conde —dijo Patronio—, para que obréis en esto como debéis, me gustaría mucho que supiérais lo que le sucedió a un deán de Santiago con don Illán, el gran maestro que vivía en Toledo.

Y el conde le preguntó cómo había sido aquello.

Señor conde —dijo Patronio—, en Santiago había un deán al que le gustaba mucho aprender las ciencias mágicas, y oyó decir que don Illán de Toledo sabía de esto más que nadie que hubiese en aquel tiempo; y por ello se fue para Toledo para aprender aquella ciencia. Y el día en que llegó a Toledo, se dirigió en seguida a casa de don Illán, y lo halló que estaba leyendo en una habitación muy apartada; y en cuanto llegó, lo recibió muy bien y le dijo que no quería que le dijese por qué había venido hasta que hubiese comido. Y se preocupó mucho por él, y le hizo preparar muy buenos aposentos y todo lo que le hizo falta, y le dio a entender que se alegraba mucho con su llegada.

Y después que hubieron comido, se apartó con él y le contó la razón por la que había venido hasta allí, y le rogó con mucha insistencia que le enseñase aquella ciencia que él tanto deseaba aprender. Y don Illán le dijo que él era deán y hombre de gran condición, y que podía llegar a una posición muy alta —y los hombres que tienen una buena posición, una vez que han conseguido a su gusto lo que desean, olvidan muy pronto lo que otros han hecho por ellos— y él se temía que, cuando hubiese aprendido todo lo que deseaba saber, no le haría tanto bien como le prometía. Y el deán le prometió y le aseguró que, por cualquier bien que alcanzase, nunca haría sino lo que él le mandase.

Y en esta charla estuvieron desde que hubieron comido hasta que fue la hora de cenar. Y cuando el trato estuvo ya arreglado, dijo don Illán al deán que aquella ciencia no se podía aprender más que en un lugar muy apartado, y que esa misma noche le quería enseñar dónde iban a estar hasta que hubiese aprendido lo que él quería saber. Y le cogió de la mano y lo llevó a una habitación. Y alejándose de los demás, llamó a una muchacha de su casa y le dijo que preparase perdices para cenar esa noche, pero que no las pusiese a asar hasta que él se lo mandase.

Y cuando hubo dicho esto, llamó al deán; y penetraron juntos por una escalera de piedra muy bien labrada y fueron descendiendo por ella mucho rato, de modo que parecía que estaban tan bajos que pasaba el río Tajo por encima de ellos. Y cuando llegaron al final de la escalera, hallaron un alojamiento muy bueno, y había allí una habitación muy adornada donde estaban los libros y el estudio donde habían de leer. Nada más sentarse, estaban fijándose en qué libros iban a comenzar, y estando ellos en esto, entraron dos hombres por la puerta y le dieron una carta que le enviaba su tío el arzobispo, por la que le hacía saber que estaba muy enfermo y que enviaba rogar que, si le quería ver vivo, se fuese en seguida con él. Al deán le apenaron mucho estas noticias; uno, por la enfermedad de su tío; y lo otro, porque temió que había de dejar el estudio que había comenzado. Pero decidió no dejar aquel estudio tan pronto, y escribió unas cartas de respuesta y las envió a su tío el arzobispo.

Al cabo de tres o cuatro días llegaron otros hombres a pie, que traían otras cartas al deán en las que le hacían saber que el arzobispo se había muerto, y que estaban todos los de la iglesia en la elección y que confiaban, por la merced de Dios, que le elegirían a él, y por esta razón que no se preocupase por ir a la iglesia, pues mejor sería para él que lo eligiesen estando en otra parte que no estando en la iglesia.

Y al cabo de siete u ocho días, llegaron dos escuderos muy bien vestidos y muy bien dispuestos, y cuando se acercaron a él, le besaron la mano y le enseñaron las cartas de cómo le habían elegido arzobispo. Cuando don Illán oyó esto, fue al electo y le dijo cómo agradecía mucho a Dios que estas buenas noticias le llegaran a su casa, y pues Dios tanto bien le había hecho, que le pedía por merced que el deanazgo que quedaba libre lo diese a un hijo suyo. Y el electo le dijo que le pedía que le dejase que aquel deanazgo fuese para su hermano; pero que él le favorecería, de modo que estuviera contento, y que le pedía que se fuese con él a Santiago y llevase a aquel hijo suyo. Don Illán le dijo que lo haría.

Se fueron para Santiago. Cuando llegaron allí, fueron muy bien recibidos y muy honradamente. Y después de que llevaban

allí un tiempo, llegaron un día mensajeros del Papa para el
arzobispo con unas cartas, en las que le daba el obispado de
Tolosa y le concedía la gracia de poder dar el arzobispado a
quien quisiese. Cuando don Illán oyó esto, reprochándole con
mucho ahínco lo que con él había pasado, le pidió por favor
que se lo diese a su tío; y el arzobispo le rogó que consintiese
en que fuese para un tío suyo, hermano de su padre. Y don
Illán le dijo que bien veía que le hacía un gran agravio, pero
que aceptaba esto con tal de que fuese seguro que se lo repa-
raría más adelante. Y el obispo le prometió forzosamente que
lo haría así, y le rogó que se fuese con él a Tolosa y llevase
a su hijo. Y después de que llegaron a Tolosa, fueron muy bien
recibidos por condes y por cuantos hombres nobles había en la
región. Y después que hubieron vivido allí hasta dos años,
llegaron los mensajeros del Papa con sus cartas de cómo el Papa
le hacía cardenal y le concedía la gracia de que diese el obispado de Tolosa a quien quisiere. Entonces fue don Illán a él
y le dijo que, puesto que tantas veces le había incumplido
lo que había acordado, aquí ya no había lugar para poner excusa ninguna para que no diese alguna de aquellas dignidades
a su hijo. Y el cardenal le pidió que le consintiera que tuviese
aquel obispado un tío suyo, hermano de su madre, que era
un buen hombre anciano; pero que, puesto que él era cardenal,
se fuese con él para la corte, que allí había mucho en qué
recompensarle. Y don Illán se lamentó mucho, pero aceptó lo
que el cardenal quiso, y se fue con él para la corte.

Y después de que llegaron allí, fueron bien recibidos por
los cardenales y por cuantos en la corte eran y estuvieron allí
mucho tiempo. Y don Illán insistiendo cada día al cardenal
para que le hiciese alguna merced a su hijo, y él le presentaba
excusas.

Y estando así en la corte, se murió el Papa; y todos los
cardenales eligieron a aquel cardenal como Papa. Entonces se
fue a él don Illán y le dijo que ya no podía excusarse de no
cumplir lo que había prometido. El Papa le dijo que no le
insistiese tanto, que siempre habría momento para hacerle al-

guna merced cuando fuese oportuno. Y don Illán se comenzó a lamentar mucho, reprochándole todo lo que le había prometido y nunca había cumplido, y diciéndole que aquello se temía él la primera vez que habló con él y, puesto que había alcanzado tal posición y no cumplía lo que le había prometido, ya no quedaba ninguna oportunidad para esperar de él ningún bien. De estas quejas se lamentó mucho el Papa y le comenzó a maltratar, diciéndole que si le insistía más, le echaría en una cárcel, que era hereje y encantador, que bien sabía que no tenía otro medio de vida ni otro oficio en Toledo, donde vivía, más que vivir por aquella ciencia mágica.

Después de que don Illán vio lo mal que le recompensaba el Papa lo que por él había hecho, se despidió de él, y ni siquiera le quiso dar el Papa para comer por el camino. Entonces don Illán le dijo al Papa que, puesto que no tenía otra cosa para comer, tendría que volverse a las perdices que había mandado asar aquella noche, y llamó a la mujer y le dijo que preparara las perdices.

Cuando esto dijo don Illán, se encontró el Papa en Toledo convertido en deán de Santiago, como lo era cuando allí llegó, y fue tan grande la vergüenza que pasó, que no supo qué decir. Y don Illán le dijo que se fuese en buena hora y que bastante había probado su condición, y que lo tendría por muy mal empleado si comiese su parte de las perdices.


Y vos, señor conde Lucanor, pues veis que tanto hacéis por aquel hombre que os pide ayuda y no os lo agradece, pienso que no tenéis que molestaros ni arriesgaros mucho por llevarlo hasta el punto en que os dé el mismo galardón que dio el deán a don Illán.

El conde tuvo esto por buen consejo e hízolo así y le fue en ello bien.

Y como entendió don Juan que este era un ejemplo muy bueno, lo mandó poner en este libro e hizo estos versos que dicen así:

Al que mucho ayudares y no te lo reconociere.
menos obtendrás de él cuando a gran honra subiere.

Y la historia de este ejemplo es esta que sigue:

## 2. «EL REY Y EL FALSO ALQUIMISTA»

*Ejemplo XX.*   *De lo que sucedió a un rey con un hombre que*
*le dijo que le haría alquimia*

Un día hablaba el conde Lucanor con Patronio, su consejero,
de esta manera: —Patronio, me vino un hombre y me dijo
que me haría alcanzar un gran provecho y honra, y que para
esto necesitaba que tomase dinero mío con el que se iniciase
este asunto; pero cuando se concluyese, por una moneda ob-
tendría diez. Y por el buen juicio que Dios os concedió, os
ruego que me digáis lo que os parece que me conviene hacer
en ello.

—Señor conde, para que hagáis en esto lo que os sea más
provechoso, me gustaría que supieseis lo que le sucedió a un
rey con un hombre que le decía que sabía hacer alquimia.

El conde le preguntó cómo había sido aquello.

Señor conde Lucanor —dijo Patronio—, un hombre era un
gran timador y tenía gran deseo de enriquecerse y salir de la
mala vida que llevaba. Y aquel hombre supo que un rey, que
no era muy discreto, se afanaba por hacer alquimia.

Y aquel timador tomó cien doblas de oro y las limó, y con
aquellas limaduras hizo, con otras cosas que añadió en ellas,
cien pelotas, y cada una de aquellas pelotas pesaba una dobla [1]
y además las otras cosas que él mezcló con las limaduras de
las doblas. Y se fue a una ciudad donde estaba el rey, y se

---

[1] Moneda de oro, equivalente a la octava parte de una onza.

vistió con trajes muy respetables y llevó aquellas pelotas y las vendió a un boticario. Y el boticario le preguntó que para qué eran aquellas pelotas, y el timador le dijo que para muchas cosas, y especialmente que, sin ellas, no se podía hacer alquimia, y le vendió las cien pelotas por valor de dos o tres doblas. Y el boticario le preguntó que cómo se llamaban aquellas pelotas, y el timador le dijo que se llamaban «tabardíe».

Y aquel timador vivió un tiempo en aquella ciudad como hombre muy serio y fue diciendo a unos y a otros, en secreto, que sabía hacer alquimia.

Y estas noticias llegaron al rey, y lo fue a buscar y le preguntó si sabía hacer alquimia. Y el timador, aunque aparentó que lo quería ocultar y que no lo sabía, al final le dio a entender que lo sabía; pero le dijo al rey que le aconsejaba que en este asunto no se fiase de nadie ni arriesgase mucho dinero, pero que si quería, haría ante él alguna prueba y le enseñaría lo que sabía de ello. Esto se lo agradeció mucho el rey, y le pareció que, según estas palabras, no podía haber en ello ningún engaño. Entonces hizo traer todo lo que quiso, y eran cosas que se podían encontrar, y entre las otras mandó traer una pelota de «tabardíe». Y todas las cosas que mandó traer no costaban más que dos o tres dineros [2]. Después que las trajeron y las fundieron ante el rey, salió peso por valor de una dobla de oro fino. Y cuando el rey vio que de algo que valía dos o tres dineros salía una dobla, se puso muy contento y se consideró el más afortunado del mundo, y dijo al timador que hacía esto, que el rey creía que era buen hombre, que hiciera más.

Y el timador le respondió, como si no supiese más de esto:

—Señor, cuanto yo sabía de esto todo os lo he enseñado, y de aquí en adelante lo haréis tan bien como yo; pero conviene que sepáis una cosa: si falta alguna de estas cosas, no se podrá hacer oro.

---

[2] Moneda castellana del siglo XV.

Y cuando hubo dicho esto, se despidió del rey y se fue a su casa.

El rey probó a hacer oro sin aquel maestro, y duplicó la receta, y salió peso por valor de dos doblas de oro. Otra vez duplicó la receta, y salió peso por valor de cuatro doblas; y conforme fue aumentando la receta, así aumentaba el peso en doblas. Cuando el rey vio que podía hacer todo el oro que quisiera, mandó traer tantas cosas de aquellas como para poder hacer mil doblas. Y encontraron todas las cosas, pero no hallaron el «tabardíe». Cuando el rey vio que no se podía hacer oro, pues faltaba el «tabardíe», mandó buscar a aquel que se lo había enseñado a hacer y le dijo que no podía hacer el oro como antes. Y él le preguntó si tenía todas las cosas que le había indicado por escrito. Y el rey le dijo que sí, pero que le faltaba el «tabardíe».

Entonces le dijo el timador que si faltaba alguna cosa, ya no se podía hacer el oro, y que así se lo había dicho él el primer día.

Entonces preguntó el rey si sabía él dónde había de este «tabardíe», y el golfín le dijo que sí. Entonces le mandó el rey que, puesto que sabía dónde había, fuese por él y le trajese tanto como para que pudiese hacer cuanto oro quisiera. El timador le dijo que, aunque esto podría hacerlo otro tan bien o mejor que él, si el rey lo considerase necesario, iría por ello; que en su tierra encontraría bastante. Entonces contó el rey lo que podría costar la compra y el gasto y sumó mucho dinero.

Y después de que el timador lo tuvo en su poder, se marchó y nunca volvió al rey. Y así se quedó el rey engañado por su poco juicio. Y cuando vio que tardaba más de lo que debía, mandó el rey que fueran a su casa para saber si sabían algunas noticias. Y no hallaron en su casa a nadie, salvo un arca cerrada; y cuando la abrieron, encontraron un escrito que decía así:

«Os aseguro que no existe el "tabardíe", pero sabed que os he engañado cuando os decía que os haría rico; debierais haberme dicho que me hiciera primero yo y que me creeríais.»

Al cabo de algunos días, unos hombres estaban riéndose y jugando y escribían todos los hombres que conocían, cada uno como era, y decían: «Los valientes son fulano y fulano; y los ricos, fulano y fulano; y los sensatos, fulano y fulano». Y así en todas las cosas buenas y contrarias. Y cuando les tocaba escribir a los hombres de poco juicio, escribieron allí al rey. Y cuando el rey lo supo, los mandó buscar y les aseguró que no les haría ningún daño por ello, y les dijo que por qué lo habían escrito como hombre de poco juicio. Y ellos se lo dijeron, que por haber dado tanto dinero a un hombre extraño y de quien no tenía ninguna seguridad.

Y el rey les dijo que se habían equivocado, y que si volviese aquel que se había llevado el dinero, no quedaría él por hombre de poco juicio. Y ellos le dijeron que no perdían nada en su cuenta, pues si volviese el otro, sacarían al rey del escrito y lo pondrían a él.

Y vos, señor conde Lucanor, si queréis que no os tengan por hombre de poco juicio, no arriesguéis nada de lo vuestro por algo que no sea seguro, de modo que no os tengáis que arrepentir, si lo perdéis confiando en obtener gran provecho, estando dudoso.

Al conde le agradó mucho este consejo, y lo hizo así, y le fue bien en ello.

Y viendo don Juan que este ejemplo era bueno, lo hizo escribir en este libro e hizo estos versos que dicen así:

No arriesgues mucho tu riqueza,
por consejo del que está en gran pobreza.

Y la historia de este ejemplo es ésta que sigue:

### 3.   «EL EMPERADOR Y ALVAR FÁÑEZ CON SUS MUJERES»

Ejemplo XXVII.   *De lo que le sucedió a un emperador y a
don Alvar Fáñez Minaya con sus mujeres*

Hablaba el conde Lucanor con Patronio, su consejero, un
día y le dijo así: —Patronio, dos hermanos que tengo están
casados ambos y viven cada uno de ellos muy diferentemente
el uno del otro; pues el uno ama tanto a la mujer con la que
está casado, que apenas podemos conseguir de él que se aleje
un día del lugar donde ella está, y no hace más que lo que
ella quiere, y si antes no se lo pregunta. Y el otro de ningún
modo podemos conseguir que la quiera mirar ni entrar en la
casa en donde ella esté. Y porque esto me apena mucho, os
ruego que me digáis alguna forma para que podamos poner
remedio en ello.

Señor conde Lucanor —dijo Patronio—, según esto que
decís vuestros hermanos están muy equivocados en sus asuntos;
pues ni el uno ni el otro debían mostrar tanto amor ni tanto
desamor como les muestran a aquellas mujeres con las que
están casados; pero, aunque ellos se equivocan, quizá es por
la manera de ser de aquellas mujeres; y por lo tanto querría
que supieseis lo que le sucedió al emperador Fadrique y a don
Alvar Fáñez Minaya con sus mujeres.

El conde le preguntó cómo había sido aquello.

Señor conde Lucanor —dijo Patronio—, como estos ejemplos son dos y no os los podría decir los dos a la vez, os contaré primero lo que le sucedió al emperador Fadrique y después
os contaré lo que le sucedió a don Alvar Fáñez.

Señor conde, el emperador Fadrique se casó con una doncella de muy alta cuna, como le correspondía; pero con todo,
no le fue bien, pues no supo antes de casarse con ella las costumbres que tenía.

Y después de que fueron casados, aunque ella era muy buena mujer y muy honesta en su cuerpo, comenzó a ser la más irascible y la más terrible y la más atravesada del mundo. Así que si el emperador quería dormir, se quería ella levantar; y si el emperador quería mucho a alguien, en seguida ella lo aborrecía. ¿Qué más os diré? En todo lo que el emperador disfrutaba, ella daba a entender que se disgustaba, y todo lo que el emperador hacía, ella hacía todo lo contrario.

Y cuando el emperador hubo soportado esto durante un tiempo, y vio que de ningún modo la podía sacar de estas intenciones por nada que él ni otros le dijesen, ni por ruegos ni por amenazas, ni mostrándole buen talante o malo, y vio que sin contar el pesar y la vida enojosa que tendría que aguantar, que era tan dañosa para su hacienda y para sus gentes, que no podía poner remedio; y cuando esto vio, se fue al Papa y le contó su historia, tanto de la vida que llevaba como del gran daño que le causaba a él y a su tierra por las costumbres que tenía la emperatriz; y desearía mucho, si pudiera ser, que los divorciase el Papa. Mas vio que, según la religión de los cristianos, no se podían divorciar, y que de ninguna manera podían vivir juntos por las malas costumbres que la emperatriz tenía, y esto sabía el Papa que era así.

Y como otra solución no pudieron hallar, le dijo el Papa al emperador que este asunto lo encomendaba él a la inteligencia y a la sutileza del emperador, pues no podía dar la penitencia antes que el pecado se hubiera cometido.

Y el emperador se alejó del Papa y se fue a su casa, e intentó por cuantos modos pudo, por halagos y por amenazas y por consejos y por desengaños y por cuantas maneras él y todos los que con él vivían pudieron pensar para sacarla de aquella mala intención, pero nada de esto sirvió de provecho, ya que cuanto más le decían que se alejase de aquellas costumbres, tanto más ella hacía cada día todo lo contrario.

Y desde que el emperador vio que por ninguna de estas maneras se podía corregir, le dijo un día que quería ir a cazar

ciervos y que llevaría un poco de aquella hierba venenosa que
ponen en las saetas con las que matan a los ciervos, y dejaría lo
sobrante para otra vez cuando quisiese ir de caza y que se cui-
dase de que, por nada del mundo, pusiese aquella hierba sobre
sarna, ni postilla ni en lugar de donde saliera sangre; pues
aquella hierba era tan fuerte, que no había en el mundo nada
vivo que no lo matase. Y tomó otro ungüento muy bueno y
muy provechoso para cualquier llaga, y se untó el emperador
con él delante de ella en aquellos lugares que no estaban sanos.
Y ella y cuantos allí estaban vieron cómo se curaba en seguida
con ello. Y le dijo que si le hacía falta, se pusiera de aquel en
cualquier llaga que tuviese. Y esto lo dijo ante muchos hombres
y mujeres. Y cuando hubo dicho esto, tomó aquella hierba que
necesitaba para matar ciervos y se fue a su cacería, así como
había dicho.

E inmediatamente después que el emperador se hubo ido,
comenzó ella a enfadarse y a enfurecerse, y empezó a decir:

—¡Mirad el falso del emperador, lo que me fue a decir! Porque sabe que la sarna que tengo no es como la suya, me dijo
que me untase con aquel ungüento con el que él se untó, porque
sabe que no podría curarme con él, pero de aquel otro ungüento
bueno con el que sabe que curaría dijo que no me pusiese de
ninguna manera; pero para fastidiarle, me untaré con él y cuando venga, me encontrará curada. Y estoy segura de que con
nada podría causarle mayor pesar, y por esto lo haré.

Los caballeros y las mujeres que estaban con ella discutieron
mucho con ella para que no lo hiciese y le pidieron por favor,
llorando mucho, que no lo hiciera, pues tenía que estar segura
que si lo hacía, en seguida moriría.

Y ella por nada de esto quiso dejarlo. Y tomó la hierba y
untó con ella las llagas. Y, al poco tiempo, le empezó a entrar
la rabia de la muerte, y se arrepintiera si pudiera, pero ya no
era tiempo de hacerlo. Y murió por su naturaleza, testaruda y
perjudicial para ella.

Pero a don Alvar Fáñez le sucedió lo contrario de esto, y
para que sepáis todo cómo fue, os contaré como sucedió.

Don Alvar Fáñez era muy buen hombre y muy honrado y repobló Iscar, y vivió allí. Y el conde don Pedro Ansúrez repobló Cuéllar y vivió allí. Y el conde don Pedro Ansúrez tenía tres hijas.

Y un día inesperadamente entró don Alvar Fáñez por la puerta; y el conde don Pedro Ansúrez se alegró mucho. Y cuando hubieron comido, le preguntó que por qué venía tan inesperadamente. Y don Alvar Fáñez le dijo que venía para pedirle la mano de una de sus hijas, pero que quería que le mostrase a las tres y le dejase hablar con cada una de ellas, y después elegiría la que quisiese. Y el conde, viendo que Dios le favorecía en ello, le dijo que le agradaba mucho hacer cuanto don Alvar Fáñez decía.

Y don Alvar Fáñez se apartó con la hija mayor y le dijo que si a ella le parecía bien, se quería casar con ella, pero que, antes de que hablasen más de este asunto, le quería contar algo de su historia. Que supiese, en primer lugar, que él no era muy joven y por las muchas heridas que había recibido en las lides en las que había estado presente, se le había debilitado tanto la cabeza, que por poco vino que bebiese, le hacía perder el juicio; y cuando estaba fuera de sus cabales, se enfurecía tanto, que no miraba lo que decía; y a veces golpeaba a los hombres de tal modo que se arrepentía mucho después cuando recobraba el juicio; y aun cuando se echaba a dormir, en cuanto estaba en la cama, hacía allí muchas cosas que no ofendería ni pizca si más limpias fuesen. Y le dijo tantas cosas de estas, que toda mujer que no tuviese el juicio muy maduro se podría considerar no muy bien casada con él.

Y cuando le hubo dicho esto, le respondió la hija del conde que este casamiento no dependía de ella sino de su padre y de su madre. Y con esto dejó a don Alvar Fáñez y se fue con su padre.

Y cuando el padre y la madre le preguntaron qué quería hacer, como ella no fuera de tanto conocimiento como necesitaba, dijo a su padre y a su madre que don Alvar Fáñez le había dicho tales cosas, que antes querría morirse que casar con él.

Y el conde no le quiso decir esto a don Alvar Fáñez, pero le dijo que su hija no tenía de momento intención de casarse.

Y habló don Alvar Fáñez con la hija mediana; y sucedió entre él y ella lo mismo que con la hermana mayor.

Y después habló con la hermana pequeña y le dijo las mismas cosas que había dicho a sus otras hermanas. Y ella le respondió que le agradecía mucho a Dios que don Alvar Fáñez quisiera casarse con ella; y a lo que le decía que le sentaba mal el vino que sí, tal vez en alguna ocasión, le conviniese estar por alguna razón apartado de las gentes, bien por aquello que le decía o bien por otra razón, ella lo encubriría mejor que nadie en el mundo; y a lo que decía de que era viejo, por esto no renunciaría ella al casamiento, que le compensaba el casamiento por el bien y la honra de estar casada con don Alvar Fáñez; y a lo que decía que se ponía muy rabioso y golpeaba a las gentes, esto no importaba, pues nunca ella haría nada para que la golpease, y si lo hiciese, lo sabría soportar muy bien.

Y a todas las cosas que don Alvar Fáñez le dijo, a todas le supo tan bien responder, que don Alvar Fáñez estuvo muy contento, y agradeció mucho a Dios por haber hallado una mujer con tan buen entendimiento.

Y dijo al conde don Pedro Ansúrez que con aquélla quería casar. Al conde le agradó mucho eso, y celebraron sus bodas inmediatamente. Y se fue en seguida con su mujer en buena hora. Y esta dueña se llamaba doña Vascuñana.

Y después que don Alvar llevó a su mujer a su casa, fue tan buena mujer y tan sensata, que don Alvar Fáñez se encontró muy bien casado con ella, y consideraba justo que se hiciese todo lo que ella quería.

Y esto hacía él por dos razones: la primera, porque le hizo Dios a ella tanto bien, que amaba tanto a don Alvar Fáñez y valoraba tanto su entendimiento, que todo lo que don Alvar Fáñez decía o hacía, todo consideraba verdaderamente ella que era lo mejor; y le gustaba mucho cuanto decía y cuanto hacía, y nunca en toda su vida le llevó la contraria en nada que pensara

que a él le agradaba. Y no penséis que hacía esto por lisonjearle
ni por halagarle para estar mejor con él, sino que lo hacía porque de verdad creía y era su intención que todo lo que don
Alvar Fáñez quería y decía y hacía, de ningún modo podía ser
error ni lo podía nadie mejorar. Y por un lado por esto, que
era el mayor bien que podía ser, y por otro lado porque ella
era de tan buen juicio y de tan buenas obras, siempre acertaba
en lo mejor. Y por estas cosas la amaba y apreciaba tanto don
Alvar Fáñez, que tenía por norma hacer todo lo que ella quería,
y le aconsejaba lo que era para su provecho y su honra. Y nunca
deseaba, ni por deseo o por gusto que tuviese de algo, que
hiciese don Alvar Fáñez más que lo que le correspondía y era
más en su honra y en su provecho.

Y sucedió que una vez, estando don Alvar Fáñez en su casa,
vino a él su sobrino que vivía en la corte, y se alegró mucho don
Alvar Fáñez con él. Y cuando hubo permanecido con don Alvar
Fáñez algunos días, le dijo un día que era muy buen hombre
y muy perfecto y no podía encontrarle más que un defecto. Y don
Alvar Fáñez preguntó que cuál era. Y el sobrino le dijo que no
le hallaba otro defecto sino que hacía mucho por su mujer y le
daba mucho poder en todos sus asuntos. Y don Alvar Fáñez
le respondió que a esto le daría la respuesta a los pocos días.

Y antes de que don Alvar Fáñez viese a doña Vascuñana,
cabalgó y se marchó a otro lugar y estuvo por allá algunos días
y llevó a su sobrino consigo. Y después mandó buscar a doña
Vascuñana y lo preparó así don Alvar Fáñez para que se encontraran en el camino, pero no hablaron nada entre sí, ni aun
hubo tiempo de hacerlo.

Y don Alvar Fáñez se fue delante e iba con él su sobrino.
Y doña Vascuñana venía detrás de ellos. Y cuando hubieron
caminado así un rato, don Alvar Fáñez y su sobrino, encontraron
unas cuantas vacas. Y don Alvar Fáñez empezó a decir: —¿Visteis, sobrino, qué hermosas yeguas hay en esta tierra?

Cuando el sobrino oyó esto, se maravilló mucho, y se creyó
que se lo decía por broma, y le dijo que cómo decía tal cosa,
que no eran más que vacas.

Y don Alvar Fáñez empezó a extrañarse mucho y a decirle que se temía que había perdido el juicio, pues bien se veía que aquellas eran yeguas.

Y cuando su sobrino vio que don Alvar Fáñez insistía tanto en esto, y que lo decía en su pleno juicio, se quedó muy asustado y creyó que don Alvar Fáñez había perdido el juicio.

Y don Alvar Fáñez tanto insistía adrede en esto, que asomó doña Vascuñana que venía por el camino. Y cuando don Alvar Fáñez la vio, dijo a su sobrino: —Ea, sobrino, he aquí a doña Vascuñana que nos resolverá nuestro litigio.

Al sobrino le pareció muy bien esto; y cuando doña Vascuñana llegó, le dijo su pariente: —Señora, don Alvar Fáñez y yo estamos discutiendo, pues él dice que estas vacas son yeguas y yo digo que son vacas; y tanto hemos discutido, que él me considera loco y yo pienso que él no está bien de la cabeza. Y vos, señora, resolvednos ahora este litigio.

Y cuando doña Vascuñana esto vio, aunque ella creía que eran vacas, pero como su pariente le dijo que decía don Alvar Fáñez que eran yeguas, pensó de verdad ella, en su pleno juicio, que se equivocaban en ello, que no las conocían, pero que don Alvar no se equivocaría de ninguna manera al conocerlas; y si decía que eran yeguas, que por todas las cosas del mundo yeguas eran y no vacas.

Y empezó a decir a su pariente y a cuantos allí estaban: —Por Dios, pariente, mucho me pesa lo que dices, y Dios sabe que quisiera que con mayor juicio y mayor provecho volvieseis ahora de casa del rey, donde tanto tiempo habéis vivido; pues bien veis que es una gran falta de entendimiento y de vista creer que las yeguas son vacas.

Y le empezó a mostrar tanto por los colores como por los rasgos como por otras muchas cosas que eran yeguas y no vacas, y que era verdad lo que don Alvar Fáñez decía, que de ninguna manera la opinión y la palabra de don Alvar Fáñez podían estar equivocadas. Y tanto insistió en esto, que ya el pariente y todos los otros empezaron a dudar que ellos se equivocaban y que don Alvar Fáñez tenía razón; que las que ellos creían vacas eran yeguas. Y cuando esto pasó, se fueron don Alvar Fáñez y su sobrino más adelante y encontraron una gran cantidad de yeguas. Y don Alvar Fáñez dijo a su sobrino: —¡Ajá, sobrino! Estas son las vacas y no las que decías antes, que yo decía que eran yeguas.

Cuando el sobrino oyó esto, dijo a su tío: —Por Dios, don Alvar Fáñez, si decís verdad, el diablo me trajo a mí a esta tierra; pues ciertamente si éstas son vacas, yo he perdido el juicio, pues forzosamente, por todas las cosas del mundo, éstas son yeguas y no vacas.

Don Alvar Fáñez comenzó a insistir porfiadamente en que eran vacas. Y tanto duró este litigio hasta que llegó doña Vascuñana. Y cuando ella llegó y le contaron lo que decía don Alvar Fáñez y decía su sobrino, aunque a ella le parecía que el sobrino decía la verdad, no pudo creer de ningún modo que se pudiese equivocar don Alvar Fáñez, y pudiese ser verdad otra cosa de la que él decía. Y comenzó a buscar argumentos para probar que era verdad lo que decía don Alvar Fáñez, y tantas razones y tan buenas dijo, que su pariente y los otros pensaron que les faltaba el juicio y la vista; pero que lo que don Alvar Fáñez decía era verdad. Y esto quedó así.

Y se fueron don Alvar Fáñez y su sobrino más adelante y caminaron tanto hasta que llegaron a un río en donde había unos cuantos molinos. Y mientras daban a los animales agua del río, comenzó a decir don Alvar Fáñez que aquel río corría hacia el nacimiento y que a aquellos molinos les venía el agua del otro lado. Y el sobrino de don Alvar Fáñez se tuvo por perdido cuando le oyó esto; pues pensó que así como había errado en el conocimiento de las vacas y de las yeguas, así erraba ahora en creer que aquel río venía al revés de como decía don Alvar Fáñez. Pero discutieron mucho sobre esto, hasta que llegó doña Vascuñana.

Y cuando le contaron la discusión en la que estaban don Alvar Fáñez y su sobrino, aunque a ella le parecía que el sobrino tenía razón, no creyó su opinión y pensó que era verdad lo que decía don Alvar Fáñez. Y con tantas razones supo ayudar a lo

dicho por él, que su pariente y cuantos lo oyeron, creyeron todos
que aquella era la verdad. Y desde entonces quedó como refrán
que si el marido dice que el río corre hacia arriba, la buena
mujer debe creerle y debe decir que es verdad.

Y cuando el sobrino de don Alvar Fáñez vio que por todas
las razones que doña Vascuñana decía se probaba que era verdad
lo que decía don Alvar Fáñez, y se equivocaba él al no saber
cómo eran las cosas, se sintió muy enfermo, creyendo que había
perdido el juicio. Y cuando caminaron un gran trecho por el
camino y don Alvar Fáñez vio que su sobrino estaba muy triste y
con gran preocupación, le dijo así: —Sobrino, ahora os he dado
la respuesta a lo que el otro día me dijisteis que consideraban
las gentes un gran defecto el que hiciera tanto por doña Vascuñana, mi mujer; pues creed que todo esto que entre vos
y yo ha sucedido hoy, todo lo hice para que entendieseis quién
es ella y que lo que yo hago por ella lo hago con razón; pues
creed que ya sabía yo que las primeras vacas que encontramos,
y que yo decía que eran yeguas, eran vacas, así como decíais.
Y cuando doña Vascuñana llegó y os oyó que yo decía que eran
yeguas, estoy seguro de que creía que decíais la verdad; pero
confiaba tanto en mi entendimiento, que piensa que, por nada
del mundo, me podría equivocar, que pensó que vos y ella os
equivocabais y no sabíais qué eran. Y por esto dijo tantos argumentos y tan buenos, que os hizo pensar a vos y a cuantos allí
estaban que lo que yo decía era verdad; y eso mismo hizo después en lo de las yeguas y del río. Y bien os digo verdad: que
desde el día que se casó conmigo, jamás le vi hacer ni decir
nada en que yo pudiese creer que quería ni le agradaba otra
cosa más que lo que yo quería; ni le vi enojarse por nada de
lo que yo hice. Y siempre piensa de verdad que cualquier cosa
que yo haga, aquello es lo mejor; y cuando ella ha de hacer
algo suyo, o algo que le recomiendo que haga, lo sabe hacer
muy bien, y siempre lo hace guardando mi honra y mi provecho
y queriendo que entiendan las gentes que yo soy el señor, y que
se cumpla siempre mi voluntad y mi honra; y no quiere para
ella otro provecho ni otra fama de cualquier cosa, sino que

sepan que es mi provecho y me agrade. Y pienso que si un moro de ultramar hiciera esto, le debería amar mucho y apreciar y seguir su consejo; y más estando casado con ella y siendo ella tal y de tal linaje, por lo que me considero muy bien casado. Y ahora, sobrino, os he dado respuesta al defecto que el otro día me dijisteis que tenía.

Cuando el sobrino de don Alvar Fáñez oyó estos argumentos, le gustó mucho y entendía que si doña Vascuñana era así y tenía tal juicio y tal intención, hacía muy bien don Alvar Fáñez en amarla y en confiar en ella y en hacer por ella todo cuanto hacía y aun más, si más hiciese.

Y así fueron muy opuestas la mujer del emperador y la mujer de don Alvar Fáñez.


Y, señor conde Lucanor, si vuestros hermanos son tan diferentes que el uno hace todo cuanto su mujer quiere y el otro lo contrario, quizá esto es porque sus mujeres hacen tal vida con ellos como hacían la emperatriz y doña Vascuñana. Y si ellas son así, no debéis extrañaros ni culpar a vuestros hermanos; pero si ellas no son tan buenas ni tan indomables como estas dos de las que os he hablado, sin duda vuestros hermanos no pueden estar sin mucha culpa; pues, aunque aquel hermano vuestro que hace mucho por su mujer hace bien, entended que este bien le corresponde en justicia y no más; pues si el hombre, por amar mucho a su mujer, quiere estar tanto con ella hasta dejar de ir a los lugares o a los hechos en los que puede obrar a su provecho y honra, se equivoca mucho; y si por hacerle placer y cumplir su voluntad deja algo de lo que le corresponde a su posición o a su honra, obra muy injustamente; pero manteniendo estas cosas, toda la buena disposición y toda la confianza que el marido pueda mostrar a su mujer, todo es hacedero y todo lo debe hacer y le conviene hacerlo. Y asimismo debe procurar que en lo que a él no le haga mucha falta, ni le cause escasez, no debe causarle pesar ni enojo y especialmente en nada en que pueda haber pecado, pues de esto vienen muchos daños. Por un lado, el pecado y la maldad que el hombre hace; y lo otro, que por enmendarlo o causarle placer para que pierda aquel disgusto tendrá que hacer cosas que resultarán dañosas para la hacienda y para la fama. Además, el que por su mala suerte tuviera una mujer como la del emperador, puesto que al principio no pudo o no supo poner en ello remedio, no le queda más que esperar su suerte a ver cómo Dios se lo quiere solucionar. Pero sabed que tanto para lo uno como para lo otro conviene que desde el primer día que el hombre se casa le dé a entender a su mujer que él es el señor de todo y que le dé a entender la vida que han de pasar juntos.

Y vos, señor conde Lucanor, en mi entender, fijándoos en estas cosas podréis aconsejar a vuestros hermanos cómo tienen que vivir con sus mujeres.

Y al conde le gustaron mucho estas cosas que Patronio le dijo y pensó que le decía verdad y muy buen consejo.

Y entendiendo don Juan que estos ejemplos eran muy buenos, los hizo escribir en este libro, e hizo estos versos que dicen así:

> Desde el principio debe el hombre mostrar
> a su mujer cómo se debe comportar.

## 4. «EL PAÑO MARAVILLOSO»

Ejemplo XXXII.    *De lo que sucedió a un rey con los burladores que tejieron el paño*

Otra vez hablaba el conde Lucanor con Patronio, su consejero, y le decía: —Patronio, un hombre vino a mí y me dijo un gran negocio, y me da a entender que me sería muy provechoso; pero me dice que no lo sepa nadie en el mundo por mucho que yo confíe en él; y tanto me insiste en que guarde este secreto, hasta decir que si a alguien lo cuento, toda mi hacienda y hasta mi vida están en peligro. Y como yo sé que nadie en el mundo podría deciros nada que no entendierais si es para bien o por algún engaño, os ruego que me digáis vuestro parecer sobre esto.

Señor conde Lucanor —dijo Patronio—, para que entendáis, según mi parecer, lo que más os conviene hacer en esto me gustaría que supieseis lo que le sucedió a un rey con tres burladores que vinieron a él.

El conde le preguntó cómo había sido aquello.

Señor conde —dijo Patronio—, tres burladores vinieron a un rey y le dijeron que eran muy expertos en hacer paños, y en particular que hacían un paño que lo vería todo hombre que fuese hijo de aquel padre que todos decían; pero quien no fuese hijo de aquel padre que él creía y que las gentes decían, no podría ver el paño.

Al rey le gustó esto mucho, pensando que con aquel paño podría saber qué hombres de su reino eran hijos de aquellos que debían ser sus padres o cuáles no, y de esta manera podría aumentar mucho lo suyo; pues los moros no heredan nada de su padre, si no son verdaderamente sus hijos. Y para esto mandóles dar una casa en donde hiciesen aquel paño. Y ellos le dijeron que, para que viese que no le querían engañar, les mandase encerrar en aquella casa hasta que estuviera hecho el paño. Esto le pareció muy bien al rey. Y después que hubieron tomado para hacer el paño mucho oro y plata y seda y mucho dinero, entraron en aquella casa y los encerraron allí. Y ellos pusieron sus telares y daban a entender que durante todo el día tejían el paño. Y al cabo de algunos días, fue uno de ellos a decir al rey que el paño ya estaba comenzado y era la más hermosa cosa del mundo; y le dijo con qué figuras y con qué dibujos lo empezaban a hacer y que si le parecía bien, lo fuese a ver y que no entrase nadie con él. Esto le gustó mucho al rey.

Y el rey queriendo comprobar aquello antes en otro, envió a un criado suyo para que lo viese, pero no le avisó que lo desengañase. Y después que el camarero vio a los maestros y lo que decían, no se atrevió a decir que no lo había visto. Cuando volvió al rey, le dijo que había visto el paño. Después envió a otro, y le dijo eso mismo. Y tan pronto como todos los que el rey envió le dijeron que habían visto el paño, fue el rey a verlo. Y cuando entró en la casa, vio a los maestros que estaban tejiendo y decían: —Esto es tal dibujo y esto es tal historia y esto es tal figura y esto es tal color.

Y estaban todos de acuerdo, y ellos no tejían nada; cuando el rey vio que no tejían y decían cómo era el paño y que él no lo veía y lo habían visto los otros, se pensó morir; pues pensó que porque no era hijo del rey que él tenía por su padre, por eso no podía ver el paño, y temió que si dijese que no lo veía, perdería el reino. Y por eso comenzó a alabar mucho el paño y aprendió muy bien cómo decían los maestros que estaba hecho el paño. Y tan pronto como estuvo en su casa con la gente, comenzó a decir maravillas de lo bueno y lo maravilloso que era aquel paño, y decía las figuras y las cosas que había en el paño, aunque estaba con muy mala sospecha.

Al cabo de dos o tres días, mandó a su alguacil que fuese a ver aquel paño. Y el rey le contó las maravillas y rarezas que había visto en aquel paño. El alguacil fue allá. Y después que entró y vio a los maestros que tejían y decían las figuras y las cosas que había en el paño, y oyó al rey cómo lo había visto y él no lo veía, pensó que porque no era hijo de aquel padre que él creía, por eso no lo veía, y pensó que si se lo descubrían, perdería toda su honra. Y por ello comenzó a alabar el paño tanto como el rey o más. Y cuando volvió al rey y le dijo que había visto el paño y que era la cosa más notable y más hermosa del mundo, se consideró el rey aún más desgraciado, pensando que, puesto que el alguacil había visto el paño y él no lo había visto, ya no había ninguna duda de que él no era hijo del rey que creía. Y por ello, empezó a alabar más y a insistir más en la bondad y en la nobleza del paño y de los maestros que tal cosa sabían hacer. Y otro día, envió el rey a otro consejero suyo y le sucedió como al rey y a los otros. ¿Qué más os diría? De este modo, y por este temor, fueron engañados el rey y cuantos hubo en su tierra, pues ninguno se atrevía a decir que no veía el paño. Y así pasó este asunto hasta que llegó una gran fiesta. Y dijeron todos al rey que se vistiese aquellos paños para la fiesta. Y los maestros los trajeron envueltos en muy buenos lienzos y dieron a entender que desenvolvían el paño y preguntaron al rey que cómo quería que cortasen aquel paño. Y el rey dijo qué trajes quería. Y ellos daban a entender que cortaban y que medían la talla que habían de tener los trajes y que después los coserían.

Cuando llegó el día de la fiesta, fueron los maestros al rey, con sus paños cortados y cosidos, y diéronle a entender que le vestían y que le estiraban los paños. Y así lo hicieron hasta que el rey pensó que estaba vestido, pues no se atrevía a decir que no veía el paño. Y tan pronto como fue vestido tan bien como habéis oído, cabalgó para ir a la ciudad; sin embargo, le vino bien porque era verano. Y después que las gentes le vieron venir así y sabían que el que no viera el paño no era hijo del padre que pensaba, pensaba cada uno que los otros lo veían y que puesto que él no lo veía, si lo decía, estaría perdido o deshonrado. Y por esto se mantuvo aquel secreto, que no se atrevía nadie a descubrirlo, hasta que un negro que guardaba el caballo del rey, y no tenía nada que perder, se acercó al rey y le dijo:

—Señor, a mí no me importa que me tengáis por hijo de aquel padre que yo digo ni de otro, y por ello os digo que o estoy ciego o vais desnudo.

Y el rey le comenzó a maltratar, diciendo que como no era hijo de aquel padre que él creía por eso no veía sus paños. Cuando el negro dijo esto, otro que lo oyó dijo eso mismo, y así fueron diciendo hasta que el rey y los demás perdieron el recelo de conocer la verdad y entendieron el engaño que los burladores habían hecho. Y cuando los fueron a buscar, no los hallaron, pues se habían ido con lo que habían cogido del rey por el engaño que habéis oído.

Y vos, señor conde Lucanor, pues aquel hombre os dice que no sepa nadie en quien confiáis nada de lo que él os dice, estad seguros de que os quiere engañar, pues bien debéis entender que no tiene el derecho de querer más vuestro provecho, que no tiene con vos tanta relación como los que con vos viven, que reciben muchas relaciones y beneficios de vos, por lo que deben querer vuestro provecho y vuestro servicio.

El conde tuvo este consejo por bueno e hízolo así y se encontró por ello bien.

Y viendo don Juan que este era un buen ejemplo, lo hizo escribir en este libro e hizo estos versos que dicen así:

> El que te aconseja esconderte de tus amigos
> quiere más engañarte que dos higos.

Y la historia de este ejemplo es ésta que sigue:

## 5. «LA FIERECILLA DOMADA»

Ejemplo XXXV. *De lo que sucedió a un mancebo que casó con una mujer muy fuerte y muy indomable*

Otra vez hablaba el conde Lucanor con Patronio y le dijo:

—Patronio, un criado mío me dijo que le iban a casar con una mujer muy rica, y que es además más honrada que él, y que es un casamiento muy bueno para él, salvo por una dificultad que hay en ello; y la dificultad es ésta: me dijo que le habían dicho que aquella mujer era la más fuerte y más indomable del mundo. Y ahora os ruego que me aconsejéis si le mando que se case con aquella mujer, pues sabe cómo es, o si le mando que no lo haga.

Señor conde —dijo Patronio—, si él fuere como un hijo de un buen hombre que era moro, aconsejadle que case con ella, pero si no fuere así, no se lo aconsejéis.

El conde le rogó que le dijera cómo había sido aquello.

Patronio le dijo que en una ciudad había un buen hombre que tenía un hijo, el mejor muchacho que podía ser, pero que no era tan rico para poder realizar tantos hechos y tan grandes como su voluntad le daba a entender que debía hacer. Y por esto estaba él muy preocupado, pues tenía la voluntad pero no el poder.

En aquella misma ciudad había otro hombre más honrado y más rico que su padre, y tenía una única hija y era lo contrario de aquel muchacho; pues cuanto aquel muchacho tenía de buenas costumbres, tanto tenía aquella hija del buen hombre de malas y enrevesadas; y por esto nadie del mundo quería casar con aquel diablo.

Aquel muchacho tan bueno fue un día a su padre y le dijo que bien sabía que él no era tan rico para que pudiese darle aquello con lo que pudiera vivir honradamente y, pues le convenía llevar una vida pobre y desgraciada o marcharse de aquella tierra, que si a él le parecía bien, le parecía de mejor juicio intentar algún casamiento con el que pudiese obtener un buen pasar. Y el padre dijo que le gustaría esto mucho si le pudiese hallar el casamiento que le conviniese. Entonces le dijo el hijo que si él quisiese, podría intentar que aquel buen hombre que tenía aquella hija, se la diese para él. Cuando el padre oyó esto, se quedó muy extrañado y le dijo que cómo pensaba tal cosa; que no había nadie que la conociese que, por pobre que fuese, quisiera casar con ella. El hijo le dijo que le pedía por favor que le preparase este casamiento. Y tanto insistió que, aunque al padre le pareció muy extraño, se lo concedió.

Y él se fue en seguida para aquel hombre bueno, y ambos eran muy amigos, y le dijo todo lo que había tratado con su hijo y le pidió que, puesto que su hijo se atrevía a casar con su hija, aceptase que se la diese para él. Cuando el buen hombre oyó esto a aquel amigo suyo, le dijo: —Por Dios, amigo, si yo tal cosa hiciese, sería un mal amigo vuestro, pues tenéis un buen hijo y pensaría que cometía una gran maldad si consentía su mal y su muerte; y estoy seguro de que si con mi hija casa, o se moriría o le valdría más la muerte que la vida. Y no penséis que os digo esto para no cumplir vuestra voluntad, pues si la queréis me agradaría mucho dársela a vuestro hijo, o a quien sea que me la saque de casa.

Su amigo le dijo que le agradecía mucho cuanto decía, y que, pues su hijo quería este casamiento, le pedía que lo aceptase.

El casamiento se hizo, y llevaron a la novia a casa del marido. Y los moros tienen como costumbres que preparan la cena para los novios y les ponen la mesa y los dejan en su casa hasta el día siguiente. Y ellos lo hicieron así; pero estaban los padres y las madres y parientes del novio y de la novia con gran temor, pensando que al otro día hallarían al novio muerto o muy maltrecho.

En cuanto ellos se quedaron solos en casa, se sentaron a la mesa, y antes de que ella pudiese decir algo, miró el novio alrededor de la mesa y vio un perro y le dijo bastante bravamente: —¡Perro, danos agua para las manos!

El perro no lo hizo. Y él se empezó a enfurecer y le dijo más fieramente que les diese agua para las manos. Y el perro no lo hizo. Y tan pronto como vio que no lo hacía, se levantó muy furioso de la mesa y echó mano a la espada y se dirigió al perro. Cuando el perro lo vio venir hacia él, empezó a huir y él detrás, saltando ambos por encima de la ropa y por la mesa y por el fuego, y tanto anduvo detrás de él hasta que lo alcanzó, y le cortó la cabeza y las piernas y los brazos, y lo hizo pedazos y ensangrentó toda la casa y toda la mesa y la ropa. Y así, muy enfadado y completamente ensangrentado, se volvió a sentar en la mesa y miró alrededor, y vio un gato y díjole que le diese agua para las manos; y porque no lo hizo, le dijo: —¡Cómo, don falso traidor! ¿Y no viste lo que le hice al perro porque no quiso hacer lo que yo le mandé? Prometo a Dios que si un instante más conmigo te obstinas, te haré lo mismo que al perro.

El gato no lo hizo, pues tampoco es costumbre suya dar agua a las manos, ni del perro. Y como no lo hizo, se levantó y le tomó por las piernas y dio con él en la pared e hizo con él más de cien pedazos, y demostrando mucha más rabia que contra el perro. Y así, bravo y rabioso y haciendo malos gestos, se volvió a la mesa y miró a todas partes. La mujer, que le vio hacer esto, pensó que estaba loco o sin juicio, y no decía nada. Y después que hubo mirado a cada lado y vio un caballo suyo que estaba en casa, y no tenía más que aquel, díjole muy furioso que les diese agua para las manos; el caballo no lo hizo. Tan pronto como vio que el caballo no lo hizo, le dijo: —¡Cómo, don caballo!, ¿creéis que porque no tengo otro caballo os dejaré si no hacéis lo que yo os mandare? Guardaos de esas, que si por vuestra desgracia no hicierais lo que yo os mandare, juro por Dios que tan mala muerte os dé como a los otros; y no hay cosa viva en el mundo que no haga lo que yo mandare que eso mismo no le haga.

El caballo se quedó quieto. Y tan pronto como vio que no hacía lo que le mandaba, fue hacia él y le cortó la cabeza con la mayor rabia que podía mostrar, y despedazólo todo.

Cuando la mujer vio que mataba el caballo sin que tuviera otro y que decía que esto mismo haría a cualquiera que sus órdenes no cumpliera, pensó que esto ya no se hacía por juego, y tuvo tanto miedo, que no sabía si estaba muerta o viva. Y estando él así, irascible y sañudo y ensangrentado, se volvió a la mesa, jurando que si mil caballos y hombres y mujeres hubiese en casa que le desobedeciesen, a todos mataría. Y se sentó y miró a cada lado, con la espada sangrienta en el regazo; y cuando miró a un lado y a otro y no vio nada vivo, volvió los ojos hacia su mujer muy fieramente y le dijo con mucha rabia, con la espada en la mano: —Levantaos y dadme agua para las manos.

La mujer, que no esperaba otra cosa sino que la despedazaría del todo, se levantó muy deprisa y le dio agua para las manos. Y le dijo él: —¡Ah! ¡Cómo agradezco a Dios que hicisteis lo que os mandé, pues de otro modo, por el pesar que estos locos me dieron, eso mismo os habría hecho que a ellos!

Después le mandó que le diese de comer, y ella lo hizo. Y cada vez que le decía alguna cosa, tan fieramente se lo decía y con tal tono, que ella ya creía que la cabeza estaba en el suelo. Así pasó el asunto entre ellos aquella noche, que nunca ella habló, sino que hacía lo que le mandaban. Cuando hubieron dormido un rato, le dijo él: —Con la rabia que tuve esta noche, no pude dormir bien. Cuida que no me despierte nadie mañana, y tenme bien preparado de comer.

Cuando fue muy de mañana, los padres y las madres y los parientes llegaron a la puerta, y como no hablaba nadie, creyeron que el novio estaba muerto o herido. Y cuando vieron entre las puertas a la novia y no al novio, aún lo pensaron más. Cuando ella los vio en la puerta, llegó muy despacito y con gran miedo, y empezó a decirles: —¡Locos, traidores! ¿Qué hacéis? ¿Cómo osáis acercaros hasta la puerta ni hablar? ¡Callad; si no, todos, tanto yo como vosotros, todos moriremos!

Cuando esto oyeron todos, quedaron muy extrañados; y después que supieron lo que pasó entre ellos, apreciaron mucho al mancebo porque así supiera hacer lo que le convenía y llevar tan bien su casa. Y desde aquel día en adelante, fue su mujer muy obediente y llevaron muy buena vida.

Y al cabo de pocos días, su suegro quiso hacer así como había hecho su yerno, y de la misma manera mató un gallo, y le dijo su mujer: —En verdad, don fulán, tarde os acordasteis, pues ya no os serviría nada aunque mataseis cien caballos; que antes lo tenías que empezar, pues ya bien nos conocemos.

Y vos, señor conde, si aquel criado vuestro quiere casar con tal mujer, si él fuere así como el mancebo, aconsejadle que se case con seguridad, pues él sabrá como llevar su casa; pero si no fuere así y no entiende lo que debe hacer y lo que le conviene, dejadle que viva su suerte. Y aun os aconsejo que con todos los hombres que tuvieseis que tratar, siempre les deis a entender en qué manera han de tratar con vos.

El conde tuvo éste por buen consejo e hízolo así y le fue bien. Y como don Juan lo tuvo por buen ejemplo, lo hizo escribir en este libro, e hizo estos versos que dicen así:

Si al principio no muestras quien eres,
nunca lo podrás después cuando quisieres.

Y la historia de este ejemplo es esta que sigue:


## 6.  «LA COMPRA DE LOS CONSEJOS»


Ejemplo XXXVI. *De lo que le sucedió a un mercader cuando
halló a su mujer y a su hijo durmiendo juntos*

Un día hablaba el conde Lucanor con Patronio, estando muy
enfadado por una cosa que le habían dicho, que pensaba él que
era muy gran deshonra, y díjole que quería hacer de esto tanto
escándalo y tanta alteración, que para siempre quedase como
una historia ejemplar.

Y cuando Patronio lo vio así tan airado, le dijo: —Señor
conde, me gustaría mucho que supieseis lo que sucedió a un
mercader que fue un día a comprar consejos.

El conde le preguntó cómo había sido aquello.

Señor conde —dijo Patronio—, en una ciudad vivía un
gran maestro que no tenía otro oficio ni otra profesión más que
vender consejos. Y aquel mercader del que ya os hablé, por
esto que oyó, fue un día a ver a aquel maestro que vendía
consejos y le dijo que le vendiese uno de aquellos consejos. Y el
maestro le dijo que de qué precio lo quería, pues según quisiese
el consejo, así había de ser el precio. Y le dijo el mercader que
quería un consejo por valor de un maravedí. Y el maestro tomó
el maravedí, y le dijo: —Amigo, cuando alguno os invite, si no
sabéis lo que vais a comer, hartaros bien de lo primero que
os sirvan.

El mercader le dijo que no le había dado un gran consejo.
Y el maestro le dijo que no le había dado dinero como para decir

un gran consejo. El mercader le dijo que le diese consejo que costase una dobla y diósela. El maestro le dijo que cuando fuese muy airado y quisiese hacer alguna cosa con mucha rabia, no se preocupase ni se precipitase hasta que supiese toda la verdad. El mercader pensó que aprendiendo estos dichos podía perder todas las doblas que traía, y no quiso comprar más consejos, pero retuvo este consejo en su corazón.

Y sucedió que el mercader llegó por el mar a una tierra muy lejana, y cuando se fue, dejó a su mujer encinta. El mercader permaneció, yendo con su mercancía mucho tiempo, hasta que el hijo, del que había quedado su mujer encinta, tenía más de veinte años. Y la madre, como no tenía otro hijo y creía que su marido no estaba vivo, se consolaba con aquel hijo y lo amaba como a hijo, y por el gran amor que tenía a su padre, llamábalo marido. Y comía siempre con ella y dormía con ella como cuando tenía un año o dos, y así pasaba su vida como una buena mujer, y con gran preocupación porque no sabía noticias de su marido.

Y sucedió que el mercader vendió toda su mercancía y volvió muy feliz. Y el día que llegó al puerto de aquella ciudad donde vivía, no dijo nada a nadie, se fue a escondidas hacia su casa y se ocultó en un lugar encubierto para ver lo que pasaba en su casa.

Hacia la tarde, llegó el hijo de la buena mujer, y la madre le preguntó: —Di, marido, ¿de dónde vienes?

Al mercader, que oyó a su mujer llamar marido a aquel muchacho, le dolió mucho, pues creyó que era un hombre con quien hacía daño o a lo mejor con quien estaba casada; y pensó más: que actuaba mal sin estar casada con él, pues el hombre era muy joven. Los hubiera querido matar en seguida, pero, acordándose del consejo que costó una dobla, no se precipitó. Y después que llegó la tarde, se sentaron a comer. Cuando el mercader los vio estar así, aún le entraron más ganas de matarlos, pero por el consejo que compró no se precipitó. Pero, cuando llegó la noche y los vio echarse en la cama, le resultó muy

difícil de soportar y se dirigió a ellos para matarlos. Y yendo
así muy rabioso, acordándose del consejo que había comprado,
estuvo quieto. Y antes de que apagase la luz, comenzó la madre
a decir al hijo, llorando muy fuertemente: —¡Ay, marido e
hijo! Señor, dijéronme que ahora había llegado una nave al
puerto y decían que venía de aquella tierra a donde fue vuestro
padre. Por el amor de Dios, id allá mañana por la mañana y
por suerte quiera Dios que sepáis alguna buena noticia suya.
    Cuando el mercader oyó aquello, y se acordó cómo había
dejado embarazada a su mujer, comprendió que aquel era hijo
suyo. Y si tuvo mucho placer, no os extrañéis. Y además agradeció mucho a Dios porque le quiso guardar y no los mató como
hubiera querido hacer, pues se hubiera vuelto muy desgraciado
por esta circunstancia, y tuvo por bien empleada la dobla que
dio por aquel consejo, por el que se guardó y no se precipitó
con furia. ¿no era el hijo de ella?

    Y vos, señor conde, aunque pensáis que os resulta un gran
esfuerzo aguantar esto que decís, esto sería verdad si estuvieseis
seguro de la cosa; pero hasta que estéis seguro de ello, os
aconsejo que ni por saña ni por arrebato, no os precipitéis a
hacer nada (pues esto no es cosa que se pierda por pasar el
tiempo aguantando) hasta que sepáis toda la verdad, y no perde-
réis nada, y en cambio de la precipitación os podíais muy pronto
arrepentir.
    El conde tuvo este consejo por bueno y lo hizo así, y le fue
muy bien en ello.
    Y don Juan, teniéndolo por buen ejemplo, lo hizo escribir
en este libro e hizo estos versos que dicen así:

        Si con arrebato algo grave hiciéreis
        tened por seguro que os arrepentiréis.

    Y la historia de este ejemplo es esta que sigue:

*crop, harvest*

7.  «LA DIVISIÓN ENGAÑOSA DE LA COSECHA»

Ejemplo XLIII.    *De lo que les sucedió al Bien y al Mal y al*
*cuerdo con el loco*

El conde Lucanor hablaba con Patronio, su consejero, de
esta manera: —Patronio, me sucede que tengo dos vecinos: el
uno es hombre a quien estimo mucho, y hay muy buenos vínculos entre él y yo por los que le debo estimar, y no sé por qué
daño o desgracia muchas veces me hace algunos yerros y algunas
afrentas que me enojan mucho; y el otro no es hombre con el
que me unan grandes vínculos, ni gran amistad, ni hay entre
nosotros grandes razones por las que le deba estimar; y éste,
también, a veces me hace cosas que no me gustan. Y por el
buen juicio que tenéis, os ruego que me aconsejéis de qué
manera me comporte con aquellos dos hombres.

Señor conde Lucanor —dijo Patronio—, esto que decís no es
una cosa, más bien son dos, y muy distintas la una de la otra.
Y para que podáis actuar en esto como os corresponde, me
gustaría que supieseis dos cosas que sucedieron: la una, lo que
le sucedió al Bien con el Mal; y la otra, lo que le sucedió a un
hombre bueno con un loco.

El conde le preguntó cómo había sido aquello.

Señor conde —dijo Patronio—, como éstas son dos cosas
y no os las podría decir juntas, os diré primero lo que le sucedió
al Bien y al Mal, y os diré después lo que le sucedió a un
hombre con un loco. Señor conde, el Bien y el Mal decidieron
hacerse compañía mutua. Y el Mal, que es más diligente y
siempre anda con revueltas y no puede descansar, sino preparar
algún engaño y algún mal, dijo al Bien que sería buena idea
que tuviesen algún ganado con el que se pudiesen mantener.
Al Bien le gustó esto; y decidieron tener ovejas. Y cuando las
ovejas hubieron parido, dijo el Mal al Bien que escogiese del
esquilmo de aquellas ovejas. El Bien, como es bueno y mesurado,

no quiso escoger, y el Bien le dijo al Mal que escogiese él.
Y el Mal, como es malo y temerario, le agradó esto, y dijo que
tomase el Bien los corderuelos así como nacían, y que él tomaría la lana y la leche de las ovejas. Y el Bien le dio a entender
que le agradaba este reparto.

Y el Mal dijo que estaría bien que tuviesen puercos; y al
Bien le gustó esto. Y cuando parieron, dijo el Mal que, puesto
que el Bien había tomado los hijos de las ovejas y él la leche
y la lana, tomase ahora la leche y la lana de las puercas y él
tomaría los hijos. Y el Bien tomó aquella parte.

Después dijo el Mal que plantasen alguna hortaliza; y pusieron nabos. Y cuando nacieron, dijo el Mal al Bien que no sabía
qué era lo que no veía, pero para que el Bien viese lo que
tomaba, cogiese las hojas de los nabos que asomaban y estaban
sobre la tierra y tomaría él lo que estaba bajo tierra; y el Bien
tomó aquella parte.

Después pusieron coles; y cuando nacieron, dijo el Mal que,
puesto que el Bien había tomado la otra vez lo que estaba sobre
tierra de los nabos, ahora tomase de las coles lo que estaba bajo
tierra; y el Bien tomó aquella parte.

Después dijo el Mal al Bien que sería buena idea que tuviesen una mujer que les sirviese. Y al Bien le agradó esto.
Y cuando la tuvieron, dijo el Mal que tomase el Bien de la
cintura a la cabeza y que él tomaría de la cintura a los pies;
y el Bien tomó aquella parte. Y fue así, que la parte del Bien
hacía lo que hacía falta en casa, y la parte del Mal estaba casada
con él y tenía que dormir con su marido. La mujer quedó
encinta y dio a luz a un hijo. Y después que nació, le quiso la
madre dar de mamar; y cuando el Bien esto vio, dijo que no
lo hiciese, pues la leche estaba en su parte, y que no lo consentiría de ninguna manera. Cuando el Mal vino alegre para ver
a su hijo que había nacido, lo encontró llorando y preguntó
a su madre por qué lloraba. La madre le dijo que porque no ma-
maba. Y le dijo el Mal que le diese de mamar. Y la mujer le dijo
que el Bien se lo había prohibido diciendo que la leche estaba
en su parte. Cuando el Mal oyó esto, fue al Bien y le dijo, riendo

y burlando, que dejase dar la leche a su hijo. Y el Bien dijo
que la leche estaba en su parte y que no lo haría. Y cuando el
Mal esto oyó, comenzóle a insistir en ello. Y cuando el Bien
vio el apuro en que estaba el Mal, le dijo: —Amigo, no te
preocupes, que yo tan poco sabía, que no entendía qué partes
escogísteis siempre y cuáles me dísteis; pero nunca os pedí yo
nada de vuestra parte, y viví muy penosamente con las partes
que me dabais. Nunca os apenasteis ni tuvisteis piedad de mí;
pues si ahora Dios os puso en situación en la que necesitáis
algo mío, no os extrañéis si no os lo quiero dar, y acordaos
de lo que me hicisteis y aguantad lo uno por lo otro.

Cuando el Mal comprendió que el Bien decía la verdad y
que su hijo se moriría por esto, quedó muy preocupado y le
comenzó a rogar y a pedir por favor al Bien que, por amor de
Dios, tuviese piedad de aquella criatura, que no tuviese en cuenta sus maldades, y que de allí en adelante siempre haría lo que
le mandase. Después que el Bien vio esto, pensó que le había
hecho Dios un gran bien en ponerlo en situación de que viese
el Mal que no podía vivir sino por la bondad del Bien, y pensó
que esto le serviría para enmendarse, y le dijo al Mal que si
quería que consintiese en que la mujer le diese la leche a su
hijo, tomase el mozo a cuestas y anduviese por la ciudad prego-
nando, de modo que lo oyesen todos, y que dijese: —«Amigos,
sabed que con bien vence el Bien al Mal»; y después de hacer
esto, consentiría que le diese la leche. Esto agradó mucho al
Mal, y pensó que era una buena enmienda. Y se hizo así.
Y supieron todos que el Bien siempre vence con bien.

Pero al buen hombre le sucedió de otro modo con el loco,
y fue así:

Un buen hombre tenía una casa de baños y un loco iba al
baño cuando las gentes se bañaban y les daba tantos golpes con
los cubos y con piedras y con palos y con cuanto encontraba,
que nadie del mundo se atrevía a ir al baño de aquel buen
hombre. Y perdió sus ganancias. Cuando el buen hombre vio
que aquel loco le hacía perder la ganancia del baño, madrugó

un día y se metió en el baño antes de que el loco viniese. Y se *maca.*
desnudó y tomó un cubo de agua muy caliente y una gran maza
de madera. Y cuando el loco, que solía ir al baño para golpear
a los que se bañaban, llegó, se dirigió al baño como solía.
Y cuando el buen hombre que estaba esperando desnudo le vio
entrar, se dirigió hacia él muy furioso y muy rabioso y le dio
con el cubo de agua caliente por encima de la cabeza y echó
mano a la maza y le dio tantos y tales golpes con ella por la
cabeza y por el cuerpo que el loco creyó morirse, y creyó que
aquel buen hombre estaba loco. Y salió dando muchos gritos,
y se encontró con un hombre y le preguntó cómo iba así dando
gritos, lamentándose tanto; y el loco le dijo: —Amigos, cuidaos,
sabed que otro loco hay en el baño.


Y vos, señor conde Lucanor, con estos vecinos vuestros
tratadlos así: con el que tenéis tantos vínculos de cualquier
modo intentad ser amigos siempre y obrad siempre bien con
él y aunque os haga enojar alguna vez, olvidaos y socorredle
siempre en su desgracia, pero hacedlo siempre dándole a entender que lo hacéis por los vínculos y por el amor que le
tenéis, pero no por sometimiento; pero, al otro, con el que
no tenéis tales obligaciones, de ningún modo le aguantéis nada,
sino dadle a entender que si algo os hace, se arriesgará a
ello. Pues creed bien que los malos amigos antes guardan la
amistad por conveniencia y por temor, que por buena voluntad.
El conde tuvo este consejo por muy bueno y lo hizo así,
y le fue muy bien con ello.
Y como don Juan tuvo estos por buenos ejemplos, los
hizo escribir en este libro e hizo estos versos que dicen así:

> Siempre el Bien vence al Mal;
> soportar al hombre malo de poco vale.

Y la historia de este ejemplo es esta que sigue:

## 8.   «EL PACTO CON EL DIABLO»

Ejemplo XLV.   *De lo que le sucedió a un hombre que se hizo*
*amigo y vasallo del diablo*

Hablaba una vez el conde Lucanor con Patronio, su consejero, de este modo: —Patronio, un hombre me dice que sabe
muchas artes, tanto de engaños como de otras cosas, para
poder saber las cosas que han de venir y cómo poder hacer
muchas artimañas para que se beneficie mucho mi hacienda,
pero en estas cosas temo que no se puede uno librar de pecar.
Y por la confianza que os tengo, os ruego que me aconsejéis
qué debo hacer en esto.

Señor conde —dijo Patronio—, para que hagáis en esto lo
que más os conviene, me agradaría que supierais lo que le sucedió a un hombre con el diablo.

El conde le preguntó cómo había sido aquello.

Señor conde —dijo Patronio—, un hombre había sido muy
rico, pero llegó a tal pobreza que no tenía nada con que mantenerse. Y porque no hay en el mundo mayor desgracia como
ser muy infeliz quien suele ser afortunado, por eso, aquel
hombre, que había sido muy afortunado, había llegado a tan
gran necesidad, que sufría mucho por ello. Y un día iba a solas
por un monte, muy triste y pensando muy desesperadamente,
y yendo así tan preocupado se encontró con el diablo. Y como
el diablo sabe todas las cosas pasadas y sabía también la preocupación que tenía aquel hombre, le preguntó por qué venía
tan triste. Y el hombre le dijo que para qué iba a decírselo,
si él no podía aconsejarle en la tristeza que tenía.

Y el diablo le dijo que si él quisiese hacer lo que le diría,
le daría remedio para la preocupación que tenía, y para que
comprendiese que lo podía hacer, le diría en qué iba pensando y la causa por la que estaba triste. Entonces le contó toda

su historia y la razón de su tristeza, como aquel que la conocía muy bien. Y le dijo que si quisiese hacer lo que él le diría, lo sacaría de todo sufrimiento y lo haría más rico de lo que nunca había sido él ni hombre de su linaje, pues él era el diablo y tenía poderes para hacerlo.

Cuando el hombre oyó decir que era el diablo, le entró un gran temor, pero por la gran preocupación y la gran pobreza en la que estaba, dijo al diablo que si él le diese una fórmula para ser rico, haría cuanto él quisiese.

Y creed bien que el diablo siempre busca la oportunidad para engañar a los hombres. Cuando ve que están en algún apuro, o de pobreza o de miedo o de querer cumplir su voluntad, entonces hace él con ellos todo lo que quiere; y así buscó el modo de engañar a aquel hombre cuando estaba en aquella preocupación.

Entonces se pusieron de acuerdo y el hombre fue su vasallo. Y cuando los pactos fueron hechos, dijo el diablo al hombre que, de allí en adelante, se fuese a robar, pues nunca hallaría puerta ni casa, por bien cerrada que estuviese, que él no se la abriese en seguida, y si por desgracia se veía en algún apuro o fuese preso, que en seguida lo llamase y le dijese: «Socorredme, don Martín», que en seguida iría con él y lo liberaría del peligro en que estuviese. Una vez hechos los acuerdos, se marchó.

Y el hombre se dirigió a casa de un mercader durante la noche oscura; pues los que quieren obrar mal siempre odian la luz. Y en cuanto llegó a la puerta, el diablo se la abrió, y eso mismo hizo con las arcas, de modo que en seguida tuvo mucho dinero.

Otro día hizo otro robo muy grande, y después otro, hasta que fue tan rico que no se acordaba de la pobreza que había pasado. Y el desgraciado, no teniéndose por contento con haber escapado de la pobreza, comenzó a robar aún más; y tanto lo hizo, que fue preso.

Y en cuanto lo prendieron, llamó a don Martín para que
le socorriese; y don Martín llegó muy de prisa y lo libró de
la prisión. Y después que el hombre vio que don Martín le
había sido tan veraz, comenzó a robar como al comienzo, e
hizo muchos robos, de modo que fue más rico y fuera de
pobreza.

Y acostumbrado a robar, fue otra vez preso y llamó a don
Martín, pero don Martín no vino tan de prisa como él hubiera querido, y los jueces del lugar donde se cometió el robo,
comenzaron a hacer indagaciones sobre aquel robo. Y estando
así el asunto, llegó don Martín; y el hombre le dijo: — ¡Ah,
don Martín! ¡Qué gran miedo me hicisteis pasar! ¿Por qué
tardabais tanto?

Y don Martín le dijo que estaba en otras urgencias y que
por eso había tardado; y lo sacó en seguida de la prisión. Y
el hombre volvió a robar, y por muchos robos fue preso, y
hechas las averiguaciones lo culparon a él. Y dada la sentencia,
llegó don Martín y lo sacó.

Y él volvió a robar porque veía que siempre le socorría
don Martín. Y otra vez fue preso, y llamó a don Martín, y
no vino, y tardó tanto que fue condenado a muerte, y después de juzgado, llegó don Martín y apeló a la casa del
rey y lo libró de la prisión, y fue libre. Después volvió a
robar y fue preso, y llamó a don Martín, y no vino hasta
que lo condenaron a la horca. Y estando ya al pie de la
horca, llegó don Martín; y el hombre le dijo: — ¡Ah, don
Martín!, sabed que esto no era un juego, que bien os digo
que gran miedo he pasado.

Y don Martín le dijo que le traía quinientos maravedís
en una limosnera y que se los diese al juez y en seguida se
quedaría libre. Y el juez había mandado ya que lo ahorcasen
y no encontraban soga para ahorcarlo. Y cuando buscaban la soga,
llamó al juez y le dio la limosnera con los dineros. Cuando el
juez vio que le daba los quinientos maravedís, dijo a las gentes
que allí estaban: —Amigos, ¿quién vio nunca que faltase la
soga para ahorcar a un hombre? Ciertamente este hombre no.

es culpable, y Dios no quiere que muera y por eso nos falta
la soga; pero esperemos hasta mañana y miraremos más este
asunto; pero si es culpable, allí se queda para ejecutar mañana la justicia.

Y esto hacía el juez para librarlo por los quinientos maravedís que creía que le había dado. Y habiendo acordado esto
así, se apartó el juez y abrió la limosnera, y creyendo hallar
los quinientos maravedís, no halló los dineros, sino una soga
en la limosnera. Y en cuanto vio esto, lo mandó ahorcar. Y
al ponerlo en la horca, vino don Martín y el hombre le dijo
que le socorriese. Y don Martín le dijo que él siempre socorría
a todos sus amigos hasta que llegaban a este punto.

Y así perdió aquel hombre el cuerpo y el alma, creyendo
al diablo y confiando en él. Y estad seguros que jamás ninguno confió y creyó en él que no llegase a mal fin; si no,
prestad atención en todos los agoreros o que echan suertes o
magos o adivinos o que hacen círculos o encantamientos o
cualquiera de estas cosas, y veréis cómo siempre tuvieron mal
fin. Y si no me creéis, acordaos de Álvar Núñez y de Garcilaso,
que fueron los hombres del mundo que más confiaron en
agüeros y en cosas así y veréis qué fin tuvieron.


Y vos, señor conde Lucanor, si queréis llevar bien vuestros
asuntos tanto para el cuerpo como para el alma, confiad de-
rechamente en Dios y poned en él toda vuestra esperanza
y ayudaos en lo que pudiereis y Dios os ayudará. Y no creáis
ni confiéis en agüeros ni en otros devaneos, pues estad seguros que de los pecados del mundo, el que a Dios más duele
y en el que los hombres hacen mayor afrenta y desconocimiento a Dios es en fiarse de los agüeros y de cosas así.

El conde tuvo este consejo por bueno y lo hizo así, y le
fue muy bien en ello.

Y como don Juan tuvo este por buen ejemplo, lo hizo escribir en este libro e hizo estos versos que dicen así:

El que en Dios confía,
morirá de mala muerte, tendrá mala vida.

Y la historia de este ejemplo es esta que sigue:

### ✗ 9. «LA BÚSQUEDA DE SALADINO»

Ejemplo L. *De lo que le sucedió a Saladino con una mujer, esposa de un vasallo suyo*

Hablaba el conde Lucanor un día con Patronio, su consejero, de este modo: —Patronio, estoy bien seguro de que tenéis tal juicio que nadie de esta tierra podría dar tan buen consejo a lo que le planteasen como vos. Y por ello, os ruego que me digáis qué es lo mejor que el hombre puede tener en sí. Y esto os lo pregunto porque entiendo que muchas cosas necesita el hombre para acertar en lo mejor y hacerlo, pues por comprender uno la cosa y no obrar en ella bien, no creo que le mejore mucho su hacienda. Y como las cosas son tantas, querría saber por lo menos una, para que siempre me acordase de ella para conservarla.

Señor conde Lucanor —dijo Patronio—, vos, por vuestra condición, me alabáis muy especialmente y me decís que tengo un gran juicio. Y, señor conde, yo me temo que os engañáis en esto. Y creed bien que no hay nada en el mundo en lo que el hombre tanto ni tan fácilmente se engañe como en saber cómo son los hombres y qué juicio tienen. Y éstas son dos cosas: una, cómo es el hombre, y la otra, qué juicio tiene. Y para saber cómo es, se ha de mostrar en las obras que hace para Dios y para el mundo, pues muchos parece que hacen buenas obras y no son buenas: que todo el provecho es para este mundo. Y creed que esta bondad le costará muy cara, pues por este bien que dura un día, sufrirá un mal eter-

*[nota manuscrita: estoy confundida con las primeras partes (la introducción).]*

no. Y otros hacen buenas obras para servir a Dios y no se preocupan de este mundo; y aunque éstos escogen la mejor parte y la que nunca les será quitada ni la perderán, pero ni los unos ni los otros se preocupan de los dos caminos, que son Dios y el mundo. Y para guardarlos ambos, son necesarias muchas buenas obras y muy buen juicio, que tan difícil es hacer esto como poner la mano en el fuego y no sentir calor; pero, ayudándole Dios y ayudándose el hombre, todo se puede hacer; porque ya hubo muchos reyes y hombres santos, pues éstos fueron buenos a Dios y al mundo. Además, para saber quién es de buen juicio son necesarias muchas cosas. Pero muchos dicen muy buenas palabras y grandes consejos y no llevan sus asuntos tan bien como les convendría; y otros llevan muy bien sus asuntos y no saben o no quieren o no pueden decir tres palabras a derechas. Otros hablan muy bien y llevan muy bien sus asuntos, pero son de malas intenciones y, aunque actúan bien para sí, actúan mal para las gentes. Y de éstos dice la Escritura que son como el loco que tiene la espada en la mano, o como el mal príncipe que tiene gran poder. *[nota manuscrita: un amor no como debía.]*

Pero para que vos y todos los hombres podáis conocer quién es bueno para Dios y para el mundo y quién es de buen entendimiento y quién es de buena palabra y quién de buena intención, para escogerlo con certeza, os conviene que no juzguéis a nadie más que por sus obras que hiciere durante mucho tiempo y no durante poco, y por cómo viereis que mejora o empeora su hacienda; pues en estas dos cosas se refleja todo lo que antes he dicho. Y yo todas estas razones os las dije ahora porque me alabáis mucho a mí y a mi juicio, y estoy seguro que después de que observéis todas estas cosas, no me alabaréis tanto. Y a lo que me preguntasteis que os dijese cuál era la mejor cosa que el hombre podía tener en sí, para que supierais la verdad de esto, me gustaría mucho que supierais lo que le sucedió a Saladino con una buena mujer, esposa de un caballero, vasallo suyo.

Y el conde le preguntó cómo había sido aquello.

*[anotaciones manuscritas: → pequeños detalles ~ una estructura en el viento. * la mujer entendía muy bien cuando el hombre dice "te quiero"]*

Señor conde Lucanor —dijo Patronio—, Saladino era sultán de Babilonia y llevaba consigo siempre mucha gente; y un día, como todos no podían alojarse con él, se fue a alojar a casa de un caballero. Y cuando el caballero vio a su señor, que era tan honrado, en su casa, le hizo cuanto servicio y placer pudo, y él y su mujer y sus hijos y sus hijas le servían cuanto podían. Y el diablo, que siempre intenta que el hombre obre lo peor posible, puso en la voluntad de Saladino que olvidase todo lo que debía guardar y amase a aquella mujer no como debía.

Y el amor fue tan grande, que le hubo de llevar a aconsejarse con un mal consejero cómo podría alcanzar lo que deseaba. Y debéis saber que todos debían rogar a Dios que guardase a su señor de querer obrar mal, pues si el señor lo quiere, estad seguros de que nunca faltará quien le aconseje y quien le ayude a conseguirlo. Y así le sucedió a Saladino, que en seguida halló quien le aconsejó cómo pudiese conseguir lo que quería. Y aquel mal consejero le aconsejó que fuese a buscar al marido y le hiciese mucho bien y le diese mucha gente para mandar sobre ella; y al cabo de algunos días lo enviase a alguna tierra lejana para servirle, y en cuanto el caballero estuviese allá, él podría satisfacer su voluntad.

Esto le agradó a Saladino, y lo hizo así. Y después que el caballero se marchó a su servicio, creyendo que iba muy feliz y muy amigo de su señor, se fue Saladino para su casa. Después que la buena mujer supo que venía Saladino, como tantos favores le había hecho a su marido, lo recibió muy bien y le hizo muchos servicios y cuanto placer pudo ella y toda su gente. Cuando la mesa fue retirada y Saladino entró en su habitación, mandó llamar a la mujer. Y ella pensando que la llamaba por otra cosa, fue a él. Y Saladino le dijo que la amaba mucho. Y tan pronto como oyó esto, lo entendió muy bien, pero le dio a entender que no entendía aquella frase, y le dijo que Dios le diese buena vida y que se lo agradecía, pues bien sabía Dios que ella deseaba su vida, y que siempre rogaría a Dios por él, como debía hacerlo, pues era su señor

y, especialmente, por cuantos favores hacía a su marido y a
ella.

Saladino le dijo que, sin todos estos motivos, la amaba
más que a ninguna mujer del mundo. Y ella se lo agradecía
mucho, sin darle a entender que entendía otra cosa. ¿Qué
más me iré extendiendo? Saladino le tuvo que decir cómo la
quería. Cuando la buena mujer oyó esto, como era muy buena
y de buen juicio, le respondió así a Saladino: —Señor, aunque
yo soy mujer de muy poca importancia, bien sé que el amor
no depende del hombre, más bien el hombre depende del
amor. Y bien sé que si vos tan gran amor me tenéis, como
decís, podría ser verdad esto que me decís, pero así como
sé esto, también sé otra cosa: que cuando a los hombres y
especialmente a los señores os gusta una mujer, dais a entender que haríais por ella cuanto quisiere, y cuando ella se queda escarnecida y deshonrada, la apreciáis poco y, como es justo, queda totalmente mal. Y yo, señor, temo que me sucederá así a mí.

Saladino se lo comenzó a rebatir, prometiéndole que le haría cuanto ella quisiese para que fuese muy feliz. Después que
Saladino le dijo esto, le respondió la buena mujer que si él
le prometiese cumplir lo que ella le iba a pedir, antes de que
la forzase o se burlase, que le prometía que, en cuanto se lo
hubiese cumplido, haría ella todo lo que le mandase. Saladino
le dijo que se temía que le iba a pedir que no le hablase
más de aquel asunto. Y ella le dijo que no le pediría eso ni
nada que él no pudiese hacer muy bien. Saladino se lo prometió. La buena mujer le besó la mano y el pie, y le dijo
que lo que de él quería era que le dijese cuál era la mejor
condición que el hombre podía tener, y que era madre y cabeza de todas las bondades.

Cuando Saladino oyó esto, comenzó fuertemente a pensar,
y no pudo encontrar cómo contestar a la mujer. Y como le
había prometido que no la forzaría ni se burlaría hasta cumplir lo que le había prometido, le dijo que quería meditar
sobre esto. Y ella le dijo que prometía que en cualquier

momento que le diese la respuesta a esto, ella cumpliría todo lo que le mandase.

Así quedó el trato entre ellos. Y Saladino se fue para sus gentes; y como por otro motivo, preguntó a sus sabios por esto. Y unos decían que la mejor condición que el hombre podía tener era ser hombre de buen alma. Y otros decían que esto era verdad para el otro mundo, pero que solamente por ser de buena alma no sería muy bueno para este mundo. Otros decían que lo mejor era ser un hombre leal. Otros decían que, aunque ser leal es muy buena cosa, podía ser leal y ser muy cobarde o muy avaro o muy necio o de malas costumbres, y así que otra cosa necesitaba, aunque fuese muy leal. Y de este modo hablaban de todo, y no podían descubrir lo que Saladino preguntaba.

Después que Saladino no halló quien le dijese o le diese explicación para su pregunta en toda su tierra, llevó consigo dos juglares, y esto lo hizo para que pudiese mejor ir con éstos por el mundo. Y encubiertamente pasó la mar, y fue a la corte del Papa, donde se reúnen todos los cristianos. Y preguntando por aquello, nunca halló quien le diese explicación. Desde allí, fue a casa del rey de Francia y a todos los reyes y nunca halló explicación. Y en esto pasó tanto tiempo que estaba ya arrepentido de lo que había iniciado.

Y ya no lo hacía tanto por la mujer; pero, como era tan buen hombre, pensaba que era una falta si dejaba de averiguar lo que había empezado; pues, sin duda, el gran hombre comete una gran falta si abandona lo que una vez empieza, salvo si el hecho es malo o pecado; pero si lo deja por miedo o por fatiga, no se podrá excusar la falta. Y por ello Saladino no quería dejar de saber aquello por lo que había salido de su tierra.

Y sucedió que un día, yendo por el camino con sus juglares, toparon con un escudero que venía de cazar y había matado a un ciervo. Y el escudero se acababa de casar, y tenía un padre muy anciano que había sido el mejor caballero que había habido en aquella tierra. Y por la gran vejez, ya no

veía y no podía salir de casa, pero tenía tan buen juicio y
tan perfecto, que no le había menguado nada con la vejez.
El escudero que venía de su caza muy alegre, preguntó a aquellos hombres que de dónde venían y quiénes eran. Ellos le
dijeron que eran juglares.
    Cuando él oyó esto, le agradó mucho, y les dijo que él
venía muy contento de su caza y para completar la alegría
que, puesto que ellos eran muy buenos juglares, fuesen con
él esa noche. Y ellos le dijeron que iban con mucha prisa,
que hacía mucho tiempo que habían salido de su tierra para
averiguar una cosa y que no pudieron encontrar explicación
para ello y querían volverse, y por eso no podían ir con él
esa noche. El escudero tanto les preguntó, que le tuvieron que
decir qué cosa era lo que querían saber. Cuando el escudero
oyó esto, les dijo que si su padre no les daba consejo para
esto, no se lo daría nadie en el mundo, y les contó qué hombre era su padre.
    Cuando Saladino, a quien el escudero tenía por juglar, oyó
esto, le agradó mucho. Y se fueron con él. Y después que
llegaron a casa de su padre y el escudero le contó cómo venía muy alegre porque había cazado muy bien y, además, que
tenía mayor alegría, porque traía consigo a aquellos juglares;
y le dijo a su padre lo que iban preguntando, y le pidió por
favor que les dijese lo que él pensaba de esto, pues él les
había dicho que, como no encontraban quién les diese la explicación de esto, si su padre no se la daba, no encontrarían
a nadie que se lo explicara.
    Cuando el caballero anciano oyó esto, comprendió que quien
hacía esta pregunta no era un juglar; y dijo a su hijo que,
después que hubiesen comido, él les daría la respuesta a lo
que preguntaban. Y el escudero dijo esto a Saladino, al que
él tenía por juglar, con lo que Saladino quedó muy contento,
y se le hacía ya muy largo porque había que esperar hasta
que hubieran comido. Después que fueron quitados los man-
teles y los juglares hubieron cumplido con su oficio, les dijo
el caballero anciano que le había dicho su hijo que ellos iban

haciendo una pregunta y no habían encontrado a nadie que
les diese respuesta, y que le dijesen qué pregunta era esa, y
él les diría lo que pensaba.

Entonces, Saladino, que iba como un juglar, le dijo que
la pregunta era ésta: que cuál era la mejor condición que el
hombre podía tener, y que era madre y cabeza de todas las
bondades.

Cuando el caballero anciano oyó esta pregunta, la entendió muy bien; y además conoció por la forma de hablar que
aquel era Saladino, pues había vivido mucho tiempo en su
casa con él y había recibido de él muchos bienes y muchos
favores, y le dijo: —Amigo, en primer lugar os digo que estoy
seguro de que hasta el día de hoy nunca entraron en mi
casa juglares como estos. Y sabed que si yo soy justo, os
debo agradecer cuanto bien obtuve de vos, pero de esto no
os diré ahora nada, hasta que os hable en secreto, para que
nadie sepa nada de vuestro asunto. Pero, en cuanto a la pregunta que me hacéis os digo que la mejor condición que el
hombre puede tener, y que es madre y cabeza de todas las
bondades, es la vergüenza; y por vergüenza soporta el hombre
la muerte, que es la peor cosa que existe, y por vergüenza
deja el hombre de hacer las cosas que no le parecen bien, por
muchas ganas que tenga de hacerlas. Y así en la vergüenza
tienen principio y fin todas las bondades, y la vergüenza aleja
de todas las malas obras.

Cuando Saladino oyó esta respuesta, comprendió verdaderamente que era así como el caballero decía. Y como entendió
que había hallado respuesta a la pregunta que hacía, le agradó
mucho y se despidió del caballero y del escudero, que los
habían hospedado. Pero antes de marcharse de su casa, habló
con él el caballero anciano, y le dijo cómo sabía que era Saladino, y le contó cuanto bien había recibido de él. Y él y
su hijo le hicieron cuantos favores pudieron, pero de modo
que no fuera descubierto.

Y después que estas cosas pasaron, se preparó Saladino para
irse a su tierra cuanto antes pudo. Y después que llegó a su

tierra, se regocijaron mucho las gentes con su regreso y tuvieron mucha alegría por su llegada. Y después que aquellas alegrías se pasaron, se fue Saladino a la casa de aquella buena mujer que le había hecho aquella pregunta. Y cuando ella supo que Saladino iba a su casa, lo recibió muy bien, y le hizo cuantos favores pudo.

Y después que Saladino hubo comido y entró en su habitación, mandó llamar a la buena mujer. Y ella vino a él. Y Saladino le dijo cuánto se había esforzado para hallar una respuesta cierta a la pregunta que le había hecho y que la había hallado, y puesto que le podía dar una respuesta exacta así como le había prometido, que ella también cumpliese lo que le había prometido. Y ella le dijo, por favor que cumpliese lo que había prometido y que le dijese la respuesta a la pregunta que le había hecho, y que si fuese tal que él mismo comprendiese que la respuesta era exacta, ella muy a gusto cumpliría todo lo prometido.

Entonces le dijo Saladino que le agradaba esto que le decía, y le dijo que la respuesta a la pregunta que le había hecho era ésta: que ella le había preguntado cuál era la condición mejor que el hombre podía tener y que fuera madre y cabeza de todas las bondades, que le respondía que la mejor condición que el hombre podía tener en sí, y que es madre y cabeza de todas las bondades, es la vergüenza.

Cuando la buena mujer oyó esta respuesta, fue muy alegre y dijo: —Señor, ahora veo que decís la verdad y que habéis cumplido cuanto me prometisteis. Y os pido por favor que me digáis, así como el rey debe decir la verdad, si creéis que hay en el mundo un hombre mejor que vos.

Y Saladino le dijo que, aunque le daba vergüenza decirlo, pero como le tenía que decir la verdad como rey, le decía que creía que él era mejor que los demás, que no había nadie mejor que él.

Cuando la buena mujer oyó esto, se dejó caer a tierra a sus pies, y le dijo así, llorando con fuerza: —Señor, acabáis de decir aquí dos grandes verdades: una, que sois el mejor hombre del mundo; la otra, que la vergüenza es la condición mejor que el hombre puede tener. Y señor, si esto sabéis, y sois el mejor hombre del mundo, os pido por favor que queráis para vos la mejor cosa del mundo, que es la vergüenza, y que tengáis vergüenza de lo que me decís.

Cuando Saladino todas estas buenas razones oyó y comprendió cómo aquella buena mujer, con su voluntad y con su buen juicio, supo prepararlo para que fuese él guardado de tan gran error, lo agradeció mucho a Dios. Y, aunque él la amaba antes con otro amor, la amó mucho más de allí en adelante de amor leal y verdadero, como debe tener el buen señor y leal a todas sus gentes. Y especialmente por su bondad, mandó buscar a su marido y les hizo mucha honra y muchos favores por los que ellos, y todos los que de ellos descendieron, fueron muy afortunados entre todos sus vecinos.

Y todo este bien sucedió por la bondad de aquella buena mujer, y porque ella lo preparó para que se supiese que la vergüenza es la mejor condición que el hombre puede tener, y que es madre y cabeza de todas las bondades.

Y pues vos, señor conde Lucanor, me preguntáis cuál es la mejor condición que el hombre puede tener, os digo que es la vergüenza; pues la vergüenza hace al hombre esforzado y generoso y leal y de buenas costumbres y de buenos modales y hacer todos los bienes que hace. Pues bien creed que todas estas cosas las hace el hombre más por la vergüenza que por voluntad de hacerlo. Y además por vergüenza deja el hombre de hacer todas las cosas desacertadas a las que la voluntad lo incita. Y por ello, tan bueno es que el hombre tenga vergüenza de hacer lo que no debe y de dejar de hacer lo que debe, como malo, dañoso y feo es quien pierde la vergüenza. Y debéis saber que se equivoca mucho el que comete alguna acción vergonzosa y cree que, puesto que lo hace a escondidas, no debe de tener vergüenza por ello. Y estad seguros que no hay nada, por oculto que sea, que tarde o temprano no sea sabido. Y aunque después que haga la cosa vergonzosa, no tenga por ello vergüenza, debería el hombre pensar qué vergüenza pasaría cuando se supiera. Y aunque de esto no tuviese vergüenza, debería tenerla de sí mismo, que sabe la acción vergonzosa que comete. Y aunque en todo esto no pensase, debe comprender cuán desgraciado es (pues sabe que si un mozo viese lo que hace lo dejaría por vergüenza suya) por no dejarlo ni tener vergüenza ni temor de Dios, que lo ve y lo sabe todo, y está seguro de que le dará por ello la pena que se merece.

Ahora, señor conde Lucanor, os he respondido a esta pregunta que me hicisteis, y con esta respuesta os he respondido a cincuenta preguntas que me habéis hecho. Y habéis pasado tanto tiempo con esto, que estoy seguro de que se han enojado muchos de los vuestros, y especialmente se enojan por ello los que no tienen mucha capacidad para oír ni para aprender las cosas de las que se pueden aprovechar. Y les sucede como a los animales que van cargados de oro, que sienten el peso que llevan en las espaldas y no se aprovechan de ello. Y ellos se molestan por lo que oyen y no se aprovechan de las cosas buenas y provechosas que oyen. Y por ello, os digo que por un lado por esto, y por otro por el trabajo que he tomado con las otras respuestas que os di, no os quiero responder más a otras preguntas que me hagáis, que con este ejemplo y con otro que sigue más adelante quiero terminar el libro.

El conde tuvo este ejemplo por muy bueno. Y en cuanto a lo que Patronio dijo que no quería que le hiciesen más preguntas, dijo que él acordaría como se pudiese hacer esto.

Y como don Juan tuvo este ejemplo por muy bueno, lo hizo escribir en este libro, e hizo estos versos que dicen así:

La vergüenza todos los males aparta;
por vergüenza hace el hombre bien sin engaño.

Y la historia de este ejemplo es esta que sigue:

1. Motivos, H 1565.1 «Prueba de gratitud: el mago hace que su discípulo se crea superior a él»; D 2031.5, «Un hombre se cree gracias a la magia, obispo, arzobispo, Papa...»; D 2012 «Momentos que parecen años»; Tubach 3137.

Existen versiones mucho más esquemáticas en ejemplarios latinos (*Speculum morale, Scala Coeli*), aunque fue el cuento de Don Juan Manuel el que motivó a otros escritores a tratar el tema: desde F. Eximeniç (*Terç del Crestiá*, CXI) a la dramatización de Juan Ruiz de Alarcón (*La prueba de las promesas*) o las recreaciones del siglo XX, como la de Azorín (*Los valores literarios*), J. L. Borges (*Historia universal de la infamia*) o Anderson Imbert (*La sandía y otros cuentos*). *El Libro de los exiemplos del Conde Lucanor et de Patronio*, notas de H. Knust, Leipzig, Dr. Seele, 1900; D. Devoto, *Introducción...*; R. Ayerbe-Chaux, *El Conde Lucanor. Materia tradicional y originalidad creadora*, Madrid, Porrúa, 1975.

2. Motivo, K 111.4 «Fórmula seudomágica para hacer oro ante el rey. Los requisitos para la fórmula desaparecen con el golfín». Tubach, 89. Figura en el *Felix* o *Maravillas del mundo,* cap. 36, de R. Llull y en el *Zifar,* 21.

3. El ejemplo se compone de dos relatos contrapuestos. El de la mujer del emperador corresponde a los motivos, T 254, «La esposa desobediente» y T 254.1 «El marido muestra a la mujer el veneno». Tubach, 5294. Está próximo a algunos ejemplos del Arcipreste de Talavera y cuenta con antecedentes latinos.

La segunda historia tiene como motivo central el T 223, «Mujer tan obediente que confunde los caballos con vacas». Tipo 1415. Recogido actualmente en el folclore asturiano (Boggs, 887).

4. Motivo, K 445, «Los nuevos vestidos del emperador». Tipo 1620. Muy popular a partir de Don Juan Manuel, se encuentra, entre otros, en J. Timoneda, *Buen aviso,* 49, Cervantes, *El retablo de las maravillas,* Lope de Vega, *El lacayo fingido,* III, Gracián, *Agudeza y arte de ingenio,* XXVII y *Criticón,* III, 4. En la difusión europea desempeñó un papel importante la versión de Andersen.

Para la recreación cervantina, M. Molho, *Cervantes: raíces folklóricas,* Madrid, Gredos, 1976.

5. Motivos, T 251 «La mujer indomable» y T 251.2 «La fierecilla domada». Tipo 901. Tubach 4354.

La versión más conocida es la famosa comedia de Shakespeare, «La fierecilla domada», aunque ya había sido tratado en España por Eiximeniç en *Contes* (5, 6) y *Terç del Crestiá* (cap. XCV) y Timoneda, *Buen*

*Aviso, I.* La popularidad de este cuento literario se refleja en su pervivencia en la tradición oral de Europa e Hispanoamérica (Espinosa, II, 351-355).

6. Motivos, J 163.4 «El buen consejo comprado» y J 21.2 «No actuar bajo la acción de la cólera». Tubach, 70.

El cuento se recoge en la tradición oral con distintas variantes (Espinosa II, 271 y ss.; Boggs 910A). La aparente actitud amorosa de la esposa con el hijo que induce a error al marido es motivo muy conocido en la tradición literaria que recogía ya Aristóteles *(Retórica,* II, 23) y recuerda al episodio en el que Zifar descubre a su mujer durmiendo con los dos hijos recobrados.

R. Menéndez Pidal, «La peregrinación de un cuento (La compra de los consejos)», *Archivum,* 9 (1959), 13-22.

7. De nuevo se trata de dos cuentos enlazados: K 171.1 «División engañosa de la cosecha». Tipo 9B y 1030. Tubach, 1921.

Una historia similar narra Rabelais, *Pantagruel,* IV, 45-47. Pervive en la tradición oral, pero el papel de la Mentira lo desempeña el ogro o el diablo. El segundo cuento corresponde al motivo K 1265, «Hombre considerado loco».

Según M. R. Lida, la historia cervantina del loco de Córdoba *(Don Quijote,* II) —repetida luego en la comedia *No hay contra un padre razón,* II, de Francisco de Leiva— ofrece gran semejanza con el ejemplo de Don Juan Manuel. Asimismo la frase final está insertada en el *Vocabulario* de refranes de Correas, datos todos que confirman su carácter popular. M. R. Lida, *El cuento popular...,* p. 47.

8. Motivo, M 212.2 «El diablo olvida su trato con el ladrón en la horca». Tubach, 1628.

El mismo cuento se incluye en el *Libro de Buen Amor* (1454-1479) y en el *Espéculo de los legos* (n.º 185).

Lecoy, *Recherches...,* pp. 154-155.

9. Motivo, J 816.4 «Mujer que, con tacto, consigue que el rey deponga su actitud amorosa».

Se ha puesto en relación con el cuento I del *Libro de los engaños* («La huella del león»).

# IX. LIBRO DE BUEN AMOR

*—escribe 1330 - 1343.*

*→uso humorístico paródico del exemplum*

*→ uso "heterodoxo" — va contra la recta doctrina.*

## 1. «LA DISPUTA ENTRE LOS GRIEGOS Y LOS ROMANOS»

Aquí habla de cómo todo hombre, en medio de sus preocupaciones, se debe alegrar, y de la disputa que tuvieron los griegos con los romanos.

Palabras son de sabio, y díjolo Catón,                         44
que el hombre a sus preocupaciones, que tiene en corazón,
entremezcle placeres y alegre la razón,
pues en mucha tristeza muchos pecados son.

Y pues con cosas serias no puede el hombre reír,              45
tendré algunas burlas aquí que incluir:
cada vez que las oigas no quieras discutir
salvo en la manera del trovar y decir.

Entiende bien mis dichos y piensa la sentencia,             46
no suceda contigo como al doctor de Grecia
con el romano vil y su poca sapiencia,
cuando pidió Roma a Grecia la ciencia.

Así fue que los romanos leyes no tenían,                      47
fuéronlas a pedir a griegos, que tenían;
respondieron los griegos que no las merecían
nin las podrían entender, pues tan poco sabían.

Pero que si las querían para de ellas usar,                            48
que antes debían con sus sabios disputar
para ver si las entendían y merecían llevar:
esta buena respuesta daban para poderse excusar


Respondieron los romanos que lo harían con agrado;     49
para la disputa prepararon un trato firmado;
mas, como no entenderían el lenguaje desusado,
que disputarían por señas, por señas de letrado.


Pusieron día convenido todos para contender            50
los romanos, en cuita, no sabían qué hacer
porque no eran letrados ni podrían entender
a los griegos doctores ni a su mucho saber.


Estando en esta cuita, dijo un ciudadano,              51
que tomasen a un campesino, un bellaco romano;
según Dios le enseñase hacer señas con la mano
que tales las hiciese; les fue un consejo sano.


Acudieron a un bellaco muy grande y muy ardid;        52
dijéronle: «Con los griegos tenemos que discutir
y disputar por señas; lo que quieras pedir
nosotros te lo daremos; evítanos esta lid».


Vistiéronle muy bien con paños de gran valía,          53
como si fuese un doctor en filosofía,
subió a la cátedra; dijo con bravuconería:
«Vengan aquí los griegos con toda su porfía».


Llegó allí un griego, doctor muy esmerado,             54
escogido entre griegos, entre todos loado;
subió en otra cátedra, todo el pueblo juntado,
y comenzó sus señas como estaba tratado.

Levantóse el griego con gran tranquilidad                55
y mostró solo un dedo que está junto al pulgar,
luego se sentó en ese mismo lugar;
levantóse el bellaco con gesto de pelear.

Mostró luego tres dedos hacia el griego tendidos:       56
el pulgar con otros dos con él contenidos;
a manera de harpón los otros dos encogidos;
sentóse el necio, mirando sus vestidos.

Levantóse el griego, tendió la palma plana              57
y se sentó luego con su conciencia sana;
levantóse el bellaco con presunción vana;
mostró el puño cerrado: de pelea con gana.

A todos los de Grecia dijo el sabio griego:             58
«Merecen los romanos las leyes, no se las niego».
Levantáronse todos con paz y con sosiego;
gran honra tuvo Roma por un vil andariego.

Preguntaron al griego qué fue lo que dijera             59
por señas al romano y qué le respondiera.
Dijo: «Yo dije que hay un Dios; el romano dijo que era
uno en tres personas, y tal señal hiciera.

Yo le dije que todo estaba en su voluntad;              60
respondió que en su poder tenía el mundo, y dijo verdad.
Desde que vi que creían en la Trinidad,
entendí que merecían de leyes seguridad.»

Preguntaron al bellaco cuál fuera su antojo;            61
dijo: «Me dijo que con su dedo me quebrantaría el ojo;
de esto tuve gran pesar y tomé gran enojo,
y respondíle con saña, con ira y con sonrojo

que yo le quebrantaría ante todas las gentes                         62
con dos dedos los ojos, con el pulgar los dientes;
díjome luego tras esto que le parase mientes,
que me daría gran palmada en los oídos retiñentes.

Yo le respondí que le daría tal puñada, *abundantly.*     63
que en toda su vida la viese vengada;
desde que vio la pelea tan mal aparejada, *prepared.*
dejóse de amenazar a quien no teme nada.

→ *no entiendo bien.*

## 2.   «EL MUCHACHO QUE QUERÍA CASAR CON TRES MUJERES»

*Ejemplo del muchacho que quería casar con tres mujeres*

≠ *las mujeres*

Erase un joven loco, mancebo muy valiente,                          189
no quería casar con una solamente,
sino con tres mujeres, tal era su talante;
al final discutió con él toda la gente.

Su padre y su madre y su hermano mayor                              190
insistiéronle mucho que, al menos por su amor,
con sólo dos casase: primero con la menor
y de allí a un mes cumplido, casase con la mayor.

Hizo su casamiento con esta condición;                              191
pasado ya el primer mes, dijéronle tal razón:
que su otro hermano con una, y con más no,
deseaba casarse a ley y a bendición.

Respondió el casado que esto no hiciesen,                           192
que él tenía mujer con la que ambos tuviesen
casamiento suficiente y que esto le dijesen;
y en casarlo con otra que no se entremetiesen.

Aquel hombre bueno, padre de aquel necio,                193
tenía un molino con gran muela de precio;
antes de estar casado, el joven, muy recio,
cuando giraba la rueda, frenaba sin esfuerzo.

Esta enorme fuerza y esta tal valentía,                194
antes de estar casado, muy ligero la hacía;
cuando ya hacía un mes que casado se había,
quiso probar como antes y vino allí un día.

Probó a frenar la muela como estaba habituado:                195
levantóle las piernas, echóle por mal cabo;
levantóse el necio, deseóle mal hado;
«Ay, molino valiente, aun te vea casado».

A la mujer primera él tanto la amó                196
que a la otra doncella nunca más tomó;
no frenó más la muela ni en ello pensó:
así aquel devaneo al joven loco domó.


3.  «LOS DOS PEREZOSOS»


Te diré la historia de los dos perezosos                457
que querían casarse y andaban ansiosos:
ambos de la misma dueña estaban deseosos,
los dos eran apuestos y verás cuán hermosos:

el uno era tuerto de su ojo derecho,                458
ronco era el otro, de la pierna contrahecho;
el uno contra el otro tenía muy gran despecho,
creyendo cada uno su casamiento hecho.

Díjoles la dueña que ella quería casar            459
con el más perezoso: a aquel quería tomar;
esto decía la dueña queriéndolos burlar.
Habló luego el cojo, creyéndose adelantar;

dijo: «Señora oíd primero mi razón:             460
más perezoso soy que este mi compañón [1]:
por pereza de extender el pie hasta el escalón,
caí de la escalera, quedé con esta lesión.

Asimismo pasaba nadando por un río,           461
hacía gran calor, el mayor del estío,
perdíame de sed, mas tal pereza crío,
que por no abrir la boca, perdí el hablar mío».

Cuando calló el cojo, dijo el tuerto: «Señora,     462
pequeña es la pereza de la que éste habló; ahora
os diré la mía: no visteis igual en ninguna hora,
ni verle igual puede nadie que a Dios adora.

Yo estaba enamorado de una dueña en abril,      463
estando delante de ella, tranquilo y humil [2]
vínome descendimiento a las narices muy vil:
por pereza de limpiarme perdí a la dueña gentil.

Más os diré, señora: una noche yacía          464
en la cama despierto y muy fuerte llovía,
dábame una gotera del agua que caía,
en mi ojo, muy fuerte, a menudo me hería.

Yo tuve gran pereza de la cabeza apartar;        465
la gotera que os digo, con su fuerte golpear,
el ojo del que soy tuerto acabó por quebrar;
debéis, por más pereza, dueña, conmigo casar».

---

[1] Compañero, por razones de rima.
[2] Humilde, por razones de rima.

«No sé» —dijo la dueña— «de esto que contáis                466
qué pereza es más grande, ambos pares estáis
bien veo, torpe cojo, de cual pie cojeáis;
veo, tuerto sucio, que siempre mal miráis.

Buscad con quien caséis, pues mujer no se paga             467
de perezoso torpe ni que vileza haga».
Por lo tanto amigo mío, que en tu corazón no yaga
ni tacha ni vileza que a dueña despaga.

## 4.   «DON PITAS PAYAS»

*Ejemplo de lo que sucedió a Don Pitas Payas, pintor de*
*Bretaña*

Del que olvidó la mujer te diré la hazaña,                  474
si vieres que es burla, dime otra tamaña.
Era Don Pitas Payas un pintor de Bretaña,
casóse con mujer moza, gustábale la compaña.

Antes de pasado el mes, dijo él: «Nostra dona             475
yo volo ir a Flandes, traeré muita dona»[3].
Ella dijo: «Mon señer, andés en hora bona,
no olvides casa vostra ni la mía persona»[4].

Dijo Don Pitas Payas: «Dona de fermosura,                 476
yo volo hacer en vos una bona figura[5],
para que seáis guardada de cualquier locura».
Ella dijo: «Mon señer, obrad vuestra mesura»[6].

---

[3] La gracia del cuento reside en el empleo de una jerga bilingüe que
he tratado de respetar. Las palabras del pintor significan: «Mi señora,
tengo que ir a Flandes, traeré muchos regalos».
[4] «Mi señor, id en buena hora, pero no olvidéis vuestra casa ni
mi persona.»
[5] «Mujer hermosa, quiero trazar en vos un bello dibujo...»
[6] «Mi señor, haced como gustéis.»

Pintóle bajo el ombligo un pequeño cordero.                      477
Fuese Don Pitas Payas a ser recadero;
tardó allá dos años, llegó al postrímero
hacíasele a la dueña un mes un año entero.

Como era la moza recientemente casada,                           478
había con su marido hecho poca morada;
tomó un entendedor y pobló la posada,
deshízose el cordero, de él no queda nada.

Cuando ella oyó que venía el pintor,                             479
muy de prisa llamó al entendedor;
díjole que pintase como pudiese mejor
en aquel lugar mismo un cordero menor.

Pintóle con la prisa un aparejado carnero,                       480
completo de cabeza, con todo su apero;
luego ese día llegó el mensajero,
que ya Don Pitas Payas se acercaba, certero.

Cuando fue el pintor de Flandes venido,                          481
fue por su mujer con desdén recibido;
desde que a la sala hubo salido,
la señal que le hiciera no la echó en olvido.

Dijo Don Pitas Payas: «Madona, si os plaz',                      482
mostradme la figura y tengamos buen solaz» [7].
Dijo la mujer: «Mon señer, vos mismo la catad,
haced allí libremente todo lo que vollaz» [8].

Miró Don Pitas Payas el citado lugar,                            483
y vio un gran carnero, con armas de prestar:
«¿Cómo es esto, madona, o cómo puede estar
que yo pinté cordero y encuentro este manjar?»

---

[7] «Señora, si os place, mostradme el dibujo y solacémonos.»
[8] «Mi señor, miradlo vos mismo y haced libremente cuanto deseéis.»

Como en estos hechos es siempre la mujer                    484
sutil y astuta, dijo «¿Cómo, mon señer,
en dos años petit corder no se fazer carner? [9]
Haber venido antes y encontraríais corder».


5.   «EL ASNO SIN CORAZÓN Y SIN OREJAS»


*Del consejo que el Arcipreste da a las mujeres y de los nombres*
*de la alcahueta*

Dueñas, aguzad las orejas, oíd buena lección,                  892
entended bien las fábulas, guardaos del varón;
cuidad no os suceda como con el león
al asno sin orejas y sin su corazón.

El león fue doliente: dolíale la tiesta;                       893
cuando la tuvo sana y la traía enhiesta,
todos los animales, un domingo en la siesta,
vinieron ante él para hacer buena fiesta.

Estaba allí el burro; le nombraron juglar,                     894
como estaba bien gordo, comenzó a retozar
tañendo su tambor, bien alto a rebuznar,
al león y a los otros los llegaba a atronar.

Con tales cazurrerías el león fue sañudo:                      895
quiso despedazarle, alcanzarlo no pudo;
fuese tañendo su tambor, allí más no estuvo;
sintióse burlado el león del orejudo.

---

[9] «¿Cómo, señor mío, en dos años un corderito no se vuelve carnero?»

El león dijo luego que merced le haría:                                896
mandó que lo llamasen, que la fiesta honraría:
cuanto él pidiese, tanto le otorgaría;
la zorra juglaresa dijo que le llamaría.

Fuese la raposilla donde el asno estaba                                897
paciendo en un prado; muy bien lo saludaba:
«Señor», dijo, «compadre, vuestro solaz honraba
a todos, y ahora no vale un haba.

Más valía vuestro alborozo y vuestro buen solaz,                       898
vuestro tambor sonoro, los sones que haz',
que toda nuestra fiesta; al león mucho plaz'
que volváis al juego a salvo y en paz».

Creyó falsos halagos; él escapó peor;                                  899
volvióse a la fiesta, bailando el cantador,
no sabía el burro las mañas del señor:
para el necio juglar el son del tambor.

Como el león tenía sus monteros armados,                               900
prendieron a don Burro, como estaban enseñados;
al león lo trajeron, lo abrió por los costados:
de su seguridad todos están espantados.

Mandó el león al lobo con sus uñas parejas                             901
que lo guardase todo, mejor que las ovejas;
cuando el león traspasó una o dos callejas,
el lobo comió el corazón y las orejas.

Cuando el león vino para comer a su grado,                             902
pidió al lobo el asno que le había encomendado,
sin corazón y sin orejas trájolo desfigurado:
el león contra el lobo fue furioso y airado.

Dijo al león el lobo que el asno así naciera,                           903
que si corazón y orejas tuviera,
conocería sus mañas y sus nuevas oyera,
mas que como no tenía por eso allí viniera.

1. Motivo, H 607.1 «Adivinanzas: interpretaciones simbólicas», Tipo 924 A.
Pervive en la tradición oral vasca atribuido a «Arlote, el predicador» (A. San Cristóbal, *Arlotadas. Cuentos y «sucedidos» vascos*, Logroño, Ochoa, 1960).
Lecoy, *Recherches...*, pp. 164-68; 365-68; L. Spitzer, «En torno al arte del Arcipreste de Hita», *Lingüística e historia literaria*, Madrid, Gredos, 1955, pp. 105-109; A. D. Deyermond, «The Greeks, the Romans, the Astrologers and the Meaning of the LBA», en *Rom N*, V, 1, 88-89 y «Some Aspects Parody in the 'Libro de Buen Amor'», en *Libro de Buen Amor' Studies*, Londres, Tamesis, 1970, 53-77; I. Michael, «The Function of the Popular Tale», *LBA'Studies*, 177-218.

2. Motivo, J 21.32 «El sabio y el loco: sabiduría adquirida con experiencia». Tipo 910 A.
Se repite en la poesía misógina de los siglos XIV y XV, en el *fabliau* «Le valet aux douze femmes», el *Liber lamentationum* de Mathieu el Bígamo, el *Miroir de mariage* de E. Deschamps, en Hans Sachs, etc. Pervive en la tradición oral de la Península ligado al proverbio: «Casado te veas, molino».
Lecoy, *Recherches...*, pp. 157-158.

3. Motivo, W 111.1 «Defectos de carácter: pereza». Tipo 1950.
Lecoy, *Recherches...*, pp. 155-157.

4. Motivo, J 2301 «Maridos fáciles de engañar». Tipo, 1419.
Según J. Corominas (*Libro de Buen Amor*, Madrid, Gredos, 1967, página 200 n) deriva del *Ridmus de mercatore* del siglo XII.

5. Puede compararse con la versión del *Calila e Dimna*, incluida en esta misma *Antología* (IV, 7).

# X. LA ESCALA DEL CIELO

«La matrona de Efeso»

*Sextus Sapiens loquitur*

En mi tierra, señor, había una ciudad en la cual estaba mandado que cualquier alguacil que hubiese tuviese que vigilar por las noches a los ahorcados para que, una vez colgados, no los robasen los amigos y parientes; y si, mientras los guardaba, por cualquier forma o razón, entraba en la ciudad, muriese por esto.

Y en esta ciudad había un caballero joven, el cual se casó con una hermosa mujer, y tanto se amaban, que no se podía imaginar. Y al fin, al cabo de un año, este caballero murió y tanto dolor atormentaba a la mujer que, desde que lo fue a enterrar, se quedó junto al sepulcro y nadie le pudo de allí hacer mover por necesidad, ni por cosas ni consuelos que le dijesen. Por lo cual sus parientes y allegados, vista su voluntad, le prepararon allí sobre el sepulcro del marido, donde pensaba quedarse mientras ella viviese, un asiento de madera y ropa para que vistiese, y ahí le servían las cosas necesarias para vivir. Y después de un mes, una noche de gran tempestad sucedió que, estando el alguacil de aquella ciudad fuera, vigilando a unos hombres que el día anterior habían colgado para que no los robaran sus parientes, con la gran tempestad

de viento y lluvia que hacía, no pudo evitar buscar donde
meterse y guarecerse aquella noche; y buscando dónde ir, al
no poder entrar en la ciudad, por un lado porque recaería
sobre él la pena de muerte si entraba al estar vigilando a los
ahorcados, y por otro lado porque las puertas de la ciudad estaban ya cerradas, y yendo así medio muerto de frío y de
sed, vio luz en aquella ermita donde estaba la señora sobre
el sepulcro del marido y entró en ella, pidiéndole por favor
que le diese agua para beber; y la comenzó a consolar y a
conducirla con palabras de la tristeza en la que estaba a la
alegría y los placeres. Y fijándose en la hermosura y en el
hablar gracioso de esa señora, inmediatamente su corazón se
inflamó de gran amor, y ella también sintió lo mismo hacia
él, y con cara alegre le comenzó a preguntar si estaba casado.
El le dijo: —No, señora. Soy caballero hidalgo, alguacil de
esta ciudad y en verdad, señora, no hay mujer en este mundo
con quien antes me casase que vos.

Entonces ella dijo: —Amigo, idos ahora con Dios, que
ya se acerca el día, y mañana llamaréis a mis parientes y ne-
gociaréis con ellos que me saquen de esta morada y, pasado
algún tiempo, yo seré vuestra esposa.

Y cuando el caballero se fue y volvió a guardar sus ahorcados, vio que uno había sido robado mientras él estaba hablando con la señora, y era aquel en el que el rey tenía más
interés que se mostrase el castigo. Y en seguida el caballero se volvió a la ermita donde estaba su señora, y le pidió
licencia para huir de allí porque había realizado mal su vi-
gilancia. Y la señora le dijo entonces: —No hagáis tal cosa,
sino id y traed un azadón, y sacaremos a mi marido, que
está aquí enterrado, y lo pondremos en lugar del que robaron.

Y así, cuando fue desenterrado por la mano de la propia
mujer y del caballero, y ya lo tenían fuera del sepulcro, dijo
el caballero: —Nada hemos hecho, porque el otro que robaron tenía una cuchillada en la cabeza y éste no la tiene, por
lo que me temo que este engaño será conocido.

A lo cual contestó la señora: —Saca tu puñal y dale otra herida semejante en la cabeza.

Y como él flaquease y aborreciese esta crueldad, tomó ella el puñal, y sabiendo cómo era la herida del otro, le dio muy cruelmente una cuchillada en la cabeza; y ella y el caballero solos lo llevaron a poner en la horca.

Entonces el caballero, viendo su gran maldad y crueldad, y lo que había hecho, la aborreció y despreció casarse con ella.

~~~~~~~~~~~~~~~~~~~~~~~~~~~~~~~~~~~~~~~~~~~~~~~~~~~

Motivo, K 2213.1 «La Matrona de Efeso». Tipo, 1510. Tubach, 5262.

Relato misógino de gran popularidad, quizá por reunir dos temas claves: *eros* y *thanatos*. La versión más antigua conservada es la de Petronio, en el *Satyricon,* CXI, aunque proliferan recreaciones en la Edad Media: J. de Vitry, 752, E. de Bourbon, 460, *Policraticus,* VIII, II, Esopo, III, 9, María de Francia; *Novellino,* LIX, y llega hasta La Fontaine, Voltaire, *Zadig,* II o la *Segunda parte del Romancero General* («Carta contra los vicios de las mujeres»). Se recoge también en la tradición oral (Espinosa, II, 355). Es difícil creer que el origen esté exclusivamente en el cuento de Petronio, y posiblemente hubo versiones orientales algo diversas. Así, mientras en el *Satiricón* la intención del cuento se centra expresamente en la evolución del personaje femenino, las versiones medievales tienden a poner de manifiesto a qué grado de perversión pueden llegar las mujeres, con lo que el relato cobra un tono mucho más pesimista. La mutilación a la que debe someterse el cadáver para que recuerde al del marido es un rasgo que no estaba tampoco en Petronio y sí en los textos orientales.

~~~~~~~~~~~~~~~~~~~~~~~~~~~~~~~~~~~~~~~~~~~~~~~~~~~

# XI. LIBRO DE LOS GATOS

## 1. «EL GALÁPAGO Y EL ÁGUILA»

I. *Aquí comienza el «Libro de los gatos» y cuenta luego un ejemplo de lo que sucedió entre el galápago y el águila*

El galápago, estando en el fondo del mar, rogó al águila que lo subiese a lo alto, pues deseaba ver los campos y las montañas; y el águila concedió cuanto el galápago pedía, y le dijo: —¿Ves ahora lo que deseaste ver, montes y valles?

Y dijo el galápago: —Me alegro de verlo, pero querría estar en mi agujero en la arcilla.

Y respondió el águila: —Conténtate con haber visto lo que codiciaste.

Y lo dejó caer de forma que fue todo destrozado.

Y por el galápago se sobreentienden algunos hombres que son pobres desgraciados en este mundo, o quizá tienen bastante según su estado, pero no están conformes con ello, y desean subir a lo alto y vuelan en alto por el aire, y ruegan al diablo que los suba en alto de cualquier manera; así que a tuerto o a derecho o con grandes falsedades, por hechizos o por traiciones, por malas artes, algunas veces los hace subir el diablo y súbelos muy alto; y después cuando ellos entienden que su estado es muy peligroso, desean estar en el estado de antes. Entonces el diablo los deja caer en la muerte, y después caen en el infierno, donde son quebrantados si no se arrepienten antes de la muerte; así que suben por escalera de pecados y caen en mal lugar contra su voluntad.

## 2.  «LA HISTORIA DE GALTER»

XXIII.   *Ejemplo de lo que acaeció a Galter con una mujer*

1.º   Un hombre llamado Galter se propuso ir a buscar un lugar donde siempre tuviese gozo y nunca pudiese su corazón entristecer. Y anduvo mucho hasta que halló en una tierra a una mujer muy hermosa; y era linda y hacía poco que había muerto su marido. Y después que la vio Galter, se fue hacia ella y ella le preguntó que qué quería. El le dijo: —Yo ando buscando dos cosas: una, que halle un lugar donde siempre goce, que nunca mi corazón pueda ser triste.

Y dijo la mujer entonces: —Si tú quisieres ser mi marido, holgarás aquí y tendrás todo cuanto necesitares, pues yo te daré casas, tierras, viñas y otros muchos bienes.

Y le fue a mostrar su vivienda y le mostró primero la sala. Y después que vio la sala, le gustó mucho. Y preguntóle: —Decid, señora, ¿dónde está la cama en que habremos de dormir esta noche?

Ella fue, mostróle la cama y en ella un león. Y en aquel lecho había en una parte un oso, en la otra un lobo, y en la otra muchos gusanos y en la otra muchas serpientes. Y entonces dijo: —¿Y tus riquezas y tus bienes me han de durar para siempre?

Entonces respondió ella y dijo: —Te digo que no, pues mi marido que las tenía, muerto es. Eso mismo te sucederá a ti: morir. ¿Y ves este lecho?

Dijo él: —Sí.

Dijo ella: —Aquel oso te ha de matar. No sé si será la primera noche o al cabo de un año, o al cabo de diez, o por suerte vivirás más. El lobo y los gusanos y las serpientes te han de tragar a ti y a todas tus cosas.

Y respondió: —Todas estas cosas son buenas, mas este lecho me espanta, que ni por ti, ni por nada del mundo, estaría en él.

Y despidióse de ella, y fuese su camino. Y fuese a un reino donde hacía poco que había muerto el rey. Y dijéronle los hombres del reino: —Galter, ¡seas bienvenido! Te rogamos que nos digas qué es lo que buscas.

El dijo: —Busco lugar donde siempre goce y nunca haya pesar.

Y dijéronle los hombres: —Si eres nuestro rey, tendrás todo lo que necesitares. Mira aquí qué sala y qué habitaciones, qué riquezas.

Entre todas las cosas que le mostraron, mostráronle un lecho que estaba preparado con otros tales animales como los que le había mostrado la mujer. Y dijo Galter: —Si yo fuera rey en esta tierra, ¿tendré que yacer en este lecho?

Dijéronle los otros: —Sí.

Entonces dijo Galter: —Estos animales que aquí están, ¿me harán mal?

—El oso te matará. Los otros gastarán todo lo tuyo, así como hicieron a los otros reyes; mas no sabemos cuándo sí ni cuándo no.

Respondió Galter: —¡Peligroso es este lecho! ¡Y el reino no lo tomaría por nada del mundo, pues he de yacer en este lecho! Y por esto me quiero ir.

Y fuese y anduvo tanto, que llegó a un palacio muy hermoso. Todas las paredes y la madera eran de oro y de piedras preciosas. Y los hombres que en él moraban hiciéronle señor del palacio y de todas las otras riquezas. Después, al fin, le mostraron otro lecho como las otras veces. El se espantó mucho de él, así como las otras veces. Y se fue su camino, y

sucedió que halló un viejo sentado al pie de una escalera. Y la
escalera estaba pegada a un muro, y en ella había tres escalones.
El viejo que estaba en la escalera preguntó a Galter qué
quería.

Y él dijo: —Querría un lugar en que siempre goce y nunca tenga tristeza.

Y díjole el viejo: —Galter, sube por esta de tres escalones
y hallarás lo que deseas.

Y Galter subió por la escalera y halló lo que deseaba.

Esto se sobreentiende por muchos hombres que desean estas
tres cosas o algunas de estas tres cosas; se entiende por muchos hombres que buscan hermosas mujeres por pecado, o reinos o señoríos o dignidades por honra, o por oro, o por plata,
o por vanagloria o por codicia; mas si bien se fijasen en qué
lecho han de dormir, no se preocuparían por tales cosas. Que
cualquier hombre o mujer que viva en este pecado yace en
mal lecho; como aquel oso que estaba a la cabecera del lecho
representa la muerte que no perdona a ninguno en este mundo,
alto ni bajo, pequeño ni grande. Y de aquel oso cuenta en el
*Libro de Ose* [1], como la osa que había perdido sus hijos, y si
alguno toma de éste, destrózalo todo. Bien así destruiré yo las
entrañas de sus corazones. Que así como la osa que ha perdido sus
hijos no perdona a ninguno, así la muerte nunca perdona a
ninguno, ni rico ni pobre. Por los lobos se entienden los señores de ellos o de los señores que no se han preocupado de que
sus almas se salven; antes les aconsejan hacer cosas en favor del
mundo y de sus cuerpos. Y a veces les aconsejan más a favor
de ellos que no de sus señores por codicia de sacar algo de ellos;
y tanto se aprovechan ellos de los señores, que tanto les da
que se condenen como que se salven. Los gusanos roerán el
cuerpo y lo tragarán. Las serpientes son los diablos que llevarán
las almas de los condenados a las penas del infierno. Sobre todas

---

[1] Se refiere al libro profético de Oseas, cap. XIII, v. 8.

las otras cosas nos guarde Nuestro Señor Dios de estas tres; dícese en el *Libro Eclesiástico:* «Cuando muere el hombre, le heredarán serpientes, bestias y gusanos». El condenado se divide en partes: las serpientes significan los diablos que se llevan el alma; y los hombres significan los animales que llevan en este mundo, así como animales, así como lobos codiciosos que llevarán los bienes de los muertos; y los gusanos comerán el cuerpo.

2.º Un gran señor encontró unos monjes que llevaban a enterrar a un gran usurero, y preguntó el señor a los monjes qué traían. Ellos respondiéronle que traían el cuerpo de aquel hombre y los dineros que les había prometido.

Y dijo el señor: —No será así, pues este hombre mío fue; tened vosotros y los gusanos el cuerpo, pero yo tendré los dineros; el diablo llevará el alma.

Si vosotros os queréis salvar, haced así como Galter que subió por la escalera dorada de Jacob de los tres escalones: el primer escalón significa que el hombre tiene contrición de sus pecados, y le pesa mucho por haberlos hecho, y tiene la intención de nunca más volver a ellos; el segundo escalón es confesarse el hombre verdaderamente, pues si el hombre va a confesión y confiesa veinte pecados y deja uno, acordándose, cuando partiere de la confesión, tiene todos y uno más porque no confiesa verdaderamente; el tercer escalón es amansar a Dios con la penitencia de sus pecados, según se la diere su confesor. También enmendar los agravios hechos al prójimo de cualquiera de las maneras, bien por tomar algo suyo, o por levantarle falso testimonio o por haberle buscado mal con los señores, o por otros muchos agravios que se pueden acusar o suceder entre los hombres y entre las mujeres, o por peleas o por otros males. Pues dice Jesucristo en el Evangelio: —Si fueres a ofrecer al altar y te acordares en el camino que tienes agraviado a tu vecino o a tu prójimo, deja la ofrenda y ve y hazle enmienda. Y después que le hubieres hecho enmienda, vuélvete a ofrecer.

Y todo hombre que hiciere estas tres cosas que significan los escalones, si subiere por ellos, sepa que subirá a la gloria perdurable donde no tendrá tristeza ninguna y la cual Gloria nos traiga Dios. Amén.

Igualmente los Templarios, los del Hospital, los de San Juan, si otra cruz no tienen en el corazón, lo que significa mortificar la carne, y si no se guardan del pecado de la carne así como de la soberbia y de otros pecados, éstos serán como asnos del infierno. Así los que llevan grandes barbas, cualquier tipo de barbas, nunca entrarán en Paraíso, si no hacen obras que agraden a Dios o no hacen buena vida entre los hombres; y si por tener gran barba se fuese santo, no habría en el mundo nadie más santo que el cabrón.

### 3.   «EL MENTIROSO Y EL VERDADERO»

#### XXVIII.   *Ejemplo de los dos compañeros*

Una vez sucedió que dos compañeros hallaron una gran manada de monos. Dijo el uno al otro: —Te apuesto que gano ahora yo más por decir mentiras que tú por decir la verdad.

Y dijo el otro: —No lo harás, pues más ganaré yo por decir verdad que tú por decir mentira. Y si no te lo crees, apostemos.

Dijo el otro: —Pláceme.

Y después que hubieron hecho la apuesta, fue el mentiroso y se acercó a los monos. Y díjole un mono que estaba allí como jefe de los otros: —Di, amigo, ¿qué piensas de nosotros?

Y respondió el mentiroso: —Señor, pienso que sois un rey muy poderoso y estos otros monos son la cosa más hermosa del mundo. Y los hombres os aprecian mucho.

De manera que los lisonjeó tanto como pudo, de modo que por las lisonjas que les dijo le dieron muy bien de comer, y honráronle mucho, y diéronle mucha plata y mucho oro y muchas otras riquezas.

Y después llegó el verdadero, y los monos le preguntaron qué le parecía aquella manada. Y respondió el verdadero y dijo que nunca había visto una manada tan sucia ni tan fea y que:

— ¡Los que os aprecian están locos!

Entonces fuéronse hacia él y le sacaron los ojos; y después que le hubieron sacado los ojos, se fueron y lo dejaron desamparado. Y entonces Buena Verdad oyó voces de osos y de lobos y de otros animales que andaban por el monte. Estuvo lo más atento que pudo y se subió a un árbol por miedo de que le comieran los animales. Y cuando estaba encima del árbol, hete aquí que los animales se juntaron todos en conciliábulo bajo el árbol. Y preguntábanse los unos a los otros de dónde eran o qué habilidades tenían cada uno o con qué engaños sabían cada uno escapar de mano de los hombres.

Y dijo la raposa: —Yo soy de aquí cerca donde hay un rey que es el hombre más necio que nunca vi; y tiene una hija muda en casa. La podría fácilmente curar si quisiese, pero no sabe.

Y dijeron los otros: —¿Cómo sería eso?

Y dijo ella: —Yo os lo diré. El domingo cuando van las buenas mujeres a ofrecer y dejan el pan sobre las sepulturas, voy yo y arrebato una torta. Si el primer bocado que yo tomo me lo sacasen de la boca antes de que lo tragase y se lo diesen de comer, en seguida hablaría. Y otra necedad mayor os diré, que aquel rey está ciego, y tiene una lancha [2] de piedra en un extremo de su casa. Si aquella fuese levantada, saldría una fuente de allí, y cuantos ciegos se untasen los ojos con aquella agua, inmediatamente, se curarían.

Y tan pronto como amaneció, fuéronse los animales de allí. Y cuando se iban, pasaban unos arrieros por allí. Y Buena Ver-

---

[2] Según el *DRAE*, «piedra naturalmente lisa, plana y de poco grueso».

dad, que estaba en aquel árbol, tenía miedo de lo que los animales dijeron y dio gritos a los arrieros que pasaban.

Y dijeron los arrieros: —¡Santa María! Voces de hombres son aquellas que oímos. ¡Vamos allá!

Y después que llegaron, hallaron a Buena Verdad que estaba encima del árbol. Y preguntáronle quién era.

Dijo: —Buena Verdad.

Ellos dijéronle: —Amigo, ¿quién te hizo esto?

Y él díjoles: —Un compañero mío; pero os pido por favor que me digáis a dónde váis.

Ellos dijeron: —Vamos a tal reino con estas mercancías.

Y díjoles: —Os ruego que me queráis llevar allá por amor de Dios y que me dejéis en la puerta del rey.

Y los arrieros dijeron que les placía, e hiciéronlo así.

Y después que se vio allí, dijo al portero: —Amigo, te ruego que digas al rey que está aquí un hombre que le curará de la ceguera que tiene, y también le enseñará cómo su hija hable.

Y el portero entró y díjole al rey: —Señor, allí está un hombre que dice que os curará los ojos si vos queréis que se presente ante vos.

Y dijo entonces el rey: —Amigo, dile que entre y veremos qué dice.

El portero fue y lo trajo ante el rey. Después que fue ante el rey, dijo: —Señor, mandad, vuestra merced, alzar una lancha que está en un extremo de vuestro palacio y saldrá una fuente que cualquier ciego que se lave los ojos con aquella agua, inmediatamente se curará. Y, señor, para que lo creáis, me lavaré yo antes que vos.

El rey, cuando oyó aquello, mandó en seguida a sus hombres que levantasen la lancha y, en cuanto fue levantada, salió la fuente. Y vino la Verdad y se lavó los ojos, y apareciéronle en seguida los ojos, así como los que tenía antes. El rey lavó luego sus ojos y recobró la vista. Y después todos los hombres de la tierra y cualquier ciego que venía a lavarse los ojos con ella, inmediatamente, eran curados. Entonces dijo Buena Verdad al rey: —Señor, aún otra cosa le quiero mostrar a vuestra merced:

que quieras el domingo situar a tus hombres junto a las sepulturas y estén atentos cuando venga la raposa a tomar del pan
que llevan las buenas mujeres a ofrecer; al primer bocado que
metiere en la boca, tus hombres échenle mano a la raposa en la
garganta, y sáquenselo, y no se lo dejen comer; y dénselo a
comer a tu hija, y en seguida hablará.

El rey mandólo hacer así como él había ordenado, y los hombres, cuando hubieron tomado el bocado de la garganta de la raposa, tanta prisa tuvieron en llevar el pan a la infanta para que
hablase, que no retuvieron a la raposa y dejáronla ir. Y al momento que la infanta comió el pan, habló.

El rey, después que vio esto, mandó conceder muchas mercedes a Buena Verdad, lo uno, porque le había curado los ojos,
y lo otro, porque había curado a su hija. Y los de la corte le
hacían mucha honra, e iban con él hasta la vivienda, y le daban
muchos dones por aquel bien que les había hecho.

Y yendo un día por la calle muy bien vestido y en buen
caballo y con una comitiva con él, encontró a Mala Verdad, y
reconociólo en seguida y se maravilló mucho. Le veía sano de
los ojos y muy afortunado. Y fue a su vivienda y díjole: —Dios
te salve, amigo.

Y díjole Buena Verdad: —Amigo, seas bien venido.

—Amigo, te querría rogar que me dijeses con qué curaste
del mal de los ojos, pues tengo un hijo ciego y querríalo sanar
si pudiere. Te ruego que me muestres cómo aprendiste.

Y todo esto decía Mala Verdad para tratar de saber cómo
alcanzó aquella honra y aquella posición. Entonces Buena Verdad, que no sabe de otra cosa sino de verdad, le dijo: —¿Viste,
amigo, cuando tú me sacaste los ojos en el monte, y viste ese
árbol grande que allí estaba? Con esfuerzo subí a él y reunié-
ronse allí todos los animales del mundo a hacer conciliábulo.

Y le contó todo el asunto cómo había sucedido. Y Mala
Verdad, después que supo aquello, le gustó mucho, y se fue allá
cuando pudo. Y se subió encima de aquel árbol; y estando allí,
hete aquí las bestias que se juntaron en conciliábulo bajo aquel
árbol. Y dijo: —¿Estamos aquí todos?

Y dijeron todos: —Sí, comadre.

Y dijo: —Compadres, cuanto aquí dije la otra noche así fue contado al rey. ¡Y echáronme sus hombres mano a la garganta que por poco me ahogan!

Y dijo uno: —Pues yo no lo dije.

Y dijo el otro: —Yo no lo dije.

Y juraron todos que no lo habían dicho. Y dijo la raposa: —Pues si no lo dijisteis... ¡quiera Dios que no nos aceche aquí alguien!

Alzó los ojos arriba y vio a Mala Verdad, y dijo: — ¡Allí estáis! Yo os haré que mal provecho os haga el bocado que me sacasteis de la boca.

Y dijo al oso: —Compadre, ya que sois más ligero, subid allá.

El oso subió y lo derribó en tierra. Entonces los animales le despedazaron y comieron todo.


Ejemplo. Deben prestar atención aquellos que quieren hacer o decir traiciones o falsedades que si no se encuentran mal al año, se encontrarán mal a los dos, o si no, a los diez. Y si por casualidad lo hacen por consejo o por mandado de alguno, quienes lo aconsejan o le mandan, aquellos lo tienen después por partes; y aunque en su vida no se encuentren mal, se encontrarán después en la muerte donde les dé Dios tan mala recompensa por ello como dieron los animales a Mala Verdad.


### 4.   «¿QUIÉN LE PONE EL CASCABEL AL GATO?»


### LV.   Ejemplo de los ratones con el gato

Los ratones una vez se reunieron en consejo y acordaron cómo se podrían proteger del gato. Y dijo uno que era más cuerdo que los otros: —Atemos una esquila al pescuezo del gato, y nos podemos proteger muy bien del gato, para que, cuando vaya de un lado a otro, siempre veamos la esquila.

Y este consejo agradó a todos. Pero dijo uno: —Es verdad, ¿pero quién atará la esquila al pescuezo del gato?

Y respondió uno: —¡Yo no!

Respondió otro: —¡Yo no, que por nada del mundo querría acercarme a él!

Así sucede muchas veces que los clérigos o monjes se levantan contra sus prelados u otros contra sus obispos, diciendo: —¡Ojalá Dios lo hubiese quitado y tuviéramos otro obispo y otro abad!

Esto agradaría a todos, pero al final dice: —Quien lo acusase perderá su dignidad o le irá mal después.

Y dice uno: —¡Yo no!

Dice otro: —¡Yo no!

Así los inferiores dejan vivir a los superiores más por miedo que por amor.


5.   «EL RATÓN EN LA CUBA DE VINO»


LVI.   *Ejemplo del ratón que cayó en la cuba*

1.º   El ratón una vez cayó en una cuba de vino. El gato pasaba por ahí y oyó al ratón, que hacía mucho ruido en el vino y no podía salir. Y dijo el gato: —¿Por qué gritas tanto?

Respondió el ratón: —Porque no puedo salir.

Y dijo el gato: —¿Qué me darás si te saco?

Dijo el ratón: —Te daré cuanto me pidas.

Y dijo el gato: —Si yo te saco, quiero que me des esto: que vengas a mí cuantas veces te llame.

Y dijo el ratón: —Esto os prometo que haré.

Y dijo el gato: —Quiero que lo jures.

Y el ratón se lo prometió. El gato sacó al ratón del vino y dejólo ir para su agujero; y un día el gato tenía mucha hambre, y fue al agujero del ratón y le dijo que viniese. Y dijo el ratón: —¡No lo haré, quiera Dios!

Y dijo el gato: —¿No me juraste que saldrías cuando te llamase?

Y respondió el ratón: —Hermano, borracho estaba cuando lo dije.

Así sucede a muchos en este mundo. Cuando están dolientes y están en prisión y tienen algún temor de muerte, entonces ordenan sus haciendas y se proponen enmendar los agravios que han hecho a Dios, y prometen ayunar y dar limosnas y guardarse de pecados en otras cosas semejantes a estas. Mas cuando Dios los libra de los peligros en que están, no se preocupan de cumplir el voto que prometen a Dios. Antes dicen: «En peligro estaba y no estaba en mi entero juicio»; o: «También me hubiera sacado Dios de aquel peligro aunque no hubiera prometido nada».

2.º Así cuenta de una pulga que un abad atrapó en su pescuezo. Comenzó a decir: —¡Ahora te tengo! Muchas veces me mordiste y me despertaste, mas nunca escaparás de mi mano, antes te quiero matar.

Y dijo la pulga: —Padre santo, pues tu voluntad es matar, ponme en tu palma para que pueda confesar mejor mis pecados, y tan pronto me haya confesado, me puedes matar.

El abad sintió piedad. Puso la pulga en la mano. Y la pulga, después que se vio en la palma, dio un gran salto y fuese. Y el abad comenzó a llamarla, mas nunca la pulga quiso volver.

Así sucede con muchos en este mundo que, cuando han escapado, no pagan nada.

1. Motivos, J 657.2 «Un águila sube a un galápago por el aire y luego lo arroja al suelo»; K 1041 «Imposibilidad de agradar a todos». Tipo, 225 A. Tubach, 1832.

Se encuentra en las versiones latinas de Esopo y en el *Isopete*, Av. II. En la tradición oral también se recoge, aunque con variantes (Espinosa, III, 301).

2. *a)* Motivos, J 347 «Riquezas y gloria sacrificadas por la libertad y la virtud»; J. 347. 5 «Rechaza el matrimonio para no convivir en casa llena de animales peligrosos». Tubach, 2254.

*b)* La anécdota de los monjes que llevaban a enterrar a un usurero no se encuentra en la fuente latina de Odo de Cheriton. Tubach, 5028.

3. Motivo, J 815.1 «Mentiroso recompensado por monos». Tipo, 48, 68. Tubach, 304.

Aparece en ejemplarios latinos *(Alphabetum narrationum,* 33; E. de Bourbon, 375) y en el *Isopeté,* IV, 8, aunque es cuento claramente folclórico, que pervive todavía en la tradición oral del País Vasco, *Eusko-Folklore,* XX (1922) y XXI (1923).

4. Motivo, J 671.1 «El cascabel del gato». Tipo, 110. Tubach, 566.

Además de hallarse en ejemplarios latinos, lo recoge Covarrubias, *Tesoro;* Sebastián de Mey, *Fabulario,* 24; Lope de Vega, *La esclava de su galán,* I, 2010, y existe en la tradición oral de Hispanoamérica.

J. L. Fradejas, «Evolución hispánica de un cuento puertorriqueño», *Anales de Literatura Hispanoamericana,* IX, 10 (1981), 85-97.

5. *a)* Tubach, 3426.

Se incluye en las *Gesta Romanorum,* 45.

*b)* Motivo, K 551.3.7 «Pulga atrapada logra escapar». Tubach, 2081.

# XII. LIBRO DE LOS EJEMPLOS POR A. B. C.

## 1. «ERADIO Y SAN BASILIO»

Ejemplo 23. *Amore vehemencius nil furoris*

No hay locura mayor
que de mujer haber amor.

Un hombre muy honrado, llamado Eradio, tenía una sola hija, a la cual había propuesto meter en un monasterio de monjas para servir a Dios; mas el diablo, que es enemigo del linaje humano, desde que se enteró de esto, encendió en un siervo del dicho Eradio un fuerte amor hacia aquella moza. Y él, viendo que no era posible, siendo él siervo de Eradio, poder casar con su hija tan noble, se fue para un encantador maléfico y le prometió una gran cantidad de dinero si le quería ayudar a casar con esta moza, y el encantador le dijo que no lo podía hacer.

—Mas, si tú quieres, te enviaré a mi señor el diablo, y si hicieres lo que él te dijera, tendrás lo que deseas.

Y dijo el mancebo: —Haré cualquier cosa que me mandes.

Y el encantador hizo una carta para el diablo, y envióla con aquel mancebo, de esta manera: «Por cuanto a mí conviene con gran acucia y diligencia a cuantos pudiere quitar y mudar de la fe y religión de los cristianos y traerlos a tu voluntad, para

que tu parte sea acrecentada cada día, envíote este mancebo
encendido en amor de tal moza. Pídote que se cumpla su deseo,
y que en esto haya gloria, y de aquí en adelante puedas más
fácilmente juntar a ti otros».

Y diole la carta y díjole: —Ve, y a tal hora de la noche
colócate sobre la sepultura de un gentil o moro, y allí llama a
los diablos, y lanza esta carta al aire y en seguida estarán contigo.

E hizo lo que le mandó. Y pronto vino allí el príncipe de
las tinieblas acompañado de una muchedumbre de demonios, y
en que hubo leído la carta, dijo al mancebo: —¿Tú crees en mí
para que cumpla tu voluntad?

Dijo el mancebo: —Señor, creo.

Y dijo el diablo: —¿Reniegas de Jesucristo?

Dijo: —Reniego.

Díjole el diablo: —Vosotros los cristianos sois malos y sin
verdad, porque, cuando me necesitáis, venís a mí y, desde que
habéis cumplido vuestro deseo, renegáis de mí y os tornáis a
Jesucristo, y Él, como es muy piadoso, os recibe. Mas, si tú
quieres que yo haga tu voluntad, haz un escrito con tu mano
en el que confieses renegar de Jesucristo y del bautismo y de
la fe cristiana, y que seas mi siervo y condenado conmigo el día
del Juicio.

Y en seguida hizo por su mano el escrito de cómo renegaba
de Jesucristo y se entregaba al servicio del diablo. Y entonces
el diablo mandó a los espíritus malos de la fornicación que fuesen a aquella moza y le encendiesen el corazón en amor de aquel
mancebo. Los cuales encendieron el corazón de ella tan fuertemente, que la moza caía en tierra y con grandes lloros daba
gritos y decía: —Padre, tened piedad de mí, que estoy fuertemente atormentada por amor de tal mozo vuestro; tened piedad
de mis entrañas y mostradme amor de padre y dadme por mujer
a aquel mozo que amo, por el cual estoy atormentada, y, si no
lo hacéis, de aquí a poco me veréis muerta, y daréis cuenta de
mí el día del juicio.

El padre llorando decía: —¡Ay, mezquino de mí! ¿Qué

le sucedió a la desgraciada de mi hija?; ¿quién me hurtó mi tesoro?; ¿quién cegó mi lumbre dulce de mis ojos? Hija, yo te quería casar con Jesucristo y pensaba ser libre por ti, y tú te volviste loca por amor del mundo. Déjame, hija, que te reúna con Dios como tengo prometido y no lleves mi vejez con dolor a los infiernos.

Y ella daba grandes gritos y decía: — ¡Oh, padre mío, o cumples ahora mi deseo o pronto me verás muerta!

Y el padre, como la viese llorar amargamente y actuar como loca, puesto en gran desconsuelo y engañado por consejo de sus amigos, cumplió su voluntad. Diola por mujer a aquel mozo y diole todos sus bienes, diciendo: —Vete, hija, verdadera desgraciada.

Y estando ellos casados, aquel mancebo no entraba en la iglesia ni se santiguaba ni se enmendaba a Dios, y algunos se fijaron en esto y dijeron a su mujer: —El marido que escogiste no es cristiano.

Y ella, cuando lo oyó, tuvo gran temor y tiróse al suelo y se comenzó a arañar y a darse golpes en los pechos, diciendo: — ¡Ay de mí, desgraciada! ¿Por qué fui nacida y no fui muerta en seguida?

Y en seguida dijo al marido lo que había oído, y él negó que nunca tal cosa fuera, mas que era una gran falsedad lo que había oído.

Y dijo ella: —Si quieres que yo crea lo que dices, entremos tú y yo en la iglesia.

Y él, viendo que no se podía encubrir, contóle el hecho por orden. Y cuando ello lo oyó, tuvo muy gran dolor, y se fue a San Basilio y contóle todo lo que le había sucedido a su marido. Y San Basilio envió por el mancebo, y después que lo vio, díjole: —Hijo, ¿quieres volver a Dios?

Y respondió: —Sí, señor, mas no puedo, pues hice promesa al diablo y negué a Jesucristo y de esta negación hice un escrito y lo di al diablo.

Y le dijo San Basilio: —No tengas cuidado. El Señor es tan benigno que te recibirá si te arrepintieres.

Y luego tomó al mozo y le hizo la señal de la cruz en la frente y lo encerró durante tres días, y pasados los tres días, lo fue a visitar y le dijo: —Hijo, ¿cómo estás?

Y respondió: —En muy gran fallecimiento; ni puedo soportar los clamores y espantos y amenazas de los demonios, pues, teniendo mi escrito en la mano, me acusan diciendo: —«Tú viniste a nosotros y nosotros no fuimos a ti.»

Y le dijo San Basilio: —Hijo, no tengas miedo. Cree solamente.

Y diole un poco de comida y le hizo la señal de la cruz y lo encerró otra vez y rogó a Dios por él. Y después de algunos días fue a visitarlo y le dijo: —Hijo, ¿cómo te va?

Y respondió: —Padre, oigo los clamores y las amenazas de ellos, mas no los veo.

Y diole otra vez de comer, y santiguóle, y cerró la puerta, y se fue e hizo oración por él. Y a los cuarenta días volvió y le dijo: —¿Cómo te va?

Y dijo: —Bien, santo de Dios. Te vi pelear hoy con el diablo y vencerlo.

Y después de esto, lo sacó de donde estaba encerrado y llamó a toda la clerecía y religiosos y al pueblo y amonestólos que hiciesen oración por él. Y tomó al mozo de la mano y llevólo a la Iglesia, e inmediatamente el diablo con muchedumbre de diablos vino hacia él, y agarró del mozo y lo quería arrebatar de su mano. Y el mozo comenzó a dar voces y decir: —¡Santo Dios, ayúdame!

Y tan fuertemente tiró de él, que tirando del mozo llegó a derribar al santo hombre, y díjole: —Maldito, ¿no te basta tu perdición que aún me quieres tentar los designios de mi Dios?

Y le dijo el diablo, que lo oyeron muchos: —¡Oh, Basilio, tú me haces gran perjuicio!

Y entonces todos comenzaron a decir *kirieleyson,* y díjole San Basilio: —¡Maldígate Dios, diablo!

Y él dijo a San Basilio: —Tú me haces perjuicio. Yo no fui a él, mas él vino a mí y renegó de Jesucristo e hizo profesión conmigo. Ves aquí su escrito, que tengo en mi mano.

Y díjole: —No cesaremos de hacer oración hasta que des este escrito.

Y haciendo oración San Basilio y teniendo las manos alzadas al cielo, vieron todos venir la carta por el aire y se puso en las manos de San Basilio, y después que la tomó, dijo al mozo: —Hermano, ¿conoces esta letra?

Y respondió: —Sí, señor, que de mi mano está escrita.

Y San Basilio la hizo pedazos y, digno del misterio del Espíritu Santo, le enseñó el bien y lo devolvió a su mujer.


## 2.    «EL OBISPO ANDRÉS DE FUNDA»


Ejemplo 92 (21).    *Crucis virtus eciam apud infideles maxima conprobatur*

La virtud de la cruz salva a los cristianos
y algunas veces a los paganos.


1.    Cuenta San Gregorio en el tercer libro de los *Diálogos* que había un obispo en la ciudad de Funda llamado Andrés, y estaba con él una monja. Y el diablo, que es enemigo, púsole en la voluntad de pensar en su lecho en maldad de pecado. Y sucedió que un día un judío iba a Roma y llegó tarde y, como no halló dónde alojarse, entró en un templo de un dios que llamaban Apolo para pasar allí aquella noche. Y aunque él no creía en la cruz, por temor santiguóse con la señal de la cruz. Y a la medianoche, estando despierto, vio un gran número de espíritus malignos que estaban al servicio de uno que era mayor que ellos, sentado en el medio; y comenzó a preguntar a cada uno de aquellos que le servían qué es lo que habían hecho y a hacer inquisición sobre ellos.

2.    Y la manera de esta inquisición brevemente la dice San Gregorio; mas se puede saber más extensamente por un ejemplo

que se lee en la *Vida de los Santos Padres,* que dicen que un hombre, entrando en el templo de los ídolos, vio a Satanás sentado y su caballería alrededor de él. Y vino uno de los espíritus malignos y lo adoró, al cual dijo: —¿De dónde vienes?

Y respondió: —Estuve en aquella provincia y levanté muchas guerras y muchas turbaciones e hice que se matasen muchos hombres, y vengo a hacértelo saber.

Y preguntóle: —¿En cuánto tiempo lo hiciste?

Y respondió: —En treinta días.

Y dijo Satanás: —¿Por qué durante tanto tiempo hiciste tan poco?

Y mandó a los que allí estaban que le diesen muchos azotes.

Y vino el segundo, y lo adoró, y dijo: —Señor, yo estaba en la mar y levanté muchas tempestades e hice hundirse muchas naves en las que murieron muchos hombres.

Y le preguntó: —¿En cuántos días lo hiciste?

Y dijo: —En veinte.

Y mandólo azotar como al otro. Y el tercero vino y dijo: —Yo levanté peleas y contiendas en unas bodas en las que murieron muchos hombres y maté al esposo, y véngotelo a decir.

Y dijo: —¿En cuánto tiempo lo hiciste?

Y respondió: —En diez días.

Y díjole: —¿No hiciste más en tanto tiempo?

Y mandóle azotar. Y otro vino y dijo: —Yo moré en el desierto durante cuarenta años y me esforcé junto a un monje, y al fin apenas logré que consintiera en caer en tentación de la carne.

Y cuando esto oyó Satanás, levantóse de la silla, y diole paz, y quitó la corona de su cabeza, y púsosela a él y le hizo sentar consigo. Y dijo: —Gran y difícil cosa hiciste. Más te esforzaste que todos.

Y así podría ser lo que decía San Gregorio del judío. Y después que todos los espíritus dijeron lo que habían hecho, levantóse uno en medio y dijo cuánta tentación de la carne había traído al corazón de aquel obispo Andrés por aquella monja, y desde ayer por la tarde hasta aquel momento le indujo a dar una palmada en las espaldas; y el espíritu mayor mandóle que acabase lo que había comenzado y habría hecho algo mayor que todos los otros. Y mandóle que supiese quién era aquel que yacía en el templo. Y el judío tuvo mucho miedo. Y los espíritus que fueron a él le hallaron señalado con la señal de la cruz y, espantados, dieron grandes gritos: — ¡Guay, guay! ¡Vaso vacío, pero signado!

Y con aquel grito en seguida desapareció aquella compañía de los espíritus malignos. Y luego aquel judío fue a aquel obispo y le contó todas estas cosas por orden; el cual, oyendo esto, tuvo gran dolor y arrepentimiento, y mandó echar todas las mujeres de su casa y vecindad. Y bautizó al judío.

3.   «LA MONJA QUE SE TRAGÓ AL DIABLO CON LA LECHUGA»

Ejemplo 93 (22).   *Crucis signum in cuntis est preferendum*

En todas las cosas primero haz la cruz,
que alumbra al ánima, es claridad y luz.

Una monja de un monasterio de vírgenes entró un día en la huerta y tomó una lechuga y la comió; y se le olvidó santiguarla; y, al comerla, en seguida el espíritu maligno la tomó y cayó inmediatamente en tierra. Y enviáronlo a decir a un santo padre que llamaban Ignacio que viniese de prisa a rogar a Dios por ella. Y, entrando por el huerto, el espíritu maligno, comenzó a dar gritos por la boca de ella y a decir: —Yo, ¿qué hice? Estaba sentado sobre la lechuga y ella vino y me comió.

Y el santo padre mandóle que se fuese y que no tuviese en poder aquella sierva de Dios; y en seguida la dejó y nunca más a ella volvió. Y esto dice San Gregorio en el *Diálogo*.

### 4. «LA VIEJA QUE UNTÓ LA PALMA DEL OBISPO»

Ejemplo 95 (24). *Cupidi sunt vacui et innanes*

Los codiciosos son vacíos y vanos
y tomando dones ensucian sus manos.

Un obispo codicioso no quería oír a una vieja que con gran
queja le pedía justicia. Un compañero del obispo, sabiendo su
costumbre, dijo a la vieja: —No te oirá el obispo, salvo si primero no le untares las manos.

Y la vieja, entendiéndolo simplemente, compró tres tortillas
de mantecas, y fue al obispo y pidióle la mano. Y él, pensando
que le quería dar algunos florines, extendió la mano, y ella
tomóla y untóla muy bien de manteca.

### 5. «LOS DOS BURGUESES Y EL RÚSTICO»

Ejemplo 98 (27). *Deceptor decipitur ab eo quem decipere
volebat*

El que a otro quiere engañar,
el engaño a él se puede tornar.

Dicen de dos burgueses y un aldeano que iban a la Meca en
romería y fueron compañeros para comer hasta que llegaron a
la Meca. Y entonces les faltó la comida y la provisión que llevaban, que no les quedó nada salvo un poco de harina con lo que
podían hacer un pan. Y los burgueses, viendo esto, dijeron el
uno al otro: —Poco pan tenemos, y este compañero nuestro

come mucho. Conviene pensar cómo podamos hacer para que éste no coma pan y lo comamos nosotros solos.

Y entonces tomaron este consejo: que hiciesen el pan y lo cociesen, y el que viese soñando mayores maravillas comiese el pan él solo. Y esto hacían por engaño, porque pensaban atraer al aldeano simple a esta simpleza, e hicieron este pan y cociéronlo, y luego se echaron a dormir, y el aldeano, comprendido el engaño, estando dormidos sus compañeros, sacó el pan medio cocido y lo comió y se volvió a dormir. Uno de los burgueses, soñoliento y espantado, despertó y llamó a sus compañeros. Y el otro burgués le dijo: —¿Qué tienes?

Y dijo: —Un maravilloso sueño vi. Y yo soñé que dos ángeles abrían el cielo y me tomaban y me llevaban ante Dios.

Y dijo el compañero: —Maravilloso es este sueño. Y yo soñé que dos ángeles me cogían y abrían la tierra y me llevaban al infierno.

Y el aldeano oía bien todo esto y hacía como que dormía; mas los burgueses, queriendo engañar, fueron engañados. Y llamaron al aldeano para que despertase, y él discretamente, como si estuviese espantado, respondió: —¿Quiénes son los que me llaman?

Y ellos dijeron: —Somos tus compañeros.

Y él dijo: —¿Volvisteis ya?

Y dijeron ellos: —¿A dónde fuimos que tuviéramos que volver?

Y dijo el aldeano: —Ahora me parecía que dos ángeles tomaban a uno de vosotros y abrían las puertas del cielo y lo llevaban ante Dios; y desde allí otros ángeles tomaban al otro y abrían la tierra y llevábanlo al infierno. Y viendo estas cosas, pensé que ninguno de vosotros volvería jamás, y me levanté y comí el pan.

E, hijos, así sucedió a aquellos que quisieron engañar a su compañero y por su sutileza fueron engañados y burlados.

## 6. «NEDIO, EL DISCÍPULO DEL SASTRE»

Ejemplo 102 (31).   *Deridens allium incidit in dirisum*

Quien de otro quiere escarnecer
en escarnio ha de caer.

Dicen que un rey tenía un sastre que le cortaba los paños, y este sastre tenía sus discípulos que cosían los paños según él mandaba, entre los cuales había uno que llamaban Nedio, que en el arte de coser era mejor que todos los otros. Y vino un día de fiesta, y el rey mandó a su sastre que preparase ropas preciosas para él y para sus familiares. Y para que más libremente lo hiciesen, mandó a un camarero suyo que estuviese con el sastre y con sus discípulos, y les diese todas las cosas que necesitasen. Y un día los servidores les dieron de comer pan caliente y miel con otros manjares. Y los que estaban allí comenzaron a comer. Y dijo el camarero: —¿Por qué coméis sin estar aquí Nedio, ni le esperáis?

Dijo su maestro: —Porque no comería miel, aunque aquí estuviese.

Y al cabo de poco vino Nedio y dijo: —¿Por qué comisteis sin mí y no me guardasteis mi parte?

Dijo el camarero: —Tu maestro dijo que, aunque aquí estuvieras, no comerías miel.

Y él calló y pensó cómo haría otra burla idéntica a su maestro. Y al cabo de pocos días, estando ausente su maestro, dijo Nedio en gran secreto al camarero: —Señor, mi maestro tiene enfermedad de delirio y, cuando le viene, pierde el juicio, y con locura golpea y mata a los que están cerca de él.

Y dijo el camarero: —Si supiese cuando le viene, yo le ataría y castigaría con azotes para que no hiciese mal a nadie.

Dijo Nedio: —Cuando le veas que otea a una parte y a otra y golpea en la tabla o en tierra o se levanta de donde está sentado y toma en la mano cualquier cosa sobre la que se sienta, sábete que entonces le viene la locura; y si no pusieras remedio, te podría hacer algún mal.

Otro día Nedio le escondió las tijeras y, al no hallarlas, comenzó a dar con las manos en el tablero y a mirar acá y allá; y el camarero llamó a sus servidores y mandó atarlo y azotar fuertemente para que no hiriese a nadie. Él daba grandes voces diciendo: —¿Qué mal hice para que me atormentéis?

Y después que le hubieron azotado mucho, dejáronlo medio muerto, y al cabo de gran tiempo, cuando respiró, preguntó al camarero qué delito o mal había hecho para que lo atormentara. Y díjole: —Nedio, tu discípulo, me dijo que algunas veces perdías el juicio y no cesabas salvo si te ataban y te azotaban, y por eso te mandé azotar.

El sastre llamó a Nedio, su discípulo, y díjole: —Amigo, ¿cuándo me viste loco?

Y dijo: —¿Y cuándo me viste no comer miel?

Y el camarero y todos los otros rieron, y juzgaron que cada uno mereció la pena que padeció.


### 7.   «LA LEYENDA DEL MONJE FÉLIX»


Ejemplo 181 (110).   *Gaudium celeste inefabile est habendum*

No hay hombre que pueda contar
cuánta es la gloria celestial.

1.   Dicen que un monje, estando pensando cuál sería el gozo en el cielo y cómo podría existir gozo sin fastidio, le fue enviada una avecilla del Paraíso que cantaba muy dulcemente, y se fue detrás de ella fuera de la abadía. Y estando pensando en las cosas celestiales y oyendo los cantos de aquella avecilla, estuvo en el monte durante doscientos años. Y voló la avecilla

y se halló fuera del monasterio; y cuando volvió, no lo querían recibir, pues no le conocían.

2. Del rey Carlos dicen que en el tiempo del rey Luis se apareció a un caballero que estaba enfermo en su huerta con muchos compañeros y lo llevó consigo. Y al cabo de tres años lo devolvió allí donde lo había tomado, y el caballero creyó que no había estado con Carlos más de tres días. Y supo por sus compañeros que habían pasado tres años, y la huerta no apareció más.

## 8.   «EL MONJE INVOLUNTARIO»

Ejemplo 304 (236).  *Mulieris astucia superat omnen dolum*

La maldad de la mujer y su mal pensar
a todo engaño y maldad puede sobrepujar.

Léese que una mujer se llevaba mal con su marido y lo odiaba mucho. Y pensó una gran malicia contra él, y una vez le dio a beber con el vino zumo de ciertas hierbas. Y no solamente fue embriagado, sino que, yaciendo en el lecho como loco, se volvía acá y allá y lanzaba espuma por la boca, y perdió el habla. Y ella fue al monasterio de los monjes aprisa y llorando. Díjoles: —Por Dios, id a mi casa, que mi marido se muere y ha perdido el habla, y antes de perderla no pedía otra cosa sino que quería ser monje, o que si Dios le llevase, que le metiesen en hábito de monje. Y no quiero que por mí se altere su voluntad. Y yo quiero prometer castidad mientras viviere, aunque Dios le dé salud. Por Dios, venid deprisa y vestidle el hábito, que cerca está ya de la muerte.

Y tanto los apremió, que hubieron de venir. Y rapáronle y le hicieron una gran coronilla y vistiéronle el hábito. Y por la mañana, cuando se levantó, pasada la embriaguez, se halló rapado y vestido con el hábito de monje, se maravilló muchísimo y preguntó a su mujer que qué cosa había sido y quién le había hecho aquello.

Y ella, como llorando, dijo: — ¡Oh mi marido muy amado! ¿No te acuerdas que esta noche fuiste hecho monje, y cuando sufrías muy gran dolor, no pedías otra cosa salvo que querías ser fraile? Y mi marido mío, por salvación de tu alma, yo prometí castidad y me conviene estar sola y como viuda desconsolada.

Y él decía que de ninguna manera quería ser monje y que quería estar con ella así como antes. Y ella decía que no quería ir contra su voto, pues ciertamente él era monje, y nunca quisiera Dios que a su lado durmiese un monje. Y decía: — ¡Oh desgraciado, no tendrías ahora vergüenza si quebrantaras tu voto! Y si volvieses a ser lego, todo el mundo te llamaría apóstata o monje renegado.

Y tantas cosas le dijo y con falsas lágrimas le mostró, que el desgraciado, así por vergüenza como por muchas cosas que le dijo ella, supo traer y ordenar. Él fue hecho monje y entró en el monasterio. Y dejó a ella la casa con las alhajas y todas las otras cosas que tenían.

### 9.   «LOS OJOS DE LA RELIGIOSA»

Ejemplo 322 (256).   *Oculus ervatur cimis causa pecatur*

> El ojo debe ser sacado
> que es ocasión de pecado.

El rey de Inglaterra se enamoró de una monja del monasterio de Fuentenblay por la hermosura de sus ojos. Y ella sacólos y los dio al rey diciendo: —Los ojos codiciaste, los ojos toma.

Y no quiso pelear con Dios, mas contra el enemigo de los ojos.


## 10. «LA ORACIÓN DE LA VIEJA POR DIONISIO, EL TIRANO»

Ejemplo 380 (324).   *Rex vel dominus in futurum timendus est deterior*

> De temer es cuando es malo el señor,
> que después vendrá otro peor.

Cuenta Valerio Máximo que todas las gentes deseaban la muerte de Dionisio, tirano de Sicilia. Y una sola mujer cada día rogaba a Dios por él, para que Dios le guardase y viviese. Y oyendo esto Dionisio, se maravilló y le preguntó por qué rogaba a Dios por él.

Y ella dijo: —Siendo yo moza, aquí había un señor malo, y deseaba que muriese; y después vino otro peor que el primero; y después tú, que eres mucho peor que los otros, y ahora temo que después de ti vendrá otro peor. Y por esto ruego a Dios por ti y por tu salud.


## 11. «MUNDUS Y PAULINA»

Ejemplo 385 (329).   *Sacerdos alicuando est causa magni mali*

> El sacerdote a otros y a sí hace daño
> si es causa de pecado.

Cuenta Josefo en el libro XIII de *Las antigüedades* que hubo en Roma una dueña llamada Paulina, noble en dignidad, casta, honesta y de gran fama, y muy rica y muy hermosa. Y un caballero que llamaban Mundo tuvo muy gran amor hacia ella, y le prometió muchos dones y muchas riquezas, y enviándole muchos y diversos mensajeros, nunca la pudo inclinar a consentir en que se oyese maldad.

Y él, encendiéndose siempre más porque ella no consentía, enfermó gravemente, y una sirvienta que tenía, le prometió que si se levantase y siguiese su consejo, ella trataría que tuviese efecto lo que él deseaba con Paulina. Y él, alegre, se levantó del lecho y la sirvienta le mandó cien marcos de plata, aunque él había prometido mucho más a Paulina.

Y la sirvienta tomó la plata, y conociendo la codicia de los sacerdotes de un templo que llamaban Isis, prometió al mayor de los sacerdotes que le daría la plata si callada y encubiertamente pudiera hacer que Mundo, que estaba enamorado de Paulina, pudiese haber efecto de lo que deseaba con ella.

Y él, codiciando el dinero, fue hacia Paulina, y fingióse que el dios Anubio de Egipto le enviaba a ella, diciendo que él le tenía muy gran amor y le mandaba que llevase recado cómo era enamorado suyo. Y ella, oyendo esto, recibió al mensajero de buena voluntad y contó estas palabras a su marido y a sus amigos, gloriándose de que el dios Anubio era su enamorado y la deseaba.

Y el marido se lo concedió generosamente, sabiendo la castidad de su mujer. Y ella fue al templo de Isis y allí preparó a la diosa y compuso el lecho. Y cuando vino la hora de ir a dormir, el sacerdote cerró todas las puertas y tenía ya dentro a Mundo. Y después que fueron todas las luces y candelas apagadas, Mundo que estaba en un rincón oscuro del templo, se fue hacia Paulina que estaba esperando al dios Anubio muy secretamente. Y ella, pensando que era dios, recibióle con muy gran reverencia. Y así estuvo ella toda la noche, y antes de que amaneciese, se fue. Y ella por la mañana fue a su marido y a sus amigos, vanagloriándose y diciendo que toda la noche había dormido con el dios Anubio carnalmente, y los que la oían no la creían y otros pensaban que era un milagro, viendo la castidad y dignidad de esta mujer.

Y al tercer día que se hizo esto, este Mundo que hacía estas cosas, se encontró con Paulina y le dijo: — ¡Oh, Paulina! Me hiciste ganar cien marcos de oro que serían tuyos porque te los prometía, y yo obtuve todo lo que deseaba, pues toda la noche estuviste con Mundo, y no faltó nada para concluir el negocio. Y yo me llamé Anubio.

Y dicho esto, se fue. Y ella volvió en sí comprendiendo aquella maldad, y rompió sus vestiduras y fue al marido, y díjole la traición de tanta maldad, rogándole que vengase su injuria.

Y ella fue al emperador y le contó todo lo que le había sucedido. Entonces el emperador Tiberio quiso saber la verdad, y halló toda la avaricia y el pecado de los sacerdotes. Y porque fueron causa de toda maldad, los mandó ahorcar y destruyó el templo desde los cimientos. Y la imagen de Isis la mandó echar al río Tíber, y al caballero Mundo lo desterró para siempre.

〰〰〰〰〰〰〰〰〰〰〰〰〰〰〰〰〰〰

1. Motivo, M 217.1 «Un sirviente hace un pacto con el diablo para casarse con la hija de un noble». Tubach, 1202.

Aparece en numerosos ejemplarios latinos (E. de Bourbon, C. de Heisterbach, J. de Vitry, Odo de Cheriton, *Liber Exemplorum*), aunque la fuente principal parece ser la *Leyenda Dorada,* XXVI, 5.

A. H. Krappe, «Les sources du *Libro de Exemplos*», *Bulletin Hispanique,* XXXIX (1937), 5-54.

2. Motivo, G 303.16.3.4 «El diablo vencido por la señal de la cruz». Tubach, 1663.

Se encuentra en numerosos ejemplarios latinos (C. de Heisterbach, J. de Vitry, *Liber Exemplorum,* Odo de Cheriton) y romances *(Espéculo de los legos,* 183), si bien parece proceder de los *Diálogos* de San Gregorio, III, 7 y de la vida de San Andrés, incluida en la *Leyenda Dorada,* CXXXVII, 5.

3. Motivo, G 303.16.2.34 «Una monja, al comerse una lechuga sin bendecir, se traga un demonio». Tubach, 3503.

De nuevo a través de los *Diálogos* de San Gregorio, I, 4, y de la *Leyenda Dorada,* CXXXVII, 5, pasa a los ejemplarios latinos (J. de Vi-

try, *Liber Exemplorum)* y aparece en el *Espéculo de los legos,* 139. E.
Auerbach, *Lenguaje literario y público en la baja latinidad y en la Edad
Media,* Barcelona, Seix Barral, 1966, pp. 94-95.

4. Motivo, J 2475 «Untando la palma del juez».
Aparece en los sermones de J. de Vitry y en los de Odo de Cheriton.

5. Motivo, K 444 «El pan comido: el sueño más maravilloso». Tubach, 1789. Tipo, 1626.
A través de la *Disciplina clericalis* (XIX) pasó a los ejemplarios
latinos *(Gesta Romanorum,* 106, *Alphabetum narrationum,* 238) y romances *(Espéculo de los legos,* 532, *Isopete,* V). Alude a él Lope de
Vega en su comedia, *San Isidro labrador de Madrid,* II. Se recoge en
numerosas versiones orales, en especial en América y Marruecos.

6. Motivo, K 1265 «Un hombre sano considerado loco».
Aparece en la *Disciplina clericalis* (XX), y de ahí pasó al *Libro de los
exenplos* y al *Isopete;* pervive en la tradición oral (Espinosa, II; Boggs,
1718).

7. Motivos, B 172.2 «Canto maravilloso de un pájaro»; D 2011.1
«Años que parecen días»; F 3771 «Espacio de tiempo sobrenatural en
el Paraíso». Tubach, 3378.
Cuentos similares hay en distintas colecciones latinas de ejemplos
o de milagros (J. de Vitry, 19, Odo de Cheriton; J. Klapper, *Exempla
aus Handschriften des Mittelalters,* Heidelberg, 1911, n.º 27 y 28) y
en la Cantiga 103 de Alfonso X. El motivo del tiempo abreviado para
el que está dormido o ensimismado aparece en el folclore y es, de modo
inverso, el eje del ejemplo XI del *Conde Lucanor.* Estos mismos datos
presentados como prueba de la potencia de Dios, forman la leyenda
talmúdica de Jeremías (o Esdras) y de aquí, con versiones árabes inter-
medias, van naciendo distintas leyendas, como la del monje de Leire, el
labrador y San Pedro, etc.
M. Asín Palacios, *La escatología musulmana en la Divina Comedia,*
Madrid, 1910; J. Filgueira Valverde, *Tiempo y gozo eterno en la narrativa medieval,* Vigo, ed. Xeirais de Galicia, 1982.

8. Motivos, J 2314 «Un seglar obligado a creerse monje»; K 1536
«La esposa mete monje al marido cuando éste está fuera»; J 2301 «Marido simplón». Tipo, 1406. Tubach, 1803.
Se recoge en los ejemplarios latinos (E. de Bourbon, 458, J. de Vitry, 231), aunque se trata también de uno de los episodios aislados del
*fabliau:* «Les dames qui trouvèrent l'anel», que cuenta Tirso en *Los Ci-
garrales,* V.

9. Motivo, T 336 «Ojos arrancados para evitar el pecado». Tubach, 1945.

Una versión similar, pero atribuida a Demócrito y Tertuliano, la narra Valerio Máximo en sus *Facta et Dicta Memorabilia,* IV, 5. Figura en numerosos ejemplarios (*Alphabetum narrationum,* 732; E. de Bourbon, J. de Vitry) y con algunas modificaciones se repite en el número 370 del mismo *Libro de los exenplos.*

R. Marsan, *Itinéraire...,* pp. 228 y ss.

10. Motivos, J 229. 8 «Contento con el mal maestro por miedo a otro peor»; J 215.2.1 «Una vieja ruega por la salvación del tirano por temor a un sucesor peor». Tubach, 1678.

Su origen está, de nuevo, en los *Facta et Dicta Memorabilia,* VI, 2, aunque se recoge en otras colecciones como las *Gesta Romanorum* o el *Alphabetum narrationum.*

11. Motivos, J 2301 «Marido simplón»; K 1315.1 «Seducción haciéndose pasar por un dios»; K 1544 «El marido instrumento involuntario del adulterio de la mujer». Tubach, 4221.

Narrada por Josefo en las *Antigüedades judías,* XVIII, 3, 4, y en el *Speculum historiale* de Vicente de Beauvais, VII, 4, la anécdota también se incluye, de forma novelada, en la versión castellana de la *Confesión del amante* (libro I). M.ª Rosa Lida, «Las infancias de Moisés y otros tres estudios: En torno al influjo de Josefo en la literatura española»; *RPh,* XXIII (1970), 412-448.

# XIII. LA CONFESIÓN DEL AMANTE

## «LA HISTORIA DE FLORENTE»

Cap. XXVII. *De cómo el confesor por loar la obediencia en el amor, cuenta un ejemplo de lo que le sucedió a Florente, sobrino del emperador Claudino*

Antiguamente en aquellos días hubo un valiente caballero, el cual cuenta la crónica que era sobrino del emperador Claudino y criado en su palacio, pero aún no se había casado y lo llamaban Florente, y era hombre hábil con las armas. Y como era un caballero honrado y enamorado, cabalgó por las comarcas de alrededor con la intención de buscar aventuras extrañas y de ganar fama.

Y sucedió así que estando un tiempo fuera, la fortuna que tiene poder para atar y romper todas las ataduras de los sucesos de los hombres, ordenó las cosas de tal manera que, al pasar este caballero por un camino estrecho, fue preso y llevado a un castillo, donde encontró pocos amigos, porque había sucedido que peleando había matado a Brancos, que era hijo heredero del señor del castillo, por lo que el padre y la madre sintieron una gran pena, porque Brancos era el caballero más valiente que había en toda aquella tierra. Y por lo tanto, muy a gusto se querían vengar ellos en Florente, pero acordándose de la honra caballeresca y de cómo estaba unido por parentesco con el emperador y, considerando estas cosas, por miedo, no se atrevieron a poner la mano en él, pero estaban meditando qué harían.

Entonces vino una mujer que era abuela de Brancos, a la cual tenían por la mujer más sutil que en aquel tiempo conocían, y era tan vieja que no podía andar. Y ella dijo, delante de todos, que lo iba a atar con tal lazo, que de propia voluntad, y sin culpa de nadie, lo haría morir. E hizo traer allí a Florente y le empezó a preguntar por la muerte de su nieto Brancos, diciendo de este modo: —Florente, vamos a dejar de hablar por ahora de la culpa que tenéis en la muerte de Brancos, ni menos de la venganza, con tal de que te dejes juzgar con ciertas condiciones conmigo y me respondas a una pregunta que te preguntaré. Y has de jurar también que si te equivocares de modo que nada te pueda servir, por ello no recibirás venganza. Y para que no te llames a engaño, tendrás día y tiempo señalado y lugar para ir libremente por donde quieras para aconsejarte, con tal de que en el plazo que te sea impuesto y limitado vuelvas aquí con la respuesta.

El caballero, que era honrado y de gran juicio, respondió a aquella mujer que le diese por escrito aquella pregunta, de la que su vida iba a depender, y señalada con sus sellos. Y ella fingió consultarlo y dijo: —Florente, la pregunta trata sobre el amor y sobre todo lo que a él concierne, y lo que te quiero preguntar es que me digas cuál es la cosa que todas las mujeres desean; ahora te puedes ir a donde quieras y aconséjate para esta pregunta.

Florente aceptó este encargo y escribió el juramento y lo firmó con su sello. Y se volvió a los palacios del emperador, su tío, y le contó de qué modo le había sucedido toda su aventura. Y en seguida el emperador mandó llamar a los mayores sabios de todo su imperio; y cuando vinieron, les dijo esta pregunta, pero no se ponían de acuerdo conjuntamente, porque unos decían una cosa y otros otra, pues según la disposición natural lo que a una mujer le agrada a otra le desagrada. Pero una única cosa que agradara y fuera deseada por todas las mujeres en general no la supieron imaginar ni con las constelaciones ni la naturaleza. Así que Florente no encontró otra solución, mas que tenía que soportar su suerte y, por no tener respuesta, perder la vida. Y como quería antes morir que faltar a la verdad, puesto que por propia voluntad lo había jurado, cuando se acercó el momento en que lo había acordado, no quiso esperar más, sino que se despidió del emperador y de todos; y se esforzó en regresar, pidiendo por favor al emperador que no lo tuviese a mal ni se lamentase, porque uno de los puntos contenidos en el juramento era éste: que aunque muriese, nadie reclamaría la venganza por su muerte.

Y así se fue su camino solo como caballero de aventura y con el corazón preocupado por lo que tenía que hacer. Y cabalgando un día cerca del lugar al que tenía que ir, vio estar debajo de un árbol en una floresta una figura de mujer horrenda, que nunca había visto criatura más fea de carne y hueso. El caballero la miraba muy espantado, y cuando pasó cerca de ella, lo llamó y le dijo que esperase. Entonces Florente volvió el caballo hacia donde ella estaba, y esperó así a ver qué quería. Y ella, apenándose de él, le dijo: —Florente, tú tienes ahora sobre ti tal acusación y tal pleito, que si no usas tu máxima astucia y no te aconsejas conmigo, está tan segura tu muerte que nadie del mundo te librará.

Y el caballero, cuando aquello oyó, respondió a la vieja rogándole que le aconsejase bien lo que tenía que hacer. Y ella le dijo: —Florente, si yo consigo que gracias a mí te libres de la muerte y ganes la honra en este asunto, ¿qué me darás como premio?

Y él le dijo: —Cualquier cosa que me pidas.

Y la vieja dijo: —No te pido mas que, antes de que termines el asunto y de que te vayas allá, me prometas que serás después mi marido.

Esto no puede ser —dijo Florente.

Y ella le respondió: —Pues cabalga y vete, y ten por cierto una cosa, que si vas sin mi consejo, morirás sin duda.

El caballero cayó entonces en una gran preocupación, pues no le parecía bien ni ir ni esperar, pensando que de las dos cosas le convenía hacer una: o tomarla por mujer o perder la vida. Y pensando cuál de éstas le convendría más, pensó que, dada su edad, ella poco podría vivir; y que si se casase con ella, la podría poner en un lugar tal donde no fuera vista, en una isla o en un lugar semejante. Y luego se volvó hacia ella y le dijo: —Si no puedo yo escapar más que con tu respuesta que me quieres enseñar, he aquí la mano y la fe de que te tomaré por esposa.

Cuando la vieja esto oyó, alzó las cejas y le respondió así: —Quiero firmar contigo el trato de que si por algún otro modo escapares a la muerte, no estarás obligado a mantener lo que me has prometido. Ahora conviene que atiendas a lo que te voy a decir. En cuanto llegues a aquel lugar donde tan esperado como amenazado eres, en seguida te preguntarán la respuesta. Y sé bien que tú no tardarás en decir lo que llevas pensado, y si con eso te pudieras librar, sea en el nombre de Dios; y si no, ésta será tu doctrina: dirás que la cosa más deseada por las mujeres es querer ser señoras del amor del hombre, porque cualquier mujer que en tal ganancia se halla tiene cumplidamente toda su voluntad, y de otro modo no obtiene lo que más desea; porque has de estar seguro que con esta respuesta salvarás tu vida y no con otra. Y cuando esto hubieres concluido, tórnate acá y me hallarás aquí; acuérdate de que nada de lo que te digo se te olvide.

Con esto se fue Florente su camino adelante con semblante preocupado, como hombre que no sabía ningún modo para contentar al mundo. Pues por un lado estaba a punto de morir y por otro lado, si quería vivir estaba obligado a juntarse en casamiento con tal criatura que era la más fea de todas las mujeres. Pero le gustara o no, tuvo que ir por su camino hacia el castillo, donde tenía que dar su respuesta final sobre la cual giraba su muerte o su vida.

El señor del castillo salió fuera con todos los de su consejo y mandó llamar a su madre, y ella inmediatamente vino allí ante todos. Y después que las firmes promesas del trato fueron leídas públicamente ante ellos, la vieja comenzó a decir al caballero: —Florente, bien sabes el aprieto en el que estás; por eso ahora, aquí delante de todos, di tu excusa.

Y él respondió como mejor pudo, pero no aquello que la fea mujer le había aconsejado; pero fue así que no salió nada por su boca que lo librara de la muerte. Y así esperó él un poco hasta que le mandó la mujer que diese finalmente la respuesta. Entonces el caballero entendió verdaderamente que otra cosa no tenía en qué ampararse salvo en las palabras que le había enseñado aquella mujer, en las cuales estaba toda su esperanza.

Aquel, como por otro camino no sabía librarse, llanamente respondió como le habían enseñado. Y cuando aquella mujer oyó decir la respuesta que Florente dio, comenzó a dar muy grandes voces, diciendo: —¡Traición maldita, que has descubierto el secreto que todas las mujeres más desean! ¡Quisiera ahora Dios que fuera quemada quien te lo aconsejó!

Y por esta respuesta el caballero fue libre del peligro de muerte que esperaba. Mas entonces comenzó de nuevo el gran pesar de Florente, porque tenía que tomar a la vieja y fea mujer por su esposa o faltar a la verdad que había prometido; pero con miedo de ser avergonzado, tomando con paciencia el caso de su destino, se fue para donde ella estaba, más obligado por su verdad que a su gusto de su voluntad, por sostener sólo siempre la verdad. Y aquella vieja tan deforme estaba esperando en aquel lugar donde primero con ella había hablado. Cuando Florente llegó cerca, alzó la cabeza y miró hacia donde ella estaba y vio la cosa más aborrecible que en el mundo fue: pues sus narices era romas, sus cejas juntas y gruesas, y los ojos pequeños y muy hundidos en la cabeza, y las mejillas mojadas con lágrimas y muy arrugadas, así como la piel de los fuelles, los labios todos caídos por la vejez, sus cabellos canosos y por muy crespos, revueltos todos en la cabeza y muy cortos; su color parecía raíz de árbol viejo; el pescuezo seco y muy corto, los hombros acornados, que no había nadie que no se turbase al mirarla. Y su cuerpo era tan grueso, que parecía un saco lleno de lana, y para describirla rápidamente: no había miembro de su cuerpo que no tuviese tacha.

Y esta vieja fea acercóse al caballero y tomólo por la rienda del caballo, diciendo que, puesto que ella era quien lo había librado de la muerte, le mantuviese aquella verdad y promesa que le había hecho; con estas palabras Dios sabe qué poco placer tomaba él, como aquel que pronto iba a reventar de dolor porque no podía huir, salvo faltando a la verdad. Pero así como el enfermo toma en su jarabe azúcar con mirra para curarse, así entonces al caballero Florente en su dicha le convino beber amargura con dulzura, mostrando placer con pesar por verse donde creía morir, pensando cómo su juventud se había de gastar con una persona tan vieja y aborrecible en todo.

Pero por fuerza le convenía mantener su verdad, como todo caballero es obligado a mantenerla en cualquier aventura que le pueda suceder, sin importar que aquélla fuera más fea que ninguna. Y como bien entendía que debía prestar atención al honor femenino para mostrar su gentileza, la tomó y la puso delante de sí en el arzón del caballo, como mejor pudo, vestida de viejos andrajos como la había encontrado. No os maravilléis de que muchas veces por el camino suspirara; pues así como la corneja va de noche apartada de la vista de las otras aves, así el caballero se escondía de día para no aparecer, y andaba de noche hasta que calladamente llegó con ese feo y grueso animal, que era su mujer, para que de día nadie la viese.

Y cuando llegó a su palacio, donde tenía a los de su consejo con quienes más confiaba, les contó cómo le había sucedido toda su aventura y cómo había prometido casarse con ella porque le había salvado de la muerte. Las mujeres, que su secreto sabían, la desnudaron de los pobres harapos que traía vestidos y la hicieron bañar y arreglar de la mejor forma que pudieron y supieron, aunque no encontraron arte ninguno para esparcirle los cabellos que estaban yertos y escrespados, ni ella consintió en que fueran cortados. Y entonces las mujeres hallaron un truco para que los cabellos no se vieran. Pero cuanto más arreglada estaba ella, peor parecía. Y como el casamiento

entre ellos no se podía evitar, por la gran deformidad de ella
y mucha vergüenza y rubor de él, acordaron que los casasen
de noche; del cual casamiento nunca hombre tan afortunado
se halló como él. Y ella algunas veces quería retozar y jugar
y decía: —«Vamos a dormir, señor, que no me casé con vos
con otra intención sino que en este mundo estuvieseis siempre
a mi placer»—, ofreciéndole su boca para que se la besase,
como si fuera alguna gentil mujer. Mas él con esto ningún
placer sentía con ella; pues su cuerpo allí estaba, pero la voluntad estaba en otra parte y el espíritu en el purgatorio. Pero
con todo no pudo evitar obedecer por fuerza el casamiento e
ir con ella a la cama; sin embargo, cuando ellos estaban los
dos desnudos en la cama, él no podía dormir, sino que se
revolvía de un lado a otro para esconder los ojos para no
mirar a aquella criatura fea. La habitación estaba extraordina-
riamente bien iluminada y la novia yacía bajo las delgadas
sábanas de cendal; tomó a su señor en los brazos, aun contra
su voluntad, y le empezó a pedir que, puesto que él era su
marido y ambos estaban unidos, se volviese hacia ella.

Y él se dejó estar tan quieto como una piedra, y ella no
dejaba de rogarle y le decía que se acordara de lo que le había
dicho cuando en un principio le había dado la mano. Y él la
escuchó y pensó que esto le ocurría porque toda su vida pasase
pena, y como hombre fuera de sí se volvió súbitamente hacia
ella, y vio estar junto a él una muy hermosa doncella de dieciocho años de edad, de tal rostro como nunca en su vida
había visto. Y queriéndose acercar a ella, le pidió por favor
que la dejase un poco y le escuchase lo que le quería decir.
Y en seguida él tranquilizóse y escuchóla de muy buena gana;
y ella le dijo que qué le gustaría más, que ella fuese tal como
entonces aparecía de día o de noche, porque de ambos tiempos no podía gozar. Entonces por muchas razones él sintió
mucho placer y comenzó a pensar sobre aquello, pero no pudo
saber escoger cuál era lo mejor.

Y ella que deseaba la tranquilidad de su corazón, le pidió
que escogiese, a lo cual respondió diciendo: —¡Vos que sois

mi salud, decidid como queráis en esta petición, que yo no
sé decidir, salvo que mientras viva quiero que seáis mi guía,
porque no sé pensar cuál de ellas es la mejor! Por lo tanto
para elegir en esto, os doy plenos poderes y os ruego que es-
cojáis por los dos, que aquello que queráis y digáis, eso quiero yo.

Señor mío —dijo ella—, muchas gracias, pues sólo por esta
palabra que dijisteis dándome poderes, ya mi hada se ha marchado, de modo que la hermosura que ahora tengo ha de durar en mí siempre hasta que muera, así de noche como de día.
Y os hago saber que soy hija del rey de Sicilia y sucedió
hace poco que, estando yo en la casa de mi padre, mi madrastra por odio me mudó con encantamiento en aquella forma
que visteis, en la cual debía permanecer hasta que hubiese
ganado el señorío y el amor de un caballero que sobrepasase
en fama a todos los de su tiempo. Y según parece sois ese; y
por lo tanto soy ahora vuestra y lo seré mientras viva.

Entonces hubo entre ellos mucho placer y cada uno reía y
jugaba con el otro. Y así vivieron mucho tiempo y los sabios
que de esto se enteraron, lo mandaron escribir en una crónica
para ejemplo y enseñanza de cómo la obediencia puede dar
fortuna al hombre para amar y llevarlo a su gusto, así como
hizo a este caballero Florente.

~~~~~~~~~~~~~~~~~~~~~~~~~~~~~~~~~~~~~~~

Motivo, H 1233.1.1 «Vieja ayuda en una tarea». Tipo, 400 y 425.
Coincide con el relato inglés de «La boda de Sir Gawen y la Dama
Ragnell» y con el cuento de la viuda de Bath en *Los cuentos de Canterbury,* aunque las versiones de Gower y Chaucer parecen independientes. La fuente exacta nos es desconocida, aunque se supone un origen
irlandés y algún *lai* bretón, como eslabón intermedio. Existen versiones
orales recogidas en la India y Japón.
F. N. Robinson, *The Complete Works of Geoffrey Chaucer,* Oxford,
University Press, 1974.

~~~~~~~~~~~~~~~~~~~~~~~~~~~~~~~~~~~~~~~

# XIV. ARCIPRESTE DE TALAVERA O CORBACHO

## «EL ERMITAÑO DE VALENCIA»

Ejemplos te daría mil salvo por no ser prolijo. Pero en nuestros días, y aun yo lo conocí, hablé y comí y bebí con el ermitaño de Valencia. Mira qué hombre reputado por santo en toda aquella ciudad y aun en todo el reino: que así iban a su casa y más a gusto que no a la iglesia, y teníase por santo o santa quien una astilla de la cama donde él dormía podía obtener; y a muchos curaba con el agua del pozo de su huerto y con las hierbas que en él crecían; que si una persona estuviese hidrópica y comiese un ajo o un puerro de su huerto, en seguida creía estar sano. Veríais entrar y salir bigardas[1] cada día de diez en diez y de veinte en veinte; caballeros y nobles, lo mismo, porque tenía una casa muy graciosa, un huerto muy provisto de todas las cosas, y era hombre que presumía de tenerlo hermoso y limpio, y convidaba a gusto a cuantos por allí iban.

Pero se supo al fin cómo había tenido muchos hijos con muchas beguinas[1] y otras muchas preñadas con Deo gracias;

---

[1] Los términos «bigardas», «beguinas» aluden a las mujeres pertenecientes a una comunidad religiosa fundada en Bélgica, en el siglo XII, por Lamberte Le Bègue. Se empleaban a veces con matiz despectivo, equivalente a «falsas devotas», como puede apreciarse en el ejemplo XLII de El Conde Lucanor.

otras vírgenes desfloradas, seglares y beguinas, con «la paz
sea con vos»; casadas, viudas, monjas, sucesivamente, con «loado
sea Dios». Lo tenían gordo como ansarón de las muchas comidas; así le iban las ollas y pucheros a su casa, de estas
beguinas, como cantarillos a la taberna. Era nigromántico y
con sus artes hacía venir a su casa a aquellas que quería y
le parecía bien.

Y por aquí fue descubierto; que tenía un compañero, un
caballero de estos de la cerda [2], y un día ordenaron a un pintor que pintase cómo estaba Nuestro Señor crucificado y el
diablo allí pintado muy deshonestamente, lo cual no es para
contar; y pusieron manos a la obra, después de llegar a un
acuerdo con el pintor.

El pintor fue bien pagado y lo pintó, como he dicho, en
casa del ermitaño secretamente, en un cuartito muy secreto
que nadie conocía, salvo él y aquel caballero, en donde ambos
hacían sus invocaciones a los diablos. Y después que lo hubo
hecho, se fue el pintor, remordiéndole la conciencia, al gobernador de la ciudad de Valencia y le contó todo el asunto.

El gobernador, espantado de aquello, porque lo tenía por
un santo como los otros, cabalgó y fue a casa del ermitaño
e hizo rodear toda la casa de gente y el pintor con él. Al llamar
a la puerta, abrió el ermitaño y dijo: —Señor, ¡la paz sea
con vos!

Respondió el gobernador: —¡Amén, mon frare! [3].

En seguida el ermitaño abrió las puertas e hizo entrar a
todos, pero el pintor se quedó fuera hasta que lo llamasen.

---

[2] La voz *cerda* es de interpretación dificultosa no aclarada por ningún
editor de manera satisfactoria. Según el *DCECH,* se trata de «cada uno
de los pelos duros y gruesos de ciertos animales como el caballo y el
cerdo». Por otro lado, en el léxico de germanía, *cerda* equivale a cuchillo (*Vocabulario* de Hidalgo). Parece ser un instrumento usado por
los ladrones de bolsas para cortarlas y vaciarlas de su contenido. Véase
J. L. Alonso Hernández, *El lenguaje de los maleantes españoles de los
siglos XVI y XVII,* Salamanca, Publicaciones de la Universidad, 1979,
páginas 139-140.
[3] Conservo estas expresiones por tratarse, creo, de un intento del
Arcipreste de Talavera de reflejar el habla local.

Y dijo el ermitaño: —Señor, estoy muy contento de vuestra venida. ¿Qué dios os trajo ahora aquí? Pues hace ya más de dos meses que no venís a visitar esta casa; que en verdad, señor, ella y yo, estamos prestos y obligados a vuestros deseos.

Dijo el gobernador: —En verdad, ermitaño, me sentí un poco aburrido y me vine aquí a ver vuestra casa.

Dijo el ermitaño: —Señor, pues véala aquí vuestra merced.

Y en seguida lo llevó al huerto y se lo mostró todo, y lo llevó por la casa y se la mostró toda, salvo la habitación en donde dormía y la recámara secreta; que no se podía saber si había allí habitacioncilla o no, que era hecha de madera unida y no se veía ni puerta ni ventana, sino que era todo una habitación. E igual que los casados tienen una habitación arreglada hermosamente para recibir a los que vienen, así tenía él esa camareta con dos haces de sarmientos por cama y una piedra por cabecera y aquello mostraba a los que venían, pero en la habitacioncilla hallaron después cama y camas y joyas y ropas.

Y cuando el gobernador entró en la habitación, dijo: —¿Aquí dormís, padre?

Dijo: —Sí, señor.

Comenzó el gobernador a reírse, y dijo al oído a uno de los suyos: —Sal y llama al pintor.

El ermitaño pensó que decía el gobernador al otro al oído: —¡Qué santo hombre es este ermitaño!

Y comenzó a suspirar y llorar el ermitaño —que tienen las lágrimas más sueltas que las mujeres—, y dijo: —Señor gobernador, mucho más sufrió Nuestro Señor para redimir nuestros pecados.

El gobernador dijo, como que no sabía: —Padre, ¿qué tenéis tras estas tablas?

Y dio un gran golpe sobre ellas.

Dijo el ermitaño: —Señor, las hice poner para la humedad que, como no me desnudo nunca para dormir y no tengo otra ropa en la cama, me protegen estas tablas del frío de la pared; si no, me habría muerto.

Dijo el gobernador: —Parece que hay algún cuartito aquí.

Dijo el ermitaño: —Ay, señor, nada en verdad.

Dijo el gobernador: —Abrid, padre, así gocéis. Veamos qué tenéis dentro.

Y al ermitaño se le mudó la color, y vio que no era buena señal cómo insistía el gobernador en ello, y dijo: —Señor, ¿no me creéis? Pues debíais creerme, que nunca recuerdo haber dicho mentira a nadie. ¿Cómo os iba a mentir a vos?

Y se arrodilló en tierra haciendo la cruz con los brazos, diciendo: —¡Por la Pasión de Jesucristo, que su sangre derramó por nosotros, ni por el sabor de la muerte que he de padecer, y así salve Dios esta alma pecadora, y aun por el santo sacrificio del altar, señor, que no hay nada más de lo que veis!

Entonces el gobernador, furioso al ver que mentía, ya que el pintor le había dado las pistas, dijo: —¡Vos, don viejo falso y malo, abriréis, mal que os pese, y veré lo que tenéis ahí dentro!

Después que esto vio el ermitaño, ciego y mudo, sólo pudo decir: —Señor, iré a por la llave, pues tanto insistís en que os abra.

Esto lo dijo para poder salir fuera y huir. Pero el gobernador dijo: —Vamos; iré con vos, que no os dejaría.

Y en esto entró el pintor, y cuando el ermitaño vio al pintor, comprendió que ya estaba muerto.

Dijo el pintor: —Dios os salve, padre. ¿Cómo os va con Dios?

El ermitaño no pudo hablar, ni «Deo gracias» decir, ni «pas [4] sea con vos» murmurar. Entonces dijo el pintor: —Señor, mandadle abrir. Mirad aquí la llave: es esa que tiene colgada en el cinturón.

Entonces le cogieron la llave y él enmudeció, que no hablaba, y se quedó medio loco. Y abrieron por donde el pintor dijo que había visto al ermitaño abrir, y el gobernador entró

---

[4] Vd. nota 3.

dentro, y cuando vio el sacrilegio tan abominable pintado, se tapó los ojos con las manos y no lo quiso mirar, y dijo al pintor: —¡Llévatelo, llévatelo de allí y dobla aquella tela! ¡Nunca se vuelva a ver cosa igual!

Y mostrólo a dos o tres testigos y dijo al ermitaño: —¡Oh, traidor, malo y engañador! ¿Quién te mandó hacer tal cosa?

Y lo hizo llevar en seguida preso; y cuantos lo veían llevar preso se maravillaban de por qué lo hacían y llevaban así al santo bendito.

Tendrías que haber visto desesperarse a las begardas cuando supieron que estaba preso, pero no sabían por qué; y tendríais que haber visto a caballeros y señoras ir a rogar al gobernador, tanto que no podía protegerse de los ruegos de los grandes, hasta que dijo: —«Si no cuento lo que este falso ha hecho, muerto soy, corrido y apaleado.» Que así iban las beguinas de una casa a otra de los caballeros, como si se fuesen a salvar, aunque alguna de ellas, de aquellas con quien él disfrutaba, bien pensaba que lo habrían encontrado con alguna mujer. Etc.

Sin embargo, el gobernador al fin lo tuvo que descubrir, para que no le molestasen más; y después que las gentes lo supieron, comenzaron a hablar mal del ermitaño y las lenguas a callar. Y en seguida el gobernador le comenzó a atormentar, y contó el ermitaño cosas endiabladas de lo que hacía en Valencia, así con sus malas artes, y cómo confiaran en su segura santidad las gentes. En suma: que al fin fue condenado al fuego y así fue quemado.

Motivos; Q 221.3 «Blasfemo castigado»; Q 558.4 «Blasfemo sentenciado a muerte».

Parece recrear alguna tradición oral escuchada durante su estancia en la Corona de Aragón.

# XV.  EL ESPEJO DE LOS LEGOS

## 1.  «EL ÚNICO ARDID DEL GATO»

24.  Una vez la raposa se encontró con el gato y le preguntó cuántos ardides sabía, y le dijo el gato: —Uno, que cuando me persiguen los perros me subo al árbol y pasan escarnecidos.

Y dijo la raposa: —Yo sé veinte y aún tengo lleno el saco. Ven conmigo y te enseñaré mis ardides.

Y se fueron juntos, y vino el cazador persiguiéndolos con los perros, y dijo el gato: —Oigo los perros y no me atrevo a esperar más.

Y le dijo la raposa: —Ven sin miedo, que muy bien escaparás.

Y acercándose los perros, dijo el gato: —No te seguiré más. Quiero usar mi ardid.

Y subió al árbol y, viniendo los perros, tomaron a la raposa, y la despedazaron. Y viendo esto el gato que estaba encima del árbol, dijo con grandes gritos: —Raposa, raposa, abre tu saco, pues ya hace falta.

La raposa significa los engañosos y entendidos en las cosas mundanas, y el gato, animal doméstico, significa los simples e inocentes a los cuales quieren engañar los raposos del infierno. Y a éstos se les podría decir aquello del capítulo VIII de Ezequiel: —«En tu sabiduría te fortificaste y ganaste oro y plata». Y síguese más adelante: —«Y por eso enviaré sobre ti los extraños». Pues mejor es estar con los simples en el árbol de la Cruz con Sacheo para ver a Jesucristo, según dice en el capítulo XIX de San Lucas, que andar con los malos alrededor para ganar las cosas temporales. Y esto es lo que dice el Señor en el capítulo XX de San Mateo: —«Sed sabios como serpientes y simples como palomas. La serpiente entra por el angosto agujero y se despoja de la piel vieja; y así despoja el sabio simple al hombre viejo, que quiere decir el pecado». Busca esto abajo en el capítulo de los alguaciles y en el capítulo de las cosas ganadas no rectamente y en el capítulo de la avaricia.

## 2. «LOS TRES AMIGOS»

35. Léese en el libro de Barlaam que uno tuvo tres amigos, y amó a dos especialmente y al tercero fingidamente, y como fuese llamado ante el juez por alguna culpa, rogó al primer amigo que estuviese por él ante el juez, y le contestó: —Tengo otros amigos y no puedo ir contigo; te daré, sin embargo, un cilicio con que te cubras.

Y quedando abatido por aquella respuesta, se fue al segundo amigo y le pidió parecido consejo. Y él le contestó: —No puedo hacer esto, pero te acompañaré hasta la puerta y luego me volveré.

Y quedando aún más abatido de éste que del primero, se fue para el tercer amigo, al que amaba hacía poco, y le preguntó lo que le había preguntado a los otros. Y díjole él: —Ciertamente, aunque poco me hayas querido, iré, sin embargo, contigo, delante de ti y me pondré por ti delante del rey para que no te mate.

Y el primer amigo es la posesión de las riquezas, las cuales apenas otorgan una mortaja al amigo que muere. Dice en el capítulo XXVII de Job: —«El rico cuando muriere, no llevará consigo nada». Y en el Salmo dice: —«Durmieron su sueño y no hallaron nada en sus manos». Y el segundo amigo es la mujer y los hijos y los compañeros, los cuales apenas lo siguen hasta la sepultura, según aquello del Salmo: —«Alejáronse de mí los amigos y los cercanos y los conocidos». Y ese mismo salmista dice: —«Prestaba atención a la derecha y no había quien me reconociese. Y por casualidad a la izquierda hubo muchos que acusaban». Y el tercer amigo es el acopio de las buenas obras, el cual sigue al culpado para llegar ante el juez, según dice el capítulo XIX del Apocalipsis: —«Sus obras les siguen».

### 3.  «EL AVARO Y SU SIRVIENTE»

61.  Un clérigo en Inglaterra, llamado maestro Odón, entregóse a la avaricia, y tenía diez libras en moneda, y puso cada una de ellas en un saco y las puso en lugar seguro, donde pudo. Y un día mandó a su sirviente que fuera a Londres para algunos negocios, y mientras iba de camino, murió su señor. Y volviendo el servidor, durmió una noche en una casa desierta en un descampado, y persignóse cada parte con la señal de la cruz. Y cerca de la medianoche entró en aquella casa el demonio con gran compañía, y llevaban consigo a uno, y pusiéronlo delante del jefe, y el sirviente reconoció que era su señor. Y acusado y burlado de muchas maneras por los

demonios, llamó el muerto al que estaba en el rincón y díjole:
—Ayúdame.

Y respondióle su siervo y dijo: —No puedo, pero te puedo hacer esta gracia: que vuelvas a por tu tesoro, y si de cada saco pudieres obtener sendas monedas para que sean dadas a los pobres, quedarás libre.

Y volviéndose el maestro Odón a sus sacos, encontró que un demonio guardaba cada saco y le dijeron: —¿Qué buscas aquí?

Y dijo él: —Busco mi tesoro.

Y dijéronle ellos: —No es tuyo sino nuestro, pues tú estabas bajo nuestro poder cuando ganaste esto.

Y díjoles él: —Por lo menos, dadme de cada saco una moneda.

Y dijéronle ellos: —No te llevarás ni un cuarto.

Y el desgraciado volvió de vacío y preso por los demonios, y obligado a hablar, dijo: —¡Maldito sea el día en que nací!

Y obligado a hablar más, dijo: —Renuncio a la ayuda de todas las criaturas.

Y diciéndole el jefe, «termina Odó», dijo: —Renuncio a la ayuda de Jesucristo y de su Madre y de todos los santos.

Y dicho esto, dijo el jefe: —Basta, llevadlo al lugar que le está reservado, y antes de que nos vayamos busquemos si hay aquí alguien que no sea de nuestra compañía y haya visto nuestros secretos.

Y fue buscado el sirviente por muchos demonios y, al volver, dijeron a su jefe: —Uno encontramos, pero no podemos acercarnos a él porque está rodeado por un muro muy alto, es decir, la señal de la Cruz.

Y aquellos espíritus malos fuéronse con su maestro. Y al volverse el caminante a su tierra, halló que a la hora en que le fueron mostradas las cosas susodichas había muerto su señor.


Y aquí viene lo dicho en el capítulo II de Abacuc: —«Mal sea al que reúne mala avaricia en su casa». Y San Agustín dice:

—«Mal sea a los que viven para acrecentar las cosas perecederas y perder las perdurables».

## 4.  «EL BAILE MALDITO»

Dícese que en el obispado de Tolosa, antes de que fuese
obispo en él don Bruco, que fue en él obispo después del
Papa León, en tiempos del emperador Enrique, sucedió que
ciento veintidós mancebos y mozas vírgenes andaban danzando la noche de la Natividad del Señor, no por honrar la fiesta,
sino para tomar y llevar a una hija del cura de la iglesia, llamada Eva, para un mancebo, enamorado suyo, llamado Gui-
llén. Y al salir la moza de la Iglesia, comenzaron su danza y
su cantar, más de alborozo y de ruido que de honestidad, y
estorbaban mucho al sacerdote que hacía el oficio divino, y
les amonestaron para que callasen, pero no quisieron cesar. Y
al salir el sacerdote de la Iglesia, movido por el celo divino,
les dijo así, como si fuera una maldición: —Ruego a aquel
santo, en cuyo honor está edificada esta iglesia, que no ceséis
esta actividad en toda vuestra vida.

Y así se les pegaron las manos unos a otros y no las podían apartar, aunque quisieran. Y envió el cura de la Iglesia a
su hijo llamado Azón para que sacase a su hermana Eva de
la danza, y agarrándola por el brazo, le sacó el brazo sin que
le saliera ni una gota de sangre, y ella quedó asida en la danza.
Y fue enterrado el brazo y otro día fue hallado desenterrado,
y fue otra vez vuelto a enterrar y de ninguna manera lo quiso
recibir la tierra. Estuvieron así danzando y cantando aquellos
desgraciados todo un año, de manera que ni comieron ni be-
bieron ni se acostaron en ninguna cama ni entraron bajo te-
chado en todo aquel año. Y el cantar era este:

Íbase el mancebo
por la floresta frondosa
y llevaba consigo
a la mocita hermosa,
y ¿en qué estamos
que no andamos?

Y acabado el año, en la noche de Navidad, a la misma hora
que los había maldecido el sacerdote, se desasieron unos de
otros, y entraron en la Iglesia y se acostaron en tierra y durmieron tres días con sus noches. Y después los despertó el
sacerdote mencionado, y ellos le rogaron muy humildemente que
les absolviese de su maldición y de la sentencia que contra ellos
había dado. Y él los absolvió y les dio penitencia. Ellos se
pusieron en pie, pero no podían estar quietos ni descansar. Y
movían los miembros y alzaban pies y brazos, como si estuvie-
ran bailando, y no podían estar quietos ni parar aquellos mo-
vimientos. Y se separaron unos de otros y se fueron a andar
por el mundo, asombrando y maravillando a todos los que los
veían. Y uno de ellos, llamado Teodorico, llegó a Inglaterra
en tiempos del rey Ebrardo, y fue allí curado el día de la Anun-
ciación del Señor, gracias a la bienaventurada Santa Edita.

Y de estos puede bien decirse lo que dice el salmista: —«Alrededor andan los malos». Y a tales como estos amonesta
el Señor en el capítulo XXV de Ezequiel y dice: —«Porque
diste palmas con las manos y golpeaste con el pie y te arre-
glaste sobre la tierra con toda la voluntad, extenderé sobre
ti mi mano y te entregaré a los extraños». Y parece que los
que andan en coros de danzas y bailes tratan de entrar en el
infierno, pues el infierno está bajo tierra y ellos golpean la
tierra llamando a la puerta del infierno, así como si quisieran
entrar dentro. Y así es lo que dice Salomón en el capítulo XXV
de los *Proverbios:* —«Sus pies descienden a la muerte y sus
pisadas traspasan el infierno». Y el *Eclesiástico* dice en el capí-

tulo XXX: «Las pisadas de los pies muestran qué hombre es». Y claramente parece que el andar de los que danzan o cantan va al infierno directamente, pues siguen en el lado izquierdo, donde serán puestos en el infierno el día del juicio los que han de ser condenados. Y así es lo que dice Salomón en el capítulo V de los *Proverbios:* —«El Señor conoce los caminos que están a la derecha y muy malos son los que están a la izquierda».

## 5.    «LA VIDA DE SAN ANDRÉS»

179.    En la vida del apóstol San Andrés se lee que el diablo tomó forma de virgen hermosa, y vino a un obispo bajo apariencia de santa. Y el obispo, conmovido, le mandó dar alojamiento en su casa y sentarse a comer en su mesa. Y como ella se excusase por ir a comer con el obispo diciendo que no era honesto que una mujer comiese en la mesa con el obispo, respondió el obispo que no nacería de allí oportunidad para difamar, porque habría muchas personas presentes en el lugar en donde iban a comer. Y aceptando esto la mujer y habiéndose sentado con el obispo a comer, comenzó a pronunciar palabras dulces y amorosas y a mostrarse todavía más hermosa y a encender el corazón del obispo para pecar y para tener con ella unión carnal. Y estando ellos en esto, llegó a la puerta uno con aspecto de peregrino y comenzó a pedir comida por caridad. Y entró el portero a decirle al obispo lo que pedía el peregrino. Y respondió la doncella y dijo: —Hágasele primero una pregunta y si contesta como corresponde, déjesele entrar a ver qué quiere.

Y como dudase quién le planteaba la pregunta, dijo el obispo a la doncella: —Vos, señora, superáis a todos los que aquí están en sabiduría y en bien hablar y a vos pertenece proponer esta pregunta.

Y respondió la doncella y dijo: —Pregúntesele cuál es el mayor milagro que hizo Dios en una cosa pequeña de las que creó en este mundo.

Y respondió el peregrino y dijo que este milagro era la diversidad y excelencia de las caras de los hombres, porque nunca había habido en el mundo dos hombres que tuvieran las caras idénticas del todo, y porque los cinco sentidos están metidos en tan poco espacio como es la cara humana. Y como todos alabaran aquella respuesta que había dado el peregrino, dijo la doncella: —Plantéesele otra pregunta y sea ésta: «¿Dónde es la tierra más alta que el cielo?»

Y respondió el peregrino y dijo que en el cielo empíreo, donde está la carne de Jesucristo que fue tomada de la tierra. Y como gustase mucho al obispo y a todos los que con él estaban esta respuesta, hízole la mujer la tercera pregunta, que cuánto espacio había desde el cielo a la tierra. Y oyendo esta pregunta el peregrino respondió al mensajero y dijo: —Ve y dile a esa mujer que te envió aquí que ella te podrá responder mucho mejor a esta pregunta, pues ella cayó del cielo al infierno y yo nunca caí del cielo, y no es mujer como aparenta, sino diablo que quiere engañar al obispo con maldad.

Y oyendo la mujer esta respuesta, desapareció sin detenerse, y el peregrino celestial no fue visto más. Y el obispo, viendo esto, hizo penitencia por su mal comportamiento y supo esa noche en sueños que San Andrés lo había librado del diablo que venía en forma de aquella mala mujer.


Y así es lo que dice el Apóstol en la *Epístola Segunda a los Corintios* en el capítulo XI, en el que Satanás se transfigura en ángel de luz. Y por eso nos aconseja sabiamente el *Eclesiástico* en el capítulo XI y dice: —«No lleves a cualquier hombre a tu casa, pues son muchas las artes del engaño». Y el Evangelista San Juan en su primera canónica en el capítulo IV: —«No creas en todos los espíritus; prueba si los espíritus son de Dios».

## 6. «SERLO Y SU DISCÍPULO»

278. Cuenta Odo de Cheritón que hubo en París un maestro llamado Serlo, y tenía un discípulo que despreciaba oír en las fiestas los oficios divinos y se ponía a escribir argumentos lógicos. Y como muriese este discípulo, se apareció después de la muerte al citado Serlo, su maestro, vestido con una ropa negra sobrecosida toda con cartillas, y díjole: —Muy gravemente estoy atormentado por las cartillas de los argumentos que acostumbraba a escribir los días de las fiestas, y así estoy ahora condenado por ellas y cada una de ellas pesa más que una gran torre. Y si quieres conocer lo que sufro, extiende tu mano y lo verás.

Y como el maestro Serlo extendiese su mano, le cayó sobre ella una gota del sudor que recorría al discípulo y traspasósela sin detenerse. Y viendo esto el maestro Serlo, dejó la lógica que enseñaba y entró en religión y compuso los versos que siguen: Dejo el «quax, quax» a las ranas y el «cras, cras» a los cuervos, y las cosas vanas a los vanos y yo voyme a aquella lógica que no teme los argumentos de la muerte.

## 7. «LA VERDAD, LA JUSTICIA Y LA VIRGEN»

365. Un pecador como estuviese muy cargado de pecados y fuese robado en espíritu y conducido a juicio, vino el espíritu maligno y lo acusó muy gravemente, y dijo a los ángeles que estaban delante: —No tenéis parte en este hombre, pues mío es y de esto tengo carta pública sobre él.

Y díjole el Juez: —¿Dónde está esa carta que dices?

Y respondió el diablo y dijo: —Tú ordenaste esta carta y mandaste que durase para siempre, diciendo a los primeros pa-

dres del linaje humano: «a cualquier hora que comáis, moriréis».
Y este hombre es uno de aquellos que comieron del manjar que
Tú prohibiste y, por tanto, mío es, y debes mandar entregár-
melo a mí.

Y dijo el Señor al pecador: —Hombre, ahora te toca responder, a ver qué respondes a lo que éste dice contra ti.

Y como el pobre hombre se sintiese aturdido y no contestase nada, respondió el diablo y dijo: —Este hombre es mío
por prescripción, pues hace ya treinta años que es mío en
pacífica posesión y me sirvió como un siervo.

Y como el desgraciado no contestase tampoco a esto, dijo
otra vez el antiguo enemigo: —Este hombre es mío, porque
si algún poco de bien hizo, fue muy poquillo en comparación
con los males que hizo.

Y como el desgraciado tampoco respondiese a ninguna cosa
de éstas, vino una virgen llamada Verdad y respondió por él
a la primera y dijo: —Sabemos que hay dos muertes: una del
alma y otra del cuerpo y aquella sentencia que tú, diablo, ale-
gas, habla solamente de la muerte del cuerpo, y por lo tanto
es falso tu argumento.

Y vino otra virgen llamada Justicia y respondió por él a
lo segundo, y dijo: —Aunque tú, diablo, has poseído a este
hombre muchos años, lo has poseído por engaño y no por
justo título, y por lo tanto no te puede servir tu prescripción.

Y como no había quien respondiese a lo tercero, mandó el
Juez que pusieran las obras buenas y malas en las balanzas,
y acercáronse a aquel hombre desgraciado aquellas dos vírgenes que fueron sus abogadas y dijéronle: —Vete muy deprisa
a la Madre de Misericordia que está sentada a la derecha del Juez
y pídele con afán que te quiera ayudar, pues no vemos de
momento otra solución.

Y se fue el pecador y se echó a los pies de la Santa Virgen,
y rogóle con devoción que le quisiese socorrer. Y levantóse en
seguida la Madre de piedad y acercóse a la balanza donde estaban unos pocos bienes que aquel pobre hombre había obrado
y puso sobre ellos la mano e hizo que pesasen más que los pe-

cados. Y viendo esto el diablo, asió de la balanza donde estaban los pecados y trataba de bajarla, pero no lo pudo hacer.
Y fue liberado aquel hombre desgraciado de aquel peligro y
volvió a la vida para enmendarse.


Y tal balanza como esta era la balanza de Baltasar, rey de
Babilonia, al cual fue dicho en el capítulo V de Daniel:
—Pesado eres en la balanza y se ha hallado más mal que bien.
Y por esto dice San Bernardo en el sermón, hablando a la
Santa Virgen: —Calle tu misericordia, Virgen bienaventura-
da, el que te llamó en sus necesidades y no le socorriste, pues
nunca faltaste a los que te llamaron para aliviarles del mal y
darles bien.
Y esto se ve en este hecho muy claramente.

1. Motivo, J 1662 «El único ardid del gato». Tubach, 2180.
Fábula esópica incluida en las *Gesta Romanorum*, 52, y en el *Isopete*, Ex. V.

2. Motivo, H 1558.1.1 «De tres amigos, el tercero resulta el verdadero ante la emergencia». Tubach, 2407.
Conocido en la literatura latina medieval a través de las distintas
versiones del *Barlaam* (especialmente de V. de Beauvais y de la *Leyenda
Dorada)*, se incluye en el *Alphabetum narrationum*, 58, *Gesta Romanorum*, 238 J. de Vitry, 120, J. Klapper, *Exempla...*, n.º 25, y en el *Libro
de los exenplos*, 16.

3. Motivo, G 303.16.3 «El poder del diablo vencido por la Cruz».
Tubach, 3235.

4. Motivo, C 941.1 «Enfermedad por incumplir una prohibición».
Tubach, 1419.
Un ejemplo similar narra E. de Bourbon, 270.

5. Motivo, H 543.1 «El diablo descubierto al plantear adivinanzas».
Tubach, 214.
Este episodio de la vida de San Andrés se difundió a través de la
*Leyenda Dorada*, II, 5, a los ejemplarios *(Libro de los exenplos*, 388)

y pervive, con modificaciones, en la tradición oral (Espinosa, II, 101 y siguientes).

6. Esta leyenda de amplísima difusión, fue recogida por Cesáreo de Heisterbach, Odo de Cheriton, J. de Vitry, E. de Bourbon, Sánchez de Vercial, etc... hasta llegar a U. Eco *(El nombre de la rosa)*. Protagonizada aquí por Serlo de Wilton fue también atribuida a Sigerio de Brabante e, incluso, a Aristóteles.

J. Ferreira Alemparte, «Historia del clérigo nigromante que amonestado por su amigo muerto, dejó la nigromancia y se hizo monje. Su pretendida identificación con el abad Lorenzo de Osera», *Cuadernos de Estudios Gallegos,* XXXII, 96-97 (1981), 407-426.

7. Tubach, 4180.

A través de la *Leyenda Dorada,* CXIX, 4, pasaría a los ejemplarios latinos *(Liber Exemplorum,* C. de Heisterbach...). B. de Gaiffier, «Pesée des ames. A propos de la mort de l'empereur Saint Henri II († 1024)», en *Etudes critiques d'hagiographie et d'iconologie,* Bruxelles, Soc. des Bollandistes, 1967, pp. 246-253.

# XVI. ISOPETE

## 1. «EL PERRO ENGAÑADO POR EL REFLEJO DEL AGUA»

### La V.ª, del perro y del pedazo de la carne

A veces pierde el codicioso lo que tiene en su poder queriendo tomar lo ajeno, de lo cual se dice tal fábula:

El perro, teniendo un pedazo de carne, pasaba por un río, en el que vio la sombra de la carne que él llevaba; y pareciéndole aquélla mayor que la que él tenía, abrió la boca para tomar la sombra que aparecía en el agua. Y así se le cayó el pedazo de carne de la boca y se lo llevó el río, y se quedó sin lo uno y sin lo otro, perdiendo lo que tenía, al pensar alcanzar lo otro que le parecía mayor, lo cual no pudo tener.

Esta fábula significa que no debe el hombre, por codiciar lo ajeno y dudoso, dejar lo suyo que es seguro, aunque lo que codicie le parezca más. Y así según el refrán, quien todo lo quiere todo lo pierde.

## 2. «EL RATÓN DE CAMPO Y EL DE CIUDAD»

### *La XII, de los dos ratones*

Prueba esta fábula que es mejor que el hombre esté seguro y pobre que no rico y perturbado y lleno de preocupaciones.

Un ratón que vivía en una ciudad, yendo de camino, fue recibido en la casa y convidado por otro ratón que vivía en el campo. Y en una casita le dio de comer de lo que él conseguía, es decir, bellotas, habas y cebada, etc., con muy buena voluntad. Y al cabo de poco tiempo, volviendo por allí el ratón de la ciudad, le rogó al ratón de campo que quisiese ir a la ciudad a descansar con él. El cual, como mucho fue rogado, se fue con él. Y así habiéndose ido juntos a la ciudad, entraron en una buena habitación en la sala en donde vivía el ratón ciudadano, la cual estaba llena y muy abundosa de comida. Y enseñándole todo esto el ratón de ciudad al aldeano, le dijo: —Amigo, come y disfruta de todas estas viandas que tengo en abundancia y me sobran cada día.

Y estando ellos así y degustando muchos tipos de comida, vino de repente el despensero y abrió la puerta con gran estruendo, por lo que los ratones, espantados, comenzaron a huir cada uno por su lado. Y mientras el ratón de la casa tenía lugares conocidos para esconderse, el otro, que no sabía cómo escapar, trepó por una pared con gran miedo a la muerte y así se defendió bastante turbado.

Y cuando salió el despensero de la habitación cerrando la puerta, los ratones volvieron a su comer y a su placer, cuando dijo el ratón de la ciudad al del campo: —¿Cómo te turbaste así, amigo? Cuando huyas, vente acá, comamos y gocemos; ya ves cuántas viandas y deleites tenemos. Y no tengas miedo, pues no hay peligro ninguno para nosotros en esto.

Respondió el ratón campesino: —Tú, que no tienes miedo ni pavor, disfruta y goza de todas estas cosas que tienes, pues no sientes el miedo de cada día. Yo vivo en el buen campo, alegre con todas las cosas, y no me turba ni espanta nada. Tú tienes muchas preocupaciones y ninguna seguridad; serás cazado en la ratonera o en algún lazo o comido por el gato, y además eres aborrecido por todos.

Esta fábula increpa y critica a aquellos que se acercan a los mejores para obtener algunos deleites y cosas que son más que las que su naturaleza necesita, y da doctrina y enseñanza de que deben amar la vida provechosa que les corresponde según su estado, y que más seguros vivirán en sus casitas, porque la pobreza tomada alegremente es más segura que las riquezas, con las cuales tiene el hombre muchas turbaciones e inmensas tristezas.

### 3. «EL CUERVO Y LA RAPOSA»

*La XV, del cuervo y de la raposa*

Los que desean y gozan en ser alabados de palabra deben arrepentirse de ello cuando se ven engañados, de lo cual se pone tal figura.

Un cuervo, tomando un queso de una ventana, lo llevó encima de un árbol; como lo viese el raposo y desease el queso, con palabras engañosas le comenzó a alabar y a decir de esta manera: —¡Oh, ave muy hermosa!, no hay entre todas las aves quien se te parezca, así en el resplandor del color como en la disposición y en la forma muy dispuesta. Si tú tuvieses la voz clara, no habría entre todas las aves quien te superase en ventaja ni primor.

Y ella, complaciéndose con la vana alabanza y queriendo complacer al raposo y mostrarle su voz, comenzó a cantar y, abriendo la boca, se le cayó el queso que tenía en ella. Y no acababa de llegar al suelo cuando ya lo tenía el raposo; y codicioso del queso, en su presencia, se lo comió inmediatamente. Entonces el cuervo gimió engañado por la vana alabanza con la gran pena que tenía, lo que no le sirvió de nada.

Amonesta esta fábula que nadie debe oír ni creer las palabras engañosas y la vana alabanza, pues la vana y falsa gloria causa y trae verdadero enojo y dolor.

### 4.  «EL REY Y EL FABULISTA»

#### *La fábula VIII, de las ovejas*

Un discípulo que mucho se deleitaba en oír fábulas pidió a su maestro que le contase una larga fábula. Al cual dijo el maestro: —Cuida, no nos suceda como le sucedió a un rey con su fabulista.

Dijo el discípulo: —Buen maestro, explícame cómo fue esto.

El cual se lo contó de este modo:

Un rey tenía un fabulista, componedor de ejemplos y fábulas, que cada vez que el rey quería descansar le tenía que contar cinco fábulas con las que se recrease y alegrase.

Sucedió que una noche el rey estaba muy imaginativo y preocupado, de modo que no podía dormir, por lo que mandó al sabio que le contase más fábulas además de las cinco acostumbradas; el cual inventó y le contó otras tres muy breves.

El rey dijo: —Muy breves son estas fábulas; cuéntame alguna que sea larga y así dormirás después con sosiego.

El fabulista comenzó a contar así: —Erase un aldeano que consiguió mil libras de dinero, y fue a una feria y compró dos mil ovejas. Y al volver con las ovejas hacia su casa, crecieron tanto los ríos, que no podía pasar las ovejas por el puente ni menos por el vado, por lo cual estaba muy preocupado y pensando cómo pasaría las ovejas. Finalmente halló una barquita en la que podía pasar él y una oveja o dos con grandes estrecheces, y así comenzó a pasar las ovejas de dos en dos.

Y diciendo estas palabras se empezaba a dormir el fabulista. Pero el rey, despertándolo del sueño, le pedía que la acabase.

Respondió él: —Muy alto rey, este río es grande y la barca pequeña y las ovejas sin cuento, y tú, rey de innumerables ovejas, deja pasar al rústico las ovejas y después acabaré la fábula empezada.

Y así con estas palabras graciosas contentó al rey que estaba deseoso de fábulas.

Por lo tanto, dijo el maestro al discípulo: —Hijo, si de aquí en adelante me enojares con muchas fábulas, yo te haré recordar este ejemplo para que te contentes con las que te dijere y contare.

### 5.   «EL HIJO DE LA MISERICORDIA DIVINA»

*La XVI, de la mujer que parió un niño por la gracia de Dios, estando ausente el marido*

Como los que viven en la ciudad de Gayeta se buscan la vida navegando por los mares, un marino, que era vecino de aquella ciudad, como fuese pobre, se marchó de allí a otras tierras para buscar su vida, dejando a la mujer joven en casa, y pasó allí muchos días. Al cabo del quinto año, regresó a su casa para visitar a su mujer, la cual, como él hubiese tardado tanto tiempo, con desesperación por su regreso, vivía con otro.

El marido, al entrar en casa, la halló arreglada y más cuidada de como él la dejó a su marcha. Y se maravillaba, porque él le había dejado a la mujer poco ajuar, de cómo había ella arreglado y adornado aquella casita descuidada. Le responde la mujer: —Señor, no te maravilles de esto, pues la gracia de Dios me ha ayudado, igual que hace a muchos grandes mercedes.

Dice el marido: —Alabado sea Dios, que así nos ha ayudado.

Viendo asimismo la habitación y el lecho más adornados y todo el ajuar de la casa limpio y bien preparado, preguntaba a la mujer dónde había adquirido y alcanzado tanto bien. Ella le responde que se lo había dado la gracia y misericordia de Dios. Y así de nuevo hace el marido grandes alabanzas de Dios, porque tan generoso ha sido con ellos, y no menos alababa la magnificencia de Dios por todas las otras mejoras que hallaba en casa.

Finalmente, apareció en casa un bonito niño gracioso que tenía más de tres años, el cual, como es costumbre de los niños, hacía halagos a su madre. Visto el niño, preguntó el marido qué niño era aquel. La mujer dice: —Mío es.

Él, maravillándose de esto, dijo: —¿Y de dónde vino este niño estando ausente yo?

Afirma la mujer muy atrevidamente que la misma gracia y misericordia de Dios se lo había dado.

Entonces dijo el marinero con gran furia: —¿Cómo, la gracia de Dios sabe procrear y hacer en mi mujer hijos? Por esta gracia muy poco le agradezco, porque me parece que demasiado se entremetía en mis cosas, pues bastaba con que me ayudase en otras cosas, pero el hacer un hijo en mi mujer en mi ausencia no es de agradecer.

## 6.  «EL CIEGO Y EL PERAL»

### La XII, del ciego y del adolescente adúltero

Erase un ciego que tenía una mujer muy hermosa; éste guardaba con gran diligencia la castidad de ella, con los grandes

celos que tenía. Y sucedió un día que estaban ambos en una huerta debajo de un peral a la sombra, que ella, con su consentimiento, se subió al peral a coger peras. Pero el ciego, como estaba muy receloso de que subiera algún otro arriba, mientras la mujer estaba allí, se abrazó al tronco del peral. Pero, como el frutal era de muchas ramas, estaba escondido, esperando a la mujer del ciego, un muchacho que había subido antes al árbol, donde se ayuntó con ella con gran alegría, de forma que llegaron a jugar el juego de Venus. Ocupándose ellos en esto, oyó el ciego sonido y estruendo, y con gran dolor comienza a llamar:
— ¡Muy malvada mujer, aunque yo carezca de vista, no dejo por eso de sentir ni oír, mas bien tengo los otros sentidos más intensos y vigorosos; de manera que siento que tienes allí contigo a algún adúltero. Por ello reclamo al soberano dios Júpiter, el cual puede reparar con gozo los corazones de los tristes y devolver la vista al ciego!

Dichas estas palabras así, inmediatamente le fue devuelta la vista al ciego y, recobrada la luz natural, y mirando arriba el ciego, vio estar a aquel muchacho adúltero con su mujer, por lo cual llamó súbitamente: — ¡Oh, mujer falsísima y muy engañosa! ¿Por qué me cometes estos engaños y fraudes, si yo te tengo por casta y buena? ¡Ay de mí!, porque de aquí en adelante no espero tener contigo ningún día bueno.

Pero ella, oyendo cómo la increpaba el marido, aunque al principio se asustaba, inventando rápidamente una maldad engañosa, con cara alegre respondió al marido con voz alta y sonante:
—Doy gracias a todos los dioses que han oído mis oraciones y devolvieron la vista a mi amado marido. Pues, sepas, mi querido señor, que la vista que recibiste te ha sido dada por mis ruegos y obras. Porque hasta ahora había gastado en balde muchas cosas, tanto en médicos como en otros remedios; finalmente me decidí a rogar y a hacer plegarias y oraciones a los dioses por tu vista. Y el dios Mercurio, por orden del soberano Júpiter, se me apareció entre sueños y me dijo que me subiese a un árbol llamado peral, donde debía jugar el juego de Venus con un muchacho, y que así te sería restituida la luz a los ojos.

Lo cual he cumplido por tu bien y salud, por lo que debes dar gracias a los dioses y, en especial, me debes dar las gracias, pues por mí has recobrado tu vista.

El ciego, dando fe y crédito a las palabras engañosas de su mujer, la perdonó y recibió como buena, comprendiendo que su castigo no era justo, por lo cual le dio las gracias y la retribuyó con grandes regalos, como por un gran favor.

~~~~~~~~~~~~~~~~~~~~~~~~~~~~~~~~~~~~~~~~~~~~~~~~~~~~~~~~~~~~~

1. Motivo, J 1791.4, «El perro engañado por el reflejo del agua». Tipo 34A. Tubach, 1699.

Fábula esópica muy difundida tanto en la literatura latina (E. de Bourbon, 266, J. de Vitry, 18, Odo de Cheriton, 61), como en la romance (Calila e Dimna, II, Libro de Buen Amor, 266, Espéculo de los legos, 41, Guzmán de Alfarache, Lope de Vega, El milagro de los celos, III, Juan Cortés de Tolosa, Novelas, etc.) y en los bestiarios. Pervive en la tradición oral (Espinosa, III, 264).

J. E. Keller y J. H. Johnson, «Motif Index Classification of Fables and Tales of Ysopete Ystoriado», The Southerns Folklore Quarterly, XVIII (1954), 85-117; Lecoy, Recherches..., p. 125.

2. Motivo, J 211.2 «El ratón del campo y el de la ciudad». Tipo 112 y 51. Tubach, 3281.

La fábula horaciana fue muy popular en la literatura latina (J. de Vitry, 157, Odo de Cheriton, 16) y en la romance hasta épocas muy recientes (Libro de Buen Amor, 1369-1384, Libro de los gatos, XI, S. de Mey, Fabulario, 35, Correas, Vocabulario de refranes, F. Santos, Periquillo el de las gallineras, B. L. de Argensola, Rimas, Samaniego I, viii, Fernán Caballero, Apólogos, etc.). Pervive en la tradición oral gallega e hispanoamericana.

Lecoy, Recherches..., pp. 133-134; J. Díaz y M. Chevalier, Cuentos castellanos de tradición oral, Valladolid, Ambito, 1983.

3. Motivo, K 334.1 «El cuervo con el queso en la boca». Tipo 2177. Tipo 57.

Su popularidad pasó de los textos latinos (J. de Vitry, 91; Odo de Cheriton, 70) a numerosas versiones romances (María de Francia, 13, Conde Lucanor, V, Libro de Buen Amor, 1436-1441, Libro de los exenplos, 11, Eiximenis, Faules, 10, S. de Mey, Fabulario, 15, Torres Naharro, Comedia Jacinta, I, La Fontaine, Samaniego, V, 9, etc.).

R. Menéndez Pidal, «Nota sobre una fábula de Don Juan Manuel y de Juan Ruiz», Poesía árabe y poesía europea, Buenos Aires, Espasa,

1941, pp. 128-133; Lecoy, *Recherches...*, p. 136; D. Devoto, *Introducción...*, pp. 369-372.

4. Motivos, Z 11 «Cuento sin fin»; H 111 «Tarea: cruzar el río con cientos de ovejas». Tipo 2300. Tubach, 4305.

De la *Disciplina clericalis*, XII, pasó a algunos ejemplarios latinos y al *Libro de los exenplos*, 156. Aparece también en el *Novellino*, XXXI, y en el *Quijote*, I, 20. Sin nada más que cambiar las ovejas por patos o gansos se recoge en la tradición oral de Hispanoamérica.

5. Motivos, J 2338 «Adúltera hace creer al marido que el niño ha nacido por sugestión»; J 2338.1 «El marido debe creer que todo es obra de Dios, incluso su hijo».

6. Motivo, K 1518 «El peral encantado». Tipo, 1423. Tubach, 3265.

Incluido en el *Decamerón*, VII, 9, y en los *Cuentos de Canterbury*, pervive todavía en la tradición oral (Espinosa, III, 239).

# XVII. EJEMPLARIO CONTRA LOS ENGAÑOS Y PELIGROS DEL MUNDO

### 1. «LA MUJER Y EL BOTICARIO»

Tenía un ciudadano una mujer muy linda, la cual amaba más a un boticario que a él, y sucedió que estuvo el marido enfermo y mandó a su mujer que fuese a casa del boticario a buscar ciertas medicinas que el médico le había mandado, y le dio dinero para pagárselas. Y en cuanto la mujer llegó a casa del boticario, estando los dos juntos en una habitación, discutieron largamente acerca de lo que necesitaba la salud del marido. Y al salir de allí, mandó el boticario a un mozo suyo que en un pañuelo le diese a aquella señora las medicinas que él le había mandado. El mozo, que conocía la trisca que entre ellos había, y veía la desgracia del que esperaba enfermo a que llegara la mujer con el alivio, para avergonzarla envolvió un poquito de tierra en el paño, dándole a entender que llevaba buen remedio de lo que convenía a la salud del marido. Y ella, con el placer que había recibido, no se preocupó en mirar lo que llevaba; y al llegar a la casa, dio el pañuelo al marido y se fue a buscar un plato en donde poner las medicinas. Y, desplegando el paño el marido, no halló más que tierra, y comenzó a reñir con ella, diciendo si quería matarle, que le traía tierra en vez de medicinas. Y ella, como quien tenía los remedios y las respuestas prestas, le dijo: —Señor, os diré lo que me sucedió por el camino al ir por lo que me mandasteis: chocó en la calle uno que iba a caballo conmigo y me dio tal golpe, que cerca de una hora me han tenido por muerta; y cuando desperté, anduve por toda la calle buscando el dinero y nunca lo pude hallar. Y decidí traer toda la tierra y pasarla por un cedazo para ver si lo podemos encontrar, y si no, será necesario volver otra vez por ellas con otro dinero.

El pecador todo lo creyó así como ella le dijo y, después de pasar la tierra por el cedazo y no encontrar el dinero, la mandó volver otra vez por las medicinas con otro dinero.


## 2.   «LLEWELLYN Y SU PERRO»

Vivía en una ciudad un buen hombre, el cual tenía a su mujer embarazada, y le dijo el marido: —Alégrate ahora mujer que darás a luz a un hijo, el cual, con la ayuda de Dios, será reparo de nuestra vejez y consuelo de nuestros trabajos. Lo criaremos en el temor de Dios y en la buena doctrina, y Dios será servido y alabado por él y dejaremos nuestra memoria en los descendientes.

Al cual respondió la mujer: —Necio es hablar de lo que aún no sabes cómo ha de ser: quién sabe si pariré o no, o si será hombre o mujer, si vivirá lo que nazca o cómo será. Deja todas estas cosas a la voluntad divina, a la que nadie debe tentar, que los pensamientos de los hombres son muchos e inseguros y lo que Dios tiene previsto es firme y certísimo, y a cualquiera que dijere palabras tan vanas, como las que tú ahora dices, le sucederá como al ermitaño con el jarro de miel:


## 3.   «LA LECHERA»

Vivía en una ciudad un ermitaño muy devoto, al cual mandaba el rey dar cada día limosna y además de ello un vasito de miel. Comía el ermitaño de la limosna lo que necesitaba para mantener su vida, y guardaba la miel cada día en un jarro grande que tenía colgado encima de donde dormía hasta que estuviese lleno, pues era muy cara en aquella tierra. Y descansando un día en la cama, alzando la cabeza, vio su jarro y le vino a la memoria la gran carestía de miel que había entonces en la ciudad, y pensó para sí: —Cuando tenga este jarro grande lleno de miel, lo venderé por diez florines de oro, con los cuales compraré diez ovejas; las cuales, de aquí a un año con sus criaturas, podrán ya ser veinte; las cuales, multiplicándose de esta manera de aquí a tres años, podrán ser trescientas; y entonces con cada diez de ellas podré comprar una vaca, y las vacas después crecerán como las ovejas; y cuando sean muchas, tomaré sus machos y los criaré para el campo, y después con lo que recolecte y lo que saque de la leche y de la lana de las ovejas, tendré bastante dinero para comprar casas y alguna gran tierra y seré considerado rico. Entonces me casaré con la hija del más rico y honrado de la región, y me dará un hijo muy lindo, al cual educaré en las buenas costumbres; y lo haré hombre de mucha ciencia y dejaré perpetua memoria de mí; y educándolo muy bien si fuere obediente, heredará cuanto tenga; y si es rebelde, le romperé la cabeza con este palo.

Y levantando el palo que tenía en la mano como quien quiere golpear, topó con el jarro de miel y lo hizo todo pedazos, que toda la miel se vertió por el suelo, de modo que de todas sus fantasías no le quedaba más que su cabeza y la cama ensuciadas, con todos sus pensamientos y cuentas perdidas.

Este ejemplo —dijo la mujer al marido— me agradó contártelo para que no hables de lo que no puedes saber ni pienses cosas necias y vanas, y para que tomes con mucho amor lo que Dios ordene, ni te alegres de lo de hoy, que no sabes lo que sucederá mañana.

Y así quedó corregido el pensamiento vano del marido.

Volviendo, pues, a nuestro propósito llegó el tiempo del parto de la mujer de aquel buen hombre y parió un lindo niño con el que se alegraron mucho los dos. Y pasados los días de la purgación que suelen tener las mujeres paridas, le dijo la mujer al marido: —Es necesario, señor, que me vaya al baño para limpiarme; por lo tanto, cuida mientras tanto del niño.

Estando ya en el baño, llegó a él un mensajero del rey mandando que inmediatamente fuese a palacio. Y así dejó al niño en la cuna, y se fue con el mensajero y encerró en casa a un lebrel, al cual mucho amaba. Y estando así el niño solo, salió una serpiente de un agujero y se fue directamente a él para matarle. Y viendo esto el lebrel, arremetió a ella de tal manera, que la mató e hizo pedazos. Al cabo del rato volvió el señor y, abriendo la puerta, se vino el perro hacia él muy satisfecho, esperando algún galardón por el diligente cuidado que había tenido del niño. Y cuando el señor le vio la boca sangrienta, creyó que había matado a su hijo, y llevado por la ira, sin pensar más le cortó la cabeza. Y al llegar a la cama, halló al niño sano y alegre y la serpiente hecha pedazos, por lo cual conoció que la había matado el lebrel en defensa de su hijo. Entonces, con gran arrepentimiento por haber dado muerte a su perro tan querido, con dolor y mucha tristeza, dijo: —Quisiera Dios que este niño no hubiera nacido, por cuya causa yo he sido tan ingrato a un servicio tan señalado.

Y volviendo la mujer del baño, fue muy espantada al ver muertos al perro con la serpiente, y siendo informada del caso, dijo: —Verdaderamente este es el provecho que el hombre recibe de las cosas que se hacen sin ser antes pensadas; y no se recibe otro fruto, más que arrepentimiento y tristeza.

~~~~~~~~~~~~~~~~~~~~~~~~~~~~~~~~~~~~~~~~

1. El cuento del boticario se incluye en algunas versiones del *Sendebar,* como la hebrea, y en las *Mil y una noches* (noche 582).

2. La inclusión del capítulo completo permite comprender mejor el funcionamiento de los sistemas de inserción y, en este caso concreto, comparar la versión de este cuento con la del *Libro de los engaños,* incluida en esta misma Antología (V, 4).

3. Motivo, J 2061.1 «Castillos en el aire: la jarra de miel para ser vendida». Tipo, 1681. Tubach, 80.

El famoso cuento de «La lechera» procede del *Panchatantra,* V, 9, y de ahí pasó al *Calila e Dimna,* VIII, 1. Su aparición en latín en la versión de Juan de Capua, de la que el *Exemplario* es traducción, le aseguró su popularidad en los ejemplarios latinos, acentuada a partir del ejemplo VII del *Conde Lucanor.* Recreaciones posteriores se encuentran en la *Filosofía vulgar* de Juan de Mal Lara, III, Timoneda, *Portacuentos,* 49, Samaniego, II, 2, Gil Vicente, *Auto de Morfina Mendes,* y aún se recoge en la tradición de Portugal, Puerto Rico y Cuba.

D. Devoto, *Introducción...,* pp. 375-378; para las más recientes versiones: J. Fradejas, «Varias versiones más de la fábula de la lechera», *Cuadernos de Investigación de la literatura hispánica,* I (1978), 21-30.

# XVIII. HECHOS Y DICHOS MEMORABLES

## 1. «GÁRGORIS Y HABIDIS»

*Adiciones del traductor.* Justino, en el libro XLIV, cuenta que en una parte de España habitaba antiguamente una generación llamada Curetes, de los que fue rey Gárgoris, el primero que aprendió a recolectar la miel. Este Gárgoris tuvo una hija, la cual tuvo un hijo en adulterio, por lo que el rey se entristeció y lo mandó echar al monte. Sin embargo, él se salvó por maravillosos prodigios y señales que pronosticaban su poderío; pues, transcurridos muchos días, el abuelo mandó averiguar qué fue de su nieto y hallaron que vivía gracias a la provisión de muchos animales salvajes. Entonces el rey lo mandó traer y poner en un paso estrecho por donde pasaban los animales, como bueyes, vacas y similares, con el fin de que lo resollasen y matasen. Pero los animales ningún mal le hicieron. Después el rey hizo soltar sus perros y ponerlos en medio, mas no le tocaron, aunque estaban hambrientos. Después lo mandó poner entre las cerdas y también le dejaron ileso, dándole algunas su leche. Y no contento con esto, lo mandó echar al mar bien adentro y luego las olas, como si Dios lo quisiese, lo sacaron rápidamente a la orilla sin hacerle daño alguno; y en seguida vino una cabra y le dio leche y se lo llevó y crió hasta que fue grande, y corría y saltaba como una bestia salvaje al modo de su nodriza; y cuando creció

fue tan buen corredor y saltador, que ningún animal salvaje le
ganaba en ligereza. Y al final unas gentes fueron a cazar y él
cayó en un lazo, en el que fue preso y llevado al rey; el cual
lo reconoció por las señales que le había mandado hacer y por
parecerse a su linaje. Quedó muy maravillado de cómo pudo
vivir entre tantos peligros y, en pago de los males que le había
hecho, le nombró su heredero y le puso por nombre Habidis.
El cual, cuando llegó al trono, fue muy valiente y mostró bien
que los dioses no le habían salvado sin razón de tantos peligros,
pues él enseñó al pueblo la caza salvaje y les hizo aborrecer las
hierbas y las comidas estériles, y les enseñó a comer otras
mejores, aborreciendo los duros manjares, de los cuales él había
vivido. Las desgracias de éste parecerían fábulas si los funda-
dores de Roma no hubieran sido criados por una loba y el rey
Ciro de Persia por una cabra.

## 2.  «ALEJANDRO Y DIÓGENES»

Alejandro, que obtuvo la fama por no ser vencido, no pudo
vencer la moderación de Diógenes Tinitus. Al cual, encontrán-
dose sentado encima de una roca, puesto al sol, le rogó si quería
algo que se lo dijese en seguida, que se haría gustosamente.
Y Diógenes, como hombre de severas costumbres, sin moverse
de su sitio, le respondió: —Yo no quiero que hagas nada por mí,
salvo que no me quites el sol.

De estas palabras se deduce una sentencia, la cual es que
Alejandro trató de echar de su prado y de su sitio a Diógenes
y pudo antes hacer esto a Darío, que era el rey más poderoso
del mundo, quiero decir que venció al dicho Darío, que era rey
de Persia y Media, que es muy gran señorío, y no pudo vencer
la moderación de Diógenes.

### 3.  «Pisistrato y su hija»

Pisistrato, rey de Atenas, tirano, perdonó a un joven que, muy encendido en los amores de una hija suya, le dio un beso en una plaza pública; al cual, la reina, madre de la muchacha, mandaba con ira matar. Sin embargo, Pisistrato dijo que no se hiciese así, diciendo: —Si a los que nos aman, matamos, ¿qué haremos a los que nos aborrecen?

### 4.  «La seducción de Lucrecia»

El primer ejemplo de este tema es el de Lucrecia y como su historia es muy hermosa y poco común, la pongo aquí abreviada, según la cuenta Tito Livio al final del Libro I de la *Fundación de Roma,* donde dice que Tarquino el Soberbio, que fue rey de Roma, castigó mucho al pueblo romano con tributos y gastó tanto de lo suyo, que le entró la codicia por lo ajeno con razón o sin ella. Y como cerca de Roma había una rica ciudad, llamada Ardea, la cual pertenecía a un pueblo llamado Rétulos, con los que había entablado guerra por codicia, pensó tomarla al asalto.

Pero falló, por lo cual después le puso sitio, y en los sitios normalmente no hay batallas tan fuertes, que no puedan ir alguna vez los grandes señores a disfrutar y probar buenos manjares. Y sucedió que Sexto, hijo del rey Tarquino, invitaba a comer a sus hermanos donde comía Tarquino Collatino, señor de Collatina, que era un castillo cerca de Roma, y era un hombre muy noble, e hijo del rey Egerio, el cual a su vez había sido hermano de Tarquino Prisco, que fue rey de Roma. Y este Tarquino Collatino era marido de Lucrecia. Y estando en mucho placer todos bebiendo y charlando de muchas cosas, recayó la conversación sobre sus mujeres. Y cada uno alababa a la suya, tanto en costumbres como en belleza. Collatino, que había alabado mucho a Lucrecia, dijo: —No hablemos tanto. Subamos todos al caballo y vayamos a ver a nuestras mujeres, que no pensarán en nosotros, y cada uno verá en qué modo y ocupación encuentra a su mujer.

Y se llegó a este acuerdo porque eran jóvenes, y subieron a sus caballos, y sin más tardar se fueron a Roma. Y los hijos del rey hallaron a sus mujeres bien arregladas, comiendo y bebiendo y disfrutando. Y de ahí se fueron a Collatina, ya de noche, y encontraron en la casa de Collatino a Lucrecia, trabajando en lana y seda con sus mujeres y muchachas que cuidaban la lumbre. Y Lucrecia recibió a su marido y a los hijos del rey generosamente y, al terminar, ella fue la que recibió la alabanza de todos. Y Collatino pidió a los romanos que cenasen con él. Y Sexto miró mucho a Lucrecia, y tanto le gustó la belleza y sus maneras, que en seguida pensó en obtenerla por fuerza, sabiendo que por amor jamás la podría conseguir. Y cuando ya hubieron cenado, se volvieron de noche todos al campamento.

Y al otro día por la tarde, Sexto Tarquino se fue secretamente a Collatino a solas con un servidor, a casa de Lucrecia. Y ella, con todo su servicio, lo recibió con mucho honor, y después de la cena fue conducido a la habitación donde debía dormir. Pero él miró antes bien por donde podía entrar a la habitación de Lucrecia, y cuando comprendió que todos dormían, tomó la espada desnuda en su mano derecha y se fue hacia Lucrecia: —Yo soy Sexto Tarquino que tengo mi espada en la mano, y si tú pronuncias una palabra, morirás.

Y aunque ella se despertó con gran espanto y viese la muerte delante, no le consintió nada pese al temor de morir. Entonces Sexto unió al temor una maliciosa precaución, diciendo: —Has de saber que primero te mataré y después degollaré a un esclavo y lo pondré a tu costado, desnudo totalmente, y se dirá que has muerto en sucio y vil adulterio.

Y así con temor a esta fea difamación, su castidad fue vencida y Sexto se fue como vencedor de la bondad y belleza de

Lucrecia, y ella quedó muy triste. Y mandó llamar a su padre a Roma y a su marido al sitio de Ardea, diciendo que viniesen enseguida sin falta, que hacían mucha falta y que cada uno trajese un familiar consigo y no más.

Y Sperio Lucrecio, su padre, vino inmediatamente y trajo consigo a Publio Valerio, y Collatino, su marido, trajo con él a Juno Bruto que era sobrino de Tarquino, el rey, el cual hasta aquel día había estado fingiéndose loco para que el rey no le matase como a su hermano. Y éstos hallaron a Lucrecia sentada en su habitación, triste y llorosa; y cuando los vio, se alteró, y su marido le dijo si estaba sana. Ella respondió que qué salud podía tener si había perdido la castidad: —Has de saber que pisadas de un hombre extraño han hollado tu cama, Collatino; sólo el cuerpo está violado, pero no tiene la culpa el ánimo, de lo cual la muerte será testimonio. Sin embargo, dame tu palabra de que él será castigado por esta maldad. Este es Sexto Tarquino, que vino la noche pasada como huésped, y con la fuerza de las armas trajo un pestífero placer para mí y para él. Si vosotros sois hombres, él recibirá lo que merece.

Entonces todos por orden le dieron palabra de que le vengarían, y comenzaron a consolarla diciendo que ella no tenía ninguna culpa, puesto que aquello había sido por la fuerza, volviéndose todas las maldiciones sobre Sexto.

Vosotros veréis —dijo ella—, lo que se debe hacer. Y por ello, aunque yo me libre del pecado, no me libro de la pena y jamás una mujer que no haya sido casta vivirá, siguiendo el ejemplo de Lucrecia.

Y entonces sacó un cuchillo que tenía escondido debajo de sus faldas, y se dio con él en medio del corazón y cayó muerta ante ellos. Y el padre y el marido se pusieron a gritar y a llorar manifestando gran duelo. Y Bruto sacó el cuchillo de la llaga todo sangriento, y sosteniéndolo en la mano, dijo: —Yo juro por esta casta sangre que vengaré la injuria real y, vosotros, dioses, sed testigos de que perseguiré con toda mi fuerza de fuego y de hierro a Lucio Tarquino el Soberbio y desleal y a su

malvada mujer y a sus hijos, y no permitiré que él ni otro reine
en Roma.

Y después dio a Collatino el consejo necesario. Y Lucrecio
y Valerio quedaron asombrados por el milagro del nuevo ingenio
que vieron en Bruto, al cual habían tenido casi por loco hasta ese
momento, como ya es dicho. Y juraron con Bruto y fue cambiado
el luto y el duelo en ira, y fueron tras él. Y el cuerpo de
Lucrecia fue llevado al mercado de Collatino y fue llamado todo
el pueblo, que fue muy espantado e indignado contra el poderío
regio, y dijeron que esto afectaba a cada uno, puesto que otro
tanto les podía haber sucedido.

Y en seguida se fueron a armar todos los hombres jóvenes
y pusieron guardianes en la puerta con el fin de que no pudiese
salir nadie para llevar las noticias de aquel movimiento al cerco.
Y se fue Bruto a Roma y los otros le siguieron. Y cuando estuvieron en la ciudad, los romanos temieron la crueldad de tanta
gente, pero cuando vieron ir primero a los más importantes de
Roma, quedaron seguros, pensando que esto no era para hacer
mal al pueblo ni a la ciudad. Y la causa del movimiento fue
conocida, por lo que no menos fueron conmovidos los corazones
de aquellos de Roma que de los de Collatino. Y así todos fueron
a la plaza o mercado para oír la noticia. Y Bruto hizo llamar al
tribunal del pueblo, pues entonces él era tribuno de los caballeros, es decir de trescientos hombres que estaban establecidos para
guardar el cuerpo del rey, según la ley de Rómulo. Y díjoles
no neciamente, pues ellos creían que estaba loco a causa de su
ficción, como dicho es, por la que era llamado Bruto, sino muy
sabia y ordenadamente la fuerza y la lujuria de Tarquino Sexto,
y la miserable muerte de Lucrecia, y la tristeza de su anciano
padre, al que la muerte de su hija le era más dura que la suya.
Y después les habló de la soberbia del rey y de la miseria y
esfuerzo del pueblo, y que los romanos, que eran vencedores y
gentes batalladoras, él los convertía en carpinteros y en albañiles
para sus obras, y después recordó la muerte indigna de Servio
Tulio, al que hizo matar su desleal mujer, que hizo pasar su
carro por encima de su cuerpo. Y luego llamó en ayuda a los

dioses que vengan a los paganos, y con estas palabras y con otras Bruto conmovió al pueblo, atento a lo horrible del suceso de Lucrecia. De tal modo que fue ordenado que el rey Tarquino jamás reinase en Roma. Y dieron por sentencia que éste, su mujer y sus hijos fueran desterrados para siempre de la ciudad.

En seguida Bruto escogió luego a dos jóvenes para que le acompañaran al ejército del rey, que estaba delante de Ardea, y dejó como gobernador de la ciudad a Lucrecio, su compañero, que era ya prefecto de Roma. Y cuando las noticias llegaron al rey, tuvo gran temor y dejó las tropas en Ardea y tomó el camino de Roma. Y Bruto, para no encontrarse con él, se fue por otro camino al ejército. Y cuando el rey llegó a Roma, le fueron cerradas las puertas y le anunciaron su destierro. Y Bruto fue bien recibido en el campamento. Y así el rey se fue a pasar su destierro a Cora, una ciudad de Toscana, y su hijo con él. Y Sexto Tarquino se fue a Gabía, ciudad que él había mandado tomar a su padre, con engaño, como se verá en el libro VII. Y los ciudadanos, recordando la falsedad y la maldad que les había hecho, lo mataron. Y de este modo cuenta Tito Livio la historia.

Sin embargo, de Lucrecia habla mucho San Agustín en el primer libro de *La Ciudad de Dios,* en el capítulo XIX, y dice que más se mató por deseo de alabanza que por amor a la castidad; y que le gustó más que pareciese que él la había violado contra su voluntad, que quedar infamada sin ser violada. Y visto todo esto, Valerio dice así: — ¡Oh, duquesa de castidad, romana Lucrecia, de la que el viril corazón tomó cuerpo de mujer por el mal yerro del rey Tarquino el Soberbio! Ella tuvo dolorosas palabras llorando su injuria ante el consejo de sus parientes y se mató con un cuchillo que tenía escondido; y por esta muerte tan atrevida dio motivo al pueblo de Roma para cambiar el gobierno monárquico por el consular.

---

1. Motivos, R 131 «Niño abandonado, rescatado»; B 535 «Animal nodriza»; S 312 «Niño ilegítimo, abandonado»; H 50 «Reconocimiento por marcas en el cuerpo o atributos físicos». Tipo, 933.

Trogo Pompeyo recogía esta leyenda en su perdida *Historia Universal,* cuyo epítome trazó Justino.

M. Menéndez Pelayo, *Historia de los heterodoxos,* Madrid, BAC, 1967.

2. Tubach, 1673.

Narrada por Plutarco en la *Vida de Alejandro,* XIV, I, 5, y Séneca, *De Beneficiis,* V, 4, 4, la anécdota pasó a los ejemplarios *(Gesta Romanorum,* 183) y a la literatura romance *(Libro de los exenplos,* 348, *Novellino,* LXVI).

3. Motivo, J 1174.1 «Un joven en peligro por besar a una princesa». Tubach, 1291.

Recogida por Dante, «Purgatorio», XV, 94, en el *Libro de los exenplos,* 67, y aludida en *Curial e Güelfa,* III, 436.

4. Motivo, K 1397 «La seducción de Lucrecia». Tubach, 3095.

Comentada negativamente por San Agustín *(Ciudad de Dios,* I, 19), la historia se incluía en las *Gesta Romanorum,* 135, el *Libro de los exenplos,* 62, y en el *Libro de las claras e virtuosas mujeres* de Álvaro de Luna, II, 1, siempre como modelo de mujer virtuosa.

# XIX. EJEMPLOS MUY NOTABLES

## 1. «EL REY Y EL JUGLAR»

Léese de un rey que tenía un hijo y ninguno más, el cual aunque era un joven muy valiente y fuerte y sabio y entendido en todas las cosas, siendo el mencionado rey —su padre— ya viejo, murió. De cuya muerte tuvo el rey tanto dolor y tristeza, que no lo podía soportar. Y como hombre loco y fuera de sí estaba encerrado en su habitación; ni podía ser consolado por sus amigos ni recibía alegría ninguna de cuantos placeres y favores le hacían. Como oyese esto un juglar que vivía en su reino, se fue hacia la corte de dicho rey y pidió que se lo dejasen ver. Pero como los sirvientes no le dejasen y lo despachasen, buscó alguna manera para poder entrar y les dijo: —Sabed que vengo del Paraíso y hablé con el hijo del rey, al cual traigo noticias y un mensaje de su parte.

Como fuese esto dicho al rey y lo supiese, mandó que lo dejasen entrar hasta donde él estaba. El juglar, saludando al rey, dijo: —Señor, fui al Paraíso a castigar a Dios y le dije que no sabía regir el mundo e hice contra Él un discurso y argumento muy duro, diciéndole así: «Sucede que en un linaje habrá un hombre mal enseñado y será tal que deshonre, y será un oprobio para todo su linaje, y que destruya todas las heredades de sus parientes y los bienes y las gaste en cosas torpes, y la muerte no le afectará ni se preocupará de él. Habrá otro muy discreto

y bueno, que ensalzará y honrará a todo su linaje y vendrá
pronto la muerte a golpearlo. Lo mismo sucede cuando te pedimos lluvias y nos dais tantas que nos queréis hundir. Si pedimos
sequía, nos dais agua y si pedimos agua, no nos dais lluvia,
y así parece que no sabéis regir el mundo.»

Entonces dijo el rey al citado juglar: —Pues, ¿qué te respondió Dios?

Dijo el juglar: —Me preguntó si tenía algún huerto en el
cual hubiese muchos árboles y le respondí que sí. Y me dijo
Dios: «¿Por casualidad están los frutos de esos árboles siempre maduros y buenos?» Respondí que no, mas bien unos madu-
ran hacia la fiesta de San Joaquín, otros a mediados de agosto
y otros hacia San Miguel. Pues me dijo Dios entonces: «Has
de saber que el mundo es así como el huerto, en el cual son
los hombres como los árboles. Y por ello todos los frutos no
son buenos al mismo tiempo ni a mí me apetecen, sino que
algunos me apetecen más temprano, otros más tarde; algunos
en la juventud, otros en la madurez y algunos en la vejez. Por
lo tanto, ve y dile al rey que yo cogí de mi huerto, que es el
mundo, a su hijo como una manzana olorosa y si más tiempo
estuviera en él, se pudriría y corrompería.»

Lo cual oído por el rey, en seguida se consoló.

## 2.  «LA ZORRA Y LAS UVAS»

Dicen que parece ser que en el tiempo en que hablaban los
animales, entró la zorra en el huerto de un caballero, y vio que
había en un parral muchos hermosos racimos de uvas, y queriendo comer de ellos iba de acá para allá cercando el parral,
pero como estaba muy alto no podía alcanzar los racimos. Y aunque para alcanzarlos perdiese mucho tiempo, después que vio
que no podía hacer más, dijo: —No quiero comer uvas, pues

no están maduras, y además me darían dentera y me estropearían los dientes.

Este caballero es Nuestro Señor y el huerto es la gloria del Paraíso, en la cual está el hermoso parral de su bienaventuranza, de la cual cuelgan muchos racimos: es decir, sus escogidos que dejaron esta vida en estado de gracia. Nosotros somos la zorra. Y si algunos a los que bien queríamos se marcharon de esta vida en buen estado, y es de suponer, estarán en la gloria del Paraíso, por lo cual no podemos jamás volverlos con nosotros. Consolémonos como hizo la zorra y digamos: —Ya no queremos que vengan con nosotros, estén en paz y rueguen a Dios por nosotros que pronto les vayamos a hacer compañía.

~~~~~~~~~~~~~~~~~~~~~~~~~~~~~~~~~~~~~~~~~~~~~~~~~~~~~~

1. R. Marsan, *Itinéraire...*, p. 204.

2. Motivo, J 871 «La zorra y las uvas». Tipo, 59.
Fábula esópica, incluida en el *Isopete,* IV, 1, Sebastián de Mey, *Fabulario,* 9, Samaniego, IV, 6, Lope de Vega, *Los embustes de Fabia,* I..., y aún recogida en la tradición oral (Espinosa, III, 327 y Boggs, 66A). Obsérvese que se trata de una «fábula a lo divino».

~~~~~~~~~~~~~~~~~~~~~~~~~~~~~~~~~~~~~~~~~~~~~~~~~~~~~~

# XX. SIETE SABIOS

## 1. «EL POZO»

*Cómo el segundo sabio por un ejemplo de cómo una mala mujer engañó a su marido y le hizo poner en una picota, libró el segundo día al hijo del emperador de la horca*

Entonces el emperador mandó que le trajesen a su hijo para hacer justicia, y el segundo maestro se fue hacia el emperador e hincó las rodillas e hizo como el primero y dijo al emperador: —Señor, si matarais a vuestro hijo por las palabras de vuestra mujer, os sucedería algo peor que a aquel caballero que por engaño de una mujer fue puesto en la picota sin culpa.

Y dijo el emperador: —¡Oh, buen maestro! Dime cómo sucedió esto.

Y el otro dijo: —Señor, no lo diré si no aplazáis la muerte de vuestro hijo hasta que yo os haya contado el ejemplo; y si no os hago cambiar de idea, entonces cúmplase vuestra voluntad.

Y el emperador lo otorgó, y comenzó a decir este ejemplo como sigue:

—En una ciudad hubo un caballero viejo que tomó por mujer a una muchacha como la que vos, señor, tenéis; a la cual amó mucho, tanto que cada noche cerraba él mismo las puertas de su casa y ponía las llaves bajo la almohada cuando

dormía. Y tenían en esa ciudad la costumbre de tocar una campana por la noche, de modo que si después de haberla tocado se encontraba a alguien por las plazas y por las calles, los que rondaban la ciudad lo cogían y lo llevaban a la cárcel toda la noche, y a la mañana siguiente lo ponían en la picota para que todo el mundo lo viera. Sucedió que este caballero, por ser viejo, no contentaba a su mujer en el acto carnal, y por eso la mujer amaba a otro; y cada noche cogía las llaves cuando dormía su marido y se iba con su enamorado, y después suavemente, se volvía a la cama del marido. Y después de hacer esto muchas veces, sucedió que una noche despertó el marido y la echó en falta. Y buscando las llaves debajo de la almohada, no las encontró y se levantó en seguida y se fue a la puerta y la encontró abierta y la cerró muy bien por dentro. Y hecho esto, subió al piso alto de la casa, y desde una ventana miró hacia la plaza, y como ya era cerca del tercer canto del gallo, volvió su mujer de la casa del amigo; y como halló la puerta cerrada, estaba triste; pero con esperanza, llamó a la puerta y le respondió el caballero:
—Mala mujer, ¿piensas que no te he probado muchas noches y que no sé que te vas y que eres traidora? Te aseguro que te quedarás hasta que vengan los que vigilan la ciudad y tocan la campana.

Y dijo ella: —Señor, ¿por qué me pones esa fama? La verdad es que me ha llamado una esclava de mi madre y, viendo que dormíais de tan buena gana, no os desperté; y así tomé las llaves y fui a casa de mi madre que está tan enferma, que creo que mañana le daremos la extremaunción, y para que no te lo tomases a mal, me di prisa en volver y la he dejado en mal estado; y por ello os ruego que, por amor de Dios, me abráis antes de que toquen la campana.

Y él respondió: —Por cierto, no entrarás hasta que se toque la campana y te cojan los veladores.

Y dijo ella: —Esto sería una gran desgracia para mí y para todos nuestros familiares; por lo tanto, por Dios, te pido que me dejes entrar.

Y él respondió: —Acuérdate cuántas veces has dejado mi lecho y me has traicionado, pues mejor es que pagues aquí tus pecados que en el infierno.

Y ella replicó: —Señor, por amor del que en la Cruz puso las espaldas, te ruego que tengas piedad de mí.

Respondió el caballero: —En vano te esfuerzas, porque no entrarás hasta que la campana toque.

Ella, oyendo esto, dijo: —Señor, tú sabes que aquí junto a la puerta hay un pozo, y si no me abres, me tiraré en él antes de sufrir vergüenza.

Y él dijo: —¡Quisiera Dios que ya te hubieras echado en él y que nunca jamás te hubiera conocido!

Y hablando se ocultó la luna, y dijo ella: —Señor, pues así lo quieres, yo me quiero echar al pozo; pero primero quiero hacer testamento y, ante todo, encomiendo mi alma a la gloriosa Virgen María y a todos los santos; y quiero que mi cuerpo sea sepultado en la iglesia de San Pedro; las demás cosas háganse como queráis.

Y dicho esto, se acercó al pozo y arrojó en él una gran piedra que allí había, y se escondió junto a la puerta. Y el caballero, cuando oyó el golpe de la piedra, dijo llorando: —¡Ay de mí, que mi mujer se ha ahogado!

Y bajó en seguida y corrió al pozo; y ella, que estaba escondida, en cuanto vio la puerta abierta, entró en seguida en casa y se subió a los pisos más altos y se puso en la ventana; entre tanto el caballero estaba junto al pozo llorando y diciendo: —¡Oh, desgraciado, que he perdido mi mujer tan querida y amada!; maldita sea la hora en que cerré la puerta.

Y ella, oyendo esto y riéndose, le dijo: —Viejo maldito, ¿cómo estás ahí a esas horas? ¿No tienes suficiente con mi cuerpo?; ¿por qué te vas cada noche de puta en puta y dejas mi cama?

Y cuando él oyó la voz de su mujer, se alegró mucho y dijo: —Bendito sea Dios que aún no te has muerto; pero, dime, señora, ¿por qué me dices esas cosas?, pues yo te quise castigar y por eso cerré la puerta, y no pensaba en tu peligro; y por

eso, cuando oí el ruido creí que te habías tirado al pozo y por
eso bajé presto para ayudarte.

Y ella dijo: —Mientes, nunca tales cosas hice; pues parece
que es cierto ese dicho vulgar: el que comete algún crimen
siempre trata de envolver a los otros en él, y por eso me dices
tú lo que acostumbras hacer; yo te juro que te quedarás allí
hasta que suene la campana, y los guardianes cumplirán su ley
contigo.

Y dijo el caballero: —¿Por qué me acusas de esto, que yo
soy viejo y toda mi vida he estado en la ciudad y nunca fui
difamado? Por tanto, te ruego que me abras y no me causes
vergüenza a ti y a mí.

Y ella respondió: —En vano hablas; mejor es que hagas
aquí penitencia que en el infierno. Mira lo que dice el sabio:
que al pobre soberbio y al rico mentiroso y al viejo loco los
aborrece Dios. Tú eres mentiroso, aunque rico. ¿Qué necesidad
tuviste de mentir tanto? Después que has podido gozar de la
flor de mi juventud, te has vuelto loco, y más, que te citas con
doncellas y es milagro divino que seas aquí mismo castigado
para que no te condenes y, por lo tanto, soporta con paciencia la
pena de tus pecados.

Y dijo él: —Señora, Dios es misericordioso y no pide al
pecador más que contrición y enmienda; dejadme ahora entrar
y con gusto me quiero enmendar.

Y dijo ella: —¿Qué diablo te ha vuelto tan buen predicador? Seguro que no entrarás.

Y hablando así sonó la campana. Oyendo esto dijo el caballero: —Señora, ya tocan la campana; déjame entrar para que
no sea avergonzado.

Y ella respondió: —Este tocar conviene a la salvación de tu
alma, para que soportes con paciencia la pena.

Dicho esto, los guardias iban por la ciudad y encontraron al
caballero en la plaza y le dijeron: —Amigo, no está bien que
estéis aquí a estas horas.

Y cuando ella les oyó, dijo: —Señores, vengadme de este
viejo maldito y ruin, pues vosotros sabéis bien quién soy y de

quién soy hija; y este maldito cada noche deja mi cama y se va
con sus mancebas; y yo siempre esperando que se corregiría,
no lo quería decir a mis familiares, pero no ha servido de nada.
Y por lo tanto, os pido por favor que lo cojáis y cumpláis en
él lo que manda la ley.

Y entonces los guardianes lo cogieron y lo tuvieron toda la
noche en la cárcel. Y a la mañana siguiente lo pusieron con gran
vergüenza en la picota.

Y entonces dijo el sabio al emperador: —Señor, ¿me habéis
entendido?

Y le dijo: —Sí.

Y el maestro dijo entonces: —Señor, si por las palabras de
vuestra mujer matarais a vuestro hijo, peor os sucederá que a
aquel caballero.

Dijo el emperador: —Aquella fue una malvada mujer, pues
así causó la perdición del marido, y yo te prometo que, gracias
a este ejemplo, no morirá hoy mi hijo.

A lo cual, respondió el maestro: —Si así lo hicierais, obra-
ríais muy discretamente. Y después os alegraréis por ello y os
encomiendo a Dios y os beso las manos por haberme oído con
tanta paciencia y por el perdón que habéis dado a vuestro hijo
hoy; y así se fue.

## 2.  «EL TESORO DE RAMPSINITO»

*Cómo la emperatriz, por el ejemplo de un hijo que cortó la
cabeza a su padre, convenció al emperador para que mandase
ahorcar a su hijo*

Cuando oyó la emperatriz que el joven no había muerto,
lloró amargamente y entró en su cámara secreta y se arrancó

los cabellos y dio un gran grito y dijo: —¡Ay de mí, que una hija de tan gran rey sea puesta en tanta desgracia! Y no puedo solucionarlo.

Y él se fue inmediatamente hacia ella a consolarla, diciéndole: —No lloréis así.

Y ella dijo: —Señor, el amor que os tengo me hace sufrir más por el desprecio; pues el amor entrañable que siento por vos me ha impedido hasta ahora marcharme con mi padre, porque temo que si lo hiciese, os sucederían mil desgracias, porque mi padre, con el poder que tiene, basta para enriquecerme y para vengar mi deshonra.

Y él dijo: —¡Dios te guarde! No dudes que mientras viva nunca te faltaré.

Y ella respondió: —Quiera Dios, señor, que podáis vivir mucho tiempo; pero yo temo que os sucederá como a un caballero con su hijo, que no quería sepultar la cabeza de su padre en el cementerio, habiéndolo matado por salvarse.

Dijo el emperador: —Señora, dime cómo fue ese ejemplo que no quiso sepultar la cabeza de su padre habiendo muerto por él.

Y ella respondió: —Me place.

Había en Roma un caballero que tenía dos hijas y un hijo, y aquel caballero hacía muchas veces justas y torneos, tanto que gastaba todo lo que tenía en tales cosas. En aquellos tiempos había un emperador llamado Octaviano, que tenía más plata y oro que todos los reyes; tanto que tenía una torre llena de oro y un caballero que la guardaba. Y el caballero que amaba tanto los torneos llegó a tal pobreza, que decidió vender su hacienda; y llamó a su hijo y le dijo: —Hijo, aconséjame cómo hagamos; obligado por la necesidad tengo que vender la heredad o encontrar otros recursos con los que podamos vivir; pues si vendemos la tierra, tú y tus hermanos moriréis de hambre.

Respondió el hijo: —Padre, si pudiéramos discurrir otra cosa para no vender la tierra, yo os querría ayudar.

Dijo el padre: —Yo he pensado una buena cosa: el emperador tiene una torre llena de oro; vayamos de noche muy secretamente con instrumentos para minar la torre y sacaremos todo el oro que necesitemos.

Respondió el hijo: —Padre, sí; me parece una buena idea, pues mejor es coger el oro del emperador y conseguir así el que nos falta, teniendo él tanta abundancia, que vender nuestra tierra.

Y se levantaron, pues, de noche los dos con sus utensilios y fueron a la torre, y la minaron y cogieron cuanto oro pudieron llevar entre los dos. Y el caballero hizo sus justas y sus torneos acostumbrados y lo gastó todo. Y entre tanto, entró el guardián en la torre y vio el robo, y se espantó y fue al emperador y se lo contó, y le dijo el emperador: —¿Por qué me dices estas cosas? ¿No te encargué yo mi tesoro? Dame cuenta de él y no te preocupes de otra cosa.

Él, después de oír esto, entró en la torre y puso delante del agujero por donde habían entrado a robar una tina llena de pez, mezclada con betún. Y la puso de modo tan acertado, que nadie podía entrar allí sin caer en ella. Poco tiempo después, el caballero gastó todo el oro que había sacado, y fueron otra vez él y su hijo a la torre a robar del tesoro. Y en seguida, al entrar primero el padre, cayó en la tina llena de pez y de betún hasta el cuello. Y, como se vio engañado, le dijo al hijo: —No te acerques, pues si lo hicieras, no podrías escapar.

Respondió el hijo: —Dios no lo quiera, ¿cómo no te voy a ayudar? Pues si te encontraran aquí, todos moriríamos. Y si no te puedo sacar solo, buscaré cómo preguntando a los otros.

Y dijo el padre: —No hay mejor consejo salvo que me cortes la cabeza, pues hallando el cuerpo sin cabeza nadie me podrá reconocer; y así tú y mis hijas os libraréis.

Respondió el hijo: —Padre, habéis dicho bien; pues si os conocieran, nadie de nosotros escaparía.

Y en ese momento sacó su espada y le cortó la cabeza a su padre y la echó a un pozo, y se lo dijo a sus hermanas, las cuales lloraron muchos días a escondidas la muerte de su padre.

Y después de esto, entró el guardián de la torre y halló el cuerpo sin cabeza y se maravilló, y lo denunció al emperador; y le dijo él: —Atad ese cuerpo a la cola de un caballo y arrastradlo por todas las calles y plazas, y prestad atención donde oigáis grandes lloros; allá entraréis y prenderéis a cuantos en la casa estén y los llevaréis a la horca.

Y así lo hicieron los servidores; y cuando llevaban el cuerpo por delante de la casa, viendo las hijas arrastrar el cuerpo de su padre, lloraron mucho, y el hermano, que oyó sus gritos, se hirió él mismo en el muslo y se hizo mucha sangre. Y cuando los alguaciles oyeron el llanto, entraron en la casa y preguntaron la razón por la que lloraban; y dijo el hijo: —No sé cómo me he caído y me he descalabrado; y como me han visto mis hermanas que me salía tanta sangre, dieron gritos como veis.

Y ellos se creyeron lo que les dijo; y estuvo mucho tiempo en la horca y su hijo no quiso hacer nada para que quitasen el cuerpo de la horca ni para sepultar la cabeza del padre.


Entonces dijo la emperatriz: —Señor, ¿me habéis entendido?

Dijo él: —Sí.

Y ella dijo: —Yo temo que así sucederá con vos y vuestro hijo. Este caballero, por amor a su hijo, llegó a tal pobreza, y primero robó y minó la torre y después se hizo cortar la cabeza para que el hijo no pasase vergüenza. Y después el hijo echó la cabeza del padre a un pozo y no la enterró ni en la iglesia ni en el cementerio; y dejó colgar el cuerpo en la horca; por lo menos, de noche, lo podía haber descolgado. De la misma forma, vos, de día y de noche intentáis honrar a vuestro hijo y dejarle vivo; pero sin duda, él se esfuerza en actuar contra vos para poder reinar en vuestro lugar. Por lo tanto, yo os aconsejo que lo matéis antes de que sufráis algún daño por su culpa.

Respondió el emperador: —Yo creo que así actuará mi hijo, como el del ejemplo que me has contado; y, por lo tanto, te aseguro que mañana morirá.

## 3.  «LAS MARAVILLAS DE ROMA»

—Yo estoy contenta por deciros un interesante ejemplo para
que de ahora en adelante no os guste tanto escuchar a los sabios.
César Octaviano, reinando en Roma, era muy rico y muy avari-
cioso; y sobre todo, amaba en exceso el oro. Y los ciudadanos
de Roma, en su tiempo, hicieron muchos males a las otras na-
ciones, tanto que muchos reinos se levantaron contra los romanos; y en aquel tiempo estaba en Roma el maestro Virgilio, que
superaba a todos los maestros en la retórica, la poesía, la magia
y otras ciencias. Y le pidieron los ciudadanos de Roma que inven-
tase algo para que pudieran guardarse de los enemigos. Y él
hizo con su ciencia una torre, y en la cima de ella tantas imágenes cuantas provincias había en el mundo. Y en medio hizo
una que tenía una manzana de oro en la mano y cada una de
las otras imágenes tenía una campanita en la mano y miraba
a su provincia, es decir a la que le correspondía; y cuando
alguna provincia se quería rebelar contra los romanos, aquella
imagen se volvía y tocaba la campana, y luego todas las imágenes tocaban las campanas. Y en cuanto los romanos oían esto,
se armaban y marchaban con sus ejércitos a conquistar aquella
provincia. Y así no había provincia que se rebelase sin que los
romanos no fueran avisados. Y después de esto, el maestro Virgilio, para divertir a los pobres, hizo en la misma ciudad un
fuego que ardía continuamente y junto a él, dos fuentes, una
caliente, donde se bañaban los pobres y otra fría para que se
divirtieran. Y entre el fuego y las fuentes, hizo una imagen
erecta, y tenía escrito en la frente: «El que me hiera tendrá
venganza.» Y estuvo así esa imagen durante muchos años, y al
fin vino un sabio, el cual, después que leyó el lema, pensó qué
venganza podría recibir y decía: —«Más bien creo que si alguno
te diese un golpe, caerías y hallaría allí un tesoro; y para que
ninguno te toque y no caigas, está escrito.» Así el sabio levantó
la mano y le dio un gran golpe, de modo que la imagen dio en

el suelo y se apagó el fuego y desaparecieron las fuentes y no encontró ningún tesoro. Y los pobres, cuando se enteraron de esto, se enfadaron diciendo: —«¡Maldito sea quien por su codicia derribó la imagen y nos ha quitado tal placer!» Y después de esto, se juntaron tres reyes que estaban acosados por los romanos, y pensaron cómo podrían vengarse de los romanos. A los cuales respondieron algunos consejeros: —Lo que hacemos es en vano, pues mientras estuviere allí la torre de las imágenes nada podemos hacer contra ellos.

Y ante este consejo, se levantaron cuatro caballeros y dijeron a los reyes: —Nosotros tenemos pensado cómo destruir la torre con las imágenes; y nosotros nos expondremos a morir sólo con que vosotros paguéis los gastos.

Y dijeron los reyes: —¿Cuánto necesitaréis?

Respondieron ellos: —Hay que tener cuatro cubas llenas de oro.

Y les dijeron los reyes: —Tomad y cumplid la promesa.

Los caballeros recibieron el oro y se fueron a Roma; y de noche, fuera de la primera puerta, en un lugar especial, pusieron una cuba de oro bajo la tierra, y otra bajo la segunda y así con las otras; y hecho esto, al día siguiente por la mañana entraron en la ciudad y, a una hora conveniente, cuando el emperador iba por el mercado, se encontraron con él y le hicieron reverencia. Y el emperador al verles les dijo: —¿De dónde sois o qué oficio o habilidad tenéis?

Respondieron ellos: —Señor, de una tierra muy lejana; y somos unos adivinos tan perfectos, que no hay nada escondido en ninguna parte que no seamos capaces de soñarlo. Hemos oído noticias de vuestra virtud y por ello hemos venido para ver si necesitáis nuestro servicio.

Respondió el emperador: —Yo os haré una prueba y si decís verdad, recibiréis mi premio.

Respondieron ellos: —No pedimos nada a cambio, salvo la mitad de lo que encontremos.

Y dijo el emperador que le parecía bien; y cuando fue de noche, al irse el emperador a acostar, le dijeron: —Señor, si te parece, el más anciano de nosotros soñará esta noche, y al tercer día te explicaremos el sueño.

Respondió el emperador: —Id con la bendición de Dios.

Y se fueron y pasaron toda la noche entre risas y alegría y con mucha esperanza de alcanzar su propósito. Y al tercer día, por la mañana, llegaron ante el emperador y dijo el primero: —Señor, si os place, venid con nosotros a la puerta de la ciudad; os mostraremos una cuba escondida llena de oro.

Y dijo el emperador: —Yo iré con vosotros y veré si es verdad lo que decís.

Y cuando llegaron al sitio, sacaron la cuba que allí habían puesto; y como el emperador vio esto, se alegró mucho y les dio su parte; y entonces dijo el segundo: —Señor, yo soñaré esta noche.

Y respondió el emperador: —Dios te dé buen sueño y que sea provechoso para todos.

Y cuando amaneció, aquél sacó la segunda cuba, y se la mostró al emperador y recibió su parte; y lo mismo, el tercero y el cuarto, con lo que el emperador se alegró mucho y dijo: —Nunca jamás se han visto adivinos tan experimentados ni tan verdaderos.

Entonces dijeron los cuatro: —Señor, hasta aquí uno tras otro ha soñado, y las cosas, como habéis visto, se han comprobado; pero si os parece bien, esta noche soñaremos juntos y esperamos descubrir mucho oro.

Y respondió el emperador: —Dios os dé buen sueño, que sea provechoso para vosotros y para mí.

Y cuando amaneció, llegaron ante el emperador con el rostro muy alegre y dijeron: —Señor, nosotros os contaremos buenas noticias; que esta noche, en sueños, hemos descubierto un tesoro tal y tan grande, que si lo dejáis buscar, os enriqueceréis tanto, que en el mundo no habrá príncipe que os iguale.

Dijo el emperador: —¿Y dónde hallaréis este tesoro?

Respondieron ellos: —Debajo de los cimientos de la torre de las imágenes.

Dijo el emperador: —Dios me libre de que yo derribe la

torre de las imágenes por oro, gracias a la cual estoy protegido de los enemigos.

Respondieron los adivinos: —Señor, ¿no habéis encontrado que era cierto todo lo que hemos dicho?

Dijo el emperador: —Sí, cierto.

Entonces dijeron ellos: —Nosotros, con nuestras propias manos, sin derribar la torre, sacaremos el oro; y conviene que lo hagamos de noche y en secreto, nosotros mismos, para que no se entere el pueblo y no se quiera llevar el oro.

Respondió el emperador: —Sea en buena hora; haced como sabéis, y por la mañana yo iré a veros.

Y así estuvieron todos contentos, y aquella noche entraron en la torre y muy deprisa excavaron la torre; y por la mañana, cabalgaron en sus caballos y se fueron a su tierra muy contentos. Y antes de que salieran de la tierra de los romanos, se cayó la torre, y cuando amaneció y los senadores se enteraron de ello, lo sintieron mucho, y lloraba toda la ciudad, y vinieron los consejeros al emperador y le dijeron: —Señor, ¿cómo se ha caído nuestra torre con la que nos defendíamos de los enemigos?

Respondió el emperador: —Cuatro engañadores vinieron a engañarme: dijeron ser adivinos y que encontraban tesoros escondidos; dijeron que sacarían, sin derribar la torre, una gran cantidad de dinero, y así me engañaron.

Dijeron los senadores: —Tanto habéis codiciado el oro, que por vuestra codicia estamos todos destruidos. Pero todo esto caerá sobre vuestra cabeza.

E inmediatamente lo cogieron y lo llevaron al Capitolio, y fundieron el oro y se lo echaron por la espalda y se lo pusieron en la boca, diciendo: —«Pues tuviste sed de oro, bebe oro»; y después, lo enterraron. No mucho después, vinieron los enemigos hacia los romanos y los destruyeron.

Entonces dijo la emperatriz: —Señor, ¿me habéis entendido?

Respondió él: —Sí, muy bien.

Y dijo: —Pues sabed que las torres con las imágenes son vuestro cuerpo con los cinco sentidos; cuando estáis de pie, nadie se atreve a dañar a vuestro pueblo. Y viendo esto vuestro hijo con sus maestros, ha hallado cómo derribaros con falsos ejemplos; y esto porque les dais pie, y mientras tanto socavarán los cimientos de vuestras torres, inclinándoos vos a ellos, y corromperá vuestros sentidos; y cuando os vean enloquecido, os destruirán y matarán: vuestro hijo reinará.

Y dijo el emperador: —Buen ejemplo me has contado; te aseguro que no haré conmigo como con la torre, sino que mi hijo morirá mañana.

Y dijo la emperatriz: —Si así lo hacéis, viviréis.


## 4.   «EL MUCHACHO QUE APRENDIÓ MUCHAS COSAS»

*De un ejemplo que contó el hijo del emperador, en el que da a entender la firme fidelidad y amistad que ha de tener un buen amigo a otro*

Érase un caballero que tenía un hijo y no más, al cual amaba mucho, y lo encomendó en tierras lejanas a un maestro para que lo criase y le enseñase. Y el niño como tenía buen ingenio, aprovechó mucho. Y después de estar siete años con el maestro, el padre deseaba verlo y le envió cartas, como vos hicisteis conmigo; y el joven, para obedecer a su padre, volvió, de cuyo regreso se alegró mucho el padre porque parecía muy bien educado. Y sucedió un día que, estando sentados el padre y la madre a la mesa y sirviéndoles el joven, voló un ruiseñor por donde estaban sentados, y cantó tan suavemente que se maravillaron mucho, y decía el caballero: —¡Oh con cuánta gracia canta este pajarillo! ¡Ojalá alguien supiese su canto y me lo explicase!

Y dijo el hijo: —Señor, yo bien te lo sabría explicar, pero temo que os enfadéis.

Y dijo el padre: —Te pido, hijo mío, que me digas qué es lo que quiere decir y entonces verás si me ofendo, que yo no sé por qué me haya de sentir agraviado.

Y él, obedeciendo al padre, le dijo: —Este ruiseñor dice con su canto que yo tengo que ser tal señor, que todos me honrarán mucho, y todavía más mi padre, que me ofrecerá agua para lavarme las manos y mi madre me tendrá la toalla

Respondió el padre: —Nunca tus ojos verán ese día ni alcanzarás ese poder.

Y con gran rabia cargó a su hijo a cuestas y lo llevó al mar y lo tiró allí, y dijo: —Mirad aquí el intérprete de las aves.

Y como el joven sabía nadar, nadó hasta la orilla y estuvo allí cuatro días sin comer, y al quinto día vino una nave, la cual, cuando el niño la vio pasar, dio un grito a los marineros para que, por Dios, lo librasen de la muerte. Y viendo los marineros un joven tan gentil, sintieron pena y lo cogieron y lo pusieron en la nave, y lleváronlo a tierras muy lejanas y se lo vendieron allí al duque; y siendo el niño muy hermoso, lo quería mucho el duque.

Sucedió que el rey convocó a cortes generales a todos los grandes caballeros y señores de su reino, y así fue necesario que aquel duque fuese a ellas, y llevó consigo a aquel mozo tan hermoso y de gran ingenio; y estando allí todos reunidos ante el rey, les dijo: —Amados y fieles míos: si queréis saber por qué os he llamado, es para deciros que si alguno me resuelve el misterio que os diré y me lo explica, prometo entregarle a mi hija por mujer; y mientras yo viva, se sentará a mi lado en mi reino, y después de mi muerte, lo poseerá todo; y el misterio es éste: Sabed que tres cuervos me persiguen siempre y nunca me dejan; adonde quiera que voy van volando y dando unos gritos muy espantosos, tanto que me causan una pena extrema y temo oír sus cantos y verlos; y por lo tanto si alguno supiere explicarme la razón por la que me siguen y cantan de aquella manera, y me los quitase de encima, sin duda yo cumpliría mi promesa.

Y dicho esto, no se halló en todo el consejo nadie que tal cosa supiese. Entonces le dijo el joven al duque: —Señor, ¿creéis que el rey me mantendrá su ofrecimiento si yo cumplo su deseo?

Dijo el duque: —Pienso que sí; pero si quieres se lo diré yo al rey, mi señor.

Respondió el mozo: —Aun a costa de mi vida, yo cumplo lo que prometo.

Y luego el duque se fue al rey y le dijo: —Señor aquí hay un niño muy sabio y discreto que se ofrece para solucionar vuestro deseo si le mantenéis lo prometido.

Dijo el rey: —Por mi corona te juro que cumpliré lo ofrecido.

Entonces el duque llevó al niño ante el rey y, cuando le vio, dijo: —Di, buen niño, ¿sabes tú contestar a mi pregunta?

Respondió el niño: —Señor, muy bien; vuestra pregunta es por qué dan estos cuervos estos gritos tan terribles, a lo cual respondo que sucedió una vez que dos cuervos, macho y hembra, engendraron otro cuervo, y entonces había tanta hambre que los hombres, aves y animales morían de hambre; y estaba el cuervo pequeño en el nido y la madre le dejó y se fue a buscar comida, y no se preocupó por volver al nido; y el padre, viendo esto, con mucho esfuerzo lo mantuvo hasta que supo volar; y pasado el hambre, volvió la madre al hijo para vivir con él, pero viendo esto el padre la echaba de allí diciendo que en la necesidad lo había abandonado y que ahora debía estar alejado de él; la madre alegaba que había tenido dolores de parto y sufrió y que, por lo tanto, debía más gozar de su compañía que el padre. Y por esto, señor, os siguen tanto esos tres cuervos pidiéndoos que les deis sentencia cuál de ellos debe gozar de la compañía del hijo, y después de dada la sentencia, no los veréis más.

Dijo el rey: —Puesto que la madre dejó el pollo en tiempo de necesidad, la justicia requiere que sea privada de su compañía. Y en lo que dice que tuvo dolores y sufrimiento en el parto, aquello se volvió en alegría cuando lo vio nacido. Y como el macho es causa de la generación de cualquier animal, y en el tiempo de la necesidad lo mantuvo, dicto como sentencia que el pollo esté en la compañía del padre y no de la madre.

Y cuando los cuervos oyeron este juicio, se fueron por el aire volando dando grandes gritos, y no los vieron más en todo el reino.

Y dijo el rey al niño: —¿Cómo te llamas?

Respondió: —Alejandro.

Dijo el rey: —Yo quiero conseguir de ti que no llames a nadie más padre salvo a mí, pues te casaré con mi hija y serás amo del reino.

Y el rey le amaba mucho, porque participaba en justas y torneos y se dedicaba a los asuntos bélicos y en todo alcanzaba más fama que nadie en Egipto; tanto que en el reino ni fuera de él no había nadie que le pudiese vencer ni plantearle preguntas muy oscuras que no las averiguase.

Había entonces un emperador, llamado Tito, que superaba a todos los reyes del mundo en linaje y educación de tal manera que su fama volaba por todo el mundo; tanto que cualquiera que quería aprender saberes y costumbres y ver poco menos que todo el mundo se iba a la corte de tal emperador; y cuando el niño Alejandro supo esto, le dijo al rey: —Señor, vos sabéis cómo está el mundo lleno de la fama de tal emperador; y todos desean estar en su corte; por lo tanto, si os agradase, muy a gusto me iría a su corte para aprender discreción y buenas costumbres.

Respondió el rey: —Me parece bien; sin embargo, yo quiero que vayas bien provisto y con abundante dinero, como corresponde a mi honra y a tu necesidad. Me parece que debes antes casarte con mi hija.

Dijo Alejandro: —Señor, dispénseme vuestra alteza por ahora hasta que vuelva; entonces tomaré a vuestra hija con todos los honores.

Respondió el rey: —Pues tanto te agrada ir a la corte del emperador, yo te doy permiso, Alejandro.

Entonces se despidió del rey y se fue hacia el emperador muy bien acompañado. Y tan pronto como llegó se fue al palacio; y cuando llegó ante el emperador, se puso de rodillas en el suelo, y el emperador se levantó de la silla y lo besó y le dijo: —Hijo, ¿de dónde eres? ¿Por qué asunto has venido?

Respondió Alejandro: —Yo soy hijo y heredero del rey de Egipto, y he venido para ver si quiere vuestra alteza que le sirva.

Y al emperador le pareció muy bien, y en seguida se lo encomendó al gran senescal y lo hizo su maestresala, y el senescal le dio un buen alojamiento en el palacio, muy bien preparado. Y Alejandro fue tan discreto, que en poco tiempo lo amaban todos. No mucho después llegó el hijo del rey de Francia para aprender en aquella corte virtud y valor; al cual recibió el emperador muy honradamente y le preguntó de dónde era y cómo se llamaba y cuál era su linaje; y respondió: —Hijo soy del rey de Francia y me llamo Luis, y he venido aquí para servir a vuestra alteza, si os agrada tenerme a vuestro lado.

Al cual dijo el emperador: —Yo he nombrado a Alejandro mi maestresala y a ti quiero hacerte mi copero; porque sois de gran linaje quiero que estéis siempre delante de mí en la mesa y gozar de vuestra presencia.

Y le encomendó a su senescal que le buscara buen alojamiento. Y él lo puso con Alejandro y los dos se parecían tanto en los gestos, las facciones y las costumbres, que difícilmente se distinguían el uno del otro, salvo que Alejandro era mayor en sabiduría y más inteligente y desenvuelto en lo que tenía que hacer, pues Luis era afeminado y tímido; y esta era la diferencia entre ambos, y se amaban mucho. Y tenía el emperador una hija, llamada Florentina, a la cual amaba mucho

porque era muy graciosa y heredera del reino, la cual tenía
una corte para ella. Y el emperador, en señal de afecto, le enviaba cada día de cuanto comía por intermedio de Alejandro.
Y por esto ella amaba mucho a Alejandro, porque le parecía
gracioso y discreto. Y sucedió que un día Alejandro estaba
ocupado en un asunto importante, y era ya la hora de comer
y nadie le servía en su lugar. Viendo esto, Luis ocupó su
puesto. Y teniendo el emperador la última vianda ante sí, sir-
viendo Luis delante del emperador y puesto de rodillas, le mandó como habituaba que llevase su escudilla a su hija, creyendo
que se trataba de Alejandro. Luis hizo como el emperador
le mandó; y cuando entró en la habitación de la hija, la saludó y puso la escudilla, como correspondía, delante de ella. Y
aunque ella no lo había visto hasta entonces, sin embargo vio
en seguida que no era Alejandro, y le dijo: —Hijo, ¿cómo te
llamas o de quién eres hijo?

Respondió Luis: —Señora, soy hijo del rey de Francia y me
llamo Luis.

Entonces dijo ella: —Sea en buena hora y vete en paz.

Y él humildemente se fue, y en esto vino Alejandro a la
mesa y ambos hicieron su trabajo; y terminada la comida, en
seguida Luis se acostó y comenzó a enfermar. Y cuando lo
supo Alejandro, entró en la habitación y le dijo: —Luis, hermano y el más querido de los amigos, ¿qué tienes?, ¿cuál es la
causa de tu enfermedad?

Respondió Luis: —No lo sé, pero me encuentro tan mal,
que no creo que me salve.

Dijo Alejandro: —Pues yo sé bien la causa de tu enfermedad. Hoy, cuando llevaste la escudilla a nuestra señora, la
miraste mucho a la cara porque es hermosa; por eso creo que
tu pensamiento está alterado y atormentado.

Al cual le respondió: —Por cierto Alejandro, ni todos los
médicos del mundo serían capaces de diagnosticar mejor mi enfermedad y temo que será la causa de mi muerte.

Respondió Alejandro: —Yo te ayudaré en lo que pueda.

Y en seguida se fue a la plaza y compró con su propio dinero un paño precioso todo bordado con perlas, sin que lo supiera Luis, y se lo entregó a la hija del emperador en nombre de Luis.

Y dijo la infanta: —Oh, Alejandro, ¿de dónde has podido sacar un paño tan rico?

Dijo Alejandro: —Señora, sabed que se trata de un hijo de rey muy rico que desea mucho serviros, y por causa vuestra está a punto de morir y si le dejáis peligrar, nunca más recuperaréis vuestra honra.

Dijo la infanta: —Alejandro, ¿tú querrías aconsejarme para que perdiese yo de esta forma mi fama y mi virginidad? Dios me guarde sólo de pensarlo, y has de saber, Alejandro, que con tales mensajes nunca conmigo conseguirás nada. Vete de mi presencia y no me hables más de esto.

Y cuando Alejandro oyó esto, hizo una reverencia y se marchó. Y al día siguiente entró en la ciudad y compró una corona mucho más rica, más del doble, que el paño; y entró en la habitación de la infanta y se la dio en nombre de Luis. Y cuando ella vio una corona tan rica, dijo a Alejandro: —Me maravillo de ti, que me has visto tantas veces y me has hablado y nunca me has dicho nada por ti.

Respondió Alejandro y dijo: —Señora, no estoy tan enamorado, y nunca me ha sucedido tener el corazón tan llagado. Y el que tiene un amigo debe mostrarle amistad y por lo tanto, señora, usa toda la dulzura femenina para remediar al que habéis herido mortalmente, para que no seáis causa de su muerte.

Y dijo la infanta: —Vete en buena hora, que de momento no te contestaré.

Y él, después de oír esto, bajó la cabeza y se fue. Al tercer día se fue a la plaza y compró un cinturón tres veces más rico que las otras joyas anteriores, y se lo presentó a la infanta de parte de su amigo Luis. Y cuando ella vio un regalo tan rico, le dijo a Alejandro: —Haz que venga Luis tres horas después de anochecer y encontrará la puerta abierta.

Y cuando oyó esto Alejandro, se alegró mucho y fue a
su compañero Luis y le dijo: —Amigo, consuélate; pues te
he conseguido a tu amada, y esta noche te llevará a su habitación.

Y cuando oyó esto Luis, despertó como de un mal sueño
y revivió un poco, y de la gran alegría que tuvo se curó. Y
a la noche siguiente Alejandro se armó muy bien con armas
secretas y llevó consigo a Luis, y le llevó hasta la puerta que
la infanta le había enseñado, en donde estuvo toda la noche
gozando y disfrutando con la hija del emperador. Y Alejandro
estuvo esperándole toda la noche y, después de esto, Luis y
su amiga se amaron mucho; y Luis iba muchas veces a verla,
tanto que llegó a oídos de algunos caballeros de la corte noticias de que tenía algo que ver Luis con la infanta. Y estos
caballeros hicieron una camarilla contra Luis y decidieron espiar-
le y cogerle y darle muerte. De esto se enteró Alejandro, y
se armó con los suyos para luchar y defender a Luis. Estos
caballeros, cuando lo supieron, por miedo a Alejandro, dejaron
su plan. Y Alejandro se puso en muchos peligros por su compañero Luis; lo cual él no lo sabía, pero su amiga, la infanta,
muy bien lo sabía todo. Y después de sucedido esto, llegaron
unas cartas a Alejandro notificándole la muerte del rey de Egipto, y que fuese inmediatamente y tomase y gobernase el reino
con todos sus bienes. Y Alejandro en seguida comunicó a Luis
y a la infanta su marcha, los cuales se entristecieron más de
lo que algunos podrían creer. Y Alejandro dijo a su señor, el
emperador, cómo le habían llegado cartas notificándole la muerte de su padre, y que le convenía darse una gran prisa en marchar para tomar posesión de su reino. Y así pidió permiso y
le agradeció mucho al emperador por los servicios que había
recibido en su corte; y díjole: —Señor, sabed que antes que
ofenderos con mi marcha perdería todo mi reino.

Y le dijo el emperador: —Alejandro, has de saber que me
apeno muchísimo con tu marcha, porque me agradabas mucho,
más que ningún hombre de mi corte, pero no le corresponde

al emperador molestar a los que le sirven cuando alguna dignidad reciben, más bien debe tratar de ensalzarlos. Por tanto nuestro camarero te dará de nuestro tesoro cuanto desees. Y vete con la bendición de Dios.

Y Alejandro se despidió del señor emperador y de todos los caballeros de la corte. Y muchos sufrieron con su marcha porque él era muy amado y querido por todos. Y Luis y su amiga la infanta salieron con él fuera de la ciudad casi tres leguas. Y cuando Alejandro les dijo que se volviesen porque no quería que le acompañasen más, tuvieron tanto dolor, que cayeron al suelo medio muertos. Y estuvieron mucho rato sin hablar. Y Alejandro los levantó del suelo con gran pesar, y los consoló con buenas palabras y les aconsejó diciendo: —Luis, amigo entre todos mis amigos, yo te pido y aconsejo que tengas muy escondido el secreto que tienes con la infanta, y que seas muy astuto y que te cuides en lo que hagas, sobre todo cuando vayas hacia la habitación de la infanta. Pues yo sé que en mi lugar entrará otro que te tendrá mucha envidia por el amor que la infanta te manifiesta. Y de día y de noche cuida lo que haces y por dónde vas.

Respondió Luis: —Alejandro, el más amado entre mis amigos, has de saber que con todas mis fuerzas me guardaré cuanto pueda, pero ¿cómo podré guardarme sin tener tu fidelidad? Pero hay una cosa que quiero de ti: que recibas esta sortija y que por ella me recuerdes.

Respondió Alejandro: —Yo muy a gusto recibiré por tu amistad el anillo. Aunque sin él nunca te olvidaría, y te encomiendo a Dios.

Y entonces se abrazaron ambos por el cuello y se besaron, y le dejaron marchar.

Y al poco tiempo vino Guido, hijo del Rey de España, muy bien acompañado con muchos caballeros e hidalgos, y se presentó ante el emperador, y el emperador le dijo: —Hijo, ¿de dónde eres y por qué has venido a esta tierra?

Respondióle Guido: —Señor, las virtudes y la nobleza de vuestra alteza vuelan y resplandecen por todo el mundo; y por ello yo he venido aquí para servir a vuestra alteza y aprender virtudes y caballería y buena educación.

Y dijo el emperador: —En buena hora vengas, y yo quiero que ocupes el lugar de Alejandro, hijo del rey de Egipto, el cual estuvo aquí hace poco.

Y lo encomendó a su senescal, el cual le dio el lugar de Alejandro en la habitación de Luis, por lo cual se enfadó mucho Luis, pero no pudo hacer nada. Y Guido, comprendiendo que Luis lo acogía de mala gana, comenzó en seguida a tenerle recelo. Y Luis por miedo a Guido, estuvo sin hablar con la infanta por mucho tiempo. Pero vencido por el gran amor que le tenía, iba algunas veces a estar con ella, y después volvió como antes a ir muchas veces. Y Guido, comenzó a mirar y a escuchar a dónde iría, hasta que llegó a descubrir todo el secreto de Luis y cómo era conocida la infanta por Luis y cómo en esto había tenido parte su compañero Alejandro.

Y sucedió que una vez, estando el emperador en la sala alabando mucho a Alejandro por sus virtudes y bondades y discreción, dijo Guido: —Señor, no se debe alabar tanto a Alejandro, pues has de saber que ha sido muchos días traidor en vuestra corte.

Respondió el emperador: —¿Cómo dices eso?

Dijo Guido: —Tenéis una hija que es heredera, sabed que Luis por intermedio y con la ayuda de Alejandro la ha conseguido; y cada noche, cuando le apetece, va a gozar con ella.

El emperador al oír esto, le entró una gran saña. Y pasaba por la sala Luis, y cuando lo vio el emperador, lo llamó y le dijo: —¿Qué es lo que he oído de ti? Si es verdad, has de saber que morirás una muerte muy vil y vergonzante.

Respondió Luis y dijo: —Señor, ¿qué es esto?

Respondió Guido: —Yo he dicho a mi señor que le has deshonrado a la hija y que vas cada día a verla, y por mantener esto me combatiré contigo.

Respondió Luis: —Yo de esto soy inocente, y lo mantendré y lo defenderé, y espero que Dios rompa esta mentira en tu boca.

Y el emperador al oír este desafío, les asignó el día del campo [1], y hecho esto, Luis fue a hablar con la infanta y le contó cómo Guido había dicho al emperador todo lo que pasaba entre ellos dos, y cómo se habían desafiado y cómo les habían asignado el día del campo. Y le dijo: —Señora, dadme ahora buen consejo, pues de otra manera seguro que muero. Y como sabéis, yo no puedo evitar el combate, salvo si me quiero declarar culpable. Y Guido es muy fuerte y valiente con las armas, que no hay nadie que se le parezca salvo Alejandro, el cual no está aquí y yo soy débil, y si entro en el combate con él, sin duda seré vencido. Y vos, por consiguiente, quedaréis en muy gran confusión y deshonra.

A lo cual contestó la infanta: —Sigue mi consejo, pues estás ya desesperado. Vete pronto a mi padre y dile que has recibido cartas en las que dicen que tu padre está muy enfermo a punto de morir, y que desea mucho verte y hacer contigo testamento, y pídele permiso por la enfermedad de tu padre para que te permita ampliar el plazo del combate, hasta que puedas ir con tu padre y volver aquí. Y cuando tuvieres el permiso y el aplazamiento, vete lo más rápido que puedas al rey Alejandro en secreto y dile la razón por la que vienes y pídele que te ayude en esta necesidad extrema. Y yo le escribiré una carta, pidiéndole por mi amor, pues él fue la causa de nuestra amistad, que nos quiera socorrer a ti y a mí.

Y cuando Luis oyó esto, le gustó mucho el consejo de su amiga, y pidió en seguida permiso al emperador en la forma antes dicha; y obtenido el permiso y el aplazamiento de la batalla, tomó la carta de la infanta y se fue a Egipto en busca de Alejandro. Y no descansó ni de día ni de noche hasta llegar a la ciudad, al palacio del rey Alejandro. Y cuando el rey supo su llegada, se alegró y lo salió a recibir. Y maravillándose mucho, le preguntó la causa de su venida. Respondió Luis: —Señor y amigo, mi vida y mi muerte están en tus manos; pues así como me decías que cuando llegara otro compañero estaría

---

[1] Según el *DRAE*, «sitio que se elige para salir a algún desafío».

perdido si no me cuidaba, pues así ha sucedido. Y yo hice
como tú me dijiste y cuanto pude me guardé de ir a verla.
Pero cuando aquel hijo del rey de España lo descubrió, me
siguió hasta que supo la verdad, y me acusó al emperador, de
manera que estoy obligado a luchar con él, y como tú bien
sabes que es un hombre fuerte y yo soy débil, por ello Florentina me aconsejó que fuera a ti para remediar nuestra an-
gustia; porque sabe que tú eres un amigo auténtico, y me dio
esta carta en la que te ruega que en tanta necesidad no nos
desampares.

Dijo Alejandro: —¿Se ha enterado alguien, salvo Florentina, de que has venido aquí?

Respondió Luis: —Nadie; pues yo he pedido permiso al
emperador para visitar a mi padre que estaba enfermo de muerte.

Y dijo Alejandro: —¿Cómo te aconsejó Florentina que hiciese?

Respondió Luis: —Hermano, ella me aconsejó esto porque
nos parecemos mucho, y entrando tú en lucha con Guido nadie
te conocería más que Florentina. Y acabada la lucha, cada uno
se volverá a su tierra.

Dijo Alejandro: —¿Cuándo será el día de la pelea?

Respondió Luis: —De hoy en ocho días.

Y dijo Alejandro: —Pues si yo no parto en seguida, no
llegaré a tiempo; pues, ¿cómo nos las arreglaremos?, porque
yo mañana he invitado a todos mis vasallos al convite y cele-
braré mis bodas y, si lo aplazo, luego ya no podré, y el pro-
yecto se echará a perder, y si no estuviere allá, se perderá el
combate. ¿Qué te parece lo mejor?

Y cuando Luis oyó los problemas, se cayó al suelo suspi-
rando y diciendo: —¡Por cada lado surgen inconvenientes!

Dijo Alejandro: —No flaquees ni te asustes, pues aunque
supiese que iba a perder mi reino y mi mujer, no te dejaría
caer. Oye lo que he pensado: puesto que nos parecemos y
yo no soy tan conocido de los caballeros y el pueblo te tomará
a ti por mí, quédate en mi lugar y te casarás con mi esposa
y te sentarás en el convite como si fueras yo; y cuando te

encierres por la noche, guárdame lealtad, y en seguida yo ca-
balgaré y me iré a la lucha; y si Dios me da la victoria, regresaré en seguida en secreto, y tú igual volverás a tu tierra.

Dicho esto se despidió Alejandro de Luis y se fue a la
corte del emperador a luchar con Guido, y Luis se quedó en
la boda en lugar de Alejandro. Al día siguiente fue Luis en
vez de Alejandro y se casó en la fachada de la iglesia e hizo
su convite, y visitó a sus caballeros y se mostró muy generoso.
Y cuando llegó la noche, Luis se encerró y se acostó con su
esposa y puso su espada desnuda entre él y ella para que no
se tocasen una carne con la otra, de lo cual ella se extrañó
mucho, pero no decía nada; y así durmió con ella mientras
el rey Alejandro se ausentó; y el rey Alejandro llegó en el
plazo fijado por el emperador, y le dijo: —Señor, aunque haya
dejado a mi padre muy enfermo, sin embargo he venido para
defender mi honra.

Respondió el emperador y dijo: —Has hecho bien.

Y cuando la infanta lo vio, se alegró mucho y le puso los
brazos por el cuello y besóle y díjole: —¡Oh, bendita sea la
hora en que te he podido ver! Dime dónde has dejado a Luis.

Y Alejandro le contó todo el proceso y cómo lo dejó en
su reino. Y se despidió de ella y entró en la habitación de Luis;
y no hubo nadie que no creyese que era Luis, salvo la infanta
Florentina. Y al día siguiente, antes de entrar en la lucha, dijo
Alejandro al emperador en presencia de Guido: —Señor, este
me ha difamado y a vuestra señoría, y yo os aseguro por la
cruz y por los santos Evangelios que nunca traté yo así a
vuestra hija, y esto lo probaré en este día en el cuerpo de
Guido con la ayuda de Dios.

Respondió Guido: —Por la cruz y por los santos Evangelios,
tú has deshonrado a la hija del emperador, lo cual probaré
en tu cabeza.

Y hecho esto cabalgaron en sus caballos y se enfrentaron
con mucha fuerza, y estuvieron así peleando con las espadas
tanto que Guido cayó del caballo, y Alejandro en seguida
descabalgó y lo mató y le cortó la cabeza, que envió a la in-

fanta; de la cual ella se alegró mucho y la llevó a su padre diciendo: —Señor, mira aquí la cabeza del traidor que nos ha difamado a ti y a mí.

Y el emperador cuando vio la victoria, envió luego a buscar a Alejandro, el cual creía que era Luis, y le dijo: —Amigo mío, tú has defendido hoy muy bien tu honra y la de mi hija, y por lo tanto de hoy en adelante te quiero más que nunca; y sobre quien de aquí en adelante te difame caerá mi ira.

Respondió Alejandro: —Señor, Dios guarda a los que en él confían para que venguen la sangre inocente. Pero una cosa te suplico, señor, pues he dejado a mi padre enfermo; concédeme permiso para volver allá, y cuando esté mejor, regresaré.

Respondió el emperador: —Me alegra que sea así para que no me dejes, pues de aquí en adelante no quiero perderte.

Entonces Alejandro se despidió del emperador y volvió a su reino. Cuando le vio Luis, se alegró mucho, y Luis le recibió muy amistosamente, diciéndole: —Amigo mío, ¿cómo te ha ido en el combate con Guido?

Respondióle Alejandro: —Vete con el emperador y sírvele como hasta ahora has hecho, pues te he conseguido una mejor situación y he cortado la cabeza de tu enemigo Guido.

Respondió Luis: —Tú me has salvado la vida, no sólo esta vez sino muchas, lo que no puedo pagarte. Que Dios te lo recompense y a Él te encomiendo.

Y se volvió Luis con el emperador. Y ninguno se enteró de la ausencia de Alejandro, salvo Luis. Y por la noche se metió Alejandro en la cama con la reina y tuvo para ella palabras muy dulces y le abrazó, y díjole ella: —Mucho tiempo has estado sin mostrarme ninguna señal amorosa.

Dijo Alejandro: —¿Por qué dices esto?

Respondió la reina: —Desde que duermo contigo hasta hoy siempre has puesto la espada desenvainada entre los dos, y nunca hasta ahora te has acercado a mí.

Y cuando Alejandro lo oyó, comprendió la lealtad de Luis

y le dijo: —Amada mía, no lo he hecho por nada malo, sólo para darte una prueba del gran amor que te tengo.

Y ella pensaba y decía entre sí: —Nunca lo verás tú ni contarás con mi amistad.

Y en seguida comenzó a amar a un caballero que en días pasados mucho le había agradado. Y fue tanta la amistad que hubo entre ellos, que pensaron ambos cómo podrían matar al rey Alejandro; y así se pusieron de acuerdo para envenenar al rey. Y como él era de complexión fuerte, el veneno no logró matarle, pero lo convirtió en leproso. Y viendo esto los grandes y nobles del reino, y la reina con ellos, dijeron: —No debe el leproso ser nuestro rey porque no puede tener más que hijos también leprosos como él.

Y así le echaron del reino. Y entre tanto murió el padre de Luis, y sucedió que Luis fue a la vez rey de Francia y emperador por la muerte del mismo emperador Tito, su señor, el cual quiso que le sucediese en su lugar Luis. Y mandó a todos los grandes y nobles del reino que lo recibiesen por señor, de lo que la infanta mucho se alegró, pues le amaba. Y cuando el rey Alejandro oyó decir estas cosas, pensó entre sí, diciendo: —Mi compañero Luis, emperador y rey de Francia, ¿a quién mejor podía ir yo que a él, por quien he arriesgado muchas veces mi vida?

Y por la noche se levantó solo y tomó un bordón y sus tablillas de madera para pedir a Dios como un leproso. Y se fue su camino hasta que llegó donde el emperador estaba. Y cuando llegó, se puso entre los leprosos que pedían limosna por amor de Dios junto a la puerta del palacio. Y cuando el emperador salió fuera del palacio, todos sonaron sus tablillas y el rey Alejandro con ellos; y como no le dieron limosna, estuvo esperando hasta que el emperador se sentó en la mesa, y entonces se fue a la puerta y tocó, y el portero le preguntó quién estaba allí. Respondió el rey Alejandro y dijo: —Aquí está Alejandro, pobre hombre desechado, y te ruego por Dios que no me despaches sino que se lo digas al emperador.

Respondió el portero: —¿Qué quieres que le diga?

Dijo Alejandro: —Dile que un leproso muy espantoso de mirar le pide por amor de Dios y del rey Alejandro que le conceda comer hoy su limosna delante de él en el suelo.

Respondió el portero: —Me maravillo de que pidas tales cosas a mi señor el emperador, pues toda la sala está llena de grandes señores y nobles caballeros, y si te viesen, todos te echarían lo que comen; pero como tan insistentemente me lo pides, lo probaré.

Y se fue al emperador y le contó el mensaje de cómo un leproso, que se llamaba Alejandro, estaba en la puerta. Y cuando el emperador oyó nombrar a Alejandro, rey de Egipto, dijo al portero: —Hazlo entrar en seguida, aunque sea hombre feo y despreciable.

En ese momento entró, y le hicieron sentar y le dieron muy bien de comer. Y cuando hubo comido muy bien, le dijo a un paje que le hiciese el favor de decirle al emperador que le rogaba por Dios y por el amor de Alejandro que mandase que le diesen de beber en su copa.

Respondió el paje: —Yo lo haré por amor a ti y a Dios, pero yo creo que no lo hará el emperador, pues si una vez bebieses de ella, nunca jamás volvería a beber él en ella.

Con todo el paje llevó el recado como le pidió. Y el emperador, al oír nombrar a Alejandro, mandó llenar la copa del mejor vino que había y se la envió. Y él tomó el vino y lo puso en una calabaza que traía y puso en la copa la sortija y se la envió al emperador. Y cuando el emperador vio la sortija, reconoció que era la sortija que le había dado a Alejandro por la gran amistad que tenían cuando se despidió de él, y pensaba entre sí: —O Alejandro ha muerto o algún misterio debe de ser éste.

Y en seguida el emperador mandó al leproso que no se fuese sin hablar con él primero, pues no le conocía ni creía que fuera Alejandro. Y terminada la comida, el emperador llamó aparte al leproso y le preguntó cómo había conseguido aquel anillo.

Respondió Alejandro: —Señor, ¿tu alteza conoció bien el anillo?

Dijo el emperador: —Sí, muy bien.

Dijo Alejandro: —Pues, ¿no me conocéis? Pues yo soy aquel Alejandro a quien se lo disteis.

Y cuando el emperador esto oyó, cayó al suelo con gran dolor y rompió las vestiduras regias con grandes suspiros y lamentos, diciendo: —¡Oh, Alejandro, remedio de mi vida! ¿Cómo está así tu noble y delicado cuerpo?

Respondió Alejandro: —Por vuestra lealtad cuando pusisteis vuestra espada en la cama de mi esposa entre vos y ella; pues, después, estando ella por esto muy descontenta conmigo, por consejo de un caballero que era su enamorado, me envenenó tanto que, como veis, estoy medio muerto y me han echado del reino.

Oyendo esto el emperador, le abrazó y le besó, diciendo: —Hermano Alejandro, gran dolor tengo por ti; pero ten paciencia hasta que llamemos a los mejores médicos y los más sabios que haya en el mundo; y no quedará en mi reino tesoro que yo no gaste por ti.

Y entre tanto le puso en una habitación muy bien preparada, y mandó traerle todas las cosas que necesitara. Y mandó buscar por todas partes del mundo a los mejores médicos prácticos, los cuales llegaron al cabo de un mes, muchos y muy conocedores de la práctica. Y cuando el emperador los envió, les dijo: —Amigos, yo tengo un amigo envenenado y leproso; y si os ofrecéis para curarlo, no os preocupéis por oro ni por plata ni bienes temporales, que no hay nada que yo más quiera que él, y os daré cuanto me pidiereis.

Respondieron ellos: —Señor, has de saber que todo lo que pueda la medicina, lo haremos.

Y cuando lo visitaron y le trataron la enfermedad, vieron que era una dolencia incurable, según el saber humano. Y cuando el emperador oyó esto, se entristeció mucho, y entonces duplicó la ayuda de Dios, llamando a los religiosos pobres y a todos los devotos; y mandó hacer ayunos y oraciones para que Dios quisiese ayudar a su amigo Alejandro. Y como estuviese un día el rey Alejandro en su oración devotamente, oyó una voz que le dijo: —Si el emperador matare con sus manos a los dos hijos gemelos que tiene con la emperatriz, y lavares tu cuerpo con la sangre de ellos, tu carne será sana y limpia como la de un niño.

Y el rey Alejandro pensaba entre sí, diciendo: —No tengo que descubrir esta visión, porque va contra la naturaleza que alguno mate a sus propios hijos por recobrar la salud ajena.

Y no lo quiso decir; y el emperador días y noches pedía a Dios por la salud de Alejandro. Y al fin oyó el emperador una voz que le dijo: —¿Qué queréis? Puesto que ya ha sido revelado a Alejandro cómo se quedará limpio.

Y en cuanto el emperador Luis oyó esto, se fue hacia Alejandro y le dijo: —Hermano, Dios sea bendito y alabado que nunca desampara a los suyos, que en Él tienen esperanza y te ha revelado cómo curarte. Y por ello yo tengo una gran alegría, y si te hace falta todo lo que tengo, todo lo gastaré por ti.

Respondió Alejandro y dijo: —¡Hermano, señor! Yo no me atrevería a deciros cómo tengo que curarme porque es algo fuera de los límites naturales, y no me atrevería a deciros tal cosa, aunque confío mucho en vos.

Dijo el emperador: —Alejandro, ten confianza en mí y lo que pueda hacer para que recobres la salud lo haré; y no me encubras nada.

Entonces dijo Alejandro, con gran temor y vergüenza: —Dios me ha revelado que si matares a tus dos hijos y yo me lavare con su sangre, seré sano y limpio. Y por ello me he callado, porque me parece que esto es contrario a la naturaleza, el que el padre tenga que matar a sus hijos para lograr la salud ajena.

Respondió el emperador: —¡Alejandro, no hables de salud ajena porque tú no me eres ajeno, sino que eres mi otro yo! ¡Y si yo tuviera diez hijos, por tu salud los mataría a todos!

Y a partir de ese momento, el emperador comenzó a buscar el momento en que la emperatriz estuviese ausente con sus doncellas. Y llegado el momento oportuno, entró en la habitación donde estaban sus hijos durmiendo y con su puñal, llorando, los degolló a los dos. Y cogió la sangre en un vaso de plata muy limpiamente, y fue al rey Alejandro y lo bañó y le restregó muy bien; y en ese momento se quedó sano y limpio como el día en que nació; y se le volvió la carne como la de un niño de leche. Y entonces el emperador se quedó muy contento y dijo: —¡Oh, Alejandro! Ahora te veo como muchas veces he deseado verte. ¡Bendito sea Dios que me dio estos hijos con los cuales te curaste!

Y Alejandro dio muchas gracias a Dios y al emperador, y ninguno supo en la corte la muerte de los niños, salvo el emperador mismo y Alejandro. Y cuando el emperador vio a Alejandro sano, le dijo: —Yo haré que vayas muy bien acompañado. Y aléjate de aquí dos o tres leguas y luego anúnciame públicamente tu llegada, y yo te saldré a recibir y estarás conmigo hasta que pensemos algo mejor.

Respondió Alejandro: —Me parece muy bien.

Y lo hizo así, y en seguida Alejandro envió un mensajero al emperador Luis y le anunció la llegada del rey Alejandro. Y cuando la emperatriz supo esto, se alegró mucho y dijo: —Señor, no hay nada más gozoso que ir a recibir al rey Alejandro, nuestro tan querido amigo, al cual hace tanto tiempo que no hemos visto. Por lo tanto, señor, si os parece bien, salid a recibirle con vuestros caballeros y yo con mis damas y doncellas os acompañaré.

Y ella no sabía nada de la muerte de sus hijos. Y con el gozo que tenía por la llegada del rey Alejandro, no se acordó de sus hijos. Y así salieron los dos con toda su caballería para recibirlo. Y con alegría fue recibido Alejandro, y entraron juntos por la ciudad. Y cuando llegó la hora de comer, Alejandro fue sentado entre el emperador y la emperatriz, y la emperatriz le hizo cuantos halagos pudo. Y viéndolo el emperador, se alegró mucho de ello y dijo: —Florentina, alégrate, pues ves aquí a Alejandro, nuestro hermano.

Respondió ella: —Cierto que es buen motivo y vos, todavía más, pues gracias a él habéis llegado a tal dignidad y os ha librado muchas veces de la muerte.

Y dijo el emperador: —Te ruego Florentina, que me escuches. ¿Viste aquel leproso que el otro día estaba sentado delante nuestro y me pidió de beber por amor a Alejandro?

Respondió la emperatriz: —Sí, por cierto, y nunca vi hombre más espantoso.

Dijo entonces el emperador: —Imaginemos que aquel hombre hubiera sido Alejandro, y no se pudiera curar con nada más que con la sangre de tus hijos que de una vez pariste: ¿querrías que se derramase su sangre y que se bañara Alejandro para curarse perfectamente, como lo ves?

Respondió ella: —Señor, ¿por qué me decís estas cosas? Te aseguro que si diez hijos tuviese, los diez degollaría y mataría con mis propias manos para que allí se bañase, antes de dejarlo en peligro; pues bien podría yo recuperar los hijos, mientras que a tal amigo es imposible.

Y el emperador al oír esto, algo más consolado, le dijo: —Señora, pues antes os ruego que os consoléis por vuestros hijos y sabed el caso de la enfermedad de Alejandro. Y debéis saber que el leproso tan feo, que visteis, era Alejandro, el que aquí veis sentado y sano como parece; y sabed que vuestros hijos han muerto por su salud.

Y cuando oyó esto la emperatriz, estuvo muy triste, como era lógico, aunque había dicho que antes quisiera ver muertos a sus hijos que ver a Alejandro en tal pena. Y las amas que los criaban cuando oyeron esto, se mesaban con gran llanto y lágrimas, y fueron a la habitación de los niños; y por todo el palacio hubo grandes llantos y dolor. Mas Dios, por su infinita bondad, quiso hacer un milagro: cuando fueron a la habitación, oyeron a los niños cantar la «Salve Regina», y oyendo y viendo esto, fueron corriendo con gran gozo al emperador y a la emperatriz, y les dijeron que sus hijos estaban vivos. Y cuando oyeron esto, fueron a la habitación y los encontraron cantando y jugando con sendas manzanas en las manos. Y tenían en las gargantas, por

donde habían sido degollados, un collar de oro. Y como las
amas difundieron esta noticia, gozaron mucho cuantos en la
corte estaban, y daban gracias a Dios por tan gran milagro.

Y después el emperador y el rey Alejandro reunieron grandes tropas para ir por el mar y fueron a Egipto para recobrar
la tierra. Y cuando lo supieron la reina y el caballero enamorado
suyo, que se había alzado como rey en ese reino, llamaron a
sus vasallos más nobles para que viniesen a defender la tierra
contra Alejandro. Y llegados ante él, se juntaron un gran número
de personas y fueron contra Alejandro y contra el emperador
Luis, y tuvieron una fuerte y cruel batalla, en la que huyó el
caballero de la reina y mucha gente suya se mató. Y después
cercaron la ciudad y tomaron a la reina y al caballero que había
cometido con ella traición, y los mandó quemar.

Una vez hecho esto, Luis tenía una hermosa hermana y la
casó con el rey Alejandro, su amado amigo. Y cuando el rey
Alejandro y Luis conquistaron todo el reino y estuvieron en
paz, volvió el emperador Luis a su imperio. Y el rey Alejandro
llevó muy bien y con mucha prudencia sus asuntos con los de
su reino y venció a todos sus enemigos, y cuando alcanzó su
gloria y poder, pensó en lo que pasó con su padre y su madre,
por los cuales había sido lanzado cruelmente al mar. Y ellos
vivían en tierras muy lejanas, y él les envió a decir que cierto
día iría el rey Alejandro a comer con ellos. Y cuando llegó ante
ellos el mensajero, le recibieron con mucho agrado, y se maravillaron mucho de cómo podía ser que el rey quisiese comer con
ellos; pero lo reenviaron con grandes regalos diciendo que les
parecía bien y que le harían al rey cuantos servicios fueran posi-
bles y que nunca le podrían pagar este honor: que él les hiciese
la merced de querer comer con ellos. Y el mensajero, al volver
al rey, le dijo cómo le habían recibido muy bien y le habían
dado muchos dones y cómo se ofrecieron voluntariamente para
lo que quisiera. Y esta respuesta le gustó mucho al rey.

Y el rey Alejandro, en el plazo señalado, fue a casa de su
padre y de su madre con su séquito. Pero ni el mismo padre

ni la madre sabían que eran el padre y la madre de Alejandro.
Y cuando el rey Alejandro se acercó con su gente al castillo del
caballero de su padre, le salió a recibir el mismo caballero.
Y cuando se acercó al rey, descabalgó del caballo y fue con las
rodillas por el suelo al rey. Y el rey, con mucha cortesía, lo
levantó de la tierra y le hizo volver a subir al caballo y lo colocó
junto a sí. Y así se fueron juntos al castillo. Y cuando llegaron
junto al castillo, les salió a recibir la madre y, tendida en el
suelo, les saludó; y fue levantada por el rey y la abrazó. Y ella
dijo: —Señor, con su presencia, muy grandísima honra ha hecho
Vuestra Alteza en personas tan bajas.

Y cuando fue preparada la comida, vino el padre con el
plato para servir el agua para las manos y la madre vino con las
toallas y dijéronle: —Señor, todas las cosas están ya preparadas;
tome Vuestra Alteza agua para las manos.

Y cuando el rey Alejandro vio esto, se sonrió y dijo entre
sí: —Ya se ha cumplido el canto del ruiseñor. Por cierto, si yo
les dejase hacer a mi padre y a mi madre, cumplirían lo que les
he dicho.

Y entonces el rey no quiso soportar que le dieran agua, di-
ciéndoles: —Vuestra vejez es honrada, por lo tanto Dios me
guarde de consentir tal cosa.

Y respondió el caballero, su padre: —Señor, nosotros no
somos dignos de servir a Vuestra Alteza y por lo tanto os rogamos que queráis dejaros hacer y lo aceptéis por lo que corresponde a vuestra honra.

Dijo entonces el rey: —¿No os he dicho que vuestra vejez
con razón se debe honrar y sufrir?

Y hecho esto, el rey se sentó en la mesa y puso a su padre
a la derecha y a la madre a la izquierda. Y ellos dijeron: —Señor, no somos dignos.

Respondió el rey: —Haced mi voluntad.

Y ellos sentados, mostraron cuanta alegría pudieron en el
rostro, y estaban muy alegres. Y terminada la comida, el rey
entró en la habitación e hizo entrar al caballero, su padre, con
su mujer, y mandó que los otros se saliesen fuera de la habita-

ción. Y estando solos, les mandó que se sentaran junto a él y les dijo: —Amigos, ¿tenéis algún hijo?

Respondieron ellos: —No, señor.

Dijo entonces el rey: —¿No tuvisteis nunca hijos?

Respondió el caballero: —Señor, un hijo tuvimos, pero está muerto.

Dijo entonces el rey: —¿De qué murió?

Respondió el caballero: —De muerte natural.

Dijo entonces el rey Alejandro: —Si yo os mostrara que murió por otra razón, entonces seréis vencido por la mentira.

Respondió el caballero y dijo: —Señor, ¿por qué pregunta Vuestra Alteza por mi hijo?

Respondió el rey: —Por cierto, no sin razón lo pregunto; y por ello quiero saber de qué murió; y si no me lo decís, os mataré.

Oyendo ellos esto, se tiraron al suelo y le pidieron misericordia; y el rey los levantó diciendo: —No he venido a vuestra casa porque fuese traidor; pero decidme la verdad para que os salvéis, pues he oído que le matasteis y, si se hace un juicio, sabed que os condenarán a muerte.

Entonces dijo el caballero: —Señor, dejadnos por merced vivir y os diré la verdad.

Respondió el rey: —No temáis nada.

Dijo el caballero: —Señor, tuvimos un hijo muy sabio e inteligente. Y cuando estaba un día sirviéndonos la mesa, vino un ruiseñor volando que cantaba muy dulcemente; y nos interpretó su canto, diciendo: «Esta ave ha cantado que yo seré tan gran señor, que me serviréis el agua para las manos y que mi madre me tendrá la toalla». Y yo al oír esto, me entró gran ira y lo arrojé al mar.

Pues —dijo el rey— ¿qué mal os podía venir porque él llegara a grande? Antes bien hubiera sido en vuestra honra y provecho. Por cierto, fue una locura querer ir contra la voluntad de Dios. Habéis de saber que yo soy vuestro hijo que arrojasteis al mar y Dios me salvó por su misericordia y me ha traído a este estado.

Y ellos, al oír esto, estuvieron llenos de gozo y de miedo y cayeron al suelo. Y él los levantó con mucho amor, diciendo: —No temáis, más alegraos y disfrutad que no sufriréis por esto ningún daño, sino que mi posición será para gloria y provecho vuestro.

Y los besó. Y la madre comenzó a llorar de gozo, a la cual dijo el rey: —No lloréis más; consolaos que en mi reino ocuparéis un lugar mejor que el mío, mientras yo viva.

Y habiéndose ellos consolado, los llevó consigo a su reino en donde estuvieron con su hijo el rey mientras vivieron en igual honra y gloria. Y acabaron sus días con alegría.

~~~~~~~~~~~~~~~~~~~~~~~~~~~~~~~~~~~~~~~~~~~~~~~~~~~~~~~~~~~~~~~~~

1. Motivos, K 1511 «Marido expulsado»; J 2301 «Marido engañado». Tipo, 1377. Tubach, 5246.

Las versiones más antiguas de este cuento son orientales y de ahí lo recogió Pedro Alfonso para su *Disciplina clericalis*, XIV. A través de este texto pasaría a los ejemplarios latinos (*Gesta Romanorum; Libro de los exenplos,* 303) y al ciclo occidental del *Sendebar.* Boccaccio lo incluye en el *Decamerón,* VII, 4, el Arcipreste de Talavera en el *Corbacho,* II, I, y —quizá a través de la novelística italiana (Sercambi: *Novelle,* CXLIII)— llega a Cervantes (*El celoso extremeño* y *El viejo celoso*) y a Molière (*Georges Dandin),* entre otros.

A. H. Krappe, «Studies on the *Seven Sages of Rome», Archivum Romanicum,* VIII (1924), 386-407; IX (1925), 345-365; XI (1927), 163-176; XVI (1932), 271-287; XIX (1935), 213-226; H. Schwarzbaum, «International Folklore Motifs...».

2. Tipo, 950. Tubach, 1996.

Herodoto, II, 121, lo relata escuchado en Egipto, aunque algunas partes del cuento debieron conocerse antes en Grecia, donde se tomó como héroes a Trofonio y Agamedes (Pausanias, IX, 37, 5-5). Aparece no sólo en las colecciones literarias de la Edad Media y del Renacimiento sino también en textos budistas de los primeros tiempos del cristianismo y en el *Océano de Historias* de la India (s. XII). Además pervive en la tradición oral desde Islandia, a través de Europa y Asia, hasta Indonesia y Filipinas (Espinosa, III, 229).

G. Paris, *Le conte du trésor du roi Rhampsinite. Étude de mytographie comparée,* Paris, E. Leroux, 1907; H. Runte, *Bibliography...,* página 191; S. Thompson, *El cuento folklórico,* Caracas, Ediciones de la Biblioteca, Universidad Central de Venezuela, 1972.

3. Deriva de un texto sánscrito, pero el monumento con las imágenes se narraba como una de las maravillas de Roma *(Mirabilia Urbis Romae,* Roma, Eucharius Silber, 1500, Facsímil, Milán, 1980) y el tema se repite en la reelaboración romance «Le miracole de Roma» (en C. Segre, *La prosa del Duecento,* Milano-Napoli, Riccardo Ricciardi, 1959).

A. H. Krappe, «Studies on the *Seven Sages of Rome*», *Archivum Romanicum,* XVI, 2 (1932), 271-279.

4. Motivos, M 302.1 «Profetizando a través del conocimiento del lenguaje de los animales»; B 216 «Conocimiento del lenguaje de los animales»; S 142 «Persona arrojada al agua y abandonada»; H 435.1 «Espada como prueba de castidad»; H 94 «Identificación por anillo»; D 766.2 «Desencantamiento con sangre». Tubach, 198.

Parece una fusión de dos cuentos muy populares. Se inicia la historia siguiendo la pauta de «El muchacho que aprendió muchas cosas» (Tipo 517), en el que se reconocen vinculaciones con los mitos de José y Edipo. A partir de la amistad con el hijo del rey de Francia, se contamina con la conocidísima leyenda medieval de los santos Amico y Amelio, incorporada al *Speculum historiale* de Vicente de Beauvais y origen del poema francés del XIII del mismo nombre. De ahí pasó a gran número de textos medievales *(Oliveros de Castilla y Artús de Algarbe)* y llega hasta Lope de Vega *(Don Juan de Castro).*

# BIBLIOGRAFIA

EDICIONES UTILIZADAS

(Entre paréntesis se indican las páginas de los cuentos incluidos, excepto cuando éstos llevan numeración.)

I. The «Libro de los Buenos Proverbios», ed. de H. Sturm, Lexington, The University Press of Kentucky, 1971 (pp. 43-45).

II. Seudo Aristóteles, Poridat de las poridades, ed. de Ll. A. Kasten, Madrid, Seminario de Estudios Medievales Españoles de la Universidad de Wisconsin, 1957 (pp. 45-46).

III. Barlaam e Josaphat, ed. de J. E. Keller y R. Linker, Madrid, CSIC, 1979 (pp. 53-58; 121-124; 261-263).

IV. Calila e Dimna, ed. de J. M. Cacho Blecua y M. J. Lacarra, Madrid, Castalia, 1984 (pp. 137-141; 175-176; 244-246; 259-261).

V. El Libro de los engaños, ed. de J. E. Keller, Valencia, Castalia, 1959 (pp. 12-14; 20-21; 29-31; 33-34; 58-62).

VI. Castigos e documentos para bien vivir ordenados por el rey don Sancho IV, ed. de A. Rey, Bloomington, Indiana, 1952 (páginas 118-123).

VII. Libro del Caballero Zifar, ed. de J. González Muela, Madrid, Castalia, 1982 (pp. 64-76; 220-222; 233-239; 394-395).
El Libro del Cavallero Zifar (El Libro del Cavallero de Dios), ed. de Ch. Ph. Wagner, Ann Arbor, University of Michigan, 1929 (Kraus Reprint, 1971).

VIII. Don Juan Manuel, El Conde Lucanor, ed. de J. M. Blecua, Madrid, Castalia, 1969.

IX. Juan Ruiz, Libro de Buen Amor, ed. de A. Blecua, Barcelona, Planeta, 1984.

X.    «Novela que Diego de Cañizares tradujo del latín al romance
      de un libro llamado Scala Coeli», en *Versiones castellanas del
      Sendebar,* ed. de A. González Palencia, Madrid-Granada, CSIC,
      1946, pp. 67-115 (pp. 103-106).
XI.   *El Libro de los gatos,* ed. de J. E. Keller, Madrid, CSIC, 1958.
      *Libro de los gatos,* ed. de B. Darbord, *Annexes des cahiers de
      linguistique hispanique médiévale, 3.*
XII.  *Libro de los enxenplos por a.b.c.,* ed. de J. Keller, Madrid,
      CSIC, 1961.
XIII. Joan Goer, *Confisión del amante,* ed. de A. Birch-Hirschfeld,
      Leipzig, Seele, 1909 (pp. 39-47).
XIV.  Alfonso Martínez de Toledo, *Arcipreste de Talavera o Corba-
      cho,* ed. de J. González Muela, Madrid, Castalia, 1970 (pp. 238-
      242).
XV.   *El Espéculo de los legos,* ed. de J. M. Mohedano, Madrid,
      CSIC, 1951.
XVI.  *Fábulas de Esopo,* facsímil de la edición de Zaragoza, Pablo
      Hurus, 1489, publicado por la Real Academia Española, Ma-
      drid, 1929.
XVII. *Exemplario contra los engaños y peligros del mundo,* Zaragoza,
      Jorge Coci, 1531. Facsímil publicado por la Cámara Oficial del
      Libro, Madrid, 1934 (f.º XXXv-XXXIr; f.º LXIIIr y v).
XVIII. Valerio Máximo, *Facta et Dicta Memorabilia.* Traducido de la
      versión francesa de Simón de Hedín por Hugo de Urríes, Za-
      ragoza, Pablo Hurus, 1495 (f.º XLIVv-XLVr; f.º CXLIVr; f.º
      CLVIIv; f.º CLXXVv; f.º CLXXVIIr).
XIX.  *Exemplos muy notables...* f.º 1r a 36r del Manuscrito 5626 de
      la Biblioteca Nacional de Madrid (f.º 8v-10r; 12v-13r).
XX.   «Historia de los Siete Sabios de Roma», en *Versiones castella-
      nas del Sendebar,* ed. de A. González Palencia, Madrid-Granada,
      CSIC, 1946, pp. 117-311 (pp. 144-156; 184-191; 237-274).

EDICIONES MODERNIZADAS CUYA CONSULTA PUEDE SER DE INTERÉS

IV.   *Sendebar. Libro de los engaños de las mujeres,* ed. preparada
      por J. Fradejas Lebrero, Madrid, Editora Nacional, 1981.
VIII. Don Juan Manuel, *El Conde Lucanor,* versión moderna de E.
      Moreno Báez, Madrid, Castalia, «Odres Nuevos», 1982.
      Don Juan Manuel, *El Conde Lucanor,* versión de R. Ayerbe
      Chaux, estudio preliminar de A. D. Deyermond, Madrid, Al-
      hambra, 1984. («Clásicos modernizados».)
IX.   Juan Ruiz, *Libro de Buen Amor,* versión de M. Brey, Madrid,
      Castalia, «Odres Nuevos», 1954.

Versión de N. Salvador, Madrid, Novelas y Cuentos, 1972.
Versión de P. Jauralde Pou, Tarragona, Ed. Tarraco, Col. Arbolí, 1981.
Versión de N. Salvador, Madrid, Alhambra, 1984 («Clásicos Modernizados»).

REPERTORIOS CITADOS EN LAS NOTAS ABREVIADAMENTE

Aarne, A. y S. Thompson, *The Types of the Folktales*, FFC, 184, Helsinki, 1964.

Boggs, R., *Index of Spanish Folktales*, Academia Scientiarum Fennica, Helsinki, 1930.

Espinosa, A., *Cuentos españoles recogidos de la tradición oral de España*, Madrid, CSIC, 1946, 3 vols.

Thompson, S., *Motif-Index of Folk Literature*, Bloomington-London, Indiana University Press, 1966.

Tubach, F. *Index Exemplorum. A Handbook of Medieval Religious Tales*, Akademia Scientiarum Fennica, Helsinki, 1969.

# ÍNDICE GENERAL

ESTE LIBRO
SE TERMINÓ DE IMPRIMIR
EL DÍA 28 DE AGOSTO DE 1998.

# castalia didáctica

**Director: Pedro Álvarez de Miranda**

**CASTALIA DIDÁCTICA** es una nueva colección de textos literarios especialmente **destinada a los estudiantes de enseñanza media,** así como a todos los profesores que ejercen su actividad en dicho nivel docente y al público en general.

## PRIMEROS TÍTULOS

1/ **Pedro Calderón de la Barca**
**LA VIDA ES SUEÑO**
Edición a cargo de José M.ª García Martín

2/ **Jorge Manrique**
**COPLAS A LA MUERTE DE SU PADRE**
Edición a cargo de Carmen Díaz Castañón

3/ **Federico García Lorca**
**LA CASA DE BERNARDA ALBA**
Edición a cargo de Miguel García-Posada

4/ **Gustavo Adolfo Bécquer**
**RIMAS**
Edición a cargo de Mercedes Etreros

5/ **Miguel de Unamuno**
**SAN MANUEL BUENO, MÁRTIR**
Edición a cargo de Joaquín Rubio Tovar